Ein Forschungsauftrag über einen vergessenen Dichter verschlägt die junge Germanistin Julia Völcker auf eine kleine Ostseeinsel. Auf den ersten Blick eine Idylle! Doch hier gelten andere Regeln als in der Großstadt auf dem Festland, wie Julia bald am eigenen Leib erfährt. Die Inselbewohner bilden eine eingeschworene und wortkarge Gemeinschaft und begegnen der Zugezogenen zunächst mit einer gehörigen Portion Skepsis. Aber Julia lässt sich nicht unterkriegen. Sie fragt nicht, macht ihre Arbeit, trotzt Stürmen und Widrigkeiten aller Art. Als sie sich in den Tierarzt Hanno verliebt, scheint sie endlich angekommen, doch die Beziehung wird auf eine harte Probe gestellt …

Gabriela Jaskulla wurde 1962 in Franken geboren, wuchs in Hessen auf, lebte in Spanien, liebt Hamburg, kleinere Inseln und lebt heute bei Berlin. Sie ist Kunsthistorikerin und Journalistin, arbeitete 17 Jahre für den Rundfunk und lehrt Kulturjournalismus und Kreatives Schreiben an der Hochschule in Hannover.
www.gabrielajaskulla.de

insel taschenbuch 4451

Gabriela Jaskulla

Ostseeliebe

GABRIELA JASKULLA

Ostseeliebe

Roman

INSEL VERLAG

Die Erstausgabe erschien 2003 im btb Verlag in der
Verlagsgruppe Random House GmbH, München.

Erste Auflage 2016
insel taschenbuch 4451

Vertrieb durch den Suhrkamp Taschenbuch Verlag
Umschlag: Rothfos & Gabler, Hamburg
Umschlagfoto: Lauri Rotko / Getty Images
Satz: Satz-Offizin Hümmer GmbH, Waldbüttelbrunn
Druck: CPI – Ebner & Spiegel, Ulm
Printed in Germany
ISBN 978-3-458-36151-0

Ostseeliebe

Witkacemu – kochanemu Przyjacielowi

1.

Das Wasser war trüber, als sie erwartet hatte, dunkler – und so unbeweglich wie eine überfressene Seelöwin. Sie musste lächeln: Seelöwen gab es hier natürlich nicht. Sie zögerte: wahrscheinlich nicht. Wenn sie ehrlich war, hatte sie keine Ahnung, was da unter ihr an Lebendigem existieren mochte. Und es interessierte sie auch nicht, jedenfalls so lange nicht, wie es nicht ein warmer, sonnendurchfluteter Tag sein würde, sie mit den Zehen im Wasser plätschernd, das lau und sanft wäre – Urlaubswasser, mit dem sie sich auskannte, Mittelmeerwasser, Badewasser für den Sommer.

Julia seufzte. Davon war sie nun allerdings meilenweit, monateweit entfernt. Ganz allmählich hatte sie die Orientierung verloren, je weiter sie in die Dunkelheit hineinfuhren. Es war ziemlich kalt. Jeanette würde sagen: »Verdammt schattig hier!«

Nun musste sie sich die Ironie schon bei ihrer besten Freundin ausleihen, was nicht oft vorkam. Aber dies war auch kein Urlaubstrip, das unwillige Wasser unter ihr plätscherte keineswegs sommerlich verheißungsvoll, und es würde auch keine Tintenfische liefern, die sie zum Abendessen mit einer köstlichen Knoblauchmayonnaise vertilgen würde, Kalorien hin oder her. Gab es irgendeine Situation, in der sie es nicht schaffte, früher oder später ans Essen zu denken? Doch es beruhigte, lenkte sie ab von dieser merkwürdigen Passage. Eine Reise ins Ungewisse, das hatte sie gewusst – nicht aber, wie schnell sie die Orientierung verlieren würde, die Richtung, das Ziel. Woher war sie aufgebrochen, wohin war sie unterwegs? Sie kannte sich schon lange nicht mehr aus.

Etwas zu sich nehmen. Sattwerden. Sattsam bekannt das alles. Sie liebte diese meist plötzlich eintretende Schwere, wenn sie sich durch einen Braten oder notfalls durch hastig heruntergeschlungene Pizzamengen selbst zur Unbeweglichkeit verurteilt hatte, den Kopf leer, die Beine gelähmt und die Arme nur noch dazu geeignet, einen müden Kopf auf die Tischplatte zu stützen. So hätte sie stundenlang unbeweglich verharren können, am liebsten tagsüber, wenn sie um sich herum noch Geräusche von Geschäftigkeit vernahm, Kinder, die sich zum Spielen aufmachten, anspringende Wagenmotoren – lauter Betriebsamkeiten, die sie in aller Ruhe an sich vorüberziehen lassen konnte.

»Du und deine Mittagsmeditation!«, pflegte ihre Mutter vorwurfsvoll zu sagen, um dann Puddingschalen und Salatschüsseln außer Reichweite zu räumen. Sie bemühte sich dabei, keinen Lärm zu machen, als schliefe Julia. Eigentlich tat sie das ja auch, war nicht ansprechbar, war nicht da. War ganz bei sich. Das waren Momente der völligen Zufriedenheit, der Wunschlosigkeit, in denen ihr kein Zweifel und kein Ehrgeiz in die Quere kamen, in denen sie niemanden vermisste und sich nicht wünschte, angesprochen zu werden, Momente des Trostes.

Es ist nur, weil ich mich so allein fühle, dachte sie jetzt und, mit plötzlicher Ernüchterung: Ich bin ja auch allein!

Das hatte sich schon bei Beginn der Reise eingestellt, dieses leise Gefühl der Enttäuschung. Im Nu war die

Zeit vergangen zwischen Bielefeld und Berlin, in einem Augenblick flogen mehrere hundert Kilometer vorbei, Gleise und Orte und fahle Landschaften und Städte von hinten. Die schienen plötzlich alle nur noch aus Lagern, Abraumhalden und Werkstatthöfen zu bestehen, Vorstädte, Durchgangsdörfer mit schmalen Schultern, die kaum abwichen von ihren schnurgeraden Hauptstraßen, oft eingeklemmt zwischen Asphaltbahnen und Eisenbahntrasse.

Doch dann, von Spandau an, waren mit jedem Halt die Bahnhöfe elender und bei jedem Umsteigen die Züge schmuddeliger geworden, hatte sich das Tempo verringert, hatte die Bequemlichkeit abgenommen. Kein Speisewagen zwischen Berlin und Stralsund, keine Abteile bis Bergen. Und dann diese größte deutsche Insel, die sich als Festland ausgab, eine belanglose grüngraue Hügellandschaft, mit allzu vielen landwirtschaftlichen Großbetrieben, Silos, die zum Himmel stanken, und in der Weite verlorenen Menschen, die auf den Bus warteten und sich gegen den Wind stemmten. Gegen einen Wind, der scheinbar ins Leere pfiff und kein Laub fand zum Spielen, keine Lämmer, um sie vor sich her zu treiben, keine Regenschirme, die sich verheddern ließen. Diese Leute trugen Kapuzen oder zogen die Köpfe tief ein beim Gehen.

Eine Reise, die zunehmend alles kleiner werden ließ: erst im funkelnagelneuen Intercity, weiter mit einem immer noch stattlichen Expresszug, mit einer Regionalbahn, mit Fähre und Bus. Das übliche Gefühl des Sich-Entfernens wollte sich partout nicht einstellen, und ein Abenteuer war das hier schon gar nicht. Es waren Alltagsstrecken, die Julia benutzte, Pendlerstrecken, Zweckstrecken, kein Mensch achtete auf die Landschaft; im Bus starrten die Leute mit seltsam blicklosen Augen auf den Nacken des Vordermanns, und schon die vorbeiziehenden Hecken und Weiden zu beobachten, kam Julia unpassend vor. Als würde sie in fremde Fenster schauen, um sich ein Bild vom Wohnzimmer der Leute zu machen. Niemand schaute zur Seite, niemand wandte sich um, wenn ein Fahrgast ausstieg. Alle schienen sich bestens auszukennen, schienen Fahrpläne, Verbindungen, Streckennetze im Kopf zu haben. Und Julia, die bei jedem Umsteigen unsicherer wurde und mehr und mehr fröstelte, wurde bewusst, wie sehr sie nicht hierhergehörte. Kein Fremder gehörte hierher. Hier war man offenbar seit Jahrhunderten unter sich geblieben und hatte auch niemanden vermisst. Gewiss, niemand musterte sie neugierig im Bus, auch nicht, als sie, wiederum als Einzige, nach dem Fahrpreis fragte, aber gerade das irritierte sie. Die Leute zeigten deutlich, dass sie sich nicht für sie, Julia, interessierten, dass sie keine Rolle spielte.

Und dieses Gefühl kannte Julia von Kindesbeinen an: Schön, dass du da bist, hatte Großmutter Evi gesagt – um sich sofort wieder dem kleinen Bruder zuzuwenden. »Du warst ein Wunschkind«, behauptete ihre Mutter und fügte hinzu, dass nach ihrer Geburt nichts mehr gewesen sei wie vorher. Wenn Julia fragte, was sich denn geändert habe, sagte die Mutter: »Na, eben alles!« Und konnte sich genau an ihre Neigung zu geschwollenen Beinen erinnern, die sie seit damals mit Zinktabletten und Unmengen grünen Tees bekämpfte. Seit einigen Jahren roch das Haus fremd und gesund, und es schien unvorstellbar, dass Vater und Mutter jemals zu Rock 'n' Roll johlend Polonäsen getanzt hatten, im Partykeller, mit den Nachbarn und dass sie dazu »Grüne Chartreuse« getrunken hatten.

Und doch hatten sie es getan, hatten oft davon erzählt, und einmal hatten sie sogar später noch einen solchen Ausbruch riskiert. Julia war dabei gewesen, im neu eingerichteten Keller der Goldnüssens, Nachbarn, die wohlhabender waren als die eigenen Eltern, neben ihren zwei halbwüchsigen Söhnen mehrere Jagdhunde besaßen und außer dem blitzenden Mercedes auch noch einen Zweitwagen für die Dame des Hauses, den ersten Zweitwagen des Ortes. Und von Goldnüssens Ältestem wurde behauptet, er rauche Haschisch, es rieche immer so merkwürdig aus seinem Zimmer, das er, der Älteste, Uwe, seine »Bude« nannte und meist verdunkelt hielt. Julia fand Uwe aufregend, aber das bemerkte der natürlich nicht, und wenn er es doch bemerkte, dann ignorierte er es. Goldnüssens also hatten eingeladen, und Julia war durch die dröhnende Musik angelockt worden. Sie lief nacheinander über zwei genau gleich kurzgeschorene, gleich leuchtendmittelgrüne Rasenflächen, tätschelte einen der nutellafarbenen Hunde und ging durch die offene Tür ins Haus. Altdeutsch nannte man diese Art der Einrichtung, das wusste Julia und wunderte sich jedes Mal aufs Neue, warum dazu nicht auch Ritterrüstungen und Schatztruhen gehörten.

Die Kellertür war nur angelehnt, die messingfarbene Türklinke klebrig, jemand hatte Goldfischlis verstreut auf der Schwelle. Von unten herauf klang Frauenlachen, dröhnte die Musik. Musik, die alle verrückt fanden und zu der sie immer und auf der Stelle tanzen mussten:

»I said move over once / Move over twice / Come on, baby, don't be as cold as ice / I said I'm travelling on the one after nine o' nine …«

Normalerweise schimpfte ihr Vater immer auf diese Halbstarken und dass sie alles auf Englisch singen mussten: »Die ganze Sprache wird verhunzt!« Und wenn Mutter einwandte, dass Liverpool schließlich in England liege, dann parierte er: »Wenn die hier singen, können sie auch unsere Sprache lernen! Ich sage ja auch ›Thank you‹, wenn ich drüben was kaufe!« Tat er nicht, wie Julia wusste. Denn er war ja nie »drüben«, er war noch in überhaupt keinem »Drüben« gewesen! Aber jetzt tanzte er mit Frau Goldnüssens pummeliger Cousine, deren Haare vom unglaublichsten Goldblond waren, das Julia je gesehen hatte. Ihre hochtoupierte Frisur wankte bedenklich, als Vater und sie umeinander herumhopsten. Wie der runde Turm auf einem etwas merkwürdigen Bild, das ein Onkel Julia mal geschenkt hatte und das, wie er meinte, die »Babylonische Sprachverwirrung« darstellte. Den Begriff merkte sich Julia damals, und jetzt fiel er ihr wieder ein, jetzt, während dieser merkwürdigen Reise, die sie in etwas führte, was ihr gänzlich unbekannt und seltsam ungreifbar schien. Sie schüttelte den Gedanken ab. Wie viel selbstsicherer war sie doch als Kind gewesen, damals, bei Goldnüssens. Sie hatte sich wichtig gefühlt, im Begriff, eine Eroberung zu machen, sie traute sich hinunter in den brodelnden, hüpfenden, johlenden Erwachsenenabgrund, denn der Lärm würde sie beschützen.

»I've got my back/Run to the station/Railman says, you've got the wrong location ... I said I'm travelling on the one after nine'o nine/I said move over honey/ move on twice ...«

Und da waren Frau Goldnüssen und ihre Mutter und hielten sich an den Händen. Eine Art Ringelreihen für Erwachsene schien das zu sein, ungewohnt, aber lustig. Julia hüpfte mit, und als die beiden Frauen an ihr vorbeisprangen wie eine etwas zu kurzgeratene, aber quicklebendige Schlange, da erwischte sie gerade noch die linke Hand von Frau Goldnüssen, die mit den vielen Bernsteinringen, und ... »O Gott, schon wieder dieses Kind!«, hörte sie Frau Goldnüssen plötzlich rufen, trotz des Lärms, ganz klar und deutlich, und diese Frau schüttelte sie von ihrer Hand ab, als wäre Julia eine tote Fliege. Es wurde ganz kalt in ihrem Kopf und ganz still. »Julia!« sagte ihre Mutter streng und aus ihrer Ausgelassenheit gerissen, »Julia!«, aber da war sie schon zur Tür hinaus, die Treppe hinauf, über den Rasen mit den plötzlich ganz scharfen Halmen gerannt, weiter, weiter, verfolgt von den bellenden Hunden, und nur heim, nur heim.

Noch immer schämte sich Julia, wenn sie an diese Episode dachte. Ein Grundgefühl der Unbehaglichkeit hatte sich damals bei ihr eingestellt, das Gefühl, sich nie ganz am richtigen Ort zu befinden. Immer schien alles richtig gewesen zu sein, bevor sie kam, zur Unzeit, oder nachdem sie zu früh gegangen war. Irgend etwas passte nicht, wie bei einem Puzzle-Stück, das eigentlich in eine ganz bestimmte Lücke gehörte, aber trotzdem ein bisschen klemmte, man musste es verbiegen – und dann krumpelte es und stand vor, und jeder sah, dass es so nicht richtig war. Und vielleicht war es ja dieses Grundgefühl, das dazu führte, dass sie immerzu überall anstieß, gegen Wände und Türen lief, Entfernungen falsch einschätzte, letzte Treppenstufen übersah oder in ihrer Vorstellung dazuerfand. Ein Grundkrumpelgefühl.

Manchmal dachte sie, dass sie sich deshalb dieses Fettpolster zugelegt hatte, das sie so hasste. Vor allem um die Hüften und den Hintern herum beulte und knäulte es sich, während die Beine kräftig, aber gerade und keineswegs formlos waren und der Oberkörper von starken, jedoch überraschend schlanken Schultern und einem ebensolchen Hals abgeschlossen wurde. Nein, mit den Armen konnte Julia sich verteidigen, konnte gestikulieren beim Sprechen, konnte abwehren und überzeugen, sich, wenn nötig, die ganze Welt vom Leibe halten. Nur im äußersten Notfall gestattete sie sich über ihre Gesten hinaus eine einzige scharfe Bemerkung, und dann verstummte selbst ihr vorlauter Bruder. Aber in solchen Augenblicken mochte sie sich nicht, sie zog es vor, einfach nur dazusein, abwartend, passiv, die Arme verschränkt. Mit ihrem Kopf war Julia Völcker einverstanden, mit ihrer Fähigkeit, sich auszudrücken, da hatte sie alles im Griff. Nur der Bauch, der empfindliche und immer unruhige, immer verlangende Bauch! Vom Magen an wurde es kritischer, da ließ ihre Konstitution sie im Stich, und darum wohl diese beruhigenden Polster, die ihr in den Augen der Freundinnen etwas Sanftmütiges, Robbenhaftes gaben.

Julia hatte viele Freundinnen, weil sie anderen Frauen keine Angst einflößte. Gutmütig hörte sich Julia ihre

Ratschläge an, die darauf zielten, dass sie Sport treiben, eine Diät machen, mehr unter die Leute gehen solle – und wusste genau, dass das Gerede über Veränderung letztlich ein Spiel war, das im Laufe der Jahre feste Regeln angenommen hatte, über die keiner mehr sprach. Denn ihre Freundinnen liebten sie so: weich und nachgiebig und ungefährlich.

Sie sah sich um: Mit niemandem hier hätte sie wirklich gern ein Wort gewechselt.

Eine Gruppe von Rauchern saß zusammen, ein paar Männer, auf dem Heimweg offenbar. Die hatten sich stumm und selbstverständlich nebeneinandergesetzt auf die Bänke in der Mitte, und kaum waren sie losgefahren, war einer aufgestanden und hatte für sich und die anderen Bier geholt, breitbeinig, den schwankenden Boden offenbar gewohnt, ohne ein Wort.

Das Licht der Neonröhren flackerte auf den Gesichtern, die sich glichen in ihrer grauen Mattigkeit. Sie kannte solche Gesichter aus der Straßenbahn, solche Männer, unbeweglich, gleichgültig. Nie machten sie Aufhebens von sich, und meist tauchten sie zu mehreren auf, so, als wären sie jederzeit bereit für ein Kartenspiel, eines, bei dem es nicht viel zu verlieren und noch weniger zu gewinnen gab. Sorgenmänner, die sich dicht beieinanderhielten.

Der Aufenthaltsraum glich einer Küche, von der ein minderbegabter Architekt geglaubt haben mochte, sie sei modern oder würde es über kurz oder lang. Ein Raum, der nie jemandem gefallen hatte, das spürte man, um den sich nie jemand gekümmert hatte. Er erfüllte seinen Zweck, wie eine Konservendose ihren Zweck erfüllt. Heller, gestrichelter Linoleumboden, auf dem unzählige Frauenabsätze, kratzende, schabende, schleifende Koffer, Kisten, Rucksäcke, Plastikbeutel, Körbe ihre Spuren hinterlassen hatten. Bänke für mehr als zwei, aber weniger als drei Personen, mit niedrigen Tischen dazwischen, an denen man sich beim Hinsetzen unweigerlich die Knie stieß. Leuchtstoffröhren. Ein paar weiße Hängelampen. Gardinen, die sicher noch nie jemand zu gezogen hatte. Warum auch? Eine Treppe führte nach oben. Als Kinder sie hinaufkletterten, schepperte es, und Dreck rieselte von Turnschuhsohlen durch die metallenen Stufen. Keinen kümmerte das. Alle schienen diese Fahrt nur möglichst schnell hinter sich bringen zu wollen.

Und so wurden Würstchen hastig zwischen zwei Pappdeckel geklemmt, wartete die Bedienung nicht, bis das Bierglas gefüllt war, knüllten die Kinder das Papier ihrer Schokoriegel achtlos neben sich zusammen. Ein Geruch von angelernter Ergebenheit lag in der Luft, durch die Rauchkringel schwebten. Die Verbotsschilder waren neu und wurden nicht beachtet.

Drei Typen im Gastraum mit karierten Sakkos und rätselhaft geblümten Krawatten dazu. Siegessicher bleckten sie beim Bier die Zähne, redeten einander laut in die geröteten Gesichter: über das prima Geschäft, das sich machen ließe, man müsse es nur richtig anpacken. Und keine Frage, das würden sie! Natürlich gebe es hier keine Infrastruktur wie auf Sylt, bis dahin sei es noch ein weiter Weg, und denkt ja nicht, das Hotel Pirat biete besonderen Komfort – der mittlere meckerte ein anzügliches Lachen –, aber die Voraussetzungen seien nicht schlecht, gar nicht schlecht, und Nachfrage ließe sich schließlich wecken. Dass der Baumann, der alte Baumann, gescheitert wäre, habe rein gar nichts zu sagen. Nix! Rein gar nix! Auch habe es mit dessen Beziehungen zur Staatskanzlei ja nicht zum Besten gestanden, und außerdem: Man dürfe nie vergessen, wie es an der Front riecht! Der Älteste der drei lachte immer am lautesten, die Hackordnung blieb gewahrt. Julia gähnte.

Ein Paar, jung und blass, hatte so viel Gepäck dabei, als wollte es auswandern – und der Gesichtsausdruck der beiden war zutiefst beunruhigt. Was wussten die, was Julia nicht wusste? Sie beschloss, ein Bier zu trinken.

Am Nachbartisch versuchten ein Mann und eine Frau, ihre beiden quengeligen Mädchen irgendwie ruhigzustellen. Dem älteren rutschte ständig die Brille aus dem Gesicht, während das kleinere in einer offenbar selbst erfundenen Comic-Sprache auf den Vater einredete: »Uhha, moi? Quoi-quoi ju-hu, nana-tuh?«

Der Vater schien daran gewöhnt, jedenfalls reagierte er nicht. Er hatte die ein wenig formlosen, weichen Züge eines ewigen Studenten, denen auch ein dunkler Bart nichts Entschiedeneres verleihen konnte. Ein Brillengesicht, nur halb erwachsen, redlich. Der Typ Mann, der immer irgendetwas für seine Frau durch die Gegend trägt und gelegentlich auch irgendetwas sagt, einfach, um nicht übersehen zu werden. Dagegen wehren sich solche Männer mit halblauten, undeutlichen Sätzen, die allerdings in fürchterlich quälende, endlose Monologe übergehen können, sobald ein solcher Mann anfängt zu trinken. Dieser hier trank nicht, blickte nur stumm vor sich hin. Die Mutter hatte das angestrengte Gesicht einer Frau, die längst begriffen hat, dass alles schiefgelaufen ist, und die nun verzweifelt versucht, das Beste, also das Schlimmste daraus zu machen. Sie lächelte so mechanisch, wie eine Kirchturmuhr schlägt.

»Kwitschie-tu-ih? Anabanna-moi-moi jahasuri?«

Julia seufzte. »Wenn du müde bist, wirst du erst immer so philosophisch!«, beschwerte sich Jeanette oft. Denn sie mochte die andere, die nächste Phase von Julias Müdigkeit lieber: Wenn zu der Mattigkeit noch die Wirkung von ein paar Gläsern Rotwein kam, dann war Julia in der Lage, sämtliche Heinz-Erhardt-Gedichte auswendig vorzutragen. Immer nur Heinz Erhardt, sie wusste selbst nicht, warum.

Nun, diese zweite Phase würde sie hier nicht erreichen, denn ewig konnte diese Passage doch nicht dauern? Passage. Ein schönes, altmodisches Wort. Julia sammelte solche Wörter, die beinahe ausgestorben waren, zumindest aber gefährdet. Und das, obwohl es keinen gleichwertigen Ersatz für sie zu geben schien, für die Wörter nicht und auch nicht für die Zustände, die sie beschrieben. Passage. Müßiggang. Boudoir. Im Englischunterricht hatte sie sehr an »nevertheless« gehangen, weil das Wort immer einen kleinen sprachlichen Abhang hinunterzukollern schien und umständlicher und deshalb richtiger wirkte als ein simples »but« oder das ebenso schnippische deutsche »trotzdem«. Julia brauchte immer mehr als eine Silbe, um sich gegen etwas zu entscheiden, um gedanklich kehrtzumachen, etwas Neuem entgegen.

Mit dem soeben erstandenen Bier in der Hand ging

Julia nach hinten, stemmte sich gegen die schwere Glastür, und dann traf es sie schlagartig, gewaltig, düster: der Geruch von zäher, bleierner Feuchtigkeit, in die sich Diesel mischte und Maschinenöl. Ein handgreiflicher Geruch, der ihr die Kehle füllte und zum Husten reizte. Wie ein fremdes Gewürz. Beißend. Endlich fühlte sie die Reise. Endlich fühlte sie das Schiff.

Hier draußen hörte es sich anders an: Das Stampfen des Motors klang nun nicht länger behäbig und langweilig wie ein ausrangierter Linienbus. Wacker und entschlossen schoben sie durch die See. Die See! Die blieb allerdings weiterhin nahezu unsichtbar, denn Wellen konnte Julia keine entdecken, nur weiße Gischtlinien im bleifarbenen Wasser. Der Bodden, das wusste Julia, war gerade tief genug, dass man darin ertrinken konnte, und sie stellte sich vor, wie Schiffe an den sandigen Untiefen hängenblieben, steckenblieben im Schlick. Lust, darin zu schwimmen, machte so ein seichtes Gewässer nicht. Es schien Julia kein Wasser, um Spaß darin zu haben, kein Meer zum Zeitvertreib, sondern ein merkwürdiges, dumpfes Ding, eine unbestimmbare Masse, zum Leben erwacht weit vor dem Menschen. Man musste es kennen, dieses Meer, um auf ihm zu fahren, es verlangte Wissen, Erfahrung, einen kühlen Verstand und Geduld, unendlich viel Geduld. Keine Eile zählte, kein noch so ernsthaftes Anliegen und Sehnsüchte schon gar nicht. Das Meer kam und ging nach seinem eigenen Gutdünken, und Julia fragte sich, woher es diese Selbstgewissheit nahm, diesen Hochmut.

Ich weiß Bescheid, du, sagte Julia und trat mit dem

Fuß ein bisschen in Richtung des Wassers, ich weiß Bescheid, mir machst du nichts vor.

Julia musste sich eingestehen: Sie hatte etwas anderes erwartet, deshalb war sie nun enttäuscht. Dabei hatte sie es doch geschafft, sie hatte eine Forschungsstelle bekommen, wenn auch befristet, wenn auch im hintersten Winkel der Republik, wenn auch – im Osten.

Julia Völcker, die Landratte. Sie musste über sich lachen. Julia Völcker, die leider etwas birnenförmig geratene wissenschaftliche Hoffnung des germanistischen Fachbereichs, hatte es tatsächlich so weit gebracht, trotz diverser zeitraubender Nebenjobs und trotz diverser leider nicht ganz so zeitraubender Liebschaften ihr Studium zu beenden, und hatte nun, in endloser Verlängerung der Adoleszenz, wie der Vater sagen würde, eine Stelle als wissenschaftliche Hilfskraft gefunden. Für ein Jahr. Auf einer Insel, deren Namen sie bis dahin nur gelesen hatte in Verbindung mit ihrem Dichter.

Minchen meine Traute
Spiel auf meiner Laute
Minchen du mein Tausendschön
Beschenkt sollst du nach Hause gehn!
Minchen hoppe-hopp!

Ihr Dichter! Julia hörte Jeanette schon wieder kichern. So viele Monate hatte Julia mit dem längst verstorbenen, unbekannten Mann verbracht, dass er ihr näher und vertrauter erschien als so mancher Kommilitone. »Typischer Fall von Realitätsverlust!«, pflegte Jeanette zu seufzen, aber nicht ohne Neid, denn Julia, das gab auch

Jeanette zu, hatte wirklich immenses Glück mit ihrem Thema gehabt. Ihr Dichter war jung gestorben, an einer chronischen und daher unheilbaren Bauchspeicheldrüsenentzündung, am Suff mit anderen Worten, und dieser frühe Genietod hatte ihm nicht nur die Aura des Tragischen verliehen, er hatte ihn auch davor bewahrt, gewaltige Mengen langatmiger Altersprosa aufzuhäufen, an der sich Generationen von Studenten mit zunehmendem Hass die Zähne hätten ausbeißen müssen.

Nein, Hansjörg Ladestein hatte die Güte besessen, sich rechtzeitig aus diesem irdischen Dasein zu verabschieden – unter Zurücklassung etlicher Gedichtbände und einiger Theaterstücke sowie diverser Kisten, die vielversprechende Manuskripte bargen, Romananfänge und in verzwickter Handschrift hingestrichelte Korrespondenz, ein luftiges, häufig frivoles Tagebuch, das deshalb besonders charmant wirkte, weil Ladestein offenbar wirklich nicht mit einer Veröffentlichung geliebäugelt hatte. Liebäugeln war seine Sache ohnehin nicht. Der packte zu. Beim Trinken. Beim Schreiben. In dieser Reihenfolge leider. Aber immerhin: Das verschaffte ihr Arbeit. Wenigstens für ein Jahr, ein Jahr, in dem gesichtet und sortiert, gelesen und katalogisiert werden konnte. »Du solltest Ladestein in deine Nachtgebete einschließen!«, hatte Jeanette gemeint, »als Dank für euer kleines Bündnis für Arbeit.«

Und Julia, die in einem Berliner Archiv bisher nur die fehlerhaften Abschriften der wichtigsten Manuskripte zu sehen bekommen hatte, war geradezu feierlich zumute, dass sie die Erste – oder nun ja, beinahe die Erste – sein sollte, die die originalen Schriften Ladesteins zu Gesicht bekommen würde. »Du redest darüber, als wolltest du den Kerl entjungfern!«, hatte Jeanette respektlos angemerkt, und da war etwas Wahres dran: Julia pflegte ein fast sinnliches Verhältnis zu ihrem Dichter.

Mein Gott, das musste man auch! Wie sonst sollte man es vier, sechs Monate lang mit einem toten Autor aushalten, der, zugegeben, eigentlich eher merkwürdig als ausgesprochen attraktiv ausgesehen hatte. Ein eher mickriger Großstadtdichter der zwanziger Jahre, den es im Sommer immer wieder auf diese eine, auch damals schon unmoderne Ostseeinsel gezogen hatte.

Es hatte ja schon etwas Altmodisches, dachte Julia, einem Dichter so hinterherreisen zu müssen, im Zeitalter von E-Mail und Internet. Aber so komfortabel ausgestattet war man auf der Insel noch nicht, vor allem im wissenschaftlichen Bereich nicht. Der bestand, genaugenommen, aus einem kleinen Haus am Dünenhang und nannte sich stolz: Gedenkstätte.

Das Boddengewässer blubberte, es kam Julia vor wie ein dösendes Tier. Es gluckste verschlafen, es duckte sich. Und das sollte die See sein? Offenes Meer? Julia blinzelte in die Dunkelheit. In größerer Entfernung waren Lichter zu erkennen, Laternen und beleuchtete Häuser. Die Ostsee tat ja nur so. Die drückte sich zwischen Häusern und Inseln herum wie ein streunender Hund. Julia trank das schon schale Bier in einem Zug aus.

Mit einem Ruck riss sie die Tür zum Gastraum wieder auf: Unterwegs sein mit Boddenfähren, das hatte sie sich anders vorgestellt. Und wehmütig dachte sie an Amrum, an Föhr, an die offenherzigen, großzügigen Inseln der Nordsee. Dorthin gelangte man mit richtigen Schiffen, an die richtige Wellen schlugen. Da merkte man, dass man reiste, dass man unterwegs war, dass es weiterging irgendwie, aber hier, in dieser undurchdringlichen Ostseenacht, bewegte sich kaum etwas, es schien nicht vorwärtszugehen, und der Gleichmut der anderen Passagiere begann Julia nun zu reizen. Was, wenn es überhaupt nie weiterginge, wenn das Leben, wie in einem angehaltenen Film, einfach stehenbliebe, immer das gleiche verzerrte Standbild vom eigenen Leben. Julia fröstelte. Hielten nicht alle ihr Leben in Wahrheit überhaupt nur deswegen aus, weil sie sich einbildeten, dass es weiterlaufen würde, vielleicht nicht gerade geordnet, schon gar nicht sinnfällig auf ein Ziel zu, aber der morgige Tag würde doch anders beginnen als der heutige, in einem Jahr hätte die Nachbarin noch mehr Sorgenfalten, hätte der Mann der liebsten Tante vielleicht einen kleinen Sieg gegen den Krebs errungen. Es veränderte sich etwas. Glaubte man. Redete man sich ein. Nur hier nicht. Hier wurde man auf sich selbst geworfen, unbarmherzig, unerbittlich, still. Julia ließ sich in einen der Sessel fallen. Was für ein Abend. Plötzlich vermisste sie Jeanette.

»Und du bist sicher, dass sie uns abholt?« Das war die blasse junge Frau, deren abgekämpfte Unscheinbarkeit ihr vorhin aufgefallen war. Ein Gesichtsausdruck wie immerzu Faltenröcke tragen müssen. Eine Stimme wie nie klagen dürfen.

»Natürlich wird sie uns abholen.« Das war der Mann, den Julia sogleich »Ehemann« getauft hatte, denn seine Besorgnis war eingeübt, monatelang, jahrelang. Es ist das Alltagsgesicht, das gesellschaftlich akzeptierte Gesicht der Liebe. Zuversicht täglich, stündlich, automatisch, beim Aufwachen schon. Sorgsam hatte er darauf geachtet, dass er mit seiner zerbrechlich wirkenden Frau einen Platz möglichst weit entfernt von der anderen jungen Familie fand, möglichst weit weg von Barbiepuppen, Plastikflaschen und unbefangenem Kinderlärm. Und instinktiv hatte sich auch niemand zu den beiden gesetzt. Man mutete sich ihnen nicht zu. Julia fühlte sich in der Nähe solcher Frauen immer zu laut und zu gesund.

»Warum soll sie uns nicht abholen?«, fragte der Mann jetzt weiter. »Sie weiß doch genau, dass wir ohne sie nicht weiterkommen.«

»Nur deshalb frage ich ja auch. Es ist so komisch, an einen Ort zu kommen, wo's keinen Bus gibt, keine Straßenbahn, nicht mal ein Taxi.«

»Vielleicht könnten wir ja ein Pferd kaufen?«, versuchte der Mann zu scherzen.

Sie schwiegen. Sie waren nicht aggressiv. Sie hatten einander.

»Meinst du, dass wir alles richtig gemacht haben?«

»Sie hat gesagt, wir können bei ihr anfangen. Das hat uns noch nie jemand gesagt, einfach so. Sie hat nicht mal nach 'nem Zeugnis gefragt.«

»Aber das ist ja gerade das Merkwürdige. Und dann – das Foto!«

Die Frau kramte in einem Stoffbeutel, die mausbraunen Haare fielen ihr ins Gesicht. Julia sah, dass ihre Hände an den Knöcheln blaurot gefärbt waren, wie bei sehr empfindlichen Naturen, und richtig, jetzt, als sie den Kopf gesenkt hielt, um die Tasche zu durchwühlen, traten auch schon die Adern an den Schläfen hervor.

»Da!«

Vorwurfsvoll streckte sie dem Mann ein Foto entgegen. Der zuckte zusammen, als sähe er es zum ersten Mal und machte keine Anstalten, die Hand auszustrecken. Er schaute nur kurz darauf, wandte dann den Blick ab und machte eine wegwerfende Geste:

»Jaja, ich habe mich auch erschrocken. Sie ist, glaube ich, schon gewöhnungsbedürftig. Ist jedenfalls die erste Chefin, die mir ein Foto schickt, schon komisch. Und dann so eins! Aber von einem Foto her kann man unmöglich urteilen. Lass uns doch erst einmal abwarten …«

»Hauptsache, sie holt uns wirklich ab. Das Haus liegt weit weg vom Strand, oben, im Wald.«

Die junge Frau schien sich wirklich zu fürchten, und Julia fragte sich, was eine so zarte Person auf einer verlassenen Ostseeinsel zu suchen habe und dann noch bei einer offenbar recht eigenwilligen Arbeitgeberin. Wieder kramte die junge Frau in ihrer Tasche.

»Iris!«

»Mir ist nur kalt.«

Eine himbeerfarbene Strickjacke kam zum Vorschein. Als die junge Frau sie angezogen hatte, sah sie aus wie ein sorgsam eingewickeltes Bonbon, halb durchsichtig.

Julia sah nach draußen. Die Lichter schienen ein bisschen größer zu werden. Die drei Geschäftsleute waren still geworden. Leere Bierseidel, acht oder neun, standen vor ihnen auf dem Tisch, Schaumreste darin, wie festgefroren. Einer hielt die Hand vor die Augen und presste das Gesicht so nah wie möglich ans Fenster.

»Leute, wir haben es geschafft: Land in Sicht!«

»Ahoi!«, murrte der Zweite unwillig.

»Männer, dass ich das noch erleben darf.«

Am Tisch mit den beiden kleinen Mädchen brach Geschäftigkeit aus. Barbie-Pferde, Büchsen, Haarschleifen, Schokoriegel und Walkman – alles wurde hastig mit den Händen zusammengefegt. Beutel kamen zum Vorschein, Taschen, Rucksäcke.

»Los, los!«

»Mady, die fahren schon nicht wieder mit uns zurück, nun verbreite nicht solche Panik!«

Kein Zweifel, bei diesem Paar herrschte ein anderer Umgangston. Eines der Mädchen zwirbelte gedankenverloren dicke Haarsträhnen zusammen.

»Mein Gott, Jenny, so hilf doch ein bisschen!«

»Himmel noch mal, Mady, das ist keine S-Bahn ...«

Das Gesicht der Frau sagte: Du hast auch immer die Ruhe weg, aber sie sprach es nicht aus. Julia rückte ihre Koffer von rechts nach links, dann wieder zurück, gar nichts zu tun zu haben wäre jetzt unpassend gewesen. Sie starrte nach draußen. Die Lichter wuchsen. Am Rand des rußfarbenen Wassers blitzte eine silberne Kante auf. Und darüber wuchsen nun Rechtecke, Quader, gezackte schwarze Pappdrachen: die Umrisse von Häusern und Bäumen. Viele Bäume, überraschend viele, direkt am Ufer. Die Häuser flach geduckt dazwischen. Es sah aus, als führen sie geradewegs in einen Wald. Die Straßenlaternen aus DDR-Zeiten spendeten wenig, aber warmes, goldfarbenes Licht. Sieht gar nicht so übel aus, machte sich Julia Mut, und dann: Jetzt habe ich dem jungen Paar so genau zugehört, wer weiß, ob für mich jemand da sein wird?

Es war ihr ungewöhnlich vorgekommen, dass Frau Bult, die Leiterin der Forschungsstätte, ihr gleich angeboten hatte, sie abzuholen. Um diese Zeit! Weit nach elf Uhr abends!

»Aber hören Sie«, hatte Frau Bults seltsam neutrale Telefonstimme gesagt. »Wie wollen Sie denn sonst unser Haus finden? Im Dunkeln!«

»Na, ich habe doch die Adresse!«, hatte Julia geantwortet. »Schließlich gibt es Straßenschilder und Hausnummern, und fragen kann ich auch!«

»Lassen Sie man. Ich hole Sie ab.«

Sie hatte aufgelegt, und Julia hatte schnell gelernt, dass dies Frau Bults Art war, Telefongespräche zu beenden. Es war nicht unfreundlich gemeint, sie ersparte sich offenbar nur die zeitraubenden Abschiedsfloskeln, die mit Leben, mit ungekünstelter Freundlichkeit zu erfüllen es noch zu früh war in ihrer Bekanntschaft. Julia verstand das. Und sie mochte es, fand es geradezu rücksichtsvoll, vielleicht, weil es sie selbst von der Notwendigkeit befreite, etwas sagen zu müssen, was sie noch nicht meinen konnte.

Im Stillen war Julia dankbar dafür, dass Frau Bult sie abholen wollte. Ihre vorgetragene Selbstsicherheit am Telefon war nur eine leere Floskel gewesen. Das Schiff drehte bei, die Maschine knurrte laut auf, gab scheppernd nach, und dann sah man am Ufer ein Grüppchen von Leuten stehen, von denen die meisten, Julia erkannte es nur schemenhaft, etwas Größeres dabeizuhaben schienen. Hunde? Nein, es waren – Handkarren. Ja, tatsächlich Handkarren! Julia blinzelte. Es kam ihr vor, als sei sie mit dieser Fähre vierzig Jahre in der Zeit zurückgereist.

Etwas glitzerte in der Dunkelheit: eine metallene Rampe. Das Schiff legte an. Zwei Männer schoben die Rampe herüber, und alle schienen plötzlich genau zu wissen, was sie zu tun hatten. Der Schiffsmotor grollte noch einmal, dann war es still.

»Stiftsdorf!«

Julia erhob sich und folgte den anderen. Die kleinen Mädchen schwatzten jetzt aufgeregt auf die Eltern ein, miteinander, ins Leere. Das schüchterne Paar hatte Rucksäcke geschultert, stand ganz still beieinander, hielt sich an den Händen. Andere Passagiere machten sich am Gepäck zu schaffen, und treppabwärts, vom Unterdeck, rumorte es: Von dort wurden weitere Kisten, metallene Container und Koffer nach oben gewuchtet.

»Nun fass doch mal mit an!«

»Jo!«

Die Nachtluft war kühl und klar und weich. Unwillkürlich strich sich Julia über das Gesicht. Die Koffer hatten unterwegs ihr Gewicht auf rätselhafte Weise verdoppelt. Julia verfluchte die Idee, die Hartschalenkoffer mitgeschleppt zu haben, weil die ja so solide waren. Solide – und scharfkantig und unnachgiebig obendrein. Die Leute mit See- und Rucksäcken waren nun eindeutig im Vorteil. Schon hatte selbst die Familie mit den beiden Mädchen ihre gesamte Habe von Bord geschleppt, hatte sich ein paar Handkarren gegriffen und lachend und lärmend alles aufgeladen, um dann ebenso lärmend auf einem Weg zur Linken zu verschwinden. Lässig, so kam es Julia vor, schlenderten die Übrigen von Deck, hatten noch Zeit, dem Kapitän ein fröhliches »Tschüss denn!« zuzurufen. Tschüss denn! Julia ächzte. Der improvisierte

Übergang war schmal und schlüpfrig! Sie balancierte vorsichtig an Land.

»Frau Völcker?«

Das also war Frau Bult.

Das Gesicht einer Bäuerin, aufgeweckt und mit klaren Gesichtszügen. Ein Gesicht für Wasser und Seife. Wache, helle Augen. Die Haare halblang, irgendwie nach hinten gekämmt und von irgendetwas zusammengehalten, bei Tageslicht wahrscheinlich genau von jenem dunklen Aschblond, das sich Mutters Freundinnen für viel Geld ins Haar strähnen ließen. Eine Jacke von undefinierbarer Farbe. Und Gummistiefel! Julia ertappte sich dabei, entsetzt nach unten zu starren.

»Ja, das sind meine Party-Galoschen«, sagte Frau Bult, die sich offenbar um einen umgänglichen Ton bemühte. »Werden Sie auch brauchen.«

»Aber es regnet doch gar nicht.«

»Nein, nein, aber Sie werden schon sehen, da unter den Bäumen hält sich der Moder monatelang. Und dieses Jahr hat es geregnet wie nichts Gutes.«

Zweifelnd sah sie auf Julias halbhohe Schuhe.

»Hatte ich Ihnen nicht gesagt …«

»Doch, doch, aber die halten eine Menge aus.«

»Na gut, dann mal her mit den Klamotten.«

Frau Bult bemühte sich, nicht wie die Wissenschaftlerin zu reden, die sie war, sondern locker zu erscheinen, und bediente sich der schnodderigen Sprechweise einer gebürtigen Berlinerin. Was hätte sie auch sagen sollen: Herzlich willkommen, liebe, verehrte Frau Kollegin?! Julia gestand sich ein, dass sie so etwas schon gut hätte gebrauchen können. Einen feierlichen oder zumindest festen Händedruck. Ein bisschen Förmlichkeit. Ein bisschen Halt. Sie selbst hatte keine Zeit, ihrerseits irgendetwas Höfliches zu sagen, denn plötzlich wurden sie unterbrochen. Ein Poltern, Lärmen, Drängen … – Himmelherrgott, es war nur *eine* Frau, die das alles auslöste, und plötzlich schien der gesamte, eigentlich eher großzügig bemessene Anlegeplatz überfüllt. Aber was war das auch für eine Person: gewaltigen Ausmaßes, so erschien es Julia, jedenfalls gut und gerne einen Meter neunzig groß, in mehrere Schichten wallenden schwarzen Stoffes gehüllt, eine imposante Gestalt und eine Stimme wie zahllose Trompeten, aber allesamt erbärmlich verstimmt.

»Kinders, nu' lasst mich doch mal durch!«

Die Person kreiste mit den Armen, als wären es Windmühlenflügel.

»Marianne!«, rief Frau Bult. »Hallo, Marianne, nun hab' dich doch nich' so! Wirst deine Gäste schon finden!«

»Gäste, Gäste! Arbeitskräfte! Ich lasse mir das Leben retten, deshalb habe ich es so eilig!«, schnaubte die Person gar nicht unfreundlich und schob ein paar Männer zur Seite.

»Ehret die Fremdlinge! Das hat schon Moses gesagt. Denn der Herr, euer Gott, ist der Gott der Götter und der Herr der Herren, der große, mächtige und furchtbare Gott, der niemanden bevorzugt und der kein Bestechungsgeld annimmt, der Recht schafft, der Waise und der Witwe und der den Fremden liebt, sodass er ihm Brot und Kleidung gibt. Und eins und drei macht zehn! Ehret die Fremdlinge!«

Die »Fremdlinge« standen vor ihr wie begossene Pudel. Es war das blasse junge Paar vom Schiff. Die beiden sahen jetzt womöglich noch ein wenig grauer und verhärmter aus als zuvor. Die Dicke hatte die beiden erspäht und dröhnte:

»Na, da habe ich ja meine beiden Lieben! Willkommen, willkommen! Auch ihr sollt den Fremdling lieben, denn Fremde seid ihr im Ägyptenland gewesen. Und eins und drei macht zehn, will heißen: Für manche Überraschung ist hier gesorgt. Sorgt ihr nur für das Eure, also das Heutige, denn was der morgige Tag bringt, wissen wir nicht!«

Mit einer mächtigen Gebärde zog sie die beiden an sich. Die Geste erinnerte Julia an die verhasste Koblenzer Tante, in deren wogendem, nach billigem Eau de Cologne riechendem Busen sie zweimal pro Jahr zu ersticken gedroht hatte: an ihrem Geburtstag, zu dem Tante Amelie zwangsläufig immer eingeladen war, und am zweiten Weihnachtstag:

»Sie ist doch allein, die Arme!«

Kein Wunder, dachte Julia dann immer.

Diese enorme Person hier wirkte allerdings, als käme sie auch allein ganz gut zurecht. Sie trug eine herrische Pagenkopf-Frisur, die ihrem mächtigen Schädel etwas Kriegerisches gab. Die wallenden Stoffbahnen entpuppten sich beim näheren Hinsehen als ein schwerer Wollmantel, über den noch ein Cape geworfen war. Eine Art Pelerine darüber, ein Tuch. Der in den Nacken geschobene Hut wurde von einem Band um den Hals gehalten. Mehrere Broschen glänzten wie Tapferkeitsmedaillen. Große, derbe Hände, immer in Bewegung. Füße, die nicht gehen, nur wandern und stampfen konnten. Jeder Hund, und sei er noch so beherzt, fuhr in ihrer Nähe zusammen. Keine Frage, sie war der Typ Frau, vor dem sich Katzen und Kinder zu Tode erschreckten, und jedes Blumengebinde wäre in ihren Pranken wie ein kümmerliches Gewürzsträußchen verschwunden. Sie lachte über irgendetwas. Es blitzte. In ihr Gebiss hat die Gute investiert, dachte Julia nüchtern. Jede Menge Gold! Unwillkürlich erinnerte sich Julia an den Mann mit dem stählernen Kiefer, der in einem von diesen James-Bond-Filmen den beeindruckendsten Bösewicht abgegeben hatte. Der hatte bei ihr an irgendeine Urangst gerührt.

Jetzt erstickte das junge Paar. Oder fast erstickte es. Die gewaltige Marianne hatte es fest im Griff und wandte sich nun ab, die beiden mit sich schleudernd, von hinten sahen die drei aus wie eine Christusfigur am Kreuz mit den beiden Sündern rechts und links ... Julia kicherte, und auch Frau Bult lächelte, als hätte sie ihre Gedanken erraten können.

»Ist das so eine Art Inseloriginal?« Julia traute sich, einen formlosen Ton anzuschlagen.

»Marianne Brant? Um Himmels willen, nein! Der gehört der halbe Föhrenwald! Also – der gesamte Wald da oben! Und ein imposantes Anwesen hat sie, hat dringend Hilfe nötig. Für die Restauration, aber auch sonst. Sie hat hochfliegende Pläne, müssen Sie wissen ...«

Sie unterbrach sich selbst.

»Aber das hat noch Zeit, lassen Sie uns erst mal Ihre Sachen nach Hause bringen.«

Julia sah den armen Tröpfen nach, die im Klammergriff dieser Marianne im Dunkel verschwanden.

»Ach du liebe Zeit! Sind diese Schildkrötenpanzer da etwa Ihre Koffer?«

Julia hätte es gern abgestritten.

Frau Bult mühte sich, einen hochzuhieven.

»Der gesammelte Nietzsche, was?«

Das war einer dieser Momente, in denen man am besten schwieg. Nie hätte Julia jetzt zugegeben, was sich wirklich in den Koffern befand. Kleider, Wäsche, Bücher natürlich. Aber vor allem: Dosen mit Macadamia-Nüssen. Studentenfutter. Extragroße Tafeln Schokolade. Und als Füllmaterial: Erdnußflips. Puffmais mit Schokolade. Blätterteig zum Croissantbacken. Eine winzige Flasche – eine wenigstens! – mit Ahornsirup. Und dazu der übliche Kosmetikkram. Massagebälle unterschiedlicher Größe. Messingkugeln. Ihr Wasserfilter, denn hier im Osten wusste man nie so genau. Und eine Magnumflasche Champagner. Eine noble Geste von Jeanette, zum Abschied:

»Die kannst du versetzen, wenn es mal ganz dicke kommt! Oder austrinken, in einem Zug – mit einem Kerl, *damit* es ganz dicke kommt.«

»Na los denn!«

Julia packte zu. Und stemmte diesen verfluchten Hartschalenkoffer dahin, wo eben noch die Ladefläche des Handkarrens gewesen war. Die schien aber plötzlich höher. Und weiter weg. Praktisch unerreichbar. Mit Schwung!

Ein kurzer, trockener Knall, ein Poltern –

»Nein!«

Zu spät. Julia Völckers Habseligkeiten ergossen sich auf den Inselboden.

Dosen mit Macadamia-Nüssen. Extragroße Tafeln Schokolade. Puffmais. Die dunkelrote Brokatschachtel öffnete sich, die chinesischen Kugeln kollerten heraus, Richtung Wasser, Klingelang – Yin und Yang! Es kam Julia jetzt vor wie Hohn. Wäsche, Schuhe. Der Wasserkocher.

Julia schrie auf und stürzte den Kugeln hinterher.

Irgendwie kamen sie doch noch vom Anleger weg. Mit dem Koffer, der selbstverständlich nicht mehr zu schließen war. Mit einem Schal zurrten sie ihn fest, den anderen hatte Julia vorsichtig obenauf gelegt, um dann, gebeugt wie eine Hexe aus dem Kindertheater, eine Hand immer auf den Gepäckberg gestützt, hinter dem Handkarren herzugehen, den Frau Bult zog.

»Bestimmt wird es besser gehen, wenn wir erst einmal auf der Straße sind!«, hatte Julia noch zaghaft gemeint.

»Das hier ist die Straße«, hatte Frau Bult geantwortet.

Die Straße, ein schlammiger Pfad. Der sich recht steil nach oben wand und dann in einen etwas breiteren, aber ebenso morastigen Weg mündete. Riesenhaft hohe Baumschöpfe. Sie begannen zu rauschen, so laut, dass keine Unterhaltung möglich war. Langmähnige Kiefern, zottelige Birken – und waren das da drüben nicht Eichen? Hier und da schlugen wachsame Gänse an, entfernt bellten Hunde, ihr Kläffen trug der Nachtwind verzerrt herüber. Die Straßenlaternen hüllten wenige Meter des Wegs in anheimelnde Dämmerung. Stolpern, Taumeln, das brennende Bedürfnis, sich aufzurichten. Scham über das alberne Gepäck, die unangemessene Kleidung, den verkorksten Anfang.

Plötzlich: Peitschenknallen. Blitzschnelles Trappeln von Hufen, ganz nah. Julia hörte Räder rumpeln, eine kräftige Männerstimme, die offenbar Pferde antrieb, und erkannte schemenhaft ein größeres Gefährt, das sich direkt auf sie zu bewegte. Sie ließ den Handkarren los, sprang erschrocken zur Seite, und da preschten sie vorbei, zwei stämmige Pferde vor einer leichten, offenen Kutsche. Vorne auf dem Bock stand, nur halb aufgerichtet, ein Mann in einem wehenden weiten Mantel, auf dem Kopf einen Hut, der sein Gesicht verbarg.

»Lauf schon Leo, lauf!«

Und dann waren sie verschwunden. Und Julia stand knöcheltief im Matsch. Frau Bult kauerte über dem schwankenden Gepäckberg wie eine gutartige, neunarmige Krake, aber Julia hatte jetzt keinen Blick dafür. Zorn hatte sie gepackt, ganz plötzlich, heller, scharfer Zorn. Sie nannte den Kutscher einen Idioten, einen Rüpel sondergleichen, einen Schimmelreiter für Arme. Und als Frau Bult, die seltsam atemlos erschien, entgegnete, dies sei der Tierarzt gewesen, sicher auf dem Weg zu einem Notfall-Patienten, da fauchte Julia, dass ihr das egal sei, wirklich vollkommen egal, und ob hier blöde kalbende Kühe vielleicht so wichtig seien, dass man harmlose Passanten einfach umnieten dürfe und … – sie wusste später nicht mehr, was sie alles noch gesagt hatte, aber in diesem Moment meinte sie alles genau so.

Frau Bult hielt sich während Julias Ausbruch ein Taschentuch vor den Mund, gab glucksende Geräusche von sich, sagte aber nichts, und so setzten sie ihren Weg fort. Es hatte zu regnen begonnen, aber das war unwichtig, so, wie sie ohnehin schon aussah.

Die Forschungsstätte lag etwas abseits von der »Straße«. Mit einem großen Schlüssel öffnete Frau Bult ein sich heftig sträubendes Gartentor. Und dort, hinter dem Hauptgebäude lag Julias zukünftige Bleibe, ein Gartenhaus. Endlich war sie angekommen. Gerade noch schaffte sie es, sich die Schuhe auszuziehen, dann fiel sie erschöpft aufs Bett und in den Schlaf.

2.

Jemand fuhr ihr übers Haar, mit kräftigen, regelmäßigen Bewegungen, sie war nicht eigentlich zärtlich, diese Berührung, aber sie tat gut, wie das umsichtige Striegeln eines geschätzten Arbeitspferdes. Es war genau die Sorte Berührung, von der Julia meinte, sie stünde ihr zu: nicht zu weich, aber auch kein kumpeliges Schulterklopfen. Das regelmäßige Streicheln ging weiter, sie spürte, wie ihre Kopfhaut durchblutet wurde, von Zeit zu Zeit zog es die Stirn ein wenig nach hinten, nicht unangenehm. Julia versuchte sich umzudrehen, um zu erkennen, wer ihr da Gutes tat, und tatsächlich, sie hätte es sich denken können: Es war Hansjörg Ladestein, der Dichter, *ihr* Dichter, aber seltsam, er hielt eine Gartenforke, eine Art Rechen in der Hand, und damit bearbeitete er sie, langsam und gleichmäßig.

»Ich muss das in Ordnung bringen«, sagte er lächelnd.

»Aufräumen, meine Liebe, Aufräumen tut not.«

»Das musst du gerade sagen, Witzbold!«, konnte Julia noch entgegnen, dann wachte sie auf.

Vögel flogen an ihrem Fenster vorbei, jetzt, mitten in der Nacht. Sie waren weiß und braun und schwarz. Wie kam es, dass sie mitten in der Dunkelheit ihre Farben erkennen und unterscheiden konnte? Einige der Vögel trugen zusätzlich leuchtendgrüne Federn unter ihren Schwingen, andere hatten mächtige Hauben. Sie flogen und flogen, es wurden immer mehr, dichte Schwärme, die an ihrem Fenster vorbeizogen. War das überhaupt ein Fenster? Trennte sie überhaupt noch ein Glas von den Tieren? Merkwürdigerweise gaben diese keinen Laut von sich, flogen behende, aber ohne Hast, immer in der gleichen Richtung an ihr vorbei. Nur näher kamen sie, immer näher. Schon spürte sie einen eigentümlichen Sog von dem Schwarm ausgehen, er zog sie an. Es richtete sie in ihrem Bett halb auf, die Haare standen ihr zu Berge von einem eiskalten Hauch. Und dann fing das Bett auch schon an, sich zu drehen, erste Schwingen streiften sie: Komm mit, komm mit! Und dann riss es sie mitsamt der Matratze und dem Bettgestell hinaus, hinaus in die Nacht, in die Dunkelheit. Sie konnte nichts sehen, so viele stumme, mächtige Tiere waren um sie herum. Und aufwärts schien es zu gehen und abwärts wieder, und sie glaubte, jemand erlaube sich einen üblen Scherz. Aber trotz der Kälte fror sie nicht. Und dann waren plötzlich weitere Tiere dabei, merkwürdige, die sie aus ganz anderen Welten kannte – Seepferdchen, die irre hin und her schaukelten, Polypen mit unendlich langen Armen, eine riesige Forelle glotzte sie an. Aber das waren doch Fische … Und richtig, da blubberte es schon in Blasen um sie herum. Wo vorher ein Wehen und Brausen und Flügelschlagen gewesen war, zischte und brodelte es nun, und sie kämpfte mit Armen und Beinen und wunderte sich, dass sie atmen konnte. Und dann war es ganz still. Und sie saß in ihrem Bett. In diesem Zimmer. Auf dem Meeresgrund. Auf einer Art Wassergrund jedenfalls. Alles war tiefdunkelgrün und blau, und jede Bewegung kostete unendlich viel Kraft und ließ sich nur mit großer Verzögerung in die Tat umsetzen. Sie dachte: Ich werde die Beine über den Bettrand auf den Boden setzen! Aber bis ihre Zehen dem Befehl gehorchten und endlich den kalkigen Grund berührten, dauerte es eine ganze Weile, ihre Gedanken waren schon viel, viel weiter, und sie musste sie bitten innezuhalten und auf ihren Körper zu warten, weil der sonst vergaß, was sie ihm aufgetragen hatte, er drohte, die Verbindung zu ihr zu verlieren. Man sah die Hand kaum vor Augen, nur kleine Luftwirbel und Blasen in dieser schwebenden Unendlichkeit. Und dann merkte sie, dass ihr Haus auch diesmal keine Fenster hatte, und erschrak. Jeder könnte jederzeit zu ihr hereinkommen, und sie hätte ihm nichts – nichts! – entgegenzusetzen als ihre Langsamkeit. Ihre unendliche, schläfrige Langsamkeit. Sie wurde müde, so müde, aber sie wollte um keinen Preis einnicken; und, wie sie so kämpfte, da sah sie es schon, sie ahnte es vielmehr: ein Leuchten und Glühen, das von sehr weit her kam. Es bewegte sich zielstrebig direkt auf sie zu, wurde gelb und hell und schneller, und auf einmal war das Bett weg, auf dem sie bisher gekauert hatte, und auch das Haus verschwand, und sie stand in ihrem grotesken Nachthemd diesem Meeresungetüm, diesem Koloss gegenüber. Nein, kein Koloss, es war eher …

Und dann wachte sie auf, Gott sei Dank.

Sie war allein in einem großen Raum mit sehr hohen Wänden. Jedenfalls kamen sie ihr viel höher vor als gestern Abend. Da hatte sie sich allerdings vor Müdigkeit kaum umgesehen. Und die Möbel? In der Dämmerung konnte sie keine entdecken – und seltsam, auch keine Tür, keinen Ausgang. Von oben wurde sie beobachtet, das spürte sie. Ein Schatten in der Form eines menschlichen Profils fiel schräg auf die Wand. Der Schattenmund sprach.

»Oi-moi, tuti rätschos kaiwani! Blok-blok!«

Sie verstand kein Wort. Sie beeilte sich, alles zu notieren. Das schien der Stimme nicht zu gefallen.

»Tara kenzol raini-weru? Nok-trak! Tiri trak trak!«

Der Mund des Schattens wuchs, wurde zum Schlund, zum Tor, zum Riesenkrater, während der Schatten insgesamt seine Größe nicht veränderte.

»Ten-ten kra-kra, suri-suri noi-noi! Rara boike lalu boike krentz-tor. Torr!«

Himmel, was hatte sie nur getan, diesen Kerl so zu erbosen? Die Stimme dröhnte jetzt heiser, kam näher, sie geriet beim Mitschreiben durcheinander. Deutsch oder Lautschrift? Und wenn Lautschrift, welche? Ihre Finger zitterten. Sie hatte das doch gelernt. Sie musste doch wissen, wie das ging.

»Trei-tri mole-mole har-har?«

Es griff nach ihr. Sie wehrte sich, sie schrie, sie fiel.

Sie wachte auf.

Goldgelbe Vorhänge tauchten den Raum in ein warmes Licht. Sie starrte hinauf an eine hell getäfelte Decke. Ein Dachstübchen. Heller Tag. Richtig. Sie war auf der Insel. Sie war Julia Völcker, und sie war gestern Abend hier angekommen, um hier zu arbeiten, und … –

»Tiri-tiri trak-trak!«

Entsetzt sprang sie aus dem Bett. Dann ließ sie sich erleichtert wieder auf die Matratze fallen. Ein Vogel, ein blöder Dorfvogel hatte sie so erschreckt. Er war mit seinem Krächzen und Piepen in ihre Träume eingedrungen und hatte sich da ein Nest gebaut. Na großartig! Sie stand energisch auf, riss die Vorhänge zur Seite und öffnete das Fenster. Ein Orchester spielte auf. Eine Vielzahl von Vogelstimmen tschilpten und fiepten plötzlich auf sie ein. Der grelle Albtraumvogel war wohl nur der lauteste in einer ganzen Horde gewesen. Es mussten Unmengen von Vögeln sein. Nur sehen konnte sie nicht einen einzigen. Sie schaute vom Dachstübchen aus in einen offenbar etwas verwilderten Garten. Betagte Bäume spendeten sicher auch im Sommer ausreichend Schatten. Unter pummeligen Sträuchern moderte Laub vom vergangenen Jahr. Der Rasen leuchtete satt und grün, als habe er nicht bereits einen ganzen, langen Sommer hinter sich. Alte Himbeerhecken begrenzten das Grundstück. Mehrere Schuppen verrieten, dass hier keine gelegentlichen Besucher wohnten, sondern Menschen, die den Garten auch nutzten. Besen lehnten da, Schaufeln, ein roter Rasenmäher wartete aufs Altenteil. Von den Bäumen kannte sie nur ein paar: Fichten auch hier, wie unten am Anleger. Ein paar Apfelbäume. Zarte Birkenzweige fächelten Licht und Morgenkühle zu ihr herüber. Gar nicht so schlecht.

Sie fand eine Kaffeemaschine.

Eine Stunde später war Julia Völcker unterwegs, etwas unsicher, aber voller Tatendrang. Los jetzt! Aktion Brötchenholen, sagte sie zu sich selbst. Wir erkunden das Revier, und dann geht es an die Arbeit, Herr Ladestein!

An Tagen wie diesen ging sie mit ihrem Dichter um wie früher, in der Kindheit, mit den Indianern. »Herr Ladestein«, Hansjörg, ihr Dichter, wurde zu einer Art Winnetou für sie. Ein heimlicher Verbündeter, ein Freund, unsichtbar, aber mächtig. Sie hatte sich das als Kind angewöhnt, als ihr kleiner Bruder noch zu jung und zu dumm zum Mitspielen war, und später beibehalten, weil er meistens krank war. Seit Julias Mutter beschlossen hatte, dass »die wilden Jahre« nun vorbei seien, waren andere Kinder zu Hause nicht allzu gern gesehen. Mutter liebte es nicht, wenn ihr alles durcheinandergeriet. Julia fragte sich oft, wozu ihr Haus eigentlich so groß sein musste, wenn es sich doch nur an Weihnachten und zu den Geburtstagen einigermaßen mit Menschen füllte und offensichtlich hauptsächlich dazu diente, sie und den kleinen Bruder zu Tode zu erschrecken, wenn sie nachts alleine zur Toilette oder zum Kühlschrank schleichen mussten ... Mit dem Haus war Julia nicht gut Freund, also zog sie es vor, draußen zu spielen, denn draußen, da lebten ihre Indianer. Und bald gewöhnte sie sich an, ganz selbstverständlich mit ihnen zu sprechen. Auf diese Weise hatte sie immer die angenehmste Gesellschaft, die Indianer verstanden sie vollkommen, hatten unendlich viel Zeit und Geduld. Und sie würden sie beschützen, wenn es darauf ankam. Das konnte jederzeit sein, denn die schändlichen Irokesen hatten gleich nebenan in der Kiefernschonung ihre Wigwams aufgeschlagen, verlässliche Kundschafter hatten es berichtet. Das Wichtigste aber waren die Gespräche am Lagerfeuer, wenn sie die Friedenspfeife herumgehen ließen und sich gegenseitig die Welt erklärten. Ihre Indianer ersetzten Julia alles: den kleinen Bruder, der nicht spielen mochte. Die Mutter, die sich nie schmutzig machen wollte, nie zupackte. Den abwesenden Vater. Die zimperlichen Freundinnen, die nur an »Culture Club« und später an Aerobic dachten. Julia hatte den Wald und die Räuber. Die Indianer und die Langsamkeit.

Und etwas von einem solchen Indianer, einem Winnetou, steckte auch in Ladestein. Julia mochte ihn besonders, seit sie ein paar Indianergedichte bei ihm entdeckt hatte. Sie waren keineswegs gut, aber darauf kam es ihr in diesem Fall nicht an. Sie wusste, dass ehrliche Zuneigung meist die schlechtesten Verse hervorbringt.

Freunde sind Mangelware
In dieser nüchternen Zeit
Nur die alten Indianergeschichten
Sagen was bleibt

Schlachten in Christbaumschonung
Und Narben am Knie
Limonade mit Blutsbrüdern trinken
Das vergessen wir nie

Vergessen nicht Lagerfeuer
Das Großmutter erlaubt
Vergessen nicht Kunsthaarperücke
Von böser Nachbarin geraubt

Erbeutet am Kamin
Ein zotteliges Bärenfell
Welche Gefahr wir überstanden
Vaters Altmännergebell

Indianer, dachte Julia, Indianer, das sind die Schutzengel für Kinder, die nicht bewahrt und nicht geschont werden wollen. Gute Geister, die immer da sind, und Narben am Knie sind eher ein Zeichen für ihre Anwesenheit als ein Zeichen dafür, dass irgendein hohler Schutzengel für eine Sekunde nicht aufgepasst hat, wie ihr Tante Amelie hatte weismachen wollen. Narben am Knie waren Ehrenzeichen, ihre waren mitgewachsen im Laufe der Jahre und hatten so eine respektable Erwachsenengröße angenommen. Julia war sehr einverstanden damit.

Und Ladestein-Winnetou war jetzt folglich mit von der Partie.

Sie öffnete die Haustür, machte einen Schritt ins Freie, blinzelte, rümpfte die Nase. Würzig und intensiv drangen Gerüche auf sie ein und vertrieben die letzten Erinnerungen an Zahncreme und Milchkaffee. Es roch nach Altweibersommer, nach Abschied von der Augusthitze und nach Abschied von langen Abenden in Biergärten – nach Abschied überhaupt. Und Feuchtigkeit roch Julia und verschiedene Arten von Laub. Das Meer, das doch gleich um die Ecke liegen musste? Sie spürte es, wenn sie sich die Lippen leckte. Eigenartig, das Meer zu schmecken, bevor man es sah! Und es schmeckte keineswegs nur nach Salz, ein Pflanzenaroma mischte sich darunter, etwas Weiches, Grünes, Moderiges, das Aroma von Wurzeln. Die Morgensonne war nebelverhüllt, aber sie war da, und sie wärmte.

Gutgelaunt schnappte Julia ihren Einkaufsbeutel, an die Lage des kleinen Kaufmannsladens konnte sie sich ungefähr erinnern, daran waren sie gestern Abend vorbeigekommen. Gestern Abend! Sie schämte sich wieder einmal, schob den Gedanken aber zur Seite.

Schon von Weitem sah sie »Erikas Laden«, das Zentrum von Stiftsdorf. Anderenorts hätte man das kleine geduckte Geschäft womöglich übersehen, aber hier war es weit und breit das einzige Gebäude, das ein Schild aufwies. Und außerdem gingen recht viele Menschen darauf zu, in viel gemächlicherem Tempo als Julia. Sie merkte schon: Ihre Geschwindigkeit war falsch, so sehr beeilte man sich hier allenfalls, um sich vor einem Unwetter noch rechtzeitig in Sicherheit zu bringen. Die Leute hier gingen zielstrebig, aber nicht eilig. Wirklich geschäftig sahen nur die kleinen Hunde aus, die, offenbar wichtige Termine im Kopf, mit der Nase am Boden emsig über die Wege schnürten. Sie schienen alle mehr oder weniger aus derselben Hundegroßfamilie zu stammen, hatten etwas Spitzartiges, Terrierhaftes. Schifferhunde eben, selbstsicher und gewieft. Julia wurde aus ihren Beobachtungen gerissen. Etwas hatte sich verändert. Die Leute, die jetzt beim Laden ankamen, gingen nicht hinein, sie blieben vor dem Eingang stehen und redeten aufeinander ein. Das Wort führte eine alte Frau, die, heftig gestikulierend, immer wieder zum Meer wies.

»Aber ich sage es doch, wenn ihr mir nicht glauben tut ...«

Und dann rannte auch schon einer los:

»Ich geh telefonieren nach'm Doktor!«

Und ein anderer wandte sich um und lief Richtung Meer. Zwei, drei junge Burschen hinterdrein. Und die Frauen. Schließlich alle. Und ehe sie sich versah, war auch Julia in ihren etwas schwerfälligen Germanistinnen-Galopp gefallen und hastete hinter den Dorfbewohnern her. Julia wusste, wie es aussah, wenn sie rannte, deshalb ließ sie es meist bleiben: Emsige kurze und recht schlanke Beine bemühten sich, das gewaltige Mittelteil dieses Körpers nach vorne zu bringen, während der Oberkörper bis auf heftig rudernde Arme seltsam unbewegt blieb. Julia wusste nicht, wie man richtig rannte; sie war zu beschäftigt damit, diesen ungeliebten und unharmonischen Körper in Bewegung zu setzen, als dass sie sich um die Koordination ihrer Bewegungen, ihrer Atmung hätte kümmern können. Und deshalb tat ihr selbst nach kurzen Strecken oft der Nacken weh, den sie unnatürlich aufrecht hielt, und außer Atem war sie, heftige Röte fleckte ihr Gesicht, sie schwitzte schnell und noch lange, nachdem die Anstrengung vorbei war. Diesmal war der Weg nicht so weit, wie sie geglaubt hatte, kein Vergleich jedenfalls zu dem von gestern Abend, oder war es doch dieselbe Strecke gewesen? Sie sah, dass die Ersten unten neben dem Anleger angekommen waren, wo ein kleines schmutziges Stück Strand vom Dorf zum Meer führte. Die Leute sammelten sich um einen Punkt, blieben stehen, wurden ganz ruhig. Julia drängelte sich durch, die Städterin, die immer auf dem Laufenden sein muss.

Ihr wurde übel. Da lag ein Mann. Ein Toter. In einem blauen Arbeitsanzug, den Leib und die Hände aufgequollen und um den voluminösen Hals eine Krause aus moderndem Tang. Muschelreste darin. Die Augen des Mannes waren weit geöffnet, die Pupillen in den Himmel gestülpt, mit einem Ausdruck leeren Entsetzens, und es sah aus, als hätte das Wasser jede Farbe aus der Iris gewaschen. Das Meer hatte ihn gründlich gebeutelt, hatte ihm eine Abreibung verpasst. Erst eingeweicht, ein paar Tage vielleicht in eiskalter See, tüchtig angespuckt mit salzhaltigster Gischt, aufgeschäumt, klargespült, dass die Haut ganz schrundig geworden war und sich verfärbt hatte zu krankem Weiß. Der Tote hatte die Lippen so fest zusammengepresst, dass sie fast verschwanden im fahlen Gesicht. Das dunkelbraune halblange Haar hatte schon etwas Pflanzenhaftes angenommen, schien sich um die Schädeldecke zu schlingen. Die Beine waren grotesk verrenkt. Ein Ohr fehlte.

Das registrierte Julia noch. Dann musste sie sich übergeben. Würgend, quälend. Sie stützte sich auf ihre Knie. Die zitterten. Halb abgewandt nahm sie die Jackensäume und Beine der Leute wahr, die den Toten umstanden und berieten, was zu tun sei. Derbe Jacken, Dunkelblau oder Braun trugen sie, und alle, auch die Frauen, hatten diese formlosen Baumwollhosen, die früher einmal irgendjemandem gepasst haben mussten. Alle Hosenbeine wiesen dicke Schmutzränder auf, graubraune Lehmschlieren, die bei einigen offenbar schon mehrere Wäschen überstanden hatten. Inselränder. Breitbeinig standen die Leute im Sand, ihre Arme hingen entspannt herab, niemand stemmte die Hände in die Seiten, um seinen Worten mehr Gewicht zu verleihen, niemand verschränkte die Arme, um Distanz und Überlegenheit zu zeigen. Das hatten die Leute nicht nötig. Sie standen, im Angesicht des Todes, einfach beieinander, offenbar auf selbstverständliche Weise damit vertraut, vertraut miteinander, mit der Natur. Ganz bestimmt hätten sie auch ohne diese kleine improvisierte Besprechung automatisch das Richtige getan, denn dass der Tote hier angespült worden war, schien zwar ein ungewöhnliches, jedoch kein völlig neuartiges Ereignis zu sein. Doch das Beraten und Innehalten gehörte dazu. Es war Teil eines Rituals, eines Abschieds-Rituals. Sie waren es dem Unbekannten, der da vor ihnen im Sand lag, schuldig, einen Augenblick zu verharren. So kamen Julia die Leute vor. Menschen, die auf selbstverständliche Weise wussten, was sie zu tun hatten.

»Nu, dann ruf doch mal Kalle an.«

»Bis der hier ist, ist der Kerl schon ganz vermodert.«

»Hol'n Pastor!«

»Das's ja büschen spät, meinste nich'? Nu gib doch mal einer 'ne Decke, das sieht hier ja nich' so gut aus.«

»Hanno kann kommen.«

»Hanno?!?«

»Na, der macht doch jetzt alle Arten von Fuhren, kann er die hier auch machen!«

Einige lachten. Gutmütiges Geplänkel.

Zeit verstrich. Die Leute redeten miteinander, blieben aber um die Leiche versammelt, umringten sie, als könnten sie den leblosen Körper noch jetzt vor etwas beschützen. Die Sonne hatte sich wieder hinter einen Schleier aus Dunst verzogen; vom Meer kroch Feuchtigkeit heran. Irgendwo im Dorf klapperte jemand mit Töpfen, ächzten Karren, hörte man Kinderstimmen rufen, sehr weit entfernt. Ein Huhn gackerte. Hier hingegen war alles still. Verhalten liefen die Wellen auf dem Strand aus, verhalten nur rauschten sie, und kein Hund verirrte sich hierher. Selbst die unverwüstlichen Möwen hatten sich andere Orte für ihr morgendliches Palaver gesucht. Julia richtete sich vorsichtig auf. Das war's wohl. Sie fröstelte und beschloss zu bleiben, etwas abseits von der Gruppe zwar, aber unfähig, sich zu entfernen. Etwas hielt sie fest. Die Neugierde? Die hätte sie überwinden können. Nein, es war etwas Stärkeres, was Julia an diesen ungemütlichen Ort band, mit fremden Menschen, die sie nicht beachteten, neben einer Leiche, mit der sie nichts zu schaffen hatte. Julia zollte dem Tod Respekt; jetzt, da sie ihm nicht ausweichen konnte, blieb sie einfach bei ihm und stellte fest, dass es sich aushalten ließ. Es war nicht unerträglich, neben einer Leiche zu stehen. Nichts schlug sie in die Flucht. Es war vielmehr so, als hätte sie etwas, was immer schon neben ihr stand, endlich wahrgenommen.

»Guck mal, da kommt Hanno sein Wagen!«

»Is' aber gar nich' Hanno.«

Ein Pferdewagen polterte den Weg herab zu der wartenden Gruppe. Es war ein leichter Wagen, zweispännig, und jetzt sah man, dass die beiden Braunen davor kräftige Mecklenburger waren.

»Ho, Leo, ho, Schorsch!«

Das Lederzeug ächzte, als die Pferde hielten. Die blonde Frau auf dem Kutschbock sprang mit elegantem Schwung ab. Sie trug feine gelbe Handschuhe, stellte Julia fest und ärgerte sich darüber, wie vertraut sie mit dem Wagen und den beiden Pferden umging. Warum, zum Henker, ärgerte sie das eigentlich? Schließlich konnte der Tierarzt seinen Wagen, seine Pferde und sein Leben teilen, mit wem er wollte. Auch mit blonden Handschuhträgerinnen! Was ging sie überhaupt der Tierarzt an, der ihr am Abend zuvor nur durch flegelhaftes Verhalten aufgefallen war? Julia gab sich einen Ruck: Los, verschwinde von hier, sagte sie sich, du hast hier nichts verloren.

Die blonde Frau wusste offenbar, was zu tun war. Der tote Seemann wurde auf die Ladefläche gehoben, in eine Decke gehüllt, festgebunden. Ein Helfer stieg hinauf zu der Blonden, die behende wieder auf dem Kutschbock Platz genommen hatte. Ein leises Schnalzen, und schon waren sie fort.

»Na, Frolleinchen, geht's denn wieder?«

Eine freundliche Stimme. Ein Mann, Mitte fünfzig vielleicht, mit einem Mittfünfzigerallerweltsgesicht, der sie vorsichtig am Arm berührte.

»Vielleicht wär' so 'n kleiner steifer Grog jetzt das Richtige für Sie?«

»Nein danke«, sagte Julia und ärgerte sich sogleich über den Satz, den sie noch hinzufügte: »Ich trinke tagsüber nichts.«

Der Mann lächelte, ließ ihren Arm los und wandte sich wieder den anderen zu. Man brach auf, zum Dorf. Sofort beschloss Julia, einen anderen Weg zu nehmen. Ich trinke tagsüber nichts! Wieso ließ sie sich so oft zu solchen überflüssigen Sätzen hinreißen?! Streberinnensätze. Müttergefallsätze.

Die Dorfbewohner waren verschwunden, einige hatten zum Abschied kurz genickt. Die Möwen kehrten allmählich zurück. Vielleicht hatte auch ihnen der Tote am Strand nicht behagt. Unwillkürlich machte Julia um die Stelle, auf der er gelegen hatte, einen Bogen, als sie nun langsam Richtung Meer ging. Links wurde die kleine

Bucht von einem sanften Kiefernwäldchen begrenzt, das, wie sie aus dem Reiseführer wusste, tief hinein in die Insel reichte. Rechts tastete sich eine Landzunge unsicher ins Meer hinaus. Sie war nur niedrig begrünt, von Strandhafer, scharfem, blassem Gras und einigen Büschen. Dahin zog es Julia nun. In der Mitte verlief ein einziger schmaler Pfad, da musste man nicht nachdenken, wohin man die Schritte lenken sollte. Bald wurde ihr Gang fester, entschlossener. Sie schaute nach unten, hatte kein Auge für das Meer, das den schmalen Landstreifen sanft umspülte und sie in Ruhe ließ. Julia schaute nach unten, auf ihre Schuhe, die abwechselnd vorwärtsschnellten und deren Spitzen bei jedem Schritt kleine Sandhäufchen aufwarfen; aber eigentlich war sie tief in Gedanken versunken. Sie nahm nur den Rhythmus wahr, so wie ihren eigenen Atem. Dass sie den bemerkte, wunderte sie. Doch die Stille hier war eine andere als zu Hause, selbst die Geräusche des Meeres und der Vögel waren ein Teil des allgemeinen Schweigens, unterbrachen es nicht.

Nach einer halben Stunde hatte sie beinahe schon die Ausläufer der Landzunge erreicht. Sie wandte sich um.

Da lag die Insel im Morgenlicht.

3.

Sie hielt sich gebeugt, ohne Selbstvertrauen. Die Insel wusste, dass sie keine Bedeutung besaß, niemals war sie von Minnesängern oder barocken Dichtern besungen worden, ja nicht einmal Protestsänger hatten den Weg hierher gefunden. Sie war kaum einmal geliebt, nur bewohnt worden, für den Augenblick, von Menschen, von durchziehenden Vögeln. Wer von hier fortging, vermisste nichts, wer hier lebte, vergaß die Vergangenheit und hatte keinen Blick für die Zukunft. Das Meer verstellte ihn. Julia dachte an Helgoland, diese ganz andere deutsche Insel, die sich kühn wie eine von Franz Stuck angebetete Rothaarige aus der Nordsee erhob. Was für eine Arroganz lag doch in diesem sich aufbäumenden, scharfgesichtigen Felsen! Wie sicher war sich Helgoland seiner Wirkung und seiner Dauer, und das Meer, diesen brüllenden, ungehobelten Liebhaber, verachtete es. Das Meer schrie diese Insel an, schüttelte die Fäuste und heulte dann wieder vor Verzweiflung. Helgoland trotzte den Gezeiten, trotzte den Gesetzen der Natur, und auch wenn jede neue Sturmflut weitere Kanten aus dem Gestein brach, würde es doch überleben – zumindest seine Legende.

Diese Insel hier besaß keine. Sie hockte unkengleich auf dem flachen Bodden, mit breiten, flachen Flanken, schutzlos, offen. Jemand hatte, so schien es, einen gewaltigen Eimer voller Schlick übrigbehalten, nachdem die andere, die große Insel gebaut war, und diesen Eimer achtlos geleert. So lag die Insel nun da. Sand, Mergel, Kalkstein, Landmassen, nur lose übereinandergeschichtet.

Zur Linken, wo die Sonne sich jetzt langsam einen Weg durch den Dunst zu suchen begann, lag die Landschaft da wie ein offenes Buch. Julia konnte Häuser erkennen, weiß und flach, die ein Kind beim Spiel hingewürfelt haben mochte. Das war Godshorn, die Heimat der Fischer.

Dann, unmittelbar vor ihr, Stiftsdorf, das Zentrum der Insel, das sich hinter Föhrenwipfeln duckte, diese merkwürdige Ansammlung schmucker Häuser, die mit aller Kraft verleugneten, Nachbarn der See zu sein. Überall hätte es sein können, dieses Stiftsdorf, auch im Mittelgebirge, im Sauerland oder in einer südwestdeutschen Ebene wäre dieses Nest denkbar gewesen. Zur Rechten raffte sich die Insel zu einer Anhöhe auf. Eine steinalte Stauchmoräne war das, die sich da erhob. Kein glutfarbener Felsen, nur eine Menge horizontaler Schichten, mit Fleiß, aber ohne rechte Inspiration übereinandergetürmt.

Jederzeit und überall war in den Gesteinsschichten die Vergangenheit ablesbar. Julia mochte die Transparenz dieser Insel, sie mochte das Unaufgeregte. Die Durchsichtigkeit gab ihr etwas Leichtes, Unverkrampftes. Diese Insel spielte mit offenen Karten. Das hatte sie allerdings im Norden, so viel wusste Julia, so manchen Meter gekostet. Schon vor langer Zeit hatte der Mensch helfen müssen, und so trug die Insel vor der nördlichen Küste, wo die Winde vom Skagerrak her im Winter gewaltig bliesen, einen schützenden Ring aus Dioritsteinen. Dieser künstliche Damm zwängte sich in metallischem Grau um die Spitze des Landes wie eine unbeholfen angefertigte Zahnspange: schief und schmerzend, nützlich, aber entstellend.

Oben auf der Hügelkette, die sich vom Nordende her bis Stiftsdorf zog, konnte Julia einen ausladenden, recht düster wirkenden Föhrenwald sehen. Da war Marianne Brants Reich, dort betrieb sie ihre berühmte »Restauration«. Das hatte Frau Bult erzählt. Dorthin hatte sie ihre beiden Opfer entführt, das schüchterne Paar von der Fähre. Sie waren wie fortgezaubert. Julia fragte sich, ob sie die beiden noch einmal wiedersehen würde. Vielleicht hatten sie längst die nächste Fähre zurück zum Festland genommen. Nicht jedem würde die Insel bekommen. Und Marianne Brant vermochte bestimmt, sehr viel hartgesottenere Leute in die Flucht zu schlagen als diese harmlose Iris mit ihrem Mann.

Himmel, Frau Bult! Julia schaute auf die Uhr. Schon nach elf! Was sollte die Leiterin der Forschungsstätte wohl von ihrer neuen Mitarbeiterin halten?! Julia hastete zurück, Richtung Dorf, und wieder schaute sie kaum auf beim Gehen, stolperte ein paarmal, fing sich wieder, eilte. Stimmen zerschnitten die Stille, unvermittelt und scharf:

»Mein Gott, Uschi, nun schau, wo du hintrittst!«

»Hätte ja auch mal einer sagen können, dass das hier mitten durch die Walachei führt!«

»Warum habe ich bloß nicht daran gedacht, mir noch Zigaretten zu holen?«

»Härbärrt!«

Eine Fähre lehnte am Anleger, schief vor Müdigkeit. Ihre weiße stählerne Außenhaut schubberte am Kai. Touristen strömten über den Strand, so behende, als wüssten sie von Sonderangeboten in den Inselläden. Frauen in den Fünfzigern, die energisch ihre Handtaschen hin- und herschleuderten. Weiße Söckchen, die aus Sandalen leuchteten, wegen der Bequemlichkeit angeschafft. Wie der Wagen. Wie der Mann. Die Männer trugen unweigerlich lila Blousons aus Ballonseide, die sich um die Hüften bauschten. Die Verwegensten unter ihnen verbarrikadierten ihre Augen hinter blau verspiegelten Sonnenbrillen mit riesigen Gläsern. Goldglänzende Armbanduhren, Hosen mit überfordertem Dehnbund.

»Das hättest du dir denken können, dass die hier noch keine Promenade haben!«

»Ha-ha, aber Kneipen haben sie, das sehe ich!«

»Susi!!«

»Hat jemand Herrn Nagel gesehen?«

»Wo bleibt eigentlich das ganze Geld, das wir jeden Monat für den Soli zahlen? Ich meine, wenn ich mich hier umschaue …«

Sie schauten sich nicht um. Sie schauten einander auch nicht an. Sie nahmen die Insel in Besitz, eine gedankenlose Horde leutseliger Invasoren. Die ersten hievten bereits ihre breiten Hintern den Weg hinauf, während andere noch über den Strand gingen. Profilsohlen, Latexschuhe, geriffelte Boots – sie pflügten und trampelten durch den Inselsand, zerschnitten mit ihren Absätzen kleine Rinnsale und Algen, die sich wie Haarschlaufen ausgebreitet hatten im Sand, zwecklose Arrangements der Flut.

Und da war die Stelle, wo vorhin noch der Tote gelegen hatte. Doch schon war es passiert: Auch diese Stelle zerfurchten sie mit achtlosen Schritten, über alles gingen sie hinweg, als wäre es nichts, als gäbe es nichts, keine Gegenwart, keine Vergangenheit. Nur sie gab es mit ihrem Bier- oder Sandtortenhunger, den zu stillen sie ein Recht zu haben glaubten seit der harten Nachkriegszeit. Ein Recht auf Sandtorte. Ein Recht auf Bier. Ein Recht auf Schnaps und Ausflüge mit dem Dampfer. Und alles sofort und dalli-dalli! Nun freilich, hier im Osten, bei dieser Mentalität …

Julia merkte, dass sie Blicke streiften. Und dass man sie für eine Einheimische hielt. Und dass sie nichts dagegen hatte, absolut nichts.

Sie hastete an der Gruppe vorbei, auf den Weg, und im Nu war sie im kleinen Lebensmittelladen angekommen, als suchte sie Schutz. Den allerdings bot das kleine Inselgeschäft kaum. Erikas Laden wies jene nüchterne Reinlichkeit auf, die Kinder immer schon bei ihren Eltern gehasst haben. Blendendes Neonlicht auf weißen Wänden, ein heller Linoleumboden, in weißen Regalen aufgeschichtete Waren, angeordnet mit gerade immer so viel Zwischenraum, dass man nicht umhinkommt, auch hier die vollkommene Sauberkeit wahrzunehmen. Kein Makel, kein Stäubchen, Geruch nach salmiakhaltigen Putzmitteln, die in diversen Größen angeboten werden. Plastikeimer, ein metallener Zeitungsständer, jetzt, um die Mittagszeit, schon weitgehend geplündert. Eine brummende Tiefkühltruhe, Brot, Marmelade, Konserven, ein schmales Regal mit Spirituosen direkt neben der Kasse. Das Gespräch verstummt, als sie eintritt. Die Leute von vorhin, vom Strand. Und eine rothaarige Kassiererin.

»Na, Frolleinchen ...« Der Gutmütige von eben.

»Ha'm Se sich das noch mal überlegt mit'n Schnäpschen?«

Zu ihrer eigenen Überraschung hört sich Julia »Ja, gern!« sagen. Kriegt einen Schnaps und noch einen und lernt so den Unterschied zwischen Rostocker Klarem und dem inseltypischen Sanddornschnaps kennen. Beide brennen, und das ganz gehörig. Es treibt ihr die Tränen in die Augen.

»Na, Frolleinchen ...« Der Gutmütige hat anscheinend beschlossen, bis auf weiteres bei dieser Anrede zu bleiben. »Wohl so 'ne Art Touristin, was?«

Die anderen vier schauen den Mann missmutig an. Ganz klar, Fragen sind hier nicht willkommen. Man ist einfach da, und gut ist es. Keine Umstände machen. So schauen die Leute auch aus. Die dunkelbraunen Haare der alten Frau, mit reichlich Grau durchsetzt, enden irgendwo im Nacken wie abgebissen. Dreivierteljacke, offen, eine Strickjacke lugt hervor über der Bluse, die vor allem reinlich ist. Die Männer alle irgendwie angezogen. So, dass es wärmt. So, dass es nicht weiter auffällt. Gescheitelte Köpfe, einer schiebt sich die Hornrandbrille immerfort auf der Nase hin und her. Solche Nasen sind immer großporig, und solche Männer meistens sanftmütig, und sie vertragen einen Schluck.

»Nein, nein, ich ... ich bleibe ein Jahr hier.«

Sie hat sagen wollen, dass sie Germanistin ist und dass sie ein Forschungsprojekt hierher geführt hat, aber das ist ihr plötzlich affig vorgekommen.

»Ich werde bei Frau Bult arbeiten«, sagt sie stattdessen. »Sie wissen schon, in der Forschungsstätte ...«

»Im Haus vom Ladestein, was? Das ist vernünftig, die können 'n bisschen Aufräumen gut gebrauchen!«

Ein Zweiter mischt sich ein.

»Bei den ganzen Büchern da. Das staubt ja mächtig.«

»Also keine Touristin, nein?«

Für den Gutmütigen scheint das aus irgendeinem Grund von Bedeutung zu sein. Julia fasst sich ein Herz.

»Sie mögen wohl keine Touristen?«

»Kommt drauf an«, sagt einer diplomatisch, »kommt immer drauf an. Wissen Se' ...«

Die Tür geht auf. Die Blondine kommt herein. Die blonde Kutscherin, die den Toten abtransportiert hat. Durch das große Fenster sieht Julia die beiden Pferde und den Wagen. Die Plane ist entfernt worden, stattdessen haben mehrere Bänke auf der Ladefläche Platz gefunden. Und über den Kutschbock ist nun eine alberne Girlande gespannt, das Zaumzeug der Pferde ist mit Bändern geschmückt. Die Blonde trägt eine Schirmmütze, die ihr, das muss Julia zugeben, vortrefflich steht.

Eigentlich steckt sie nur den Kopf zur Tür herein, nickt kurz in die Runde.

»Tag, allerseits!« und zur Kassiererin: »Komm, gib mir mal 'n Schlüssel für die Kirche.«

Die Kassiererin greift hinter sich.

»Pass bloß auf, dass die nich' wieder die ganzen Krümel auf den Kirchenbänken lassen, Hilda! Letztes Mal habe ich zwei Stunden hinter euch hergewischt!«

»Lass man gut sein, die kommen aus Holstein. Is' 'ne ganz ordentliche Truppe, hab' schon ganz andere erlebt.«

Schon ist die Blonde wieder verschwunden. Schweigen breitet sich aus im Raum. Kunden sind keine zu sehen. Einer der Männer zündet sich eine Zigarette an, und zu Julias Überraschung protestiert niemand. Nach einer Weile fragt sie:

»Ist diese … diese blonde Frau so eine Art Fremdenführerin?«

»Hilda?!«, prustet einer los, »Hilda? Nee! Hilda, die gehört zu unserem Tierarzt, zum Minarek.«

»Na, was man so Tierarzt heißt!«, sagt ein anderer, in mauligem Ton.

Etwas stimmt hier nicht. Julia spürt es ganz deutlich. Die Leute wirken noch schweigsamer als vorhin, und bestimmt ist es nicht der Tote am Strand, der ihnen aufs Gemüt geschlagen ist. Die Leute, so kommt es ihr vor, mögen diese Hilda nicht und ihren Mann, den Tierarzt, offenbar auch nicht.

Die Leute im Laden scheinen in ihren Schnapsgläsern verborgene Einsichten zu entdecken, so tief kriechen sie mit ihren Blicken hinein. Die Kassiererin schenkt nach. Draußen hat sich endlich die Sonne durchgesetzt.

»Dankeschön!«, sagt Julia und gibt allen die Hand. Die Leute schauen erstaunt, aber nicht unerfreut hoch. Julia hat keine Fragen gestellt oder, na ja, höchstens eine oder zwei. Das ist ganz in Ordnung für jemanden, der neu ankommt. Die Leute nicken freundlich zum Abschied. Man wird sie wiedererkennen und grüßen, das weiß Julia.

»Also, nun mal schön der Reihe nach!«, verlangte Frau Bult, während sie eine Tasse Tee einschenkte. »Sie wollten bloß ein bisschen einkaufen, und dann haben sie einen Spaziergang an den Strand gemacht, dort einen Toten entdeckt und haben im Dorf ein paar Leute kennengelernt und den Tierarzt getroffen?«

»Nicht den Tierarzt! Diese blonde Frau ...«

»Hilda?«

»Ja, genau, und die Leute scheinen etwas gegen sie zu haben, obwohl sie den Toten abgeholt hat, und ...«

Nun verschluckte Julia sich schon, so viel auf einmal hatte sie zu erzählen.

Himmel, was für eine Einführung! dachte sie bei sich. Was für eine Einführung in einen neuen Job. Da kam sie zu mitternächtlicher Stunde auf dieser Insel an, nötigte Frau Bult, ihre Vorgesetzte, sie abzuholen, stolperte mit ihr tolpatschig durch den Matsch, um am nächsten Morgen erst einmal ohne weitere Erklärung zu verschwinden. Nicht genug damit, dass sie verschlafen und dann bei einem Spaziergang die Zeit vergessen hatte, nein, sie hatte sich auch nicht einmal abgemeldet, geschweige denn für die Hilfe am gestrigen Abend bedankt. Stattdessen überfiel sie Frau Bult jetzt, um ihr rein private Geschichten zu erzählen, als sei sie hier ein Feriengast und habe nichts Besseres zu tun ...

»Nun trinken Sie erst mal einen Schluck!«, sagte Frau Bult in einem Ton, als spräche sie zu einem kranken Kind, und in der Tat fühlte sich Julia kindisch, unwissend. Nichts von alledem, was hier vor sich ging, verstand sie. Und das Schlimme dabei war, so viel begriff sie immerhin, die Insel war so klein, dass man etwas verstehen musste. Das war kein Wohnen im Wohnblock. Es war, ganz anders als zu Hause in Bielefeld, nicht egal, was in den Nachbarstraßen und -gemeinden vor sich ging. Wenn etwas geschah, dann betraf es erst einmal jedermann, und später konnte man dann entscheiden, ob das Ereignis bedeutend gewesen war oder nicht. Zunächst einmal aber hatten alle Anteil daran, so wie alle Anteil an Ebbe und Flut, Sonnenaufgang und -untergang und dem An- und Ablegen der Fähre hatten. Und deshalb urteilten sie auch erst einmal nicht. Sondern nahmen nur wahr.

»Nun trinken Sie mal«, wiederholte Frau Bult, ohne eine Spur von Ungeduld in der Stimme.

Julia trank. Der Tee schmeckte kräftig und bitter, und er erinnerte ein wenig an den Geruch auf dem Schiff. Kleine Blätter schwammen darin, wie Algen. Julia genoss die Pause, die ihr das Teetrinken gewährte, ein seit Jahrhunderten eingeübtes, beinahe feierliches Ritual, eine Zäsur mitten im Tag. Alles wurde bewusst getan und durch kein Gespräch unterbrochen: das langsame Umrühren, um den Kandis aufzulösen, das Ablegen des Löffels auf dem Unterteller, das behutsame Ansetzen der Tasse mit ihrer dampfend heißen Flüssigkeit. Innehalten und erneutes Betrachten, während sich der Inhalt langsam abkühlte. Hände, die sich wie eine Schale um die Tasse legten, Wärme suchend.

Frau Bults Teetassen waren feine, blau-weiße Porzellangefäße mit einem hübschen geschwungenen Rand, über den Julia nun nervös mit den Lippen strich.

»Das mit den Touristen ist normal«, sagte Frau Bult nach einiger Zeit, und man merkte ihr die Anstrengung an, als sie nun zu einer offenbar längeren Erklärung ansetzte.

»Wir haben nichts gegen Touristen. Schließlich sorgen sie seit etwa hundert Jahren für einen bescheiden wachsenden Wohlstand. Und die Ersten, die kamen, Anhänger der Freikörperkultur, Gesundheitsapostel aus Thüringen und müde Künstler aus Berlin, haben das Gesicht der Insel schließlich auch mitgeprägt. Wohlhabende Urlauber, die Jahr für Jahr wiederkehrten, haben sich hier nicht etwa Lauben oder Datschen, sondern regelrechte Villen bauen lassen. Stiftsdorf ist geprägt davon. Es hat Ansätze – verzeihen Sie, wenn ich jetzt ins Dozieren komme, aber für das Thema interessiere ich mich schon lange –, es hat also Ansätze einer Bäderarchitektur, wie sie sonst nur wesentlich größere Orte aufweisen, mit mehrstöckigen Häusern, die mit repräsentativen, zum Teil säulengeschmückten Eingängen und schmiedeeisernen Balkonen aufwarten können. Auf manchem Portikus findet sich sogar eine feierliche Inschrift, ein Motto oder dergleichen, während die inseltypischen Häuser als einziges Erkennungszeichen lediglich sogenannte ›Hausmarken‹ zeigen, Zeichen des Besitzers … Aber das erkläre ich Ihnen später.«

Sie nahm einen Schluck Tee. Alles, was Anne Bult tat, tat sie konzentriert und besonnen, und so war auch ihre Rede. Sie klang wie lange vorformuliert. Ihre Gedanken, gebündelt und geklärt, brauchten lange, bis sie zu gesprochenen Sätzen wurden. Dann aber hatten sie Bestand in ihrer etwas altertümlichen, schnörkellosen Ernsthaftigkeit. Es klirrte leise, als sie die Teetasse absetzte. Sie runzelte die Stirn.

»Gut, die Touristen. Auch heute noch gibt es sie, die Künstler und die Gesundheitsapostel, die hier ihre Sommerfrische genießen. Meist kommen sie regelmäßig, sodass sie sich problemlos in unseren Alltag einfügen. Man kennt sich, man grüßt sich, man zieht die Betten ab, wenn sie wieder fahren. Sie sind die Einzigen, die in der Scheune – das ist das beste Restaurant am Ort – gegrillten Dorsch bestellen. Sie sorgen also dafür, dass das Niveau der Küchen einigermaßen gehalten wird. Aber es gibt eben auch die anderen. Die sind es, die uns Sorgen machen.«

Sie schwieg wieder. Draußen schrillte eine Fahrradklingel. In der Stadt hätte man die kaum wahrgenommen. Hier war es ein alarmierendes Signal. Frau Bult warf einen Blick hinaus. Julia rührte in ihrer Tasse, anders als Frau Bult aus Verlegenheit. Sollte sie jetzt eine Frage stellen? Sollte sie auf andere Weise Interesse signalisieren? Doch sie spürte, dass das nicht nötig war. Frau Bult brauchte Pausen im Gespräch. Sie würde weitersprechen, wenn es an der Zeit wäre, so machten es alle hier. Julia merkte, dass sie die Stille hören konnte – und dass sie diese Stille als angenehm empfand, ganz im Gegensatz zu früher. Da war Stille ein Zeichen der Hilflosigkeit, es zeigte, dass dem einen oder anderen nichts mehr einfiel, dass man sich nichts zu sagen hatte oder sich nicht füreinander interessierte. Schweigen bedeutete isolieren, verstummen hieß strafen. Die Schlimmste aller Strafen war für Julia das »beredte Schweigen« ihrer Mutter gewesen, unter dem sie gelitten hatte. Das Schweigen war die Stufe vor der Migräne. Wenn Mutter dramatisch verstummte, dann war immer noch Zeit, das Unheil, ein mitunter mehrtägiges Sich-Zurückziehen und Schweigen, zu verhindern, aber alle Anstrengung war dazu nötig gewesen, alle Anstrengung, zu der eine Zehnjährige fähig war. Dann zermarterte Julia sich das Gehirn, womit sie ihre Mutter ablenken, unterhalten, wieder gutstimmen könnte, und wenn es ihr gelang, eine »lustige Geschichte« aus der Schule oder der Nachbarschaft zum Besten zu geben, dann zeigte ihre Mutter durch die Andeutung eines Lächelns, dass sie verstanden hatte. Selbstverständlich habe ich das Manöver durchschaut, deutete das Lächeln an, aber sie machte mit, weil sie eine gute Mutter war. Und Julia fühlte sich erschöpft und sich selber fremd, denn sie fand die Schule nicht lustig, und die Geschichten aus der Nachbarschaft waren meist erfunden, nach den Gesetzen der Wahrscheinlichkeit. So wurde ihr die Stille verdorben. Und nun saß sie hier, siebzehn Jahre später, und konnte das Schweigen mit einer wildfremden Frau gut ertragen, ja, sie stellte fest, dass sie es sogar genoss. Eingreifen war nicht nötig, nur Verharren, Dasein. Zuhören galt offenbar als eigenständiger Beitrag zum Gespräch. Wichtig wie die Zeit, die verstrich. Plötzlich spürte Julia die Zeit. Nicht lastend, nicht drängend. »Zeit ist ein vorbeihuschender Hund. Wenn du ihn anschaust, bellt er kurz, dann ist er verschwunden.« Das hatte Ladestein geschrieben, es war ihr affektiert vorgekommen. Sie spürte einen Lufthauch: vielleicht zwei Minuten, vielleicht zwanzig. Auf dem Tisch standen nicht einmal Kekse. Nur die Teekanne auf dem Stövchen. Eine Porzellandose mit Kandiszucker. Ihrer beider Tassen. Zwei Servietten lagen da. Ihre Hände. Nachmittag schon. Anne Bult setzte sich noch ein bisschen aufrechter hin, räusperte sich.

»Der Tourismus begann in den zwanziger Jahren richtig zu florieren; damals gab es übrigens schon einen warnenden Artikel in der Berliner Zeitung, der forderte in einem launigen Ton, dass alle Liebhaber der Insel ihre Lage, zumindest aber ihren speziellen Reiz zu verschweigen hätten, um sie zu schützen. Natürlich nützte das nichts, die Leute kamen trotzdem. Die ersten Familien begannen, Fremdenzimmer einzurichten. Die wenigen Gasthöfe und Hotels, über deren mangelnden Komfort sich Ladestein und seine Berliner Freunde noch lustig gemacht hatten, wurden ansehnlicher und bequemer. Und der Besucherstrom schwoll an, wurde durch den Zweiten Weltkrieg nur kurz unterbrochen und nahm dann sofort neuen Aufschwung. Zu DDR-Zeiten ist hier nicht viel passiert, ein Ferienheim steht unten an den Dünen, es ist jetzt zu einer Appartementanlage umgebaut. Nun ja, nach der Wende ging es hier richtig los. Die alten Besucher erinnerten sich an die Insel, neue, erholungsuchende Menschen kamen dazu. Und viele entdeckten die Künstler und Schriftsteller, die lange vor ihnen hier gewesen waren. Sie sind sozusagen die Bürgen für das Besondere.«

Anne Bult rührte wieder in ihrer Tasse. Und schwieg. Julia überlegte kurz und respektlos, ob Frau Bult wohl das Gespräch dazu nutzte, an einem Prospekt weiterzutexten, den sie längst im Kopf hatte. Oder ob die druckreifen, aber irgendwie unpersönlichen Sätze zu langem Alleinsein geschuldet waren. Geschuldet waren – nun dachte sie auch schon so!

»Es gab viel Krach um eine Bauverordnung, die Neubauten nur den Einheimischen und auch diesen wieder nur zu einem kleinen Prozentsatz zugesteht, aber wir können von Glück sagen, dass dem so ist, sonst wären wir schon völlig zugebaut! So ist die Insel selbst während der Sommerferien nicht völlig überlaufen. Aber immerhin: Stellen Sie sich vor, dass wir hier knapp tausend Einwohner haben, und jeden Sommer beherbergen wir dreihunderttausend Gäste! Das Problem sind, wie gesagt, die Tagesgäste, bis zu fünftausend am Tag. Sie kommen mit den Fahrgastschiffen, von denen im Sommer drei pro Tag anlegen. Es ist nicht kalkulierbar, dieses Geschäft, und auch darin liegt ein großes Risiko – für die Reederei und für die Geschäftsleute auf der Insel. Das Geschäft hängt nämlich ausschließlich vom Wetter ab. Tagesgäste sagen ganz ungerührt einen einmal gebuchten Ausflug ab, weil sich am Morgen ein paar Wölkchen am Himmel zeigen. Es macht ihnen nicht einmal etwas aus, wenn sie die Überfahrt bereits bezahlt haben. Hier, im Café Wetterstein und in den Gasthäusern, sind die Tische trotzdem reserviert und bleiben dann eben leer. Und die, die kommen, haben es eilig. Sie wollen in möglichst kurzer Zeit möglichst viel geboten bekommen, und darauf ist eine Insel wie diese nicht eingestellt. Neuerdings ist manchmal von einem Erlebnispark die Rede, ich habe allerdings nur gerüchteweise davon gehört. Passieren muss auf jeden Fall etwas. Die Tagesgäste werden jedes Jahr mehr. Und sie wollen etwas erleben.

Das, was es an Attraktionen gibt, nehmen sie jedenfalls mit. Sie kommen an, leihen sich Fahrräder und schwärmen im Pulk aus. Sie besichtigen im selben Tempo, in dem sie in Köln oder Freiburg ihren Alltag bewältigen, die Kirche und den Leuchtturm, und die meisten werfen nur einen Blick ins Heimatmuseum, weil sie dort Postkarten kaufen können. Die Inselbewohner haben sich trotzdem auf sie eingestellt, und allmählich kann man auch eine Veränderung der Arbeit beobachten: Unser

Tierarzt zum Beispiel hat seine Praxis nur noch an zwei Tagen in der Woche geöffnet, den Rest der Zeit kutschiert er die Tagesgäste umher. Das bringt mehr ein, als ein Pony zu impfen.«

Sie sagte es ein wenig bitter. Der Tierarzt! Er schien ein wichtiger Mann im Ort zu sein. Julia mochte ihn nicht. Sie mochte Leute nicht, die sich überall breitmachten, über deren Anwesenheit man nicht hinwegsehen konnte. Schließlich war sie ihm in den vierundzwanzig Stunden auf der Insel nun schon dreimal begegnet. Nun ja, nicht direkt. Direkt hatte sie ihn nur einmal gesehen, und diese Begegnung reichte ihr vorläufig. Die beiden anderen Male hatte sie eigentlich nur seine Pferde, seinen Wagen – und diese Blondine beobachtet. Sie wischte den Gedanken zur Seite – und erwischte mit dem Gedanken auch die Zuckerdose. Ein Scheppern, ein Klirren, dann lag das schöne Gefäß zerbrochen auf den Fliesen. Kandis kollerte davon. Und alles nur wegen dieses Tierarztes. Immerhin wusste sie nun seinen Namen: Hanno Minarek.

Durch Julias Ungeschick kam es, dass sie das Gespräch erst am nächsten Tag fortsetzten. Angesichts der Scherben hatte Frau Bult Julia lediglich einen Zettel mit der Telefonnummer eines Geschäfts auf dem Festland in die Hand gedrückt.

»Die schicken Nachschub«, hatte sie nur gesagt. »Und wenn Sie schon einmal dabei sind, bestellen Sie gleich noch ein paar Tassen. Der Herbst kommt, da hocken wir beieinander. Ist eigentlich eine gute Gelegenheit.«

Julia war ihr dankbar für die Sachlichkeit, mit der sie

das Missgeschick behandelt hatte und die es ihr ermöglichte, die kleine Unterhaltung am nächsten Tag unbefangen wieder aufzunehmen. Bald wurde das zur Gewohnheit: Immer, wenn es dämmerte, verließ Julia die Dachkammer im Ladestein-Haus, wo sie den ganzen Tag über damit beschäftigt war, Kartons zu sortieren und neu zu stapeln. Sie blickte nicht auf die Uhr, sie ging einfach nach unten, wo Frau Bult pünktlich um siebzehn Uhr den Besuchereingang schloss, um Kasse zu machen. Inzwischen hob Frau Bult nur noch kurz den Kopf, nickte, und es war Julia, die hinüber in die kleine Küche ging, um einen Kessel mit Wasser aufzusetzen. Während sie darauf wartete, dass es zu sieden begann, schaute sie hinaus in den üppigen Garten, den Hofmeier, ein Freund Ladesteins, in vielen Sommermonaten angelegt hatte und der nicht so recht in die Gegend passen wollte mit seinen vielen Tannen, Fichten und übermannshohen Rhododendren. Sie beobachtete die Mücken bei ihrem letzten verzweifelten Tanz, bevor es viel zu kühl für die Insekten wurde. Sie beobachtete septemberschwere Hummeln und Wespen, die sich erschöpft vom Nektarsammeln auf dem Heimweg befanden. Die Vögel zogen sich in das Dunkel der Tannen zurück. Amseln durchsuchten das Reisig. Julia drohte einem Sprosser spaßeshalber mit dem Finger. Was hatte sie der Vogel an ihrem ersten Tag gefoppt! Sie hatte geglaubt, unter ihrem Fenster lebte eine ganze Armada von Singvögeln, in Wahrheit hatte es sich lediglich um diesen einen, eher unauffälligen gelbbraunen Burschen gehandelt, der aber in der Lage war, viele andere Vogelarten perfekt zu imitieren, ein Ausgleich vielleicht für die offensichtliche Artenarmut auf der Insel? Julia sah den Sprosser jetzt oft und hatte ihm auch einen Namen gegeben: Ilja. Ilja wie der Schnellsprecher aus der ersten Musiksendung des Fernsehens. Ilja-aus-dem-Schlehenbusch. Frau Bult hatte ihr erzählt, dass die Sprosser erst zu Beginn des Jahrhunderts auf die Insel gekommen waren, etwa gleichzeitig mit den ersten Urlaubern, niemand wusste genau woher. Nun bevölkerten sie das Unterholz und die stachelbewehrten Beerenhecken: kleine, untersetzte, sandfarbene Vögel mit spitzen gelben Schnäbeln und unschuldigen runden Augen. Das Wasser kochte. Den Tee brühte Frau Bult auf, das war ein heiliges Ritual, so viel hatte Julia begriffen, und sie stand daneben und beobachtete Frau Bults flinke und sichere Bewegungen.

16. September

Hi, Sweety!
Na, Dich hat's ja schön erwischt. Ich meine selbstredend die Insel, Gnädigste! Obwohl ich schon sagen muss, dass Du auf Deinen Tierarzt, diesen »inselbekannten Rüpel«, ziemlich viel Gehirnschmalz verwendest! Na, besser Gehirnschmalz als Herzschmerz, gell? Hier ist weder noch, alles verläuft in vertrauten Bahnen, und ich habe die Hoffnung aufgegeben, dass Kronauer mal einen Assi einstellt, der weder schielt noch dreißig Pfund Übergewicht auf die Waage bringt. An uns denkt mal wieder keiner. Du verpasst also nichts, ehrlich nicht, und der Kongress für Literaturwissenschaft findet nächstes Jahr ausnahmsweise auch nicht bei uns, sondern ausgerechnet in Essen statt. Hat allerdings den Vorteil, dass ich mich mittlerweile intensiver um die Heimatdichter an der Mosel kümmern kann.

Du hast unverschämtes Glück mit Deinem Ladestein, ich gebe zu, dass mich regelrechte Anwandlungen von Eifersucht überkommen. Außerdem: Ich stelle mir vor, wie Du Tag für Tag in Deiner kleinen Gedenkstätte nach oben in den dritten Stock kletterst (Du schreibst tatsächlich von einer »hölzernen Stiege«!), um sodann Deinem Dichter ordnend und katalogisierend zu dienen. Welch ein Luxus, meine Liebe! Was für ein Privileg! Richtige Kartons, so mit Staub und allem Drum und Dran und richtige Briefe! Auch wenn Du zur Zeit noch nicht zum Lesen kommst, so hältst Du sie doch in Händen. Die Aufregung, die Du dabei empfindest, kann ich gut verstehen. Wie wirst Du vorgehen? Willst Du sie erst einzeln abheften, chronologisch sortieren und dann lesen? Ich glaube, das würde ich nicht aushalten. Du schreibst, dass sie in gutem Zustand sind. Wer hat sie denn aufbewahrt? Wer weiß, vielleicht stehen irgendwelche Schweinereien drin? Pornografische Zeichnungen oder so? Nun guck nicht so empört, aus mir spricht der blanke Neid. Denn ich für meinen Teil, meine geliebte Insulanerin, sehe mich jeden Morgen zu nachtschlafender Zeit (also gegen zehn) Aug' in Aug' mit meinem höchst unwilligen grauen, kalten PC, lese die nicht sehr zahlreichen E-Mails von irgendwelchen Langweilern aus Massachussetts oder so und bastele dann den Rest des Tages an einer Homepage für den Romanistischen Fachbereich. Ja, »Homepage«*! Mein Gott, das ist doch nicht mein Zuhause hier! Trotzdem: In diesen Dingern liegt die Zukunft, ich sage es Dir! In den USA ist es längst üblich, nur noch online miteinander zu kommunizieren, und hier predige ich täglich, dass wir uns darum kümmern müssen – dringend! Das hat natürlich auch zur Folge, dass sämtliche entsprechenden Arbeiten an mir hängenbleiben. Habe ich je »hier!« gerufen, als nach unterforderten Mitarbeiterinnen gefragt wurde?!? Be-*

stimmt bin ich eine der ersten Anwärterinnen für diese neuen, seltsamen »Mouse-Krankheiten«, oder ich werde allergisch auf das Summen von diesem Microsoft-Programm ... Oder ist es gar die »Benutzeroberfläche«?

Dann müsste ich Volker bei Gelegenheit einmal fragen. Ach, Volker, mein Spezialist für Oberflächen – ein ganz trübes Thema, und es wird von Wochenende zu Wochenende trüber! Ich werde den unheimlichen Eindruck nicht los, dass er sich jedes Mal mit mehr Leidenschaft seinem neuen Macintosh und entsprechend weniger enthusiastisch meiner Wenigkeit widmet; möglicherweise besteht da auch ein kausaler Zusammenhang?!

Du kennst diesen saublöden Witz, in dem ein Geschäftsmann den anderen fragt: Haben Sie noch Sex? Oder spielen Sie auch schon Golf ... Nun, ich glaube, den könnte man in leichter Variation so anwenden: Haben Sie noch Sex, oder programmieren Sie schon ihre Homepage ... Lach Du nur, Du hast deine kernigen Seebären (auch wenn Du von keinem einzigen schreibst, gibt es keine Seeleute, keine Fischer oder schmucken Kapitäne???).

Spaß beiseite, was mich ehrlich gefreut hat an Deinem soo sehnsüchtig erwarteten Brief, ist, dass es Dir offenbar so gutgeht und dass ich eine Seite an Dir entdecke, von deren Existenz ich bisher nicht allzu viel wusste: Julia, das Naturkind.

Ich räume gleich freimütig ein, dass mir so viel Natur ein wenig unheimlich ist. Eigentlich bin ich ja heilfroh über meinen Laptop und die Segnungen der Informationstechnik, auch möchte ich das Abhotten am Wochenende im »Zuzu« nicht missen und weiß, dass ich theoretisch Nacht für Nacht mit einem virtuellen Lover in Leopoldsville oder Shanghai chatten könnte. Ich tu's zwar nicht – aber ich könnte! Für die Flucht aus der Realität steht mir also jederzeit ein keimfreies, unaufdringlich abschaltbares Transportmittel zur Verfügung. Und ein bisschen Flucht-aus-der-Realität ist Dein Job ja schon, gib's nur zu! Man kann heutzutage dem Leben in der Natur ja gar nicht mehr anders frönen als nostalgisch, den Blick stur rückwärtsgewandt, stimmt's? Und bestimmt stehen die diversen Piepmätze, von denen Du mit erstaunlichem Enthusiasmus berichtest, längst auf irgendeiner roten Liste oder zumindest unter Naturschutz. Ist das eigentlich Natur, wenn etwas nicht aussterben darf???

Ich hatte mich ja schon auf Sylt gewundert, dass Du diesen ornithologischen Führer dabeihattest, hatte mir Vogelkundler eigentlich immer ein bisschen anders (vor allem ein bisschen spilleriger und ein bisschen sonderbarer) vorgestellt, aber sei's drum! Wenn es Dir Spaß macht!

Ich finde es auch verblüffend, wie viel selbst bei mir von den unsäglichen pädagogischen Sonntagnachmittagsspaziergängen mit den lieben Eltern hängengeblieben ist, trotz heftiger innerer Abwehrmaßnahmen. Deinen »Sprosser« kenne ich allerdings nicht, ich wusste, dass Dohlen Stimmen imitieren, aber doch eher menschliche? – Ich gebe zu, da bin ich Laie. Aber im Moment fühle ich mich sowieso, als wäre ich überall Laie. Seufz. Ja, Du hast recht, ich denke zuviel an Männer. Immerhin ein Fortschritt: Nicht mehr nur an den Einen!

Lass es Dir gutgehn und melde Dich bald wieder, ja?
Deine fortschrittsgläubige Festlandsfreundin

Jeanette

P. S. Ich grüße Dich noch mal von Volker, lange ist wohl nicht mehr Gelegenheit dazu …

4.

Tage. Nächte. Überraschende Morgen, an denen sie als Erstes beim Blick aus dem Fenster feine Nebelgespinste zwischen den Bäumen hängen sah. Die Färbung der Blätter ließ allerdings kaum das Nahen des Herbstes erahnen. Hier vollzogen sich Übergänge langsam, schmeckte heiße Schokolade bitter nach, behielt man den Schlüssel in der Hand, lange, nachdem man die Tür hinter sich abgeschlossen hatte.

In der Luft kündigte sich ganz allmählich ein Wechsel an. Kühlere Zonen warteten. Nachmittags bereiteten die Gänse und Reiher ihre Flucht vor. An immer mehr Häusern hing das Schild »Zimmer frei!«. Wer es ausstellte, verriet auch, dass er die Saison über hart gearbeitet hatte. Aber noch ging kein Aufatmen durch Stiftsdorf, noch schlenderten an Nachmittagen große Gruppen von Spaziergängern über die Dorfwege, die Hunde hatten das Anschlagen verlernt, die Heiserkeit hätte sie sonst umgebracht über den langen Sommer.

Julia wusste nun, wo die Milchtüten standen in Erikas Laden und wo das Paketband bereitlag. Die Leute, denen sie auf ihren Wegen begegnete, kamen ihr gelegentlich zuvor mit dem Grüßen, und Julia grüßte zurück. Mehr verlangte man nicht auf der Insel. Der Alltag war einfach und eben und schmeckte wie das Brot, das der Bäcker aus Stralsund zweimal in der Woche auf die Insel schaffte.

Julia träumte jede Nacht, und sie träumte so intensiv, dass ihr die Begegnungen des Tages oft seltsam verwischt erschienen.

Anne Bult und Ladestein, das waren die Menschen, zu denen sie Kontakt pflegte; dass der Eine, der Dichter, schon über fünfzig Jahre tot war, änderte daran nichts.

Malvine, meine Sommerliebe, mein Sonnenkind,
meine Zauberin,
Die Dünen ein hauchzartes Kleid überstreift aus
Sanftheit und Licht,
Denn das bist doch du, Malvine,
Die den Sommer ermatten ließ vor vergeblicher
Sehnsucht,
Deren Schiffe anlegen und keuchen bloßen Dampf
aus rußigem Schornstein:
Malvine.

Malvine, Malvine, Säuseln messerscharf, Flüstern im
August:
Wie brennt mir deine Hitze in staubtrockenen
Knochen noch!
Du hast mich versengt verbrannt mit deinen
steinklaren Augen,
Und wie hochmütig tragen dich deine Beine davon,
Winken langschlanke Finger mir einen gleichmütigen
Gruß,
Du weißt nichts Malvine.

Malvine, ach Malvine, Strandkönigin, Tandkönigin,
Mädchen im Harnisch,
Goldfarbene Haare blitzen, trägst einen kostbaren Helm,

Stichst um dich mit Gescheitheit und verletzt
zweisprachig mit Aperçus,
Und sammelst um dich und zerstreust und führst in
Blindheit und Not,
Was für ein unheiliger Apostel du bist
Und tanzt
Und sprichst mir kein Wort, Malvine.

Sie hatte das Blatt an einem verregneten Abend gefunden, in einer Kiste, in der sie eher wahllos ein wenig herumgefischt hatte. Sie war ungeduldig, ein wenig unlustig geworden, denn allmählich wollte sie mit der eigentlichen Arbeit beginnen, mit dem Lesen und Auswerten, statt wie bisher nur Kiste um Kiste zu öffnen, Briefe nach Daten zu sortieren – so weit vorhanden – und jeweils ein paar einfache Stichworte dazu zu notieren (»Berlin, Frühjahr 1919« oder »Aus Stralsund, wahrscheinlich 1920« oder »An Markwart«). Und nun das. Das Blatt, chamoisfarben, in feinen Linien, hatte einfach hervorgeragt aus einem halbwegs sortierten Stapel, vielleicht hatte sie sich das auch nur eingebildet – jedenfalls hatte sie zugegriffen, und da saß sie nun, mit diesem Liebesgedicht auf dem Schoß. Sie war verblüfft, verwirrt. Das klang so gar nicht nach ihrem Hansjörg Ladestein. Die Reime fehlten und auch die Ironie, aber das war es nicht, was sie so irritierte.

Es war die Sehnsucht, die aus den Versen sprach, eine Sehnsucht, die keinen Reim mehr braucht. Durch diese Unbekannte hatte Ladestein von seinem bisherigen Schreibstil Abschied genommen, er hatte alles Gelernte einfach über Bord geworfen. Offenbar hatte ihn bei der

Niederschrift nicht gekümmert, ob er dieses Gedicht je würde vortragen können, wie er's bei allen anderen Texten zweifellos gehalten hatte. Dieses Gedicht war auf keine Pointe hin geschrieben, jeder Vers mündete einfach wieder in den Namen der offenbar geliebten Frau. Malvine! Julia hatte den Namen noch nie gehört, er kam, so weit sie informiert war, auch in der Korrespondenz nicht vor. War es womöglich ein Deckname?

Mit ihren philologischen Überlegungen kam Julia nicht weit. Sie hatte hier auch nur wenig Möglichkeit zur Recherche, wie sie sich sagte. Das konnte sie getrost auf morgen verschieben, auf ein Fax vielleicht an ihre Fakultät, mit der Bitte, im – allerdings erst sehr notdürftig bestückten – Stichwortverzeichnis, das sie selbst angelegt hatte, nach dem Namen »Malvine« zu suchen, einer Frau, die offenbar blonde Haare hatte und Tänzerin war. In diesem Augenblick faszinierte Julia eher diese geradezu weibliche Zartheit und Wehmut, die aus Ladesteins Versen sprach. Ein Wunsch nach der Liebe, die auch in ihr eine Saite anrührte.

Julia sprach normalerweise von »Beziehungen«, »Liebschaften«, »Ehen« und »Freundschaften«, von Bündnissen also, die einen gewissen Zweck erfüllten, bei vollem Verstand geschlossen wurden und realistischerweise auf Zeit. So war Ladesteins Liebe nicht. Ladestein träumte von einer Frau, die anscheinend nicht einmal das Wort an ihn richtete, und er träumte von ihrer Zuwendung, so, als bedeutete diese Erlösung für ihn. Woher nahm er nur so viel Vertrauen in eine andere Person? »Aber sprich nur ein Wort ...«, Ladestein kannte offenbar sein Evangelium.

Es hatte einen Namen. Malvine.

Julia strich den Bogen sorgfältig glatt, dann drückte sie ihn an sich, mit einer Zärtlichkeit, die sie selbst überraschte. Am liebsten hätte sie ihn eingesteckt. Gut, dass sie niemand beobachtete.

»Warum haben sie ihn nicht einfach aufgegessen?«, scherzte Frau Bult, als Julia ihr von dem Fund und ihrer Reaktion darauf berichtete. Und, auf Julias ungläubiges Staunen hin: »Das haben die Kannibalen früher so gemacht, um sich die Kraft eines anderen Menschen einzuverleiben. Könnte Ihnen nicht schaden.«

Der Regen begann eher als in anderen Jahren. Ganz plötzlich war es auch früher dunkel geworden, Ilja, der Sprosser, war von einem Tag auf den anderen verschwunden, und Julia hatte ihren Nachmittagsspaziergang vorverlegen müssen, um eine halbe Stunde. Sie liebte diese langen Gänge, parallel zum Ufer, wo sie das Meer rauschen hörte, aber nicht sah, weil der dichte Wald das Steilufer säumte. So musste sie nicht hinsehen, konnte ungestört ihren Gedanken nachhängen und hatte das Gefühl, dass ihr Kopf allmählich freier und freier wurde. Sie ging sich lüften, sie ging, um Papiergeruch und die Enge geschlossener Räume zu vertreiben, Arme und Beine schlackern zu lassen beim Gehen, und verwundert hatte sie festgestellt, dass sie es jeden Tag ein wenig weiter schaffte, jeden Tag rückte die Vogelhalbinsel ein wenig näher, auf der im Frühjahr Kormorane und Gänse nisten würden. Trotzdem zog es sie jetzt nicht dorthin, so wie sie auch niemals den Weg zur Heidelandschaft im Süden der Insel suchte, einem Flecken, der jetzt leuchten musste in

Lila- und Blautönen. Aber Julia wollte gar nicht überwältigt werden, sie wollte einfach nur gehen. Sie fand Freude an der Bewegung, allmählich auch Freude an sich selbst. Schon lange geriet sie nicht mehr außer Atem, wenn sie, den Höhenweg hinauf, ihren Spaziergang begann. Sie kam auch jedes Mal ein wenig früher am einzigen Getränkeladen der Insel vorbei. Bisweilen traf sie dort jetzt auf Iris, die schüchterne junge Frau, die bei Marianne Brant im Föhrenwald arbeitete. Mit erstaunlicher Zähigkeit zog sie einen Handkarren bergan, in dem sich Getränkekisten befanden. Julia blickte ihr dann nach, sah, wie die gebückte kleine Gestalt sich allmählich dem Waldrand näherte. Wie schaffte die das nur, so schwere Arbeit, wo ihr doch das schiere Leben schon zu viel sein musste? Julia stellte sich vor, dass oben am Wald Iris' Mann auf sie warten würde – »geduldig«, dachte sie sogleich und merkte, dass sie mit den beiden immer Märchenphantasien verband. Zwei kleine verzauberte Stadtbewohner, gefangen von einer bedrohlichen Macht. Nie sprach sie Iris an.

Sie selbst freute sich darüber, dass sie inzwischen den Getränkeladen mühelos links liegen ließ. Nein, sie brauchte keine zwei, drei Dosen Bier mehr zum Einschlafen – zum ersten Mal seit dem Bruch mit Hal.

»Hal! Wenn ein ganz gewöhnlicher Harald aus Bottrop sich schon ›Hal‹ nennt!«, hatte Jeanette gestöhnt. »Nicht einfach Harald oder meinetwegen Harry, nein, Hal mit diesem idiotischen, langen, möglichst amerikanischen ›o‹, wahrscheinlich, weil man ihn sonst so schnell vergessen würde, wie es eigentlich angebracht wäre.«

Jeanette hatte nichts von Hal gehalten, gar nichts, und sie hatte mit einer für sie ungewöhnlichen Parteilichkeit gleich mit dem begonnen, was sie »Wegbeißen« nannte. Es hatte natürlich nichts genutzt. Julia und Hal wurden ein Paar – und zwar ein so unglückliches, wie es nur sein kann. Julia schüttelte sich noch immer bei der Erinnerung. Sie war sich selbst fremd geworden in dem halben Jahr mit Hal. Feige und egoistisch und gemein. Gemein aus Ängstlichkeit. Es war lange vorbei. Und hier brauchte sie nun endlich keinen Schlummertrunk mehr.

An diesem Tag musste sie zum ersten Mal umkehren, weil es zu regnen begann. Der Küstershund knurrte sie an, als sie vorbeiging. Sie wusste nicht, ob ihn ihre Eile ärgerte oder ob er ganz allgemein schlechte Laune hatte – wegen des Regens womöglich. Wie oft hatte sie sich in Bielefeld Gedanken darüber gemacht, ob Hunde Regen mögen oder nicht? Julia beschleunigte ihren Schritt. Der Regen wurde heftiger, auch der Wind nahm zu. Das Wasser klatschte mit Schwung gegen ihre rechte Schläfe, gegen die Wange, Regenohrfeigen, die sich gewaschen hatten. Julia zerrte an der Kordel, die die Kapuze enger schloss, und sofort wurden ihre Finger eiskalt. Sie rannte fast, als sie in den Weg zum Ladesteinhaus einbog, und als sie die Tür hinter sich geschlossen hatte, dachte sie: endlich zu Hause!

Sie träumte. Sie träumte von einer Klassenkameradin, die sie seit der Mittelstufe nicht mehr gesehen und auch nicht vermisst hatte: Susanne Ahrens. In ihrem Traum spielte die dickliche Susanne, die eine merkwürdig hochgetürmte Kurzhaarfrisur getragen hatte – das einzig Auffallende an ihr –, eine entscheidende Rolle. Sie rettete Julia vor maskierten Männern mit Krummsäbeln, die sie irgendwohin entführen wollten. Aber die Wüste, in der sie sich befanden, zerlief plötzlich zu einer zähen Masse, und da war dann diese Susanne. Und noch im Traum regte sich Julia auf und fragte:

»Was treibst du eigentlich hier? Wer hat dich in meinen Traum gebeten?«

Aber seltsamerweise endete dieser Traum nicht dadurch, dass Julia ihn durchschaut hatte, im Gegenteil: Susanne-im-Traum setzte eine strenge Miene auf und sagte, dass alles so kommen müsse, wie es eben vorgesehen sei, und dass man sich seine Helden nicht aussuchen könne, nur seine Hühner, nur seine Hühner. Julia fand das sogar im Traum absurd und beschloss, auf der Stelle aufzuwachen. Sie bemühte sich, die Augen zu öffnen, zumal Susanne jetzt auch noch anfing zu schreien und zu rufen …

»Julia!!!«

Das war nicht Susanne. Sie begriff: Das war auch kein Traum mehr.

»Julia!!!«

Beim dritten Mal war sie aus dem Bett. Blickte aus dem Fenster und sah im Regen Frau Bult stehen, die ungeduldig von einem Bein aufs andere trat. Sie trug Gummistiefel und einen dicken roten Anorak, der im Schein der Laterne vor Nässe glänzte. Julia sah auf die Uhr. Halb zwei! Sie riss die Tür auf. Sofort fegte der Regen in das kleine Gartenhaus.

»Los, machen Sie schnell!«, sagte Frau Bult mit einer ungewohnten Schärfe in der Stimme. »Johannsens Stuten sind durchgegangen. Los, los!«

Julia fingerte hastig nach Socken, nach einer Hose, nach der Wetterjacke, die sich noch klamm anfühlte vom Nachmittagsspaziergang. Egal! Die schweren Boots übergestreift, Julia wunderte sich selbst darüber, wie schnell sie fertig war – die »Landkluft«, wie Jeanette das nannte, war ihr schon zur Gewohnheit geworden. Und eine Mütze! Und raus! Der Wind warf sie fast um.

»Möglich, dass wir morgen einen Sturm kriegen«, sagte Frau Bult und drückte Julia eine schwere Taschenlampe in die Hand. Einen Sturm kriegen?!? Dann war dieses Unwetter also noch keiner? Julia beschloss, nicht weiter darüber nachzudenken, sie war ohnehin damit beschäftigt, hinter Frau Bult herzustapfen, die, nachdem sie das Gartentor geöffnet hatte, den Höhenweg einschlug.

»Johannsen hat seine Weiden unmittelbar am Wald«, erklärte sie. »Kann sein, dass die Stuten da rein sind. Das wäre gar nicht gut! Er hat heute die Stuten von den Fohlen getrennt. Die Fohlen mussten rein, zum Impfen, und er hat sie über Nacht im Stall behalten wollen. Die Stuten sind das Wetter gewöhnt, aber sie haben ihre Kleinen vermisst, und ein paar sind offenbar völlig durchgedreht, als der Wind zunahm. Sie sind einfach durch den Zaun durch.«

Oben am Höhenweg erkannte man nun den Schein mehrerer Taschenlampen, Wortfetzen wurden vom Wind herübergeweht. Julia begann zu schwitzen, der Weg war glitschig, und Frau Bult legte ein enormes Tempo vor. Plötzlich hörte sie leises Wiehern.

»Da sind doch Pferde!«

»Ein Wallach. Johannsen hat seinen Wallach mitgebracht, als Lockvogel sozusagen. Vielleicht kommen die Stuten dann wieder, wer weiß.«

Frau Bult kannte sich also aus mit Pferden, obwohl sie nie davon gesprochen hatte.

»Hallo, Jan, hallo, Renate!«

Sie waren oben angekommen. Julia schaute auf. Sie hatte beim Anstieg nur auf ihre Beine geachtet, auf Knie, die sich abwechselnd hoben und senkten, auf den Boden, der sich unter ihr zu winden schien, so glitschig war er. Jetzt sah sie in die angespannten Gesichter einiger Dorfbewohner. Das war Johannsen? Sie erkannte den freundlichen Mann vom Bootsanleger wieder, der ihr Hilfe angeboten hatte. Jetzt sah er viel schmaler aus, die Haare klebten nass an seinem Kopf. Er schaute sich unruhig um, eine Zigarette hing schlaff und kalt aus seinem Mundwinkel. An einem Strick führte er ein gewaltiges Pferd, einen Braunen, mit Hufen groß wie Eimer und einem seltsam dünnen, kläglich herabhängenden Schweif. Aber den Kopf trug der Braune hocherhoben, wie ein Mensch, der weiß, was er zu tun hat.

»Na, hast du Denver wieder rausgeholt, Willem?« Frau Bults Stimme klang gutmütig, während sie dem Pferd den Hals tätschelte. Es senkte den Kopf und schaute Frau Bult an. In die Menschengruppe kam so etwas wie Ruhe. Johannsen teilte die Leute ein.

»Ihr da, ihr geht links herum, um den Buckel, und ihr da«, er wies auf ein paar junge Leute mit Laternen, »ihr schlagt euch direkt in den Wald. Und du«, er wandte sich an Frau Bult, »du kommst mit mir rechts herum, wir treffen uns dann unten am Strand.«

»Und ich?«, traute sich Julia zu fragen.

»Und Sie, Frolleinchen, Sie bleiben schön hier bei Denver und halten Wache.«

»Ich?«

»Na, Sie werden doch wissen, wie man ein Pferd festhält!?«

Die jungen Leute, die etwas abseits standen, lachten.

»Na, Willem, wenn nich', dann hält Denver eben sie fest. Is' auch egal.«

Frau Bult hatte gesehen, wie erschrocken Julia war.

»Lass man gut sein«, sagte sie zu Johannsen. »Ich gehe mit Julia, und du bleibst hier, Willem. Is' eh zu viel für deine Knochen ...« Und, als sie sein empörtes Gesicht sah: »Außerdem hast du die schärfsten Augen, also bleibst du hier oben und guckst, ob du die Stuten siehst. Kommen Sie, Julia.«

Julias Augen brannten. Das ganze Dorf würde erfahren, dass sie nicht einmal ein Pferd festhalten konnte. Natürlich wusste sie, dass Pferde Halfter tragen und dass an diesen Halftern Stricke befestigt sind! Aber eine Sache war, ein gelangweiltes Leihpferd aus seiner Box im Reitstall zu holen, eine ganz andere, hier, mitten in der Nacht, allein mit einem turmhohen Wallach auf verrückte Stuten zu warten. Was, wenn sie kämen? Sie konnte doch unmöglich dieses Riesentier festhalten! Und was, wenn der Braune sich losriss und womöglich stürzte? Oder sie einfach umrannte? Sie stolperte neben Frau Bult her, das Gelächter der anderen noch in den Ohren, tolpatschiger denn je.

Frau Bult schien mit ihren Gedanken schon weiter zu sein, viel weiter. Die jungen Leute kümmerten sie nicht. Sie erklärte Julia, wohin sie gingen und was sie zu tun hätten. Sie versuchten, den Föhrenwald nordöstlich zu umgehen, sie würden ganz still sein, damit sie verdächtige Geräusche hören würden. Wenn sie den Hügel zur Hälfte umrundet hätten, träfen sie auf die andere Gruppe, und auf dem Rückweg durchstreiften sie dann gemeinsam den Wald – wenn sich die Pferde nicht vorher fänden.

Sie gingen los. Schweigend. Schweigen, das kannte Julia an der Seite von Frau Bult. Sie marschierten; sie konnten kaum den Boden unter ihren Füßen erkennen. Manchmal kämpfte sich der Mond durch die vorbeieilenden Nachtwolken, dann warf Julia einen kurzen Blick auf Frau Bults Gesicht. Sie hatte recht gehabt, damals, bei ihrer Ankunft: Es war ein bäuerliches Gesicht, flach, raumgreifend, selbst jetzt im Dunkeln konnte man die Breite der Wangen erkennen ... Frau Bult war schnelles Gehen gewöhnt; man hörte sie kaum atmen. Julia hingegen rang nach Luft, mit großen, weiten Bewegungen des Brustkorbs, der ihr immer ein wenig zu eng schien. Der Wind heulte auf und blies ihr ins Gesicht, sie kniff die Augen zusammen, so scharf war diese Kälte. Sie stapften weiter, am Saum des Wäldchens entlang. Keine Spur von irgendeinem Tier, geschweige denn von einem Pferd. Nach etwa zwanzig Minuten hörten sie Stimmen, von halblinks, mehrere muntere Stimmen.

Und dann sah sie etwas, was wie betrunkene Glühwürmchen wirkte: Laternen. Sie trafen auf die jungen Leute, die den Hain auf der anderen, der Seeseite umrundet hatten. Nein, keine Spur von den Stuten. Sie berieten sich kurz, dann drehten sie um, achselzuckend. Und wieder ging es bergauf, und Julia spürte ihre Beine nur an den Knien, die schmerzten, da, wo der harsche Stoff der Jeans sich nass spannte. Drillichgeruch, klamm. Ihre Hände waren kalte Krallen. Sie strich sich Haarsträhnen nach hinten, es tropfte in den Kragen, Frau Bult schwieg beharrlich. Plötzlich blieb sie stehen, hielt inne, lauschte. Julia wollte schon fragen, was los sei, dann hörte sie es selbst. Ein weit entferntes Brummeln und Scharren und dann – Himmel! – ein Stöhnen, wie ein Mensch, der schwer verletzt und zu schwach ist, um Hilfe zu rufen.

»Los, kommen Sie!« Frau Bult verschwand seitwärts im Dunkeln.

Julia wollte noch rufen: Aber da ist doch der Wald!, dann wurde ihr klar, wie idiotisch das war, natürlich war da der Wald, sie liefen ja die ganze Zeit an seinem Saum entlang, und aus dem Wald, von dort drinnen, drang offenbar gerade so etwas wie ein Hilferuf zu ihnen, ein Stöhnen jedenfalls. Sie beeilte sich, hinter Marianne Bult herzukommen.

»Los, da vorne, da muss es sein!«

Die Waldfinsternis verschluckte gierig das Licht ihrer Taschenlampen. Baumwurzeln stakten aus dem Boden, Äste lagen quer.

Julia kürzte eine Biegung ab, um dichter aufzuschließen, und wäre fast hängengeblieben in einem Beerenstrauch. Er zerfetzte ihr den linken Ärmel der Jacke. Auch egal! Zornig riß sich Julia los, stapfte weiter, trat ins Leere, versank bis zur Wade im Modderwasser.

Sie schrie auf.

»Alles in Ordnung?«

Frau Bult wollte es nicht wirklich wissen. Sie war auch gar nicht stehengeblieben. Das Stöhnen wurde lauter, kam näher. Und dann sahen sie etwas aufleuchten, knapp über dem Boden: eine Pferdemähne. Die Mähne der Falbenstute. Die Stute lag. Sie war seitlich in einen Graben gestürzt und hatte in ihrer Panik so heftig um sich getreten, dass sie nun völlig verkantet im Graben steckte. Der Graben war mit Wasser gefüllt. Und jedes Mal, wenn die Stute sich bewegte, sank ihre Schulter tiefer ein.

»Ruhig, Leila, ruhig …«

Frau Bults Stimme war mehr ein Flüstern, und trotzdem riß die Stute den Kopf furchtsam empor und begann wieder, um sich zu treten.

»Ruhig!«

Frau Bult wandte sich an Julia. »Verdammt noch mal, ausgerechnet Leila! Willems beste Stute, aber ein völlig verrücktes Tier! Nicht zu bändigen.«

Julia trat vorsichtig näher. Der Bauch des Pferdes hob und senkte sich, die Augen waren verdreht vor Anstrengung. Das Pferd war triefend nass, ob vom Wasser des Grabens oder vom eigenen Schweiß, war nicht zu erkennen. Ein Vorderhuf war merkwürdig angewinkelt.

»Darauf scheint sie gestürzt zu sein«, kommentierte Frau Bult kurz und fachmännisch. »Kann sein, dass der gebrochen ist. Muss aber nicht.«

»Was machen wir bloß?«, fragte Julia verzweifelt.

»Wir? Gar nichts. Wir können hier gar nichts machen. Da müssen Fachleute ran. Ich bleibe hier bei dem Tier, und Sie holen Willem und die anderen. Sie sollen Denver mitbringen, zur Beruhigung – und am besten gleich noch den alten Weber mit seinem Traktor, vielleicht kriegen wir die Stute damit raus.«

Julia hörte nur, dass sie zurück sollte. Allein. Durch diesen Wald, der ihr so unendlich vorkam wie der Regenwald, obwohl man ihn doch in einer guten Stunde umrunden konnte. Aber jetzt sah sie den Weg nicht mehr, ja, sie konnte sich nicht einmal mehr vorstellen, wo er gewesen war.

»Ich, ich, also ich …«

»Sie haben doch wohl keinen Schiss?!«

Frau Bults Stimme klang ein wenig schärfer als sonst. Julia wollte sich verteidigen, wollte sagen, dass es ihr gutes Recht war, so viel »Schiß« zu haben, wie sie eben wollte, denn schließlich war sie eine wissenschaftliche Angestellte, kein Gaucho, und sie wollte, verdammt noch mal, auch keiner sein … Und … Sie fürchtete, gleich weinen zu müssen …

»Mist. Entschuldigung«, sagte Frau Bult plötzlich, und es klang wie »Misschuldigung« in der Eile. »Natürlich haben Sie Schiss. Ich habe auch die Hosen voll, denn dieses Vieh hier ist ganz schön meschugge.«

Sie schlang beide Arme um ihren Oberkörper.

»Gut. Ich werde also zurückgehen. Sie bleiben hier und versuchen irgendwie, die Stute bei Laune zu halten. Immer auf sie einreden, leise, versteht sich. Ich hole die anderen.«

Sie war fort. Julia stand allein. Es wurde plötzlich ganz still.

Sie warf einen Blick hinüber zu dem Tier; es war ruhiger geworden, während Frau Bult mit ihm gesprochen hatte, aber nun versuchte es wieder, sich hin und her zu wenden, es begann, den Kopf zur Seite zu werfen – jämmerliche kleine Versuche, aufzustehen, aber sie führten offenbar nur zu größerer Angst, denn im Dunkel konnte Julia jetzt wieder das Weiße in den Pferdeaugen leuchten sehen, Angstaugen, kurz vor einer Panik stand diese Stute.

Warum nur habe ich keine Möhren dabei? dachte Julia und musste im selben Augenblick hysterisch über sich selbst lachen. Möhren! Mitten in der Nacht! Wo hätte sie die auch hernehmen sollen? Macadamia-Nüsse – die vielleicht, aber in ihrer Jackentasche krümelte es nur salzig und feucht.

Die Stute hatte aufgehorcht. Julias Lachen hatte sie nicht erschreckt, im Gegenteil, sie hatte mit dem sinnlosen Hin- und Herwerfen innegehalten. Julia schöpfte Hoffnung. Vielleicht, wenn sie auf das Tier einredete, wie man es bei Kleinkindern mit Bauchschmerzen machte, so, dass zumindest die eigene Furcht und Sorge ein wenig abnahm? Sie merkte gar nicht, wie sie immer weiter auf die Stute zuging, leise redend, unzusammenhängende Sätze, Wörter einfach, deren warmer Klang ihr gefiel. Jetzt, ausgerechnet jetzt hatte sie Gelegenheit, ihr Wörter-Sammelsurium anzubringen:

»Schöne, feine Stute, Samtschnauzen-Leila, joh-ho … Gutes Mädchen, Leuchtmähne du, ruhig, nono-lo …«

Ihre Stimme wurde fester. Der Regen rauschte.

Als Frau Bult mit den anderen zurückkehrte, mit Lampen, Seilen, dem Wallach Denver und der Nachricht, dass der alte Weber seinen großen Traktor holte, bot sich ihr folgendes Bild:

Im Graben lag, auf der rechten Seite, die verunglückte Stute, schweißnass, schweratmend, aber ruhig. Julia saß neben ihr, sie lag eigentlich mehr, und ihr rechtes Bein hatte sie unter den Kopf des Pferdes geschoben, sodass dieser nicht noch weiter absinken konnte. Frau Bult erschrak. War Julia ausgerutscht und im Fallen unter die Stute geraten? Aber nein, Julia konnte sich frei bewegen. Kein Zweifel, sie hatte sich selbst in diese äußerst gefährliche Lage gebracht.

»Julia, ich bitte Sie ...«

»Alles in Ordnung, Frau Bult«, rief Julia, und es klang geradezu fröhlich.

Die Stute hatte den Kopf ein wenig angehoben, aber zu mehr reichte ihre Kraft offenbar nicht mehr.

»Was haben Sie mit ihr gemacht?«, fragte Frau Bult fassungslos.

Julia schaute sie an. Das sah man doch, was sie gemacht hatte, nämlich das einzig Mögliche. Ihr rechtes Bein, das vor einiger Zeit alles Gefühl verloren zu haben schien, kribbelte jetzt wieder heiß und unangenehm. Die Stute zuckte, Julia beugte den Kopf zu ihr herunter:

»Leila-Akelei, braves Mädchen ...«

»Himmel, Arsch und Zwirn, was macht denn diese Verrückte da im Graben!«

Ein gewaltiges Mannsbild war zwischen den Bäumen aufgetaucht. Finster, zornig. Die Stute fuhr heftig zusammen.

»Verdammt noch mal, Anne, wer hat der denn erlaubt, hier herumzuhocken ...« Und, zu Julia: »Seien Sie bloß vorsichtig, wir kommen gleich zu Ihnen.«

Natürlich, der Tierarzt. Hanno Minarek. Der hatte ihr weiß Gott noch gefehlt. So würdevoll wie möglich antwortete sie also:

»Mit mir ist alles in Ordnung, Herr Doktor. Es ist nicht, wie Sie annehmen ...«

»Oh Gott, nun fängt sie auch noch das Diskutieren an!« Minarek wandte sich an Anne Bult, als existierte Julia gar nicht.

»Los Anne, sagen Sie ihr, dass sie ihren dicken Hintern da rausbewegen soll.«

»Das werde ich nicht tun«, sagte Julia spitz. »Und schon gar nicht, bloß weil es Ihnen einfällt. Wenn ich mich nämlich hier rausbewege, muss Leilas Kopf anders gestützt werden, sie sackt sonst ab, und dann ...« Sie wies auf den Graben. Nur ärgerlich, dass ihre Stimme zitterte.

Der Tierarzt kam näher. Die Stute bewegte sich.

»Nanana, Gute ...«

Aha, also konnte auch Herr Doktor in normaler Lautstärke, ja sogar sanft sprechen.

»Holla, meine Gute, so ist's brav ...«

Er kam näher. Er war triefend nass, so wie sie alle, Julia bemerkte es mit Genugtuung. Das Wasser rann von dunkelblonden Haarsträhnen in seinen dicken Mantel. Er ging in die Hocke, nun direkt vor ihr und der Stute und schaute sie an: »Schöner Schlamassel!«

Was meinte er damit? Julia beschloss, das Nachdenken auf später zu verschieben. Sie hörte das Rumpeln eines Fahrzeugs im Wald. Der Traktor kam näher, das Licht seiner runden Scheinwerfer fiel durch die Bäume. Die Stute kümmerte es nicht. Landmaschinen war sie gewöhnt.

Willem Johannsen bugsierte Webers Traktor so nah wie möglich an den Graben. Es stank gehörig, aber Julia kam der Diesel vor wie ein milder Duft. Geschäftigkeit machte sich breit.

Sie fassten alle mit an. Johannsen hatte stabile Seile mitgebracht. Die wurden, ganz vorsichtig, um die beiden erreichbaren Hufe gezogen, um Leilas Hals. Dann kam das Schwierigste: Auch um den kugelrunden Bauch der Stute musste ein Seil befestigt werden, irgendwie. Julia angelte nach einem Ende.

»Los, her damit.«

Jetzt war ihr plötzlich alles egal. Die ganze Zeit über hatte sich Leila brav verhalten, warum sollte sie nun plötzlich auf die Idee kommen, sich auf sie zu wälzen oder einfach kräftig zuzubeißen ohne weitere Vorwarnung? Tatsächlich war Leila zu erschöpft, um sich an ihre frühere Wildheit auch nur zu erinnern. Sie stöhnte bloß, als Julia sich an ihrem Leib zu schaffen machte, ihren linken Arm unter den Rücken des Pferdes schob, um dann – vorsichtig, vorsichtig – mit dem rechten Arm von unten her, vom Bauch her, nach dem Seilende zu angeln.

»So, Brave, gleich haben wir's hinter uns.«

Es war ganz still geworden. Julia glaubte, neben dem Rauschen in ihren Ohren sogar das Geräusch einzelner Regentropfen unterscheiden zu können. Plötzlich wurde ihr bewusst, dass sich niemand bewegte: Anne Bult nicht, Johannsen nicht, der alte Weber nicht, die vorwitzigen jungen Leute nicht, und selbst der dämliche Doktor hielt ausnahmsweise einmal den Mund. Da! Sie hatte das Ende zu fassen bekommen. Aber: Was für einen Knoten sollte sie nun …

Es patschte plötzlich neben ihr im Graben: Der Tierarzt war einfach in den Schlamm gesprungen und nahm ihr behutsam das Seil aus der Hand.

Leila zuckte nur ein bisschen.

»So, warte mal. Gleich hast du's geschafft.«

Meinte er sie? Meinte er die Stute? Er griff plötzlich nach ihrer Hand:

»Gutes Mädchen!«

Man konnte wirklich nicht unterscheiden, ob er Menschen oder Pferde ansprach. Sie entdeckte viele kleine Falten um seine Augen herum.

»Los jetzt!«

Minarek sprang aus dem Graben.

»Sobald wir die Stute ein bisschen angehoben haben, ziehst du hier Leine, klar?«

Er schaute Julia mit einer Miene an, die wohl streng sein sollte, aber der Regen verwischte alles, und sie war plötzlich so müde.

»Ja …«

Die Seile wurden verknüpft und am Traktor befestigt. Der wendete. Und dann fuhr Johannsen an, so sanft, wie er nur konnte. Und der Motor ging aus. Und sprang wieder an. Und es ruckte ein bißchen, und Julia bekam plötzlich Angst, und alle schrien hysterisch:

»Mann, pass doch auf!«

Und Frau Bult stürzte zu Julia hin, und Leila wieherte verzweifelt. Denver begann, nervös zu tänzeln. Ein neuer Versuch. Die Stute zuckte, versuchte auszuschlagen – und Julia war frei. Sie rollte sich mit steifen Beinen über den Grabenrand, wo Anne Bult schon wartete.

Sie schafften es. Sie befreiten Leila. Die Stute wurde aus dem Graben gezogen, die Stute stand. Zitternd, aber sie stand. Minarek tastete ihre Beine ab. Den Leib. Ließ sich Zeit dabei. Johannsen wartete stumm daneben.

Schließlich richtete sich der Tierarzt auf. »Soweit ich das hier beurteilen kann, Willem: alles in Ordnung. Nur ein paar Schürfwunden. Aber fix in den Stall mit ihr, Decken drauf, aber stell sie nicht zu den anderen, ich will sie mir noch mal in Ruhe ansehen.«

Auch die anderen Stuten waren gefunden worden, unten, am Waldrand. Julia hörte es kaum, so müde war sie. Und dann fuhr der alte Weber im Traktor voraus, und die anderen taumelten abwärts, alle zusammen. Frau Bult, die Denver führte, als hätte sie nie etwas anderes getan, Johannsen mit Leila am Halfter, dann der Tierarzt, Julia, Jan und Renate, Arm in Arm, teils vor Schwäche, teils vor Erleichterung. Und sie redeten dummes Zeug, und Minarek konnte auch lachen, leise jedenfalls, und legte seinen Arm fest um Julias Schultern, und die wusste plötzlich, dass sie diese Nacht nicht wieder vergessen würde.

Meine sehr liebe, unvorsichtige Freundin,
das glaube ich, dass Du diese Nacht nicht vergisst – obgleich ich Dir, offengestanden, etwas andere »Ereignisse« gewünscht hätte als ein durchgehendes, halbverrücktes Pferd! Nach Deiner Stimme am Telefon zu urteilen, solltest Du zur Zeit auch eher heißen Holundersaft oder bestenfalls Tee mit Rum probieren

statt den Champagner, mit dem ich Deinen Osttrip gesponsert hatte. Heb ihn auf, bis ich komme!! Du könntest jeden Wildwest-Schurken synchronisieren, so wie Du brummst. Schöne Erkältung!

Nun ja, ich denke, Du willst gar nicht von mir aufgezogen werden, stimmt's? Und deswegen hast Du mich auch gar nicht angerufen, richtig? Eher weil Dir nach Deiner Heldentat vom Donnerstag so richtig schummerig geworden ist. Hinterher. Kann ich verstehen. Ich finde es auch wahnsinnig, was Ihr da so treibt, ganz ehrlich. Von Deiner Frau Bult hätte ich etwas mehr – protestiere Du nur, ich bin schließlich vier Tage älter als Du und in jedem Fall viel vernünftiger –, von Frau Bult also hätte ich mehr Verantwortungsgefühl erwartet.

Ein altmodischer Begriff, ich weiß. Aber schließlich ist sie derzeit so etwas wie Deine Vorgesetzte, und in Deinem Arbeitsvertrag sind nächtliche Rettungsaktionen von Stuten bestimmt nicht vorgesehen. Wie konnte sie Dich nur in eine solche Situation bringen!?!

Jaja, ich weiß, Du kennst Pferde, hattest als halbwüchsiges Blag auch mal Reitstunden, so wie jedes Mädchen, das einigermaßen bei Verstand und noch mehr bei Gefühl ist. Und wir alle haben uns dann in den jeweiligen Reitlehrer verknallt, weil die Grenze zwischen Mensch und Tier und Natursehnsucht und Erotik so seltsam verschwamm – eine Erotik, zu der die Reiterei aus Gründen, die ich auch nicht kenne, eine verborgene Tür öffnet. Geschenkt. Aber Du, ma chère, Du bist mittlerweile eine Stadtfrau, ein Mensch des ausgehenden 20. Jahrhunderts. Du gehst einfach nicht mehr täglich mit solchen Viechern um, wenn sich auch Dein Verstand und mehr noch Dein Gefühl an diese lieben, warmen, ewig schnaubenden Vierbeiner erinnert, die Dich mit einem Blick anschauen, so voller Vertrauen, dass Du ihn für Liebe halten könntest, gelänge es Dir auch nur einen Augenblick zu vergessen, dass sie absolut jeden so angucken, in dessen Jackentaschen sie Würfelzucker vermuten ...

Gut, nehmen wir an, Du hattest tatsächlich eine besondere Beziehung zu Pferden, nehmen wir an, Du erinnerst Dich sogar ganz gut daran, aber: Deine Arme und Beine erinnern sich nicht. Und deshalb finde ich es ziemlich riskant, was Du da getrieben hast.

Ich meine, mit Ende zwanzig wird es Zeit, sich über etwas klar zu werden, über die eigenen Grenzen nämlich. Natürlich kann es sein, dass doch noch der große Prinz oder ein Angebot aus Hollywood kommt – aber sehr viel realistischer, als doch noch das erträumte Studium der Ozeanographie zu beginnen, erscheint mir zur Zeit die Möglichkeit, Mutters Brustkrebs zu erben oder von einem Lkw überrollt zu werden. Nach den Gesetzen der Wahrscheinlichkeit! Ich bin keine Pessimistin, ich lehne Berechnungen bloß nicht grundsätzlich ab. Und ich kenne mich, und ich kenne Dich. Wir gehören doch eher zu der Sorte Leute, die Volker, der Unselige, ausnahmsweise zutreffend »Couch-Potatoes« nennt: Wir sind also Leute, die das Haus nicht mehr verlassen, wenn's regnet. Ich höre Dich doch noch: Lass uns doch lieber morgen treffen. Und da wollten wir ins Kino, das bekanntermaßen überdacht und sogar geheizt ist! Nein, ich glaube, Dein plötzlicher Mut entspringt gerade nicht, wie Du mir's hast weismachen wollen, einer genauen und nur verschütteten Kenntnis der Pferde (oder der Natur im Allgemeinen), sondern einer totalen Unterschätzung der Situation. Dein Mut – tut mit leid, Süße – beruht auf Unkenntnis. Ich glaube übrigens, fast jede Form von Verwegenheit beruht darauf. Kluge Menschen sind keine Helden, sie sind Feiglinge und haben eine Unfallversicherung.

Mache ich Dir Deine Träume kaputt? Ich will Dir etwas sagen: Auch ich träume. Aber ich weiß, dass es Träume sind. Und ansonsten richte ich mich ein. In meinem kleinen, nicht besonders aufregenden Leben – das ist anstrengend genug.

Insofern hatte Dein harscher Tierarzt völlig recht, und Du bist unfair, wenn Du ihm vorwirfst, er hätte Dich bevormundet und überhaupt nicht ernst genommen. Wie sollte er auch? Also lass die Finger davon. Von Gräben, meine ich. Bei Deinem Tierarzt bin ich hier nicht so sicher! Scheint ein kluger Mann zu sein. Dunkelblond, ja – »... soweit ich das bei dem Regen sehen konnte«. Interessant!

Aber nun genug der Gardinenpredigt! Um Deine Malvine, diese geheimnisvolle Verehrte des Herrn Ladestein, will ich mich gerne bemühen. Tänzerin, sagst Du? Und Haare wie ein goldener Helm? Vielleicht werde ich ja in der Akademie der Künste fündig, dahin muss ich sowieso nächste Woche, im Archiv wühlen. Ich halte Dich auf dem Laufenden.

Volker ist passé. Ich hatte es Dir ja schon angekündigt. Merkwürdigerweise kam mir das entscheidende Gespräch vor, als kündigte ich bei einem Chef. So, als könnte er mir quasi in letzter Minute doch noch ein ungünstiges Zeugnis ausstellen, unsere »Zusammenarbeit« bewerten oder mich gar um einen Neuanfang bitten ... Scheint doch so zu sein, dass Liebschaften »Verträge auf Zeit« sind, wie wir es ja schon oft vermutet haben. Solange er mir »nützt« und ich »ihm etwas wert bin«, wird »investiert« (»gefühlsmäßig« würde Volker jetzt sagen), und sobald die Kosten-Nutzen-Rechnung nicht mehr aufgeht, wird der Vertrag beendet. Ein sauberer Schnitt.

Vor so einer Abschlussbilanz von Volker hatte ich natürlich Angst. Aber keine Rede davon, buchstäblich nicht. Stockfischig saß der ehemalige Mann meiner ehemaligen Träume vor mir und schien mit dem Sessel zu verwachsen, auf dem er eben immer schon saß – und meistens genauso wortkarg und steif wie jetzt auch (nur im Bett quasselte er wie ein Wasserfall – ICH HASSE DAS!). Er vermutete natürlich sofort, ich hätte einen anderen. Gütiger Himmel! Aber im Ernst: Wäre es doch so! Gleich und sofort. Denn entgegen allen Behauptungen in sämtlichen Frauenhilfswerk-Paperbacks: Es nützt ja doch ganz ungemein! – Aber nichts in Sicht. Nobody. Kein Mr. Right, nicht einmal ein Mr. Adventure. Keine triefenden Tierärzte. Oh, Pardon!

Küßchen von
Jeanette

5.

Julia ließ die Qi-Gong-Kugeln in die linke Hand gleiten. Sie klingelten sanft. Das Metall hatte sich erwärmt. Eine Kugel bettete sie in die Handfläche, die andere zwischen Mittel- und Ringfinger und begann sie dann sachte zu drehen. Das wollte geübt sein, aber Julia beschäftigte sich gern damit. Es beruhigte sie. Beim Briefelesen, beim Studium trockener Archivseiten. Oder wenn sie einfach nur so dasaß und nachdachte. Einer Veränderung nachspürte. Vorläufig machte sich die nur in losen Hosenbündchen bemerkbar und in sinkendem Appetit. Wie lange hatte sie den kleinen Fernseher nicht mehr eingeschaltet, der oben auf dem Kühlschrank stand? Seit Wochen nicht ... Es klopfte.

In der Tür stand Frau Bult, und hinter ihr drängte Willem Johannsen. Fast hätte sie ihn nicht erkannt, so ordentlich gescheitelt war er, und wenn sie nicht alles täuschte, schob sich da auch ein Duft aus der Herrenabteilung einer Parfümerie in den Raum. Frau Bult kam ohne Umschweife zum Thema.

»Herrn Johannsen kennst du ja bereits. Er ist vorbeigekommen, um sich zu bedanken.«

Seit der stürmischen Nacht waren sie zum »Du« übergegangen. Es war nicht darüber gesprochen worden, es war selbstverständlich. Und nun hatte Anne Bult mit ihren zwei nüchternen Sätzen bereits alles vorweggenommen, was Willem zu sagen gewusst hätte. Der drehte einen Hut, den er nicht hatte, in den Händen.

»Ja, Frolleinchen ...«

Julia wusste auch nicht weiter. Schüchternheit, und noch dazu die von Menschen, die älter waren als sie, wirkte ansteckend auf sie. Immerhin erhob sie sich, machte so etwas wie eine grüßende Geste und hustete eher, als dass sie sprach:

»Aber das war doch selbstverständlich ...«

»Naja, aber so ein Frolleinchen aus'm Westen und dann noch aus der Stadt ... Nix für ungut, aber ...«

»Bielefeld ist gar nicht so groß.«

Jetzt hustete sie wirklich. Kein guter Tag für langatmige Erklärungen.

»Böse Erkältung. Kommt von unserem nächtlichen Ausflug«, kommentierte Anne Bult.

Jetzt wurde Johannsen lebendig.

»Haben Sie es schon mal mit Sanddornwickeln probiert, Frolleinchen? Meine Großmutter schwor darauf! Natürlich«, er grinste, »kann man das Zeug auch inwendig anwenden.«

Er klopfte sich auf die Brust.

»Hilft auch und macht mehr Spaß. Und deshalb bin ich eigentlich auch hergekommen. Also, um es kurz zu machen: In der Scheune ist ein Tisch für uns alle reserviert, und wenn wir nicht hinmachen, dann werden den andere Gäste kriegen, da kennen die nischt! Die sind auf unsereinen schließlich nicht angewiesen.«

»Willem, nun mal sachte. Willst du hier wieder zum Klassenkämpfer werden, oder wollen wir einfach mal los?«

Anne Bult war pragmatisch wie immer. Julia sah besorgt an sich herunter – und hustete, kaum, dass sie den Kopf gesenkt hatte. Überhaupt: der Kopf. An den mochte sie gar nicht denken! Verquollene kleine rote Waldbeeren versteckten sich in den Lidfalten, wo früher einmal die Augen gewesen sein mochten. Die Nase triefte, und die Haut über den Lippen hing bereits in Fetzen. Na großartig! Die Haare? Nicht auszudenken!

Sie schob sich an Johannsen vorbei ins Bad. Der Blick in den Spiegel machte alles nur noch schlimmer. Jeanette, ja, Jeanette, die würde sich jetzt gekonnt irgendein Tuch um den Kopf wickeln und sähe gepflegt und sogar ein bisschen exotisch aus. Julia wirkte mit Tüchern bloß wie eine aserbaidschanische Bauersfrau – jedenfalls stellte sie sich die so vor, und außerdem hätte sie in der Eile gar nicht gewusst, wo sie ihre Schals versteckt hatte. Es hatte sie nicht gekümmert in letzter Zeit. Es war zum Verzweifeln!

Zwanzig Minuten später machten sie sich auf den Weg: Frau Bult in einem moosgrünen Kleid, das sie bestimmt »für solche Fälle« stets ordentlich im Schrank hängen hatte. Willem Johannsen, der unter seinem Regenmantel offenbar so etwas wie einen Anzug trug, nach seinen eckigen Bewegungen zu urteilen – und Julia, Julia im »Kleinen Schwarzen«, das leider eher ein »großes Schwarzes« war, keine Ärmel hatte und bedenklich an ihr herumschlotterte. Nun, erkältet war sie ja schon!

Kunstvoll gehobelte Tische, messingfarbene Wandlämpchen, ein Fußboden mit großen, hellgelben Kacheln, eine mächtige, blankpolierte Theke, die aussah, als wäre daran noch nie ein Bier gezapft worden. Aber das war ein Irrtum: Gut ein Dutzend halbgefüllter Krüge wartete auf die nächste Runde. Die Scheune roch nach Holz und nach den Menschen, die den großen Schankraum bereits gut gefüllt hatten, schwatzten und rauchten und deren nasse Mäntel an der Garderobe hingen – und trotzdem atmete man nicht das Land oder den Wind oder das Dorf. Der Ort, an dem sie sich befanden, hatte kein Aroma. Oder vielmehr: Man hatte es ihm ausgetrieben. Das Bemühen um Naturnähe hatte aller Natürlichkeit den Garaus gemacht. Warum nur wirkten die Menschen hier, die zum Teil ihr Geld während der Woche in den Hafenstädten des Binnenlandes verdienten oder sogar ganze Semester lang fort waren, um zu studieren – wieso wirkten diese Menschen so viel echter als dieser Ort? Zumal die Scheune das Traditionslokal der Insel war, früher hatten die wenigen Bauern hier ihre Fuhren abgerechnet, und noch viel weiter zurück war diese große Halle wahrscheinlich Teil eines mittelalterlichen Klosters gewesen, das irgendwann einmal im 16. Jahrhundert von einem der vielen skandinavischen Eroberer niedergebrannt worden war.

Julia fiel der Schweizer Schriftsteller ein, der in einem »Essay über Israel« ähnliche Beobachtungen gemacht hatte, nur verschärft durch die Bedeutung des Ortes: Die sogenannten »heiligen Stätten« in Israel waren Friedrich Dürrenmatt samt und sonders ziemlich profan, ja sogar abgewirtschaftet und leer erschienen. Sublimes, wenn man so will, »Heiliges« jedoch entdeckte der Reisende eher an unscheinbaren Orten, zum Beispiel in der Wüste. Enttäuscht hatte der Schriftsteller berichtet, wie er in Jerusalem einen Berg hinaufgeklettert war, auf der Suche nach dem Ort, an dem Jesus Christus die aufregendste Rede aller Zeiten, die Bergpredigt, gehalten hatte. Wie groß war seine Ernüchterung, als er, oben angekommen, eine Kirche entdecken musste, galten ihm christliche Gotteshäuser doch eher als Ausgeburten von Ideologien denn als Orte von Einkehr und Andacht. Ein Monument war ohne Not an die Stelle der Natur, ein Symbol an die Stelle des Authentischen getreten. Der Schriftsteller fasste es so zusammen: »Ideologie, diese festgezurrte Idee über die ganze Welt, ersetzt die Wirklichkeit. Und damit wird es unmöglich, die Wirklichkeit unverstellt zu erfahren …« Und so war es im Grunde ja auch hier: Gleich wie die Bewohner der Bundesrepublik in den fünfziger Jahren hatten nun nach der Wende die Bewohner dieser kleinen Insel im Osten nichts Eiligeres zu tun, als sich auf der Stelle diese aseptischen, nüchternen, bezeichnenderweise meist gekachelten Häuser zu bauen oder ihre alten Eigenheime entsprechend zu »modernisieren«, sodass sie plötzlich wirkten wie Schreine – Schreine oder Symbole der Marktwirtschaft, zu der sie sich soeben mit Mann und Maus bekehrt hatten, überzeugt von raschen Gewinnaussichten und versprochenen neuen Sicherheiten.

Gebäude und Einrichtung, Wohnen und Leben entsprachen immer weniger ihrer persönlichen Lebenserfahrung oder einer gemeinsam erfahrenen Wirklichkeit, sondern einer bestimmten, anonymen Warenideologie … Wenn man Orte in Ruhe lässt, dachte Julia, dann entwickeln sie offenbar eigene Kräfte. »Aura« hieß das wohl, aber Julia spürte, dass der Begriff zu vage, zu ungenau war. Ein Ort, so fand sie, entscheidet immer noch selbst über seine eigene, unverwechselbare Art. Wenn man ihn lässt.

Julias Kopf schmerzte, sie dachte an Jeanette. Die verehrte Dürrenmatt auch. Ein gutes Thema für einen Brief. Julia schreckte hoch. Anne Bult schob sie weiter. Sie sah sich um. Seemannsandenken waren im Raum verteilt, nicht um an etwas zu erinnern, das die Wirtsleute womöglich mit ihren Vorfahren oder früheren Betreibern der uralten Gaststätte verband – nein, es waren reine Dekorationsstücke, die meisten vermutlich irgendwo günstig erworben, Nippes wie die weißblauen Porzellanpudel, die Matrosen früher einmal wirklich ihren Liebsten aus England mitgebracht hatten, üppig verzierte Zuckerdosen dazu, Becher und Schüsseln mit aufgedruckten englischen Merksprüchen, kleine Petroleumlämpchen ohne Petroleum, getrocknete Blumenkränze. Das Notausgangsschild leuchtete. Natürlich krönte jeden Tisch ein kleiner Messingkrug, in dem Seidenrosen steckten. An den Wänden goldgerahmte Spiegel, um die sich künstlicher Efeu wand. Julia zog es vor, im Vorbeigehen keinen Blick hineinzuwerfen. Sie begann schon jetzt zu schwitzen. Ein Tisch im Hintergrund war reserviert, und von dort drang Renates fröhliches Lachen herüber, ein ungewohnter Laut in der wohlkonservierten Künstlichkeit. Auch Jan war zu hören, der sicher bestätigend irgendetwas murmelte. Und der alte Weber, das Gesicht jetzt schon gerötet vor Aufregung. Und jede Menge Leute, die sie nicht kannte, festlich gestimmt und unternehmungslustig. Und Minarek – neben seiner blonden Frau. Die sah natürlich hinreißend aus, und Julia ärgerte sich.

»Hol's der Deibel, Jan!«, rief einer und schlug sich auf die Schenkel, »da hast du den Dicken aber ganz schön über den Teller gezogen!«

»Ach watt! Aber so'n selbsternannter Freischiffer, der muss schon was löhnen für sein Schiff. Kommt der Kerl aus Cuxhaven und will, dass ich ihm mir nichts, dir nichts so 'ne Brigg baue, und zwar nicht irgendeine! – nein, ein Nachbau vom ›Pfeil‹ soll es gleich sein, joh, Friedhelm, da kommst du nich' mit!«

Friedhelm, der alte Weber, lachte gutmütig. Mit seinem rostigen Traktor fühlte er sich sichtlich ein bisschen als Held des Abends. Immerhin hatte er Willemsens Stute aus dem Dreck gezogen, immerhin!

Die anderen fielen in Webers Lachen mit ein. Anne Bult schob Julia auf einen freien Stuhl.

»Na, sind Sie wieder trocken geworden?«

Eine ruhige, freundliche Stimme. Hilda Minarek saß ihr genau gegenüber, streckte ihr die Hand hin.

»Ich bin Hilda Minarek. Ich habe schon viel von Ihnen gehört.«

Julia sagte nichts. Auch das noch, saß ihr ausgerechnet die Frau gegenüber!

»Ich hab' von der Brigg überhaupt nur einmal ein Bild gesehen, in Sassnitz, glaube ich. Das hätte sich aber kaum zum Nachbauen geeignet, Jan! Die ist doch schon um 1850 rum untergegangen, mit Mann und Maus!«

»1883. Im Kattegatt.« Das war die sachliche Stimme von Anne Bult. »Da war sie nur dreißig Jahre lang gelaufen, kurze Zeit für so ein schnelles, teures Schiff.«

»Ich glaube, der Typ aus Cuxhaven hat so'n Geschichtsfimmel, ich weiß gar nicht, was der mit so 'nem großen Zweimaster will.«

»Vielleicht in der Elbmündung herumkutschieren und Stinte fangen!«

Gelächter. Bier wurde gebracht, unaufgefordert, und Julia trank schnell.

Es trieb ihr die Tränen in die Augen: Ihr Körper mochte derzeit keinen Alkohol, aber wie sonst sollte sie sich entspannen? Minarek beobachtete sie aus den Augenwinkeln, das sah sie genau. Er trank still sein Bier, lachte mit, wenn die anderen lachten. Julia hätte gedacht, dass er in solchen Runden zu großer Form aufliefe, aber entweder hatte er das nicht nötig, oder er war eben kein großer Redner. Zufrieden sah er aus, aufreizend zufrieden. Seine Frau dagegen, vollkommen, aber zurückhaltend geschminkt, hell, seidig, wie stets von dieser unaufdringlichen, ganz und gar städtischen Eleganz, die weniger perfekte Menschen auf der Stelle wahnsinnig macht. Kein Sturm, kein Unwetter und keine seelische Krise würden der aufreizenden Gleichmäßigkeit dieses Gesichts etwas anhaben können. Trotzdem wirkte sie für ihre Verhältnisse heute unruhig. Die Augen, die perfekt parallel zueinander standen – gute Augen, wie Julia feststellte – strichen hin und her, Augen, die in eigenartigem Gegensatz zu der Starrheit und Ebenmäßigkeit dieses Gesichts standen, eigentümlich lebendige Menschenaugen hinter einer venezianischen Maske … Hilda Minarek hatte eine Art, die Leute anzuschauen, die man nicht ignorieren konnte, unter ihrem Blick begannen sie, sich unbehaglich zu fühlen. Es war nicht so, dass Jan und Renate direkt unfreundlich geguckt hätten, auch der alte Weber und die anderen Bauern, Range und Gau und Wolters, oder Schuck, der Fuhrmann, nicht, aber sie wichen den suchenden Augen Hilda Minareks aus. Die wollte ganz offensichtlich Kontakt, wollte reden, wusste aber nicht, wie sie ein Gespräch beginnen sollte. Julia hätte nicht gedacht, dass diese elegante Frau in Gesellschaft so unbeholfen sein konnte. Plötzlich tat sie ihr leid in ihrem tadellosen braunen Tweedblazer mit dem Seidenschal, mit der Wildlederhose und den natürlich passenden Handschuhen, die jetzt neben ihrem Glas auf dem Tisch lagen. Die Frau war eigentlich gar nicht unsympathisch, sie passte nur überhaupt nicht hierher. Skifahrend konnte man sich Hilda Minarek vorstellen oder mit der Kamera vor irgendwelchen griechischen Altertümern, aber nicht hier, Bier aus triefenden Seideln hinunterspülend, was sie aber dennoch tapfer tat. Nur merkte man ihr die Anstrengung an, das Bemühen, und das führte dazu, dass die Leute sich unwohl fühlten. All das spürte Hilda Minarek zweifellos, und es verunsicherte sie noch mehr. Solange sie im Alltag befangen war, war alles gut, konnte sie durch Eifer und Geschäftigkeit überspielen, wie anders und wie nervös sie war. In der Runde hier gelang ihr das nicht.

»Ich verstehe leider gar nichts von Schiffen«, begann Julia. »Und Sie?«

Hilda Minarek zuckte mit den Achseln. Himmel, wenn das ihre Art war, auf ein Gesprächsangebot einzugehen, musste sie sich freilich auch nicht wundern … Julia rief sich zur Ordnung.

»Wo sind denn Leo und Schorsch? Sie sind doch nicht zu Pferde gekommen?«

Hilda Minareks Miene hellte sich auf.

»Die beiden sind da, wo sie hingehören, im Stall, mit wahrscheinlich ganz kugelrunden Bäuchen. Wenn wir abends mal ausgehen« – Julia konnte geradezu heraushören, wie selten das war – »dann muss Hanno ganz sicher sein, dass keines der Tiere inzwischen verhungert oder verdurstet. Wir könnten ja entführt werden oder mit dem Fahrrad im Hafenbecken landen oder nach Dänemark schwimmen.« Sie lachte auf. Dann fuhr sie fort: »Aber woher wissen Sie denn die Namen? Sie interessieren sich wohl für Pferde? Von Ihren Heldentaten habe ich ja schon gehört. Hanno ist voll des Lobes!«

»Hanno ist voll des Lobes!« – ach ja?! Als er seinen Namen hörte, schaute er kurz zu Julia und Hilda hinüber. Sein Blick verriet Unsicherheit. Julia war überrascht.

»Nun übertreib man nicht, nun übertreib man nicht, Hilda!«, sagte er und klopfte ihr kurz auf die Schulter bevor er sich wieder Ranges und Schucks Gesprächen über Schiffe zuwandte.

»Na, so doll war's nicht«, winkte Julia ab. »Sagen Sie mir lieber, wo Sie Ihre Handschuhe herhaben! Nach Tierarztpraxis sehen die nicht aus!«

»Die Handschuhe? Die sind Ihnen aufgefallen?« Hilda strahlte geradezu. »Die habe ich aus Hamburg!«

Das sagte sie so triumphierend, als hätte sie sie höchstpersönlich in der Werkstatt eines berühmten Couturiers in Mailand oder Paris anfertigen lassen.

»Ich habe sie in einem Laden in den Colonnaden gekauft.«

So genau hatte Julia das nicht wissen wollen. Bestimmt folgte jetzt eine lange und ermüdende Geschichte über wochenendliche Einkaufsorgien in der großen Stadt.

»Das war, als ich in Hamburg mein Praktikum gemacht habe, müssen Sie wissen. Ich war fast ein halbes Jahr dort, und es war eine schöne Zeit …«

»Jaja, fast wäre uns Hilda abhandengekommen!«, mischte sich Hanno Minarek ein.

»Ich wusste gar nicht, dass Sie auch einen Beruf gelernt haben?« Sofort kam Julia sich töricht vor. Wenn das DDR-System einen Vorteil gehabt hatte, dann den, dass auf die Ausbildung von Frauen nicht nur auf dem Papier großer Wert gelegt wurde. Selbstverständlich hatte Hilda Minarek einen Beruf, auch wenn sie ihn auf dieser Insel wahrscheinlich nicht ausüben konnte.

»Entschuldigen Sie, das war blöde von mir.«

»Nein, nein, schon gut, die Mode-Designerin kann man mir ja auch unmöglich ansehen, nicht wahr? Oder hätten Sie's geraten?« Dann erzählte Hilda Minarek, wie sie eine Ausbildung als Schneiderin gemacht und sich zur Meisterin emporgearbeitet hatte. Sie hatte gelernt, wie man Schnitte vereinfacht, hatte Arbeitskleidung, Uniformen für die Hostessen der Leipziger Messe entworfen und war schließlich, auf Umwegen, ans Theater gekommen.

»Da konnte ich endlich mal drauflosschneidern! Das Material war zwar immer knapp, aber mit'n bisschen Organisieren ging das alles. Und plötzlich musste es nicht mehr zweckmäßig sein, jedenfalls nicht nur!«

Sie erzählte ausführlich von ihrem ersten Bajazzo, vom Papageno-Kostüm für eine kleine Oper, von der aufregenden Zeit in der Theaterprovinz. Julia hatte keine Ahnung gehabt, wie lebendig die Theaterszene abseits der großen Bühnen gewesen war.

»In Berlin war man doch dauernd unter Beobachtung. Aber hier – also ich meine in Stralsund oder in Anklam – da konnte man so ziemlich machen, was man wollte, ohne dass dauernd die Sicherheit hinter einem her war.«

Die Wende hatte Hilda noch einmal Glück gebracht: Sie bekam einen Studienplatz für Mode-Design. Und dann das Praktikum. Hilda Minarek veränderte sich, während sie sprach. Sie war immer noch die elegante Blondine, aber ihre Gestik wurde weniger kontrolliert. Als sie vom Theater erzählte, begann sie sogar, Grimassen zu schneiden, um bestimmte Lokalgrößen nachzuäffen – und lachte selbst am lautesten über ihre Witze. Die Gute verliert ein bisschen die Fasson, dachte Julia, und es steht ihr gar nicht schlecht. Voller Ironie erzählte Hilda, wie abgerissen und schäbig sie sich damals – kurz nach der Wende – in Düsseldorf vorgekommen sei, auch, weil sie glaubte, die ganze Bundesrepublik bestünde aus einer einzigen riesigen Einkaufsmeile mit ein paar »äußeren Ringen« von Asylbewerberheimen drumherum.

»Ich dachte doch tatsächlich, die Immermann-Straße, das wär' normal!«

»Ich war noch nie auf der Immermann-Straße«, sagte Anne Bult dazwischen, und diesmal kam Julia ihre Nüchternheit sehr ungelegen, denn sie wollte, dass Hilda Minarek weiter erzählte.

»Für die Damen ein Aperitif?«

Diese Unterbrechung war besser! Julia nickte, bestellte ungefragt Sherry für alle und sagte: »Das ist die teuerste Einkaufsmeile in Düsseldorf. Sehr kühl, sehr teuer, viele japanische Restaurants.«

»Jaja«, kicherte Hilda Minarek jetzt, »und die meisten sind völlig abgedunkelt, damit man nicht sehen kann, wer so einen Haufen Geld für ein bisschen Fisch ausgibt. Aber die Auslagen! Es ist alles wunderschön dekoriert ...«

Der Sherry kam und Wein dazu und noch mehr Bier, und eher nebenbei bestellten sie ihre Menüs: Aal in Soße und gebratenen Zander und Hering mit Stippe, und Renate strahlte, als sie ihr Riesenpfeffersteak kommen ließ und jede Menge Bratkartoffeln dazu und: Rote Grütze für hinterher und für alle! Und bloß nicht sparen mit der Sahne! Und ach ja, doch eine Suppe vorweg! Und Willem Johannsen zog einen Flunsch, weil es nur so piekfeine Sächelchen gab wie Hummersuppe, Krebsmousse »an« irgendwas und eine klare »Consommé«.

»Da kennt sich ja kein Mensch aus ...«

Und Anne Bult redete begütigend auf ihn ein und bestellte eine Fischterrine.

»So'n durchgekutterter Hecht, ja?«

»Ja, so'n durchgekutterter Hecht. Willem, du bist ein alter Trotzkopf!«

Und Renate drohte, wenn er, Willem, nicht gleich gefügig werde, werde sie ihn zwingen, mit ihr zu tanzen, hier vor allen Leuten! Und Hanno Minarek lachte. Und Range und Gau meinten, sie seien schließlich auch noch da, und Willem, der eigentlich nur überwältigt war von seinen Gästen und dem Glanz der Scheune, würgte seine große Stoffserviette, als er sich zu einer kleinen Tischrede erhob, um allen noch einmal zu danken, die in der fürchterlichen Nacht mit ihm unterwegs gewesen waren, um die Stuten zu suchen.

»Und Gott sei Dank sind sie alle lebendig, und die Leila hat ein Mädchen, das ist so hübsch! Viermal weiß!«

Und glücklich schaute er dabei den Tierarzt an, als

könne der etwas dafür, dass ein Fohlen an allen vier Beinen hübsche weiße Abzeichen trug.

Der Doktor hob sein Glas, und alle tranken auf die Heimkehr der Stuten und die mutigen Helfer, auf Webers guten alten Traktor und auf Willem. Und aßen. Und Willem staunte nicht schlecht über seine Fischterrine, weil die sich letzten Endes doch als eine vertraute, wenn auch ziemlich »feingemachte« Sülze entpuppte.

»Is' ja man viel Kram dabei heutzutage!«, sagte er und schnippte einen Petersilienzweig zur Seite.

Und Hilda erzählte weiter. Sie war bis Italien gekommen auf ihrer Suche nach den besten Stoffen und berichtete von versponnenen Einzelgängern, die in abgelegenen Gutshäusern in der Toscana feinste Garne entwarfen, und von gletscherkühlen Zuschneidern in Mailand, die bei jedem Stück, das man trug, unzweifelhaft Herkunft und Preis zu erkennen vermochten – und das auch zeigten.

»Und was machen Sie dann hier?«

Die Frage drängte sich wirklich auf. Hilda Minareks Gesicht stand plötzlich still. Wurde leblos, maskenhaft wie zuvor. Sie schwieg lange. Dann sagte sie einfach:

»Unsere Mutter starb. Und Hanno brauchte mich.«

Ich liebe Possessivpronomen! In Julias Kopf war es ganz still geworden. Dann schaltete irgendjemand einen riesigen Ventilator ein, entfachte einen großen Sturm, und dann purzelte alles kunterbunt durcheinander und …

»Ich liebe Possessivpronomen, ich liebe Possessivpronomen …«, dachte sie, ganz dumm vor Glück. Hilda Minarek hatte gesagt »unsere Mutter«, und wenn Hanno

Minarek und sie dieselbe Mutter hatten, dann waren sie – Geschwister. Hilda war Hannos Schwester. Hanno war Hildas Bruder. Nicht Hildas Mann. So einfach war das. Julia wurde schwindlig vor Erleichterung. Sie hob ihr Glas, und unwillkürlich tat Hilda es ihr gleich. Kräftig stieß Julia mit ihr an:

»Darauf trinken wir jetzt einen! Los!«

Die Gläser schepperten. Die Männer wunderten sich. Anne Bult zog eine Augenbraue hoch.

»Prost, Julia! Ich heiße Hilda!«

»Prost, Hilda!«

Am liebsten hätte sie sie geküsst, stattdessen ertränkte sie ihre Verwirrung im Sherryglas. Und im nächstbesten Bierkrug. Und in noch einem Bierkrug. Und redete der Terrine gut zu, sie möge nur ordentlich Bier schlürfen, sie flöße sich und damit auch ihr genug ein! Bloß, essen mochte sie eigentlich gar nicht mehr, weil ihr Magen so flatterte, warum, konnte sie nicht sagen. Und Anne Bult zog wieder eine Augenbraue hoch, und die Leute lachten, und sie hörte, wie Renate leise zu Jan sagte, für 'ne Stadtgans sei das Mädchen gar nicht so übel.

Schließlich hatten alle ihr Essen bekommen, Servietten wurden aufgeschüttelt wie Bettlaken, Bestecke seufzend gehoben, in Erwartung des schweren Kampfes, der vor ihnen lag.

»Mahlzeit!«

Es summte wieder in Julias Kopf, wofür sie unmöglich nur die Erkältung verantwortlich machen konnte. Es summte, aber gleichzeitig hörte sie Geräusche schärfer, deutlicher und näher als sonst. Es war, als wäre sie vollkommen durchlässig geworden für alle Wahrnehmungen. Am Nebentisch raschelte es. Sie hörte eine Frau schlucken und wusste, ohne hinzuschauen, dass sie ihr Weinglas leerte. Ein Mann schlug die Füße übereinander, nur die Füße. In der fernen Küche wurden offenbar Teller gestapelt. An der Theke polierte eine Kellnerin die Weinpokale, dass es quietschte. Julias Aufmerksamkeit wanderte zum Tisch zurück. Anne Bults aschblonde Haare leuchteten unter der Messinglampe, sie lachte mit Willem über irgendetwas. Renate tuschelte mit Schuck, die beiden steckten die Köpfe zusammen, und Renate merkte gar nicht, dass sie ihre Gabel neben sich auf dem Tisch aufgepflanzt hatte wie eine Lanze. Der alte Weber nestelte an seiner Serviette: Heimlich ließ er ganze Fleischbrocken darin verschwinden, packte sie ein, ließ das Paket verschwinden. Gau und Range kauten mit vollen Backen gegen ihre Grillplatten an, nebenbei fröhlich die Salatteller verwüstend. In ihren Bewegungen schienen sie sich abgesprochen zu haben: voller Teller, Gabeln links, Salatschüssel, Gabeln rechts, weiter … Besteckballett, leises Klappern. Wunderbar sanft kamen Julia plötzlich all diese Geräusche vor, fein harmonisch wie eine eigens geschaffene Musik.

Ein Mann schaute sie an. Ihre Augen begegneten den seinen. Hanno hatte sie noch nie angeschaut. Nicht so. Meinte er wirklich sie? Er meinte sie. In seinen Augen las sie ein leises Lächeln, ein Verstehen, in seinen Augen …

»Na, Frolleinchen, schmeckt's?«

Willem hatte sich angepirscht und schlug ihr nun, nicht eben sanft, auf die Schulter.

»Iss man weiter, wollte nur sehen, ob es dir gutgeht.«

»Aber ja doch, Willem, danke dir, mir geht's wunderbar!« Das stimmte. Und unwillkürlich hatte auch sie ihn geduzt. Sie fühlte sich aufgenommen, sie lehnte sich an Willems behaglichen Bauch und hätte am liebsten geschnauft wie ein zufriedener Säugling.

»Ach, Willem! Was für ein schöner Abend!«

Willem machte so viel Überschwang ganz verlegen.

»Nun mach mal halblang! 'n bisschen oberfein find' ich's hier schon!«

»Wir können ja noch, ja noch woanders hingehen, woanders!«

Das war der Tierarzt. Merkwürdig, wie der immer ganze Worte wiederholte. Nein, nicht immer, nur wenn er unvermittelt in einer größeren Runde zu sprechen begann. Es war auch kein Stottern, es war eher ein Sich-Vergewissern im Sprechen, als würde Unsicherheit durch Wiederholung beseitigt. Natürlich schaute er jetzt nicht sie an, sondern in ein Irgendwohin, seine Rede richtete sich auch nicht an jemanden bestimmtes, sondern an irgendwen.

»Na, Patienten hast du ja wohl heute keine mehr!«

»Und auch keine Passagiere!«

»Na, für die würd' er uns wohl glatt hier sitzenlassen!«

Das war Wolters, und seine Stimme hatte etwas unangemessen Scharfes. Minarek und Hilda horchten beide auf.

»Das Fuhrgeschäft ist für heute dicht!«, sagte Minarek, »für heute dicht, und dabei bleibt's!«

»Und nur kein Neid!«, ergänzte Hilda, deren Tonlage jetzt eindeutig schrill war.

Julia war zu verwirrt, um weiter auf solche, wie es ihr schien, kleinen Reibereien zu achten. An einem der Nebentische war ihr eine Frau aufgefallen. Die ganze Zeit über hatte sie dagesessen, einen Kaffee vor sich und ein Glas, das mit einer braunen Flüssigkeit gefüllt war. Whiskey? Cognac? Dieses Glas hatte zuerst Julias Aufmerksamkeit erregt, denn üblicherweise tranken die Leute hier Sanddornschnaps in allen möglichen Varianten und Bier natürlich. Aber diese Frau dort trank etwas anderes, und sie war allein. Sie wirkte nicht wie eine Fremde, sondern ging mit der Scheune und ihren Annehmlichkeiten ganz selbstverständlich um; auch schien es niemanden zu kümmern, dass sie nichts aß. Sie war in Schwarz gekleidet, eine eher gedrungene Frau, mit einem zu groben Knochenbau, als dass man von einer Dame hätte sprechen können – wenn nicht der feine, zarte Kopf gewesen wäre! Durch den überlangen Hals drängte sich die Vermutung geradezu auf, dass dieser Kopf auf den massigen Leib gewissermaßen aufgesetzt, jedenfalls durch irgendein Versehen dahin geraten war; das sehr blasse Gesicht wirkte fremd auf dem unförmigen Körper. Ein Wieselgesicht mit spitzer kleiner Nase, mit sorgfältig geschminktem Mund und kastanienfarbenen Augenbrauen, die zu hochfahrenden Bogen gestrichelt waren, was dem Gesicht einen staunenden, ungläubigen Ausdruck verlieh.

Sie mochte Ende fünfzig sein, diese Dame, vielleicht ein wenig älter, und sie trug eine aufwendige, etwas altmodische Frisur: das halblange, kräftig rotgefärbte Haar auf dem Kopf antoupiert, dann offen bis auf die Schultern fallend, die Spitzen mit viel Fleiß und Disziplin nach außen gefönt – ein verzweifelter Versuch, für immer mädchenhaft zu bleiben. Das Mädchen, das sie vor vierzig Jahren gewesen sein mochte. Wenn sie trank, verzog sie das Gesicht. War das die Folge eines anerzogenen schlechten Gewissens oder ein Reflex, weil es ihr nicht schmeckte? Julia sah plötzlich die Fingernägel der rechten Hand, die das Glas hielt: unglaublich lange, gerade gefeilte Fingernägel, im klarsten Rot lackiert, das sie seit langer Zeit gesehen hatte – Cabriolet-Rot, Rimini-Rot, Sechzigerjahrefarben … Die Frau schaute plötzlich zu ihr herüber, und Julia wandte erschrocken den Blick ab.

Als sie wieder hinsah, magnetisch angezogen, bemerkte sie eine Veränderung. Die Frau schaute jetzt ständig auf ihre Armbanduhr, wurde unruhig, kramte in ihrem Täschchen, erhob sich, als wollte sie zu den Waschräumen gehen, ließ es dann aber. Mit einer unerwartet energischen Geste – sie hob das leere Glas – bestellte sie einen neuen Drink, den sie eilig hinunterkippte, so eilig, dass ihr ein paar Tropfen aus den Mundwinkeln liefen, den langen Hals hinunter, wie Blutstropfen dachte Julia. Dann ging alles ganz schnell. Die Frau kramte aus ihrer Handtasche ein paar Scheine, rief: »Kellner!«, wartete dessen Kommen aber gar nicht ab, sondern legte das Geld, offenbar nicht abgezählt, auf den Tisch, sprang auf und verschwand in der Dunkelheit. Falls sie einen Mantel dabeigehabt hatte, zog sie ihn jedenfalls nicht an. Julia staunte: »Habt ihr das gesehen? Die Frau da, meine ich? Wohin will die denn um diese Zeit so eilig? Und ihren Mantel hat sie auch vergessen …«

»Marga? Das ist Marga Niemann, die ist ein bisschen seltsam«, beschwichtigte Hilda. »Auf einer Insel gibt es viele merkwürdige Typen. Man gewöhnt sich dran. Leben und leben lassen!«

Die anderen hatten in ihrem festlichen Eifer gar nichts mitbekommen und diskutierten immer noch über den weiteren Verlauf des Abends.

»Kinder, heute wird überhaupt nicht mehr gefahren, heute wird nur noch gelaufen, und ich würde sagen: exakt bis in die Bar vom Wetterstein und keinen Zentimeter weiter!«

Willem Johannsen sprach ein Machtwort, und weil er eingeladen hatte, fügten sich alle. Nach dem schweren Dessert konnte ein bisschen Bewegung nicht schaden, und zum Nachhausegehen hatte keiner Lust. So schunkelten und schwankten sie hinüber zum Anleger. Die Ostsee gluckste, entfernt und friedlich. Irgendwo funkelten ein paar Lichter.

Auf dem Weg kamen sie an der Telefonzelle vorbei, der einzigen, die funktionierte in Stiftsdorf, direkt am Friedhof. Die weißerleuchtete Kabine hob sich scharf vom dunklen Hintergrund ab, und in der Kabine stand eine Frau – Marga Niemann. Sie hielt den Hörer ans Ohr und rief etwas hinein, sehr laut, und offenbar wiederholte sie ständig einen kurzen Satz. Julia zupfte Hilda am Ärmel:

»Hilda, schau mal …«

»Ach ja, jetzt telefoniert sie wieder.«

»Aber es sieht aus, als hätte sie was, als fehlte ihr was! Sollen wir nicht mal hingehen …«

»Die lässt du man schön in Ruhe, Julia. Das is' nämlich mal ausnahmsweise kein Pferd, nur dass du's weißt!«

Jan hatte die schwerfällige Sprache des Betrunkenen, und seine Augen glitzerten vergnügt.

»Sie telefoniert jeden Abend. Jeden Abend, Schlag elf, kannst du Marga Niemann hier an der Telefonzelle sehen oder sonstwo an einem Telefon. Sie wartet auf den Anruf von ihrem Geliebten.« Jan machte eine pathetische Bewegung mit den Armen. »Der ist nämlich Seemann, der bedeutende Seemann Leszek Mysliwski.«

»Leszek Mysliwski«, versuchte Julia zu wiederholen. »Und der ruft sie jeden Abend an?«

»Nein. Der ruft sie nicht jeden Abend an. Der ruft eigentlich überhaupt nie an.«

Julia verstand nicht.

»Seit dreißig Jahren hat er nicht mehr angerufen.«

»Und seit dreißig Jahren wartet Marga Niemann auf seinen Anruf«, ergänzte Hilda.

»Und manchmal glaubt sie eben, dass das Telefon defekt ist, und dann ruft sie da hinein, aber natürlich antwortet keiner. Es wird auch nie einer anrufen, aber das kann man ihr nicht begreiflich machen.«

Julia erschauerte. Seit dreißig Jahren! Deshalb die schwarzen Kleider und die altmodische Frisur! Marga Niemann hatte vor dreißig Jahren aufgehört. Aufgehört, sich zu verändern. Aufgehört, am Inselleben teilzuhaben; die anderen duldeten das. Sie war eine schattenhafte Existenz, ein Trollgesicht auf einem toten Körper. Den trug sie wie einen Sarkophag mit sich herum. Im Grunde, begriff Julia, war Marga Niemann tot. Gestorben an dem Tag, als der Seemann Leszek Mysliwski sie verlassen hatte mit dem Versprechen, sie jeden Tag um elf anzurufen. Oder gestorben vielleicht ein paar Wochen oder Monate später, als sie begriff, dass er nie anrufen würde, heute nicht, morgen nicht, zu ihrem Geburtstag nicht, und dass er es auch nie vorgehabt hatte, dass er womöglich in Stettin oder Danzig eine Frau und drei Kinder hatte, und selbst, wenn er lediglich allein in einer Bude irgendwo an der polnischen Ostseeküste hockte, so hatte er doch offenbar nie vorgehabt, sich bei ihr zu melden. Sie war gewesen für ihn. Vorbei. Ihr Gehirn hatte sich geweigert, das zu akzeptieren. Für sie war er nicht vorbei. Er war, er blieb.

»What a wicked game to play/To make me feel this way/ What a wicked thing to do/To let me dream of you/What a wicked thing to say/You never felt this way/What wicked thing to do/To make me dream of you …«

Die Wettersteinbar lag im Keller des Cafés, eine schmale Treppe führte hinunter, und herauf drangen parfümierte, rotstichige Musik, der Dunst von Alkohol und von zu vielen Menschen auf zu engem Raum, Stimmengewirr, Keyboard und elektronische Percussions – egal, dachte Julia, ganz egal, Hauptsache, es hört nicht auf. Hauptsache, es hört überhaupt nie mehr auf. Dieses Dröhnen im Kopf. Dieses Schmeicheln und Trösten und Fordern der Musik.

»I watch your window/I shake so scared/Spying from my room with nervous unrest …«

Sie sah sich nach den anderen um. Die schwemmten sie, gutgelaunt und gestikulierend, in die Bar. Eine Art

Vorhölle war das, ein niedriger, nur mäßig erleuchteter Raum, durchzogen von dicken Rauchschwaden. Alles in Rot und Schwarz. Alles voller Menschen. Die Gesichter um sie herum begannen zu glühen und mit dem Hintergrund zu verschwimmen, und sofort biss sie der Qualm in Augen und Kehle.

Eine erstaunlich kleine und erstaunlich pralle falsche Blondine schob sich an ihr vorbei. Die hatte genau jenen dramatisch glänzenden, pinkfarbenen Lippenstift großzügig über die Ränder ihres Mundes verteilt, den Jeanette, die Boshafte, »polnisch pink« zu nennen pflegte. Ein kanariengelbes Mieder war nur sehr nachlässig geschlossen. Silberne Ohrringe baumelten bis fast auf die Schultern, die Blondine balancierte ein Tablett mit vielen Humpen Bier und Schnapsgläsern, in denen eine grüne Flüssigkeit beunruhigend funkelte.

»Vooorsicht, Mann! Nun lasst mich mal durch!«

»So, Männer – pardon! – und Frauen! Die erste Runde hier, die geht auf mich!«

Jan war bester Stimmung, packte die nächstbeste Frau und schleppte sie auf die Tanzfläche, und ehe sie sich versah, tanzte Julia auch. Und Renate. Und Wolters. Und der alte Weber, der unternehmungslustig mit den Armen fuchtelte. Und Schuck. Die machten ihre Sache gar nicht schlecht, auch wenn dieser seltsame Ort etwas Instabiles hatte, er schien zu schwanken unter Julias Füßen. Ein Hades mit Seegang, gab es so etwas? Julia kam sich ähnlich orientierungslos vor wie damals bei der Überfahrt mit der Fähre, nur viel weicher und nachgiebiger, und gleichgültig war ihr, wohin die Reise ging, wenn nur die Musik nicht aufhörte, die Musik, die alles zum Drehen brachte in Julias Kopf. Und jung war sie plötzlich wieder, ganz jung.

Julia erinnerte sich an schwüle Schulfetenabende, die sie in der Regel wartend verbracht hatte: wartend, dass »er« käme und sie zum Tanzen aufforderte. Was »er« natürlich nie tat. Er besuchte eine höhere Klasse und hätte glatt sein Gesicht verloren, wenn er mit so einem »kleinen Kind« tanzte. Das wusste sie und wartete dennoch und kostete diesen Schmerz auch ein bisschen aus. Keine dreißig Jahre! dachte sie mit plötzlicher Ernüchterung. Keine dreißig Jahre. Sie war nicht wie Marga Niemann, sie hatte kein Talent für große Dramen, schon damals hatte sie insgeheim gewusst, dass es nicht allzu lange dauern würde, Lars zu vergessen. An Lars erprobte sie ein bis dahin unbekanntes Gefühl, und sie erprobte es auf ziemlich gefahrlose Weise, denn nicht einmal Lars selbst ahnte etwas davon.

»Night after night / Your fingers caressing / The skin that is so fair you slowly undress / Soon we will be together / Until then so cold the night …«

Schneller Beat, der sich trotzdem einschmeichelte, ein elektronisches Tambourin, Percussion und vielleicht eine Oboe. Die blonde Bedienung schob sich mit so aufreizenden Bewegungen vorbei, als sei sie eine orientalische Schlangenbeschwörerin. Und irgendjemand schien tatsächlich irgendeinen Zauber angewandt zu haben, oder warum küsste eine junge Frau, die an der Theke lehnte, ihren Begleiter so heftig auf den Hals? Die Schwüle dampfte, die Atmosphäre machte schwindelig, machte zutraulich. Jan und Renate verdrückten sich immer öfter dahin, wo's dunkel war, und die Blicke, die Julia trafen, wurden mutiger. Der Beat klopfte in den Adern, sie summte die Melodie mit, sie wippte, ohne es selbst zu bemerken, allmählich wurde die komplette Bar zur Tanzfläche, auf der alle miteinander hin- und herwogten und immer lauter summten und die Männer den Frauen auf die Hüften starrten, auf die Beine. Das Falsett des Sängers schob sich metallisch das Rückgrat hinauf:

»Soo-oon we will be toge-e-ether / Until then so cold the night / So cold the night ...«

Sie kippte die grüne Flüssigkeit hinunter, die ihr jemand in einem der kleinen Gläser gereicht hatte: Pfefferminzlikör, süß wie aufgekochte Schokolade, knirschend.

Wie war das, zu warten, ohne ernsthaft auf eine Antwort hoffen zu können? Hoffnungsloses, unzerstörbares, unlogisches, tödliches Hoffen? Wenn aus dem Lebenselixier Liebe plötzlich eine mörderische Substanz wurde, etwas, das knebelte und fesselte und einem die Luft zum Atmen nahm – und Julia dachte, dass jedes Gefühl eine Antwort verdiente, dass man niemanden mit seiner Hoffnung ganz allein lassen darf, weil Hoffnung kraftvoll ist, stärker als der Mensch. Und weil sie ihn umbringen kann.

Ihre Augen begegneten denen Hannos. Hatte er Englischunterricht gehabt in seiner DDR-Schule? Wohl nicht. Er schaute sie über ein paar Köpfe hinweg unverwandt an. Länger womöglich schon. Diesen Song lang zumindest. Und ohne zu überlegen, ging sie auf ihn zu und hob den Kopf und öffnete den Mund, und heraus kam der rätselhafte Satz:

»Ich sehe dich auch.«

Hilda und Renate brachten sie nach Hause, brachten sie »rum«, wie die beiden sagten, und Julia tat gern so, als glaubte sie die nette Lüge, dass der eigene Nachhauseweg der beiden »praktisch« am Ladestein-Haus vorbeiführte. Hilda schob ihr Fahrrad, und die drei Frauen redeten in ihrer seligen, nuscheligen Trunkenheit möglichst leise, damit die Dorfhunde keinen Alarm schlugen. Am Gartentor verabschiedeten sie sich leicht taumelig, Hilda beschloss, ihr Fahrrad weiterhin zu schieben, und Julia kämpfte noch eine Weile mit dem Schlüssel, der merkwürdig verbogen schien, oder das Schloss passte nicht mehr, oder … Sie lachte leise, als sie auch noch rülpsen musste:

»Hoppla.«

Dann war sie im Garten. Im oberen Stock des Ladestein-Hauses brannte noch Licht. Aha, Anne Bult war also tatsächlich unbemerkt allein aufgebrochen, das sah ihr ähnlich. Julia hatte wenig Lust, ihr in diesem Zustand über den Weg zu laufen, und schlich so vorsichtig wie möglich den kleinen Weg zum Gartenhaus hinauf, als sie plötzlich stutzte: Da war eine Gestalt am Fenster. Die zog jetzt die Vorhänge beiseite und schaute hinaus. Julia sah, dass es Anne Bult war. Anne Bult – ganz nackt. Und die stellte sich nun ans Fenster und schaute hinaus, vollkommen unbeweglich. Noch in dieser Pose wirkte sie irgendwie kühl, sachlich, so wie ein Modell sich vielleicht vor einem Bildhauer in Pose stellen mag: selbstverständlich, ernst, gelassen, mit viel Zeit. Instinktiv spürte Julia, dass Anne Bult nicht zum ersten Mal nachts so da stand.

Und sie schien nach etwas Ausschau zu halten. Unwillkürlich folgte Julia ihrem Blick, aber da war nichts. Julia spürte, wie ihre Knöchel feucht wurden vom Gras, und fröstelte. Sie kniff die Augen zusammen: Hinter den Nachbarhäusern, die sich stumm in die Schwärze der Nacht schmiegten, lag nur der Bodden, nachtdunkel und starr, und auch kein Wetterleuchten spektakelte über der See, kein Schiff kreuzte, kein verirrter Vogel drehte seine Kreise, selbst die Eulen zogen es vor, in den hohen Bäumen am Föhrenwald noch ein bisschen zu warten, bevor sie auf Jagd gingen. Kein Geräusch, nichts. Eine abwartende Stille.

Anne Bult stand einfach da und schaute in die Nacht – eine einsame, sehr weiße, gänzlich ungeschützte Gestalt, und trotzdem auch furchtlos. In ihrer leuchtenden Nacktheit wirkte sie, als wollte sie die stumme, schwarze Dunkelheit da draußen an etwas erinnern, an etwas Weißes, Strahlendes, Gewesenes. Julia schlich sich vorbei, und Anne Bult bemerkte sie nicht und rührte sich nicht.

6.

Ein Pferd biss ihr den Finger ab, als sie ihm einen Apfel geben wollte. Aufwachen.

Der Bundeskanzler trug einen gelb leuchtenden Schutzanzug, als er sich an die Wahlurne begab und für's Fernsehen lächelte. Aufwachen.

Als ihr Vater seinen Stiefel auszog, quoll Unrat daraus, viel mehr, als je in einen Stiefel passte. Der Unrat ertränkte schließlich das ganze Haus. Aufwachen.

Ratlos drehte sie die Kugeln in der linken Hand. Wenn diese silbernen Dinger hier nach chinesischen Heilprinzipien ihr »Qi«, also ihre Lebensenergie steigern sollten, dann blieb ihr gesamtes Qi wohl in den Träumen stecken! Oder war in den Pfeffi gefallen, den tückischen, süßen Pfefferminzlikör? Himmel, was für ein Schädel! Er schien mindestens auf das Doppelte seines gewöhnlichen Umfangs angeschwollen. Mit einem mehligen Gefühl im Körper tappte Julia zum Kühlschrank, um sich ein Mineralwasser zu holen und sich dann noch ein wenig in den ausgeleierten Lehnsessel zu setzen, den Anne Bult ihr in das kleine Gartenhaus gestellt hatte, sobald es draußen endgültig Herbst geworden war. Herbst hieß hier: Dunkelwochen, Tage, die in Nächten verschwammen, dauernder Regen, dazu der Geruch von Pilzen und modernden Kastanien und Nüssen.

Wochen verstrichen. Der September war einfach verschwunden, sang- und klanglos. Viele Vögel waren fort, selbst Ilja hatte sich davongemacht, und der Gesang der wenigen Unermüdlichen, die es auf der Insel hielt, wurde vom Regen mühelos übertönt. Der rauschte jeden Morgen mit neuer Kraft, stürzte sich vom Dach in die Regenrinne und schoss daraus hervor ins Erdreich wie ein Wildbach. Julia war es bald leid, eine Regentonne darunter zu klemmen; die war allzu schnell voll, und was sollte sie mit dem Wasser auch gießen? Wasser war – weiß Gott – genug da, mehr als genug.

Julia begann zu begreifen, welchen Respekt die Inselbewohner vor dem Wasser hatten, denn so ein Dauerregen war auch den großen Sturmfluten vorausgegangen, von denen eine vor über hundert Jahren die Insel im Süden glatt in zwei Teile getrennt, und eine andere, an die sich alle noch erinnern konnten, ein großes Stück aus der Steilküste gebrochen hatte, als wäre es nichts, als wäre es ein mürbes Kuchenstück, von dem das Meer gelangweilt abbiss, um es dann wieder auszuspucken.

Dann gab es den nachdenklichen Nachmittagsregen, wie Julia ihn bei sich nannte; denn er begann meist kurz nach der Mittagspause, wenn Julia ergeben die steile Treppe zum Raum mit den vielen Archivalien hinaufkletterte, um weiter zu sichten, zu katalogisieren und nur ausnahmsweise auch etwas zu lesen. Der Regen setzte dann langsam, aber entschieden ein, ein steter Schnürregen, der sie mit seiner eintönigen Musik begleitete, senkrecht, lückenlos fallend, Regen, der dicht werden konnte wie ein Vorhang, sie trennte vom Inselgeschehen, sie einsilbig machte, aber auch konzentrierter arbeiten ließ. So sehr umhüllte sie dieses Nachmittagsrauschen, dass sie beim Tee mit Anne ihre Zunge oft regelrecht blockiert fand und erst nach der zweiten Tasse wieder zu reden wusste. Für Anne war das kein Problem, sie war gleichbleibend freundlich und ruhig, sodass Julia sich zuweilen fragte, ob sie ihre Erscheinung nachts am Fenster nicht vielleicht doch nur geträumt hatte.

Abends machte der Regen oft eine Pause, sodass man schnell noch zu Erika huschen konnte, die notwendigsten Dinge einzuholen, und mit dem Einkaufsnetz im Handkarren ging Julia dann eilig nach Hause, weil sich am Horizont schon wieder tintenschwarze Wolken ballten. Manchmal war das nur eine Drohgebärde, und der Regen ließ die aufgeweichte Inselerde für ein paar Stunden zur Ruhe kommen, manchmal aber trommelte er mit spitzen Wasserfingern auf dem überreizten Boden herum, kämmte und striegelte ihn, zog immer tiefere Scheitel in die Erdoberfläche.

Einhundert Wörter, mehr als einhundert Wörter gab es im Arabischen für »Sand«. Das hatte Irene Julia erzählt, Irene, eine Superschlaue, die nun schon seit zwei Jahren in irgendeinem Emirat als Landschaftsarchitektin versuchte, die Wüste zum Blühen zu bringen. Wenn es im Arabischen eine solche Wörterfülle für »Sand« gab, so viele Begriffe und Bilder, dann, fand Julia, verdiente der Regen in Mecklenburg-Vorpommern mindestens ebenso viele. Unwetterregen, Morgenregen, Schnürregen, versinkender Regen, Nieselregen, Plätscherregen und Peitschenregen, Rauschregen und Rieselwasser, Dumpfregen und salziger Meerregen, peitschende Küstenschauer und sanftes Hügelregenwehen, Bergezerfließen ... Wenn sie einmal damit angefangen hatte, fielen ihr immer mehr Wörter ein. Julia Völcker gelang etwas mit der Natur, was anderen glückte, wenn sie an ihre Liebsten dachten.

Ach du Malvine Tausendschön Malvine Hundertnamen.
Seit ich dich kenne
Gold'ne Frau, seit ich dich sah, begriff und ehrte,
Sind Ritter Brüder mir, kauft' gern ich Schwerter,
Schild und Bogen,
Den Tapferen markierte ich, den Räubern wehrte ich,
Zu gern hätt' ich mich als Prinz Eisenherz in dein
schattenkühles Herz gelogen.

Doch schau Malvine Tausendtraum Malvine
Federschwer. Es ist die Zeit nicht
Fürs Turnier. Die Ritter und die Knappen, die Helden
und die Drachen,
Sind lange fort, sind bloß Objekte in Lektionen.
Heutzutage dichten sie nicht, sie seufzen und sie
sterben nicht
Für dich nicht und für Liebe nicht – es war zu lange
Krieg.

Ach du Malvine Einzigherz, ich könnte für dich leben.
Das habe ich
du Lebensbaum du Freudentau du Morgenglück du
Ewigtraum noch keiner Frau dahingeraunt.
Dir würde ich Gärten graben, Felder furchen, in
Kanzleien brav die Listen führen.

Dem Gerichtsvollzieher trotzte ich, das Whiskey-
Trinken ließe ich
Von Montag bis Mittwoch jedenfalls! Ein durchschnitt-
licher Kerl regt an, ihn zu verführen.

Ketziner Heldenmut, 1924

Wieder ein Gedicht mit drei Strophen, wieder nur ein Entwurf. Julia dachte, wie zerrissen Ladestein zum Zeitpunkt der Niederschrift gewesen sein musste. Das Gedicht fiel in dieselbe Zeit wie seine berühmten Antikriegsgedichte, wie die »Weltuntergangsballaden aus dem trunkenen Berlin«. Sobald Ladestein von seiner Malvine sprach, vergingen ihm alle Leichtigkeit, aller Wortwitz und alle Ironie. Ladestein verlor seine Fähigkeit, mit routinierter Schnoddrigkeit vor sich hinzureimen; in der Liebe zu dieser Malvine wurde er wieder zum literarischen Amateur. Entsprach dieser Anfängerunsicherheit im Schreiben auch die im Leben? Jeanette hatte bisher noch keine biographische Spur von Malvine finden können, und das neue Gedicht hier verriet nichts Zusätzliches über diese Frau. Vielleicht, weil er nichts über sie wusste? Oder weil er mit seinen eigenen Gefühlen zu sehr beschäftigt war? Oder war Malvine für ihn letztlich nur ein Spiegel, eine leere, wenngleich glänzende Fläche für seine eigenen Wünsche und Ängste?

Fest setzte Julia einen Fuß vor den anderen. Noch vor Einbruch der Dunkelheit wollte sie Nebel erreichen, das südlich gelegene Dorf der Insel.

Sie wählte den Weg links hinunter vom Haus, am

Fuße des Föhrenwaldes vorbei, den Fuhrmannsweg entlang und parallel zum Bodden. Das Heimatmuseum war geschlossen, Arbeiter machten das Gebäude winterfest, packten den ausgestopften Greifvogel ein, der die Saison über das Portal geschmückt hatte, räumten die Schaukästen leer, in denen noch immer Vorträge vom Juni angekündigt waren. Die Arbeiter grüßten, sie räumten sonst den Unrat am Strand fort. Hinter ihr klapperte es leise: die Müllabfuhr.

Das erste Mal war sie nicht schlecht erschrocken, als sie die verwegene Bande sah. Die Beseitigung des Hausmülls erledigte auf der Insel natürlich ein Pferdegespann, zwei Haflingerponys waren es, die dem Fuhrmann Wagner aus Godshorn gehörten. Der Mann war seltsam: groß und stark verwachsen, und bei irgendeinem Schiffsunfall, von dem die Dorfbewohner nur im Flüsterton erzählten, hatte er seinen linken Arm verloren. Den entsprechend leeren Ärmel seiner dreckstarrenden Jacken ließ er einfach hängen, sodass, wenn die Ponyfuhre Fahrt gewann, er wild hinter ihm herflatterte.

»Hei-ho, Hansi, Hei-ho!«

Seiner Stimme verdankte er den Spitznamen: Nebelkrähe. Die Kutschpferde Hansi und Pepe waren schmutzverkrustet wie immer, aber den stattlichen Haflingern mit ihren üppigen blonden Mähnen schien das nichts auszumachen, im Gegenteil. Ungeduldig warteten sie vor einem Haus, wenn Wagner abstieg, um die Müllsäcke einzusammeln und mit Schwung auf den Wagen zu werfen. Dann stampften sie mit den Vorderbeinen auf, warfen die Köpfe hin und her, und sobald Wagner aufstieg, trabten sie wieder los.

Als sie an Julia vorbeikamen, schnaubten sie.

»Mojn, Wagner!«

Julia grüßte den Mann, wie ihn alle grüßten, und wie alle bekam auch sie keine Antwort. Ich bin ja schließlich nicht zum Vergnügen unterwegs, schien der Fuhrmann mit jeder Faser seines Ichs auszudrücken, und tatsächlich wurde er selten anders als arbeitend gesehen. Und wenn er nicht arbeitete, soff er. Bei Erika erzählte man sich, dass er den Sanddornschnaps, den er jede Woche im Laden kaufte, immer ganz allein zu Hause trank: drei Flaschen pro Woche, Literflaschen. Schon seine Mutter war eine inselbekannte Säuferin gewesen.

»Was soll's!«, hatte Erika achselzuckend gesagt, während sie Preise in die Kasse hämmerte, ohne auf die Tastatur zu schauen, »jetzt liegt sie auf demselben Kirchhof wie die ganzen Heiligen!«

Die »Heiligen«, das waren die Pastoren, von denen die meisten ihr gesamtes Dienstleben lang auf der Insel gearbeitet hatten. Durch Dauer erwarb man sich hier Respekt, und nur durch Dauer.

Die Ponykutsche war um die Ecke verschwunden. Julia hatte sich schon den gleichmäßigen, wiegenden Gang der Inselbewohner angewöhnt. Vier Uhr.

Im Dünenhotel wartete Renate, um sie mitzunehmen auf einen Saunagang. Der Gasthof war brandneu, errichtet von einem westlichen Investor, und zum Herbst auf der Insel gehörten, so hatte Anne Bult erklärt, die Saunaausflüge der Frauen am Mittwoch ebenso wie die Tatsache, dass der Milchmann mit seiner Fuhre nicht mehr zu den Kunden nach Hause kam:

»Die Angelegenheit wird mir allmählich zu schmierig und zu wacklig«, hatte der Mann zur Erklärung gesagt und auf die gefährlich hoch aufgestapelten Holzkisten hinter ihm gewiesen, in denen Milch, Joghurt und andere Köstlichkeiten sortiert waren. »Bis zu Erikas Laden, das muss reichen!« Jetzt, im Oktober, da musste man sich arrangieren. Das war die Lektion des Herbstes.

»Zusammenrücken!«, dachte Julia, die ein paar Schafe auf den Salzwiesen hinter Stiftsdorf beobachtete.

Die Schafe sahen noch ganz proper aus, trotz des schlechten Wetters. Sie drängten sich zusammen gegen den Wind, Hintern an Hintern, dicht an dicht, mit langen schwarzen Strümpfen und schwarzen Gesichtern. Als Julia näher kam, setzte ein Mäh-Konzert an, wie es seit Kindertagen ihr Herz wärmte. Hier wurde das Land flacher, der Wind ging schärfer, Julia zurrte ihre Kapuze enger zusammen und schöpfte tief Luft. Konnte Luft gut schmecken, ja sättigend sein? In dieser Inselluft schwang so viel Meersalz mit, so viele Mineralien enthielt diese Brise, dass sie Julia geradezu fettig und reich schien. Sie leckte sich die Lippen. Das Land öffnete sich. Hinten, am Horizont, konnte man die vorwitzigen Spitzen der Wellen weißlich im Nachmittagslicht glänzen sehen, die Fischerhäuser in Zwischendorf waren nur undeutlich zu erkennen, lose hingestreut zwischen Bodden und Straße. Der Himmel verschwamm in unendlich sanften Abstufungen von eher hellem Grau. Viele Grautöne hatte die Ostsee vorrätig, und sie waren weder düster noch deprimierend, sondern überzogen das Land mit einem milden silbrigen Schimmer, als schiene auch tagsüber der

Mond. Der Asphalt glänzte dunkel und feucht, obwohl es heute ausnahmsweise noch nicht geregnet hatte.

Julia passierte Godshorn, an der Hauptstraße traf sie Wagners Pferde wieder. Die warteten ungeduldig, aber nicht festgebunden, vor der einzigen Bank der Insel. Die Fuhre war leer. Wahrscheinlich holte sich Wagner Geld.

Julia verließ den asphaltierten Fuhrweg und bog in die Heide ein. Die Gräserkissen quietschten vor Nässe, wenn sie darauf trat. Wacholderbüsche kauerten auf dem Boden wie kugelige Erdgeister. Bei Sonnenschein musste hier alles festlich funkeln: das niedrige, violette Heidekraut, die tiefroten und gelben Blätter der Birken und Birnbäume, die glühenden Beeren der Tollkirschen und das satte Grün der vielen Moose. Aber nun war alles still und tief und dunkel, die meisten Tiere hatten die kleinen Wasserflächen der Heide bereits verlassen. Die Brandgänse hatten sich schon vor Wochen aufgemacht und waren in Scharen nach Süden gezogen, und die kleinen braunen Feldschwirle hatten ihre sommerlichen Abstecher auf die Insel beim ersten Abkühlen beendet. Nur die Wintergoldschnäpper mit ihren kecken, leuchtendgelben und schwarzgeränderten Abzeichen auf dem Kopf schienen noch zu überlegen, ob sie es nicht doch bis zum nächsten Frühjahr einfach hier aushalten sollten, statt die gefahrvolle Reise anzutreten. Jahr für Jahr blieben mehr Vögel auf der Insel, lernten, wenn es Not tat, zu flüchten vor Bussarden und grimmigen Sumpfohreulen, den alteingesessenen Herrschern im Dünenheiderevier.

Der Herbst, das war die Zeit des großen Atemholens für Menschen und Tiere, alle bereiteten sich auf den Winter vor; die Arbeiter, indem sie Strände und Schuppen aufräumten, die Böschungen der Steilküste ausbesserten und das Boddenufer vom Unrat befreiten, während die Bauern schnell noch einmal tiefe Furchen in ihre Äcker zogen. Wer ein Segelboot hatte, holte es an Land, befreite es von Algen und Muschelresten, wer Strandkörbe besaß, holte sie ein. Fahrräder wurden geölt, Handkarren gewartet. Im Winter, hatte Anne berichtet, kamen andere Vögel auf die Insel, lösten die davonziehenden Schwärme ab: Das schrille Konzert der Pfeifenten gellte dann durch die Dünenheide, wo jetzt schon die Rohrweihen in ihren seltsam schaukelnden Flügen das Terrain inspizierten, Kiebitze und Säbelschnäbler wurden im Föhrenwald und dicht bei den Orten gesehen, während zufriedene Austernfischer und Strandläufer die Küste endlich wieder für sich hatten. Ja, sogar der seltene Eisvogel war hin und wieder gesehen worden, selbst Anne, die sich nichts aus Vögeln machte und sich nur für »nützliche« Tiere erwärmen konnte, schwärmte von seinem schillernden grünen Federkleid, seinem orangen Bauch. Im Winter ging diese Insel nicht wirklich schlafen, und auch ihre menschlichen Bewohner zogen sich nicht zurück. Es war die Zeit der Feste.

Noch war es nicht so weit. Noch suchten die neuankommenden Vögel Quartiere. Noch klagten nur vereinzelte Nebelkrähen über den Verlust des Sommers: »Krah-kraha!«

Ein Fahrrad klingelte, Julia schrak zusammen, so sehr hatte sie sich auf die Stimmen in der Natur konzentriert. Erika hatte ihren Laden für heute geschlossen, um den Nachmittag mit den Frauen zu verbringen.

»Das war schon früher so«, sagte sie, »das wollen wir auch weiter so halten. Frisöre und Ärzte machen schließlich auch mittwochs dicht. Und diese neuen Buchhändler in Godshorn, diese Runges, die lernen das auch am besten gleich!«

Julia erwiderte nicht, dass es auf der Insel ja gar keinen Frisör gab – nur in der Saison schlug ein ambulanter Figaro in Godshorn seine Zelte auf. Und der Arzt in Nebel hatte ohnehin nie frei; immerhin hatte er theoretisch über tausend Patienten zu betreuen, die vielen Urlauber nicht eingerechnet. Aber Julia sagte das nicht, sie freute sich, dass Erika mitkam und dass es anscheinend so etwas wie eine Gemeinschaft der Frauen auf der Insel gab. Und außerdem fand sie es nett, dass sich die Frauen um die »Zugereisten« kümmerten.

»Freut mich, dass die Buchhändlerin auch kommt!«, sagte Julia zu Erika und wies sie auf die kugelig glänzenden Früchte der Krähenbeeren hin: »Sieht schon ein bisschen aus wie Mini-Weihnachtskugeln, findest du nicht?«

»Du magst wohl Pflanzen und so'n Zeug?«

Erika schien befremdet. Sie fand die Bäume und Büsche ihrer Heimat nicht besonders aufregend. Lieber redete sie über Leute, und so berichtete sie Julia, dass sie sich schon in Runges Bücherstube umgesehen und sich mit den Inhabern unterhalten hatte. Die beiden aus dem Westen waren einstweilen noch mit Renovierungsarbeiten beschäftigt, aber zur Saison wollten sie pünktlich eröffnen. Der Mann träumte sogar vom Weihnachtsgeschäft, obwohl Erika bezweifelte, dass die Leute auf der Insel besonders erpicht darauf waren, ausgerechnet Bücher zu verschenken … Immerhin: Die beiden engagierten sich, so viel war jetzt schon klar.

»Dafür können die mietfrei wohnen«, erzählte Erika. »So sehr ist der Gemeinde daran gelegen, dass die Fremden hier was zu lesen haben. Ist doch verrückt, nicht?«

Die Fremden, das waren die Touristen, das waren aber auch Leute wie Julia.

»Wenn die erst zur Saison aufmachen, nützt mir das nicht viel«, meinte Julia enttäuscht, die sich schon auf neue Lektüre gefreut hatte.

»Nein, nein, dann öffnen sie erst offiziell, so mit Ladenschluss und allem Drum und Dran. Wenn du aber jetzt was willst, kannst du einfach klingeln, die wohnen ja auch in dem Haus! Oder du rufst vorher an, das ist vielleicht noch einfacher. Bloß: Heizen tun sie den Laden nicht, da musst du dich schon warm einpacken. Ich hab' gestern 'n paar Quittungsblöcke geholt, für den Notfall haben sie nämlich auch ein bisschen Bürokram da – sind gar nicht dumm, diese Leute. Kommen aus irgendeinem Kaff in Nordrhein-Westfalen, wo die Brauerei dichtgemacht hat, der einzige Arbeitgeber weit und breit. Und dann steht so'n Vierzigjähriger plötzlich mit nischt da. Ganz schön bitter. Na ja, warum soll's denen auch anders gehen …«

Erika stapfte neben Julia her, ihr Fahrrad hatte dieselbe rötlich-violette Tönung wie ihre Haare. Allmählich wurde es dunkel. Erikas Fahrradlampe spendete ein armseliges kleines Licht. Offenbar war sie fest entschlossen, Julia bis Nebel zu unterhalten, und übertönte dabei die Vögel. Als sie ankamen, war es längst dunkel.

Trockene Hitze. Waldbrandhitze. Lodernde Hitze, die nach der Haut griff, die die Haare sich sträuben und die Ohren aufglühen ließ. Es roch wie im Föhrenwald, oben, am Nordufer der Insel. Die Frauen hockten beieinander, elf weibliche Körper, dicht an dicht, die nackte Haut glühte rot, hier und da glänzte Schweiß auf Stirnen und Schultern und entspannt baumelnden Brüsten. Den Brüsten sah man die Geschichten der Frauen an: ob sie geboren hatten und wie viele Kinder wohl, ob sie sich noch auf die Zukunft freuten – das erkannte man an den keck wippenden Spitzen. Müde, leergetrunkene Brüste waren dabei, unbeachtete, und solche, die täglich massiert wurden, gebräunt von der Sonnenbank im Partykeller, gestreift von Goldkettchen, die jetzt, in der Hitze, eilig abgenommen wurden. Überflüssiges hatte keinen Platz in der Sauna, und deshalb gab es auch keine übertriebenen Höflichkeiten. Was blieb, war gegenseitiger Respekt.

Es gibt keinen besseren Ort, um festzustellen, dass man ist, wie man ist, dachte Julia. Es gibt keine vergnüglichere Hölle.

Eine von ihnen rieb sich energisch die Beine mit einem groben Sisalhandschuh ab, mit festen, geraden Strichen, die anderen ließen die Beine baumeln, betrachteten ihre feuerrot lackierten Zehennägel, kritisch ihre Oberschenkel, schauten nur kurz einmal zur Nachbarin hin. Hin und wieder ein leises, genießerisches Seufzen. Haare, widerspenstig in der Hitze, wurden zurückgestrichen. Erika sorgte sich, dass ihre Haartönung auf die Haut abfärben würde:

»Das weiß man doch nie, heutzutage, bei dem Zeug!«, sagte sie misstrauisch.

»Heute, bei dem Zeug!«, imitierte sie eine jüngere, aber in gutmütigem Spott. »Weißt du nicht mehr, wie wir uns früher die Haare versaut haben mit unserer ›Blondie-Welle‹? Strohtrocken waren die Dinger und sind sofort abgebrochen!«

»Bei uns hieß das Zeug Minipli!«, ergänzte Mady Runge lachend. »Und so richtig komplett war's nur, wenn du dir die Haare noch gleichzeitig blondiert hast auf Teufel komm raus! Und dann jede Menge türkiser Lidschatten!«

»'ne Zeit lang hatten wir alle die Haare im selben Rot gefärbt!«, mischte sich eine andere ein, lachend. »Kinder, haben wir manchmal ausgesehen!«

Geplänkel, matt vor Hitze. Sie einigten sich schnell auf die Vergangenheit als Thema. Und die Zukunft. Urlaubspläne, eher bescheiden, machten die Runde. Julia, die nicht mitreden konnte, betrachtete sorgenvoll die Sanduhr an der Wand. Wie langsam fünfzehn Minuten verstreichen konnten! Sie war nach dem anstrengenden Fußmarsch schon mit heißen, pochenden Beinen hier angekommen und hätte vor dem ersten Saunagang gern ein wenig gerastet. Aber Erika, die Unermüdliche, kannte kein Pardon.

»Was zu trinken gibt's in der Sauna, und außerdem habe ich 'ne Warmhaltekanne mit Tee dabei – Tee mit Schuss, versteht sich …«

Und hatte sie umstandslos in den Badebereich des Hotels geführt, wo Renate und die anderen längst mit den Vorbereitungen begonnen hatten. Mady Runge fiel nicht auf zwischen den anderen; ihre Herzlichkeit hatte offenbar schnell das Eis gebrochen. Zeitschriften lagen herum, Romanheftchen, die wahrscheinlich Mady mitgebracht hatte. Und bald roch es nach Körpermilch und Deodorants, nach ätherischen Ölen und, verdächtigerweise, auch jetzt schon nach den angekündigten »Zusätzen« im Tee … Renate hatte ihr die Duschen gezeigt, einen großen Ruheraum und schließlich die Sauna selbst. Da dampften sie nun nebeneinander.

»Wer bist *du* denn überhaupt?«

Eine freundliche Stimme irgendwo von oben, wo die wirklich Hartgesottenen schwitzten. Eine Stimme von dem Versuch bestimmt, Julia in das allgemeine Geplauder miteinzubeziehen.

»Julia. Ich bin Julia Völcker …«

»Sie arbeitet im Ladestein-Archiv!«, unterbrach Renate, als wäre damit schon alles gesagt.

»Dann wohnst du bei Anne?«

»Ja, für ein Jahr. Ich werte den Nachlass aus, das ist so eine Forschungsarbeit …«

»Was gibt's denn bei dem Ladestein zu forschen, dem alten Schwerenöter!« Tiefes, kehliges Lachen drang aus dem Halbdunkel in einer Ecke. Julia blinzelte Schweißtropfen weg. Da oben kauerte eine mächtige Matrone, deren Stimme wie eine Glocke klang.

»Der Ladestein, nee-nee-nee …«

So alt war die Frau nicht, dass sie den Dichter noch persönlich hätte kennen können, aber nun war Julias Neugier geweckt: »Woher wissen Sie denn etwas über Ladestein?«

Gelächter antwortete ihr.

»Na hör mal, den kannte doch hier jedes Kind, na, was sag' ich, vor allem jeder Gastwirt …«

»Nu, Lisa, nun dröhn hier mal nich' so rum.«

Einer anderen Alten, gegenüber, ging die Lautstärke offenbar auf die Nerven. Die beiden maßen einander mit Blicken wie zwei Sumoringer. Beste Freundinnen waren sie offenbar nicht, Julia kamen sie vor wie archaische Anführerinnen rivalisierender Sippen oder wie große, kampferprobte Glucken, die bisher noch jeden Hahn auf dem Hof überlebt hatten. Auch Ladestein.

»Gut, mal hübsch der Reihe nach!« Eine Jüngere mit kurzem braunen Mäusehaar schaltete sich energisch ein. »Ist heute nicht Mittwoch?«

Zustimmendes Murmeln.

»Und hatten wir nicht ausgemacht, dass wir uns immer Geschichten erzählen? Aber immer nur eine pro Saunagang? Und dass immer nur eine redet?«

Erneutes Murmeln.

»Ja, du hast recht.«

»Du musst das verstehen«, sagte die Mausbraune erklärend zu Julia. »Früher haben wir uns oft gesehen, andauernd eigentlich, auf der Arbeit. Aber jetzt treffen wir uns nicht mehr alle naselang. Hat auch Vorteile. Aber wenn wir uns dann mal treffen, dann reden immer gleich alle durcheinander. Also haben wir das ein bisschen geregelt. Eine erzählt. Und die anderen laden sie dann hinterher auf 'n Likörchen ein.«

»Manche müsste man eher einladen, damit sie nichts erzählt!«, knurrte die eine Alte jetzt.

Gelächter.

»Also, Biggi, wer ist dran?«

Die Angesprochene saß neben der Maushaarigen, eine Junge, Schmale, mit verträumten Augen.

»Na, ich würde vorschlagen, wenn die Julia neu ist, erzählt sie eine Geschichte!« Sie nickte Julia aufmunternd zu. Julia erstarrte.

»Es muss auch keine Geschichte sein, du kannst auch irgendwas Theoretisches von dir geben, wenn dir das leichter fällt«, versuchte ihr eine andere zu helfen.

Julia fasste sich.

»Nein, wisst ihr, vielen Dank, aber ... aber ich glaube, dass das noch zu früh ist. Ich bin wirklich noch zu neu, ich kenne mich noch gar nicht aus. Ich würde viel lieber was von Ih ... – von Euch hören!«

Die Reaktion der anderen zeigte, dass sie so falsch nicht lag.

»Vielleicht ...«, sie wandte sich an die ältere Frau, »vielleicht erzählen Sie, was das war mit dem Ladestein?«

»Jaja, das konntet ihr schon immer gut, ihr aus'm Westen: andere Leute ausfragen!«, brummte die Rivalin und fing sich ein paar missliebige Blicke ein.

»Schon gut, schon gut. Du lieber Himmel, was soll man vom Ladestein erzählen? Das würde ganze Abende füllen!«

»Lisa! Du hast zehn Minuten!«

»Meine Großmutter hat ihn gekannt. Näher, glaube ich, als ihr lieb war. Im Nachhinein, meine ich, denn, du musst das verstehen, diese Sommerfrischler, die hauten ja im August, spätestens September alle wieder ab, schlossen ihre Datschen hinter sich ab oder schüttelten ihren Vermieterinnen die Hand, und das war's bis zum nächsten Jahr. Aber die jungen Dinger, die sich so hatten anstecken lassen von der allgemeinen Freizügigkeit, die blieben ja da! Gut, das war hier nie so streng wie auf'm

Festland, zum Beispiel gingen damals schon immer alle zusammen baden, keine getrennten Strände für Männer und Frauen und so'n Getue. Aber im Herbst, wenn so'n Seemann dann was Warmes suchte für sein Häuschen, dann überlegte der schon zweimal, ob der so 'ne Vergnügte nahm oder nich'. Zogen ja auch sehr mutwillige Gedanken mit ein.«

»Deine Großmutter, Lisa!«

»Meine Großmutter hieß auch Lisa, so wie ich. Und die hatte halt einen Narren am Ladestein gefressen, dabei sah der nach nischt aus! So'n magerer, eher unscheinbarer Typ, immer nur mit ganz akkurat gezogenem Scheitel. Aber das war auch das einzig Akkurate an dem Kerl! Wenn der mal richtig in Fahrt kam – und er war eigentlich ständig in Fahrt, solange die Schenken nur geöffnet hatten –, konnte der ganze Säle zum Lachen bringen. Er hat dann aus dem Stegreif Reime von sich gegeben, lauter so komisches Zeug. Nicht wie der Oppeln, unser Heimatdichter. Er hat nicht die Heide besungen oder so was, nee – das war manchmal richtig geharnischter Unsinn – nur eben schön gereimt. Und über'n Strandvogt hat er sich lustig gemacht. Über alle Amtspersonen eigentlich. Alles, was Uniform trug, war ihm zuwider.«

»Seeschwalbens Mätzchen
Schwarzkehlchens Lätzchen …«

Das war die andere Alte von der oberen Saunabank. Lisa machte weiter:

»Grasmückens Jungen,
Zaunkönig, gedrungen.
Bienfresser, verirrt,
Schlagschwirle, verwirrt.
Kolkraben und Alken,
Mauersegler und Falken.
Langschnäbelige Bekassine,
Kampfläufers böse Miene.

Roter Schnabel: Teichralle.
Wanderfalkens Wanderkralle.
Blaukehlchen trägt blauen Schal,
Sturmmöwe fängt Aal.
Waldkauz schläft auf Bäumen,
Jungschwan lehrt das Träumen.
Tausend Vögel mal zwei Schwingen,
Ächzen, piepen, krähen, singen,
Wache Augen folgen überall hin:
Kranich und Graugans, Bussard und Merlin.«

Lisa lachte zufrieden.

»Aber Lisa, das sind doch Kinderreime!«

»Mag sein, dass das Kinderreime sind ...«

Das war Mady, die sich zu Wort gemeldet hatte: Mady Runge. Ihre Stimme flackerte ein wenig. Jetzt merkte man, dass sie die ungewohnte Geselligkeit doch anstrengte, was Julia seltsamerweise beruhigte.

»Mag sein, dass das Kinderreime sind, aber nach dem bisschen, was ich weiß, wollte der Ladestein doch genau das: dass man nämlich seine Verse nachmachen konnte, einfach so. Der hat keinen Wert darauf gelegt, dass einer allein was konnte …« Ihre Stimme wurde hoch und schrill: »Nicht einer allein muss was können!«

»Naja«, räumte Lisa schnaufend und gnädig ein und deponierte ihren mächtigen rechten Ellenbogen so auf dem Knie, dass ihr gewaltiger Oberkörper nach vorne wogte.

»Naja, vielleicht war er ja deshalb auch mal Dorfschullehrer hier. Ich glaube, der schlechteste, den sie je hatten!« Sie lachte ein Lachen, wie mit Sandpapier aufgeraut. Dann witterte sie ihre Chance weiterzuerzählen und richtete sich auf, Schweißtropfen stoben davon. »Jedenfalls war meine Großmutter so hinter ihm her – weiß der Henker, was sie an ihm fand –, sie war derart versessen auf ihn, sage ich, dass sie ihm irgendwann, vielleicht nach drei oder vier Sanddornschnäpschen, versprochen hat, dass sie alles für ihn tun würde. Alles, versteht ihr?«

Der Busen wogte wieder nach vorn, gefolgt von den Armen. Die anderen nickten, vorsichtshalber.

»Also, so dreckig könnte es mir gar nicht gehen, dass ich so was 'nem Kerl erzähle, aber egal … Jedenfalls hat der – wahrscheinlich nur so zum Spaß – gesagt, wenn sie ihm ein *Herzförmiges Haus* baute, da würde er wohl einziehen …«

»Das ›Herzenhaus‹, das ist von deiner Oma?!«

»Schnauze! Unterbrecht mich nicht ständig!«

Lisa wurde jetzt regelrecht grob, wahrscheinlich, weil sie jetzt schnell aus der Hitze rauswollte.

»Ja, das ›Herzenhaus‹ ist von meiner Großmutter selig. Sie hat es ihm gebaut, angeblich von eigener Hand. Na, 'n paar Figuren wird sie wohl gefunden haben, die ihr geholfen haben. Jedenfalls …« Sie wandte sich an Julia: »Jedenfalls war meine Großmutter Lisa so verrückt nach dem Dichter, dass sie nach seinen Angaben wirklich ein Haus auf herzförmigem Grundriss gebaut hat, was soll ich dir sagen?! Natürlich ist er nie da eingezogen, er ist nicht mal zu Besuch gekommen!«

Ihr Gelächter bekam jetzt etwas Gellendes, Unschönes, es warf sie geradezu hin und her. Die anderen hatten angefangen, ihre Handtücher zusammenzuraffen und mit den nackten Füßen nach den Plastiklatschen zu angeln: Die Sanduhr war längst abgelaufen – Zeit für eine Abkühlung.

»Schöner, sauberer Dichter! Na, immerhin haben wir jetzt 'ne Sehenswürdigkeit. So ist das: Je mehr Unglück du sammelst, um so sehenswerter wirst du, ha! Wenn du Glück hast, stellen sie dich unter Denkmalschutz!«

»Wie die ganze olle DDR?!«

Frauenbaden. Frauen tauchten in eiskaltes Wasser, rubbelten sich die Rücken rot, redeten leise und hastig, wickelten Handtücher um Busen und Hüften, badeten Füße, flüchteten vor der Helle des Vorraums und der plötzlichen Nüchternheit wieder in die warme, warme Kammer.

Und dann war Renate an der Reihe zu erzählen.

7.

Renate war mit einer Reihe Kollegen aus der LPG in Litauen gewesen, um dort beim Aufbau einer Schweinemast zu helfen – eigentlich waren sie als Dank für erfolgreich abgeschlossene Geschäfte und auch, weil es sich so gehörte, zu ihrem Geschäftspartner eingeladen worden. Nicht nach Hause, in die kleine Wohnung in der Hauptstadt Wilna, die vollgestellt war mit Andenken aus Russland, nein, Sigurdis hatte sie gebeten, ihn zu seinen Eltern aufs Land zu begleiten, in die übliche Datscha, wo er gewöhnlich das Wochenende mit seiner Frau und der immens großen Verwandtschaft verbrachte. Renate hatte wenig Lust dazu gehabt, auch deswegen, weil sie natürlich kein Litauisch sprach und nach der Wende erfolgreich darum bemüht gewesen war, ihr ohnehin unzureichendes Russisch schnell zu vergessen. Aber aller höflicher Widerstand war gekonnt ignoriert worden, und so waren sie an einem Dezemberabend in drei, vier schaukelnden Autos hinaus aus der im Frost erstarrten Stadt gefahren. Immer weiter war die Fahrt gegangen, schon lange hatte sie kein Licht mehr gesehen, und dass es hier Bären geben sollte, war auch nicht dazu angetan, Renates Stimmung zu heben. Endlich waren sie in ein kleines, tief verschneites Dorf gelangt, dessen Häuser sich in die Schneeberge zu schmiegen schienen. In den Rauch, der aus den Schornsteinen quoll, mischte sich das Aroma von Kiefern und Tannen. Nahezu jedes Haus hier verfügte über einen Kamin, und jede Datscha hatte eine Sauna.

Wie angenehm war die Überraschung, als sie, von Sigurdis geleitet, in das Haus der Eltern traten: In dem niedrigen Holzgebäude – eigentlich war es mehr eine große Hütte – brannte ein Feuer. Der Innenraum war größer als von außen zu vermuten, und in einer Ecke saßen vier Alte und spielten Karten, freundlich, aber eher beiläufig nickend, als die Besucher eintraten. Der lange Holztisch bog sich schier unter der Last der Leckereien, die man zu Ehren der Gäste aufgetragen hatte: Verschiedene Arten von eingelegten Fischen kringelten sich auf bunt bemalten Porzellanplatten, Kaviar in üppiger Menge leuchtete schwarz neben einer Platte mit hartgekochten Eiern, Gurken in verschiedensten Variationen, süßsaurer Paprika und Frischkäse warteten auf Hungrige, der Duft von Silberzwiebeln, der sich im Raum ausbreitete, schien zur Eile zu mahnen. Und links und rechts auf dem Tisch waren etliche Gläser aufgereiht – alles war vorbereitet für ein Fest. Sigurdis' Frau Jelena zupfte Renate am Ärmel, und plötzlich fand Renate die Sprachschwierigkeiten, die sie ohne Zweifel hatten, nicht mehr so wichtig. Jelena nahm Renate einfach mit, gab ihr ein paar Handtücher und Holzpantinen: Vor dem Essen ging es in die Sauna. Sie stapften durch den nächtlichen Garten, und Renate wäre vor Schreck fast über die Wodkaflaschen gestolpert, die zur Kühlung im Schnee steckten, als ihnen plötzlich aus dem Dunkel ein Mann entgegenkam: Jelenas Bruder, wie diese erklärte, der ihnen Zweige in die Hand drückte.

Die Sauna dampfte nach russischer Art, sie bot Platz genug für mehrere Personen, und sie roch nach Wald und den Menschen, die im Vorraum ihre winterklammen Kleider zum Trocknen abzulegen pflegten. Außer Jelena und Renate war niemand da. Sie zogen sich aus, hockten sich nebeneinander, versuchten ein Gespräch, stockten, hielten inne.

Irgendwann fragte Jelena nach Renates Mann, an den auch Renate gerade hatte denken müssen, ihren langweiligen, überkorrekten Biologen, der beim Fischkombinat auf der Nachbarinsel arbeitete und, wenn er am Wochenende endlich nach Hause kam, immer nur die gleichen, unappetitlichen Konserven mitbrachte: Makrelen, angeblich in Tomatensoße, einen lappigen Hering vielleicht, und Renate wusste doch, bei Gott, dass er die Konserven von einer Frau aus der Salzerei bekam, die die halbierten Heringe in einem Garbad zu Rollmöpsen verarbeitete, und in schlechten Nächten bildete sich Renate schon ein, dass er eigentlich nicht nach dem Fisch roch, den er im Labor zu untersuchen hatte, sondern nach der fremden Frau, dieser Rollmopsköchin, von der er nie erzählte, der sie in Gedanken aber schon ein von goldblonden Haaren umrahmtes Gesicht gegeben hatte, ein rundes, ein sattes, zufriedenes Rollmopshurengesicht, während er ihr nie, niemals, nicht einmal aus schlechtem Gewissen, irgendetwas Eigenes geschenkt hätte, auch keine Blumen natürlich, die es auf der großen Insel sehr wohl gab, sogar von Nelken und von Rosen ging die Rede. Zornig war sie geworden, weil sie bei ihren gelegentlichen Reisen schöne Dinge erlebte und schon jetzt genau wusste, dass er sie auch diesmal wieder nicht danach fragen würde, nach gar nichts, wie immer. Also machte sie eine abschätzige Handbewegung und sagte irgendetwas, und plötzlich glitzerte es in Jelenas Augen auf, und sie schob Renate einen Zweig in die Hand, der unter Jelenas Blick zu einer biegsamen, effektiven Gerte wurde. Dein Mann, ja? hatte sie gefragt und Renate ermutigt, die Gerte zu benutzen. Renate traute sich nicht, meinte, sich zu irren – da schlug Jelena zu, nicht fest, aber entschlossen. Dein Mann, sagte sie. Das ist für deinen Mann. Renate schlug zurück. Jelena bedeutete ihr, wohin: auf die Rückseite der Oberschenkel, auf den Rücken, das Gesäß. Überall dorthin, wo man selbst nicht gut hinlangen konnte, überall dahin, wo die Ruten das träge Blut in Gang brachten. Renate schlug zu, und es war zunächst eine Frage. Jelena schlug zurück – eine Antwort. Und noch eine Frage – und wieder eine wissende Entgegnung. Ein Verstehen. Ein Auffangen. Und hin und her, und auf und ab, und dein Mann und meine Verzweiflung und ich und nichts, und wortlos verstanden sich die beiden Fremden, und jede rief in ihrer Muttersprache dazu ihre Wut hinaus: Georg! und: Sigurdis! und etwas, das noch wilder war, kein Name, kein Begriff, eher eine uralte Klage. Die Klage aller Frauen. Es war wie ein Exorzismus, eine tiefe Reinigung, und Renate sollte später feststellen, dass sie von der rüden Behandlung nicht einen einzigen Striemen zurückbehalten hatte. Als sie zu den Männern zurückkehrten, schauten alle auf: So klar, so strahlend hatten sie die beiden Frauen lange nicht gesehen. Und darauf trank man dann den ersten Wodka.

»Es war eine denkwürdige Feier«, sagte Renate. »Als ich zurück war, habe ich mich scheiden lassen.«

»Jan ist nämlich Renates Zweiter!«, erklärte eine der Alten Julia.

»Eigentlich mein Dritter!«, korrigierte Renate trocken.

Julia vermisste plötzlich Hilda. Von ihr hätte sie auch gern eine Geschichte gehört. Aber sich Hilda, diese kühle, korrekte Hilda schwitzend vorzustellen, das war unmöglich!

»Hast du schön erzählt!«, sagte die alte Lisa jetzt zu Renate. »Hast dir deinen Pfeffi verdient!«

Das war das geheime Zeichen zum Aufbruch. Der dritte Saunagang wurde in geradezu ungebührlicher Hast absolviert, zumal die beiden Alten nicht mehr mitmachten.

»Das Herz!«

Die anderen duschten, schwatzend und aufgeregt, ließen noch schnell Renates Thermoskanne kreisen. Der Duft nach Vanille und Kamille machte sich breit: Erika hatte neue Lotionen für ihren Laden geliefert bekommen und Proben für alle mitgebracht:

»Sagt nich' danke, is' ja gut fürs Geschäft!«

Das Röhren des billigen Föns an der Wand, quietschende Gummisandalen auf Fliesen, Jeans, Pullover, kunstseidene Tücher und glänzende Gesichter, in denen Augen funkelten. Julia kamen die Frauen plötzlich ganz fremd vor. Fremd – und verwegen. Sie verstand, was Renate in Litauen widerfahren war. Mit diesen Frauen war alles möglich. Lisa war das gemeinsame Bad gut bekommen. Sie hatte sich resolut ein braunes Tuch umgebunden, mit dem sie aussah wie eine Piratin, die auf die nächsten Opfer wartet. Julia wusste, dass die Inselbewohner in früheren Jahrhunderten gefürchtete Räuber gewesen waren, die auf das Stranden eines großen Schiffes hofften: Herr hab Erbarmen mit unserem Strand – so beteten sie in Konkurrenz zum Nachbarflecken, um sich, wenn wieder einmal eine Kogge oder ein kleinerer Segler angetrieben wurde, sogleich mit allzu großer Hilfsbereitschaft auf Mannen und Ladung zu stürzen. Auch dem Heimatmuseum hatte das genützt – Beutekunst auf baltisch.

Sie tranken Bier, und einige, vor allem die Älteren, bestellten noch ihren Likör dazu, bei dessen Anblick allein es Julia schon schüttelte: Den üblichen Pfeffi nannte sie bei sich »diese Badewannenlauge« und stellte sich das froschgrüne, dickflüssige Gebräu auch noch lauwarm vor, als eine Art Laichwasser, das vielleicht Kaulquappen, auf keinen Fall aber Menschen bekömmlich war … Der am Ort hergestellte Sanddornschnaps wurde offenbar eher aus medizinischen Gründen eingenommen, oder er galt den Frauen als etwas zu Vertrautes. An Abenden wie diesen wollten sie sich etwas Besonderes gönnen, und das musste etwas Fremdes sein. Pfeffi also. Julia bestellte Kaffee und einen Brandy, sie wollte die Wärme der Sauna nicht gleich wieder verlieren. Zusammen mit Lisa, mit der Mausbraunen und ihrer Freundin Biggi, mit Mady, der Buchhändlerin, und mit Erika hatte sie die Plätze an der Theke eingenommen, während sich die anderen um einen großen Tisch scharten.

Die Bar des Dünenhotels war als Fischerkneipe hergerichtet, die Decke mit großen, grünen Netzen bespannt, in denen gläserne Kugeln schwangen. Strandgut war zu bizarren Mobiles arrangiert. In einer Ecke thronte sogar ein Anker, dem allerdings ein Stück fehlte; der Flunk war vermutlich in irgendeinem Sturm abgebrochen. Die Theke wurde gekrönt von einer bunten

Lichterkette, säuberlich aufgereiht standen dahinter die Flaschen, und in der Ecke blinkte eine stattliche Jukebox im Las-Vegas-Design: »Rhythm is a dancer …«, Erika, das Glas Pfeffi in der Hand, hatte eine Mark eingeworfen und wippte nun im Takt zur Musik. Ihr rotes Haar reflektierte die Lämpchen aus der Jukebox. Sie tänzelte zur Theke zurück:

»Na, Malte, hast du mal wieder den aufregendsten Abend der Woche erwischt?«

Der Kellner grinste. Mit seinen feuerroten Haaren und dem Bart, der ein hageres und für sein Alter viel zu faltenreiches Gesicht umgab, wirkte er wie die Karikatur eines irischen Seemannes. Der Bart, etwas heller als die Flammenzeichen auf dem Kopf, stand um die Wangen widerspenstig ab, wölbte sich wohlerzogen nur um das kräftige Kinn; das Barthaar erinnerte an vertrockneten Seetang – so, wie der ganze Mann eigentlich wie ein Wasserwesen wirkte, ein schlankerer Cousin des mächtigen Neptun womöglich, ein Aufseher über den örtlichen Nixenharem … Aber nein, dazu war er zu sehr in sich gekehrt, zu still. Die wasserblauen Augen waren mehr nach innen als nach außen gerichtet, sehr weiße Hände griffen mechanisch nach immer neuen Bierkelchen und stellten sie unter den Zapfhahn, füllten sie, wischten den Schaum ab, ringelten einen Tropfschutz um den Stiel, stellten das gefüllte Glas vor einer Frau ab, machten Striche auf Bierdeckel. Malte kannte die Frauen, und die Frauen kannten ihn. Er war tatsächlich zur See gefahren, zwanzig Jahre lang, auf einem der vielen Reparaturschiffe, die der Staat unterhielt. Um Zeit zu sparen, wurden defekte Schiffe nicht in die Häfen zurückgeholt, sondern gleich auf See wieder instand gesetzt, und auch die neuen Schiffe, die der Staat in großer Zahl auf der Schwesterinsel bauen ließ, mussten überprüft werden. Jede Woche ein neues Schiff, kein Mensch wusste, wer so viele Schiffe brauchte, aber jedenfalls hatte die Werft, die den Namen eines berühmten Arbeiterführers trug, immer genug zu tun, die Leute waren zufrieden, und man konnte hohe Produktivitätszahlen nach Berlin melden. Und darauf kam es an. Viele nutzten die offene See, um sich abzusetzen, erzählte Malte, also wurden die Kontrollen im Laufe der Jahre immer strenger. Keineswegs jeder durfte zur See fahren, es galt als eine Art Auszeichnung für zuverlässige Leute, zuverlässig freilich im politischen Sinn; die Maschinen warten konnten die Leute deshalb noch lange nicht.

»Irgendwann gab es mehr Leute vonner Sicherheit als Seeleute«, sagte Malte grinsend. »Wenn mal 'n richtiger Sturm gekommen wäre, wären wir glatt versuppt, mit Mann und Maus, so viele Fachleute hatten wir an Bord!« Er lachte. »Aber natürlich konnste keenen Schritt tun, ohne dass du beobachtet wurdest. Irgendwann hatte ich die Neese echt voll.«

Malte hatte rechtzeitig die Lust verloren, rechtzeitig, bevor nicht mehr zu übersehen war, dass da eine Scheinwirtschaft entstanden war, die keinem mehr nutzte, rechtzeitig, bevor selbst die hartgesottensten Planer erkennen mussten, dass Störe und Lachse einfach »aus« waren. Komplett leergefischt war die Ostsee, vielleicht, so trösteten sich die Fischer, hatten ein paar Schwärme sich auch noch rechtzeitig davongemacht, ihre Zugrouten geändert … Wahrscheinlich war das nicht. Den paar Fischern, die durchgehalten hatten, war in erster Linie Blankfisch geblieben: Hering und Sprott. Malte indessen war zufrieden, trotz des Niedergangs einer ganzen Industrie. Er hatte immerhin hierbleiben können, hatte jetzt Zeit, sein kleines, graues Häuschen zu streichen, und seine Tochter konnte noch ein Weilchen hier zur Schule gehen, bevor auch sie in ein Internat auf dem Festland geschickt werden würde. Und die Frau? Wieder zuckte Malte die Achseln. Die war auf und davon, bei der ersten Gelegenheit. Den Mann zu Hause, jeden Abend nach der Arbeit im Dünenhotel, das hielt sie nicht aus.

»Is' ja auch heikel«, sagte Erika mit schwerer Zunge. »Bei vielen hier hat's ja auch nur funktioniert, weil man sich praktisch nie gesehen hat. Auf so' ner Insel hockste einfach zu dicht auf'nander.«

»Das Problem fängt schon vorher an«, mischte sich die Mausbraune ein. Auf ihrer feinen Mäusenase glänzten kleine Schweißperlen: Das schnell getrunkene Bier tat seine Wirkung. »Das Problem fängt schon vorher an«, wiederholte sie und schob die Brille mit dem linken Zeigefinger so energisch nach oben, dass der Rand an die Augenbrauen stieß. »Überleg mal, wieviel Leute wir hier sind. Tausend vielleicht noch. Oder ooch tausendzweehundert. Das heißt, wir kennen uns alle. Uns hamse als Kinder innen selben Hort jesteckt, von morjens bis abends, bis die Eltern halt von 'ner Arbeit kamen, dann hamse uns auf dieselbe – eben die eenzije Schule jeschickt. Wir sind zusammen jroß jeworden – immer alle zusammen. Und selbst, wennde mal 'n Hobby hattest – Handball spielen oder so –, da haste dieselben Leute ooch wieder jetroffen. Immer dieselben Leute. Na, und irjendwann jibste halt uff und heeratest ooch noch so eenen, watt willste machen!«

Sie nahm noch einen Schluck. Ihre Freundin nickte dazu, wie immer.

»Is' ja meest ooch jar nischt so schlecht, die ha'm ja ooch keene Vergleichsmöglichkeiten!«

Erika schaltete sich wieder ein. Bier und Likör ließen die Frauen in jene Reste von Dialekt fallen, die Julia gleich bei ihrer Ankunft aufgefallen waren. Es war kein Plattdeutsch – das sprachen nur wenige Alte am Ort, und auch die benutzten es ausschließlich untereinander –, es hatte sich vielmehr so etwas wie ein allgemeines Berlinern über das Hochdeutsche und die Reste des Pommerschen gelegt, als hätten die Inselbewohner vor dem sommerlichen Ansturm der Feriengäste aus der Hauptstadt sprachlich kapituliert. Vielleicht verbanden sie mit dem Klang des Hauptstadtjargons auch eine gewisse Lässigkeit oder Überlegenheit. Oder vielleicht hatten sie sich einfach nur angepasst. Auch da, dachte Julia.

Erika erzählte von den Ungerechtigkeiten des Insellebens. Die Männer kamen mehr herum als die Frauen: durch den Militärdienst zunächst, und die, die studiert hatten, wurden am Anfang irgendwohin geschickt, meist in weit entfernte Bezirke, um Berufserfahrung zu sammeln. Die meisten Ehen auf der Insel waren irgendwann gescheitert – noch mehr, als es in der DDR ohnehin üblich war. Es waren im günstigsten Fall Zweckgemeinschaften, die hielten, solange man sich brauchte. Als diese Notwendigkeit entfiel, war es auch mit der Selbsttäuschung vorbei – so wie bei Erika, die zwar eigentlich noch immer verheiratet war, der aber nur die monatliche Hoffnung geblieben war, dass ihr Mann pünktlich seine Schecks sandte, damit das Internat für den elfjährigen Sohn bezahlt werden konnte. Das war innerhalb von zwei Jahren doppelt so teuer geworden wie früher. Also rackerte Erika sich in ihrem kleinen Laden ab, konnte von Glück sagen, dass es keine Konkurrenz gab auf der Insel.

»Wirklich Glück!«, sagte sie grimmig und schwenkte ihr leeres Likörglas, das ölig glänzte.

»Malte, noch einen!«

Das Gespräch wurde ernster. Sie redeten über die Arbeit, über Alternativen, die sie nicht hatten. Die Mausbraune, eine gelernte Biologin, träumte davon, mit ihrer Freundin ein Gewächshaus zu bauen, kein gewöhnliches, in dem Tomaten und Gurken auf ihre Ernte warteten. Nein, in einem Wirtschaftsmagazin, das die beiden Frauen gleich nach der Wende abonniert hatten, war zu lesen, dass unter bestimmten Bedingungen Fördermittel für den Anbau bestimmter Früchte zu ergattern wären. Freilich nicht mit dem biederen Landbau alter Art, sondern, indem man eine Art von neuem landwirtschaftlichem Erlebnisbereich schüfe. Die Touristen, von denen die Insel ohnedies abhängig war, sollten diese Produkte bestaunen und kaufen – sie waren viel eher die Zielgruppe als die genügsamen Einheimischen, bei denen es seit Jahrhunderten dieselbe einfache Kost gab.

»Meinst du im Ernst, du findest einen, der indisches Gemüse isst? Und dafür noch Geld bezahlt?«, fragte Lisa ungläubig. »Wo sich hier doch noch nicht mal eine griechische Gaststätte halten konnte, nicht mal eine Saison lang?! Und Luffa?! Himmel, was ist denn das überhaupt?«

Badeschwämme waren das, und die zypriotischen Kürbisse, die indischen Melonen und die exotischen Kräuter sollten die einheimische Rübenmonotonie durchbrechen.

»Aber wer weiß, was du da für'n Ungeziefer zusätzlich ins Haus holst!«, warnte Lisa. »Du weißt doch, wie schwer wir das hier wieder loswerden! Was einmal auf der Insel ist, das bleibt!«

»Wie man ja an Hanno Minarek eindeutig erkennen kann!«

Das klang giftig, ungewöhnlich für den an sich recht harmonischen, ja ausgelassenen Abend. Biggi, die Freundin der Maushaarigen, hatte das gesagt, und die anderen lachten laut – ein wenig zu laut, wie es Julia vorkam.

»Was ist denn mit Hanno – Minarek?«

Sie setzte den Nachnamen hinzu, als sei sie es gewöhnt, ihn mit Vornamen anzureden.

»Ach, der passt eenfach nischt hierher!«, sagte die Mausbraune.

Hanno Minarek kam aus der Berliner Gegend, und er musste ein ziemlich heller Bursche sein, wenn er Tiermedizin hatte studieren dürfen, obwohl es unter seinen Vorfahren schon diverse Tierärzte gegeben hatte und der Staat doch darauf hielt, dass es kein Gemauschel gab. Zunächst war der Junge zur Armee eingezogen worden, wo er sich mucksmäuschenstill verhalten haben musste, denn er bekam gleich hinterher einen Studienplatz – einer von nur siebzig oder achtzig Tiermedizinern pro Jahrgang, die auszubilden für nötig gehalten wurde im Arbeiter- und Bauernstaat. Und sogar in Berlin hatte er bleiben können, hatte nicht, wie viele andere, ins doch recht fremde Leipzig ausweichen müssen. Das Studium hatte er schnell beendet, obwohl er, so munkelte man, in einer recht aufmüpfigen Kabarettgruppe mitgespielt hatte: Die »Pieketiere« traten aber nur in Studentenkreisen auf und wurden ignoriert. Vielleicht hatte er aber auch bloß einen Freund gehabt, der in der Kabarettgruppe mitgespielt hatte, wer wusste das schon. Komisch war es jedenfalls. Und dann wurde Hanno, dieser schicke Großstadtbursche, für drei Jahre ausgerechnet hierher, auf diese Insel geschickt, die er in Protestschreiben sogleich »ein verlorenes Nest« genannt hatte, wo es in der Praxis, die er sich mit einem schon alten und resignierten Arzt sowie einem jüngeren aus Brandenburg teilen musste, nicht einmal einen Operationssaal gab, man also die Rinder nicht obduzieren konnte, wenn wieder einmal eine dieser rätselhaften Seuchen ausgebrochen war, die die Bestände regelmäßig dezimierten. Seltsamerweise bekam der aufsässige Hanno seinen OP, er bekam auch ein Labor, obgleich er sich im Gegenzug angeblich nur dazu verpflichtete, dafür zu sorgen, dass die Ferkelverluste in dem Betrieb um fünfzehn Prozent zurückgehen würden.

»So etwas musste man unterschreiben, stell dir mal vor!«, kicherte Lisa, zu Julia gewandt. »Wir haben alle mehr versprochen, als der ganze Westen an allen Silvesterabenden des ganzen verdammten Jahrhunderts zusammen!«

Das waren, wie es Malte mit einiger Bitterkeit formulierte, die »ideologischen Kniebeugen«, die das System verlangte. Und Hanno erfüllte die Bedingungen, offenbar mit Bravour. Und als der alte Arzt ausschied und irgendwann verschwand (zu Verwandten in den Westen, wie man munkelte), da wurde den beiden zurückgebliebenen kein neuer dritter Arzt zur Seite gestellt, und so gab es Platz im Wohnhaus der Ärzte, Platz genug für Hanno Minareks alte Mutter, die ohne weitere Formalitäten einziehen konnte, Platz schließlich auch für Hilda, Hannos Schwester, die wegen ihrer seltsamen Art nicht zurechtkam und irgendwie untergebracht wurde, man wusste nicht so recht, wie. Zwischendurch verschwand sie immer ein paar Monate, um, wie es hieß Kostüme für das Theater auf der Nachbarinsel oder sogar für das Opernhaus in Neubrandenburg zu schneidern, das konnte stimmen oder nicht, geredet wurde viel. Und Hanno Minarek konnte sogar reisen, machte Kurse irgendwo in der asiatischen Sowjetunion und kam noch hochnäsiger zurück. Bekam er eine »Intelligenzrente«, den Lohnzuschlag für die, wie es im Jargon der Partei hieß, »verdienten Werktätigen«? Man wusste es nicht. Aber schlecht ging es den Minareks nicht. Und so gab es schon hämische Kommentare, als vor zwei, drei Jahren die alten LPGs langsam, aber unaufhaltsam in die Knie gingen. Sie waren zu groß geworden, natürlich, kein Mensch im Umkreis brauchte so viel Rind- und Schweinefleisch, aus Polen zu importieren war billiger, und so wurden die Riesenbetriebe zunächst geteilt und anteilig verkauft. Und die neuen Eigentümer aus Holland brachten ihre eigenen Futtermittel und ihre eigenen Medikamente mit.

»Da hat der Minarek aber nicht schlecht gestaunt!«, sagte Erika.

Es ging also bergab mit der Tierarztpraxis. Die alten Nutztiere verschwanden nach und nach, die Umweltgutachten der neuen Behörden, die nicht mehr in Berlin, sondern in Schwerin, in Bonn und sogar im unvorstellbar weit entfernten Brüssel saßen, ergaben, dass die Belastung der Böden durch Gülle und Düngemittel alarmierend hoch war, dass also weiter reduziert werden musste. Und all die schönen Anstrengungen der letzten Jahrzehnte, die auf mehr Produktion und noch mehr Produktion hinausliefen, mussten plötzlich ins Gegenteil verkehrt werden: Wer weniger herstellte, war im Recht und bekam am Ende noch Prämien dafür. Verstehe das, wer kann! Weil aber zur gleichen Zeit die irritierten Inselbewohner keineswegs Lust verspürten, sich Schoßtiere – Katzen, Hunde, harmlose Meerschweinchen oder Papageien – anzuschaffen, war es bald um die Praxis des Doktors gar nicht mehr gut bestellt. Zudem überlegten die Leute auch zweimal, bevor sie ihn riefen, nicht nur aus dem Gefühl heraus, es dem ewigen Gewinner einmal zeigen zu wollen – nein, die Preise waren explodiert, seit die Praxis privatisiert worden war. Inzwischen war Hannos Mutter gestorben, der junge Kollege abgewandert, und Hanno und seine schöne Schwester harrten aus. Einige munkelten schon, nun würden auch Hanno und Hilda bald die Insel verlassen, und manch einer spekulierte schon auf das Haus, das in Nebel am Rande der Heidelandschaft lag, aber irgendwann in dieser Zeit musste Hanno auf eine annehmbare Lösung seiner Probleme gekommen sein: Er verkleinerte die Praxis, verkaufte das Inventar des Operationssaales und schaffte Kutschen an: flotte Landauer und vor allem solide Kremser, Planwagen, in denen sich bis zu fünfzehn Touristen auf einmal umherfahren ließen. Pferde besaß er ja bereits: die beiden Braunen, Leo und Schorsch. Und seine Schwester war eine ebenso charmante wie tüchtige Partnerin. Hilda kam gut an bei den Touristen, und sie machte eine glänzende Figur auf dem Kutschbock. Minarek tat sich mit der Schifffahrtsgesellschaft zusammen, also wusste er als Erster, wann wie viele »organisierte« Tagesgäste ankommen würden. Hilda dachte sich sogar ein kleines Besichtigungsprogramm aus, und bald würden sie die ersten Komplettangebote machen können, denn Hanno hatte bereits mit dem neuen Besitzer der Scheune verhandelt, der bereit war, für ein festes Kontingent an Gästen die Preise zu senken. Das Geschäft lief so gut, dass Minareks wichtigster Konkurrent schon kurz vorm Aufgeben war.

»Das ist bloß 'ne Frage der Zeit«, sagte Biggi.

»Ja, der kommt schon zurecht!«, sagte die alte Lisa nachdenklich. »Aber er kriegt den Hals nicht voll. Was will er denn noch?«

Keine Frage, die Frauen misstrauten den Minareks, obwohl die Geschichte für Julia eigentlich nur nach zwei Menschen klang, die versuchten, mit den neuen Verhältnissen zurechtzukommen. Aber das sagte sie nicht. Diese Art von Initiative kam hier nicht gut an. Dass jemand neben seinem eigentlichen Beruf noch etwas Neues begann, erfüllte all die, die nicht auf solche Ideen kamen, mit Bitterkeit – und mit Misstrauen. Jetzt verstand Julia auch das seltsam übertriebene Bemühen Hildas, mit den anderen Kontakt aufzunehmen, diese eigentümliche, so gar nicht zu ihr passende Unsicherheit im Umgang mit den Inselbewohnern. Es war ein Teufelskreis, der Julia bekannt vorkam. Man strengte sich an, um von den anderen akzeptiert zu werden. Aber je mehr man sich anstrengte, um so mehr verkrampfte man sich auch, und desto mehr empfanden die anderen einen als Fremdkörper, als irgendwie streberhaft, als jemanden, der bestimmt noch andere Absichten als die offenkundigen verfolgte.

Denselben unglücklichen Versuch, angenommen zu werden, hatte auch Julia hinter sich. Bei ihrer Mutter zunächst, deren Achtung sie um jeden Preis erringen wollte. Als Kind glaubte Julia, dass die Mutter sich deswegen so wenig um sie kümmerte, weil es der Tochter nicht gelang, ihren Respekt zu gewinnen oder ihre Aufmerksamkeit. Julias Mutter war an Kindern einfach nicht interessiert – höchstens insoweit, als dass sie dachte, »Kinderaufzucht« gehörte nun einmal zu einem normalen bürgerlichen Leben. Und an einem solchen lag ihr ungemein.

Julia aber nahm wie alle Kinder an, der Fehler liege bei ihr. Und versuchte, ihn wettzumachen, diesen ihr unbekannten, rätselhaften Mangel, der dazu führte, dass die Mutter ihr gegenüber immer eigentümlich zerstreut war; schon von der bloßen Anwesenheit der Tochter schien sie sich stets ein wenig belästigt zu fühlen, und niemand konnte zu einer so augenblicklichen, heimtückischen Verschlimmerung ihrer bösen Migräne beitragen wie das zehnjährige Mädchen. Also strengte Julia sich an. Und verkrampfte sich. Und weil sie das spürte, aß sie, um sich zu beruhigen. Das funktionierte. Und die anderen neckten sie nicht allzu sehr. Denn Julia war unansehnlich, aber auch offenkundig schlau. Intelligent, aber hässlich. Gut in der Schule, aber sanft wie ein

Lamm, so ließ sich der Neid der anderen im Zaum halten. Hanno und Hilda waren Außenseiter geblieben. *Sie* nicht, sie hatte man schließlich akzeptiert. Dafür war sie dick geworden. Obwohl: Wenn sie so an sich hinunter sah, kam es ihr vor, als ob ihr Körper sich veränderte, sich streckte. So wie Bäume sich strecken. Für einen ersten Inselherbst gar nicht schlecht.

Malte lachte Julia frech an. Kein Zweifel, der hatte sie auch von oben bis unten angesehen, und was er da gesehen hatte, hatte ihm offenbar nicht missfallen.

»Wie lang wollen Sie eigentlich bleiben?«

Er bemühte sich, hochdeutsch zu sprechen. Julia antwortete ihm.

»Wissen Sie eigentlich, auf was für einer höchst gefahrvollen Insel Sie hier sind?«

Der Mann hob und senkte die Augenbrauen so dramatisch wie ein Schmierenkomödiant. Aha, theatralisches Talent hatte er also doch, bei aller Introvertiertheit. Auf See hatten sich die Männer selbst unterhalten müssen; so etwas brachte Übung.

»Ich werd' Ihnen mal erzählen, wie die Insel überhaupt entstanden ist! – Nein, kein Widerspruch!«, sagte er zu den anderen Frauen, von denen sich allerdings nicht eine gerührt hatte.

»Aber erzähl ihr die jugendfreie Variante!«, lachte Lisa.

»Wie schade!«, mischte sich Mady Runge ein, deren Augen unternehmungslustig blitzten, wenn sie Malte anschaute.

»Es muss auf jeden Fall schon lange her sein, denn

damals gab es noch reiche Leute auf der Insel«, begann Malte seine Geschichte. »Und die kleine Insel und die große Nachbarsinsel waren noch eins.« Malte erzählte vom Mond, der eines Abends merkte, dass ihm die Kraft ausging. Er konnte einfach nicht mehr zunehmen, obwohl es laut Kalender höchste Zeit dazu gewesen wäre. Also sattelte er einen der beiden Schwäne, die morgens immer die Sonne an das Firmament zogen, bat ihn, ausnahmsweise einmal eine Nachtschicht zu machen, und ließ sich zu der Insel fliegen. Das ging ganz leicht, denn der arme Mond war wirklich sehr abgemagert. Auf der Insel fand er eine Kate, die gehörte der Schneiderin des Ortes, einer Witwe, bei der klopfte er an. Nur noch mit ganz leiser Stimme vermochte er ihr zu sagen, dass er Hunger habe, schrecklichen Hunger, und dass sie es gewiss nicht bereuen werde, wenn sie ihm zu essen gebe. So matt war er, dass man sogar sein feines, leises Mondstrahlen glatt übersehen konnte. Nun, die Alte war gutmütig und ließ sich nicht zweimal bitten, und dem Mond hatten belegte Brote mit Radieschen noch nie so gut geschmeckt wie hier, weil die Alte sie mit vielen guten Wünschen gewürzt hatte, und sogar ein wenig Tabak für sein Pfeifchen hatte sie noch! Am nächsten Morgen verabschiedete sich der Mond, schon gehörig gestärkt. Der Schwan würde zu tun haben, ihn wieder in den Himmel zu hieven! Und beim Lebewohl versprach der Mond, dass der Alten am ersten Gut, das sie anfasste, nimmermehr Mangel herrschen sollte. Das kam der Witwe seltsam vor, also beschloss sie, sich erst einmal an den Webstuhl zu setzen, denn dort konnte sie am besten nachdenken. Und wie sie so webte und webte, wurde das Tuch immer breiter und floss ihr aus der Maschine, und sie wurde auf ihre alten Tage noch eine wohlhabende Frau! Davon hörte freilich ihre Nachbarin, eine reiche, aber missgünstige Frau. Die lud sich den Mond ein, weil sie es ebenso bequem haben wollte. Und sie setzte dem Mond, wenngleich etwas unlustig, schmackhafte Speisen vor und einen ordentlichen Schluck kaltes Bier, und auch ihr versprach er, dass sie von dem im Überfluss haben sollte, was ihr als Erstes in die Finger käme. Und verließ sie. Schon wollte die Frau, die sich sehr schlau glaubte, nach ihrer Kasse greifen, da hörte sie ihr liebstes Jagdpferd im Stall mit den Hufen scharren. Armer Benno, hast du Durst? dachte sie bei sich, lief hinüber und gab dem Pferd zu saufen. Aber, wie sie so den Pumpschwengel am Brunnen bediente und pumpte und pumpte, da hörte das Wasser gar nicht mehr auf zu fließen, und es floss über, über ihre teuren Strümpfe und über den Hof, hinaus auf den Weg und über die Felder – und teilte die Insel schließlich in zwei Teile. »Und so kommt es, dass wir heute unseren eigenen kleinen Flecken in der Ostsee haben!« Malte sah sich um, höchst zufrieden mit seiner Geschichte.

»Ich glaube, wir war'n schon immer für uns!«, brummte die eine Alte missmutig. »Das ist wieder so eine Geschichte von drüben. Die können's nich' ab, dass wir alleine sind!«

Sie lachten. »Drüben«, das war die Nachbarinsel, die große.

Die Tür hinten im Saal schwang auf, und mit dem kalten Windzug fegte ein Mann zur Tür herein, im weiten Mantel, einen Hut mit einer breiten Krempe ins Gesicht gezogen – Hanno Minarek. Das Schwatzen der Frauen verstummte. Malte hatte plötzlich ungeheuer viel an einem Bierseidel herumzuwienern. Hanno gab sich leutselig:

»'n Abend, Mädels! Ihr hattet ein Taxi, hattet ein Taxi bestellt?«

Fast hätte Julia seinen Auftritt etwas großspurig gefunden, aber dann hörte sie sein mühsames Stammeln und dahinter die Unsicherheit. Er kam näher, und sie glaubte, etwas in seinem Gesicht erkennen zu können, als er sie sah. Hanno beeilte sich, die beiden Alten zu begrüßen, fragte höflich, ob »die Damen« denn gleich loswollten oder ob noch Zeit für ein Bier für einen verdurstenden Kutscher wäre. Aber die »Damen« mochten nicht mehr, die Bierlaune war ihnen sichtlich vergangen, und als Biggi fragte, warum denn nicht Hilda gekommen sei, da wusste Julia, was passiert war: Renate hatte zwischendurch telefoniert, »nach'm Kutscher«, wie sie sagte, und alle hatten insgeheim darauf gehofft, dass Schuck käme – oder wenigstens Hilda. Stattdessen war es nun ausgerechnet Hanno, der ihre fidele Runde nach Hause fahren sollte. Die zentrale Kutschenrufnummer, die auf Betreiben Hannos vor einiger Zeit eingerichtet worden war, nutzte anscheinend nur ihm. So kam es den Frauen jedenfalls vor. Hanno schien in den Mienen der Frauen zu lesen.

»Ihr habt wohl gedacht, dass der Schuck kommt, was? … dass der Schuck kommt?« – Da war es schon wieder, dieses Stammeln. »Aber ihr müsst bedenken, der Mann ist schon sechzig, und bei dem Wetter lässt ihn seine Frau, lässt ihn seine Frau doch gar nicht mehr, gar nicht mehr raus! Um mich ist aber keinem bang, was?! Also müsst ihr, müsst ihr wohl mit mir vorliebnehmen. Und mit Leo und Schorsch natürlich.« Hanno wies Richtung Tür. Er versuchte zu scherzen, hilflos, mit mühsam unterdrückter Anspannung in der Stimme. »Ich mach' den Kremser mal klar.«

Sie brachen auf, trotz der unliebsamen Unterbrechung schon wieder recht vergnügt, Hanno wartete draußen. War es Bosheit, dass er angeblich vergessen hatte, die Plane über den großen Wagen zu ziehen? So würde es eine ziemlich kühle Fahrt werden: elf Frauen, Erikas Fahrrad und jede Menge Gepäck auf zwei langen Holzbänken, die längs zur Fahrtrichtung auf dem Wagen festgeschraubt waren. Leo und Schorsch schnaubten ungeduldig, Nachtfahrten gehörten offenkundig nicht zu ihren Lieblingsunternehmungen. Schwatzend richteten sich die Frauen ein, zogen Jackenkragen und Kapuzen hoch, kramten nach Handschuhen, nach ein paar Plaids, die Hanno nachlässig nach hinten geworfen hatte. Keine nahm neben ihm auf dem Kutschbock Platz, auf dem rechts und links Laternen befestigt waren. Auch Leo und Schorsch trugen Lampen, wie Julia noch beruhigt feststellte, bevor sie plötzlich gegen Renate geworfen wurde – los ging die Fahrt in scharfem Trab, Richtung Stiftsdorf. Julia fiel ein, dass Hanno in Nebel, am entgegengesetzten Ende der Insel wohnte. Nach der Tour würde er noch einen weiten Heimweg vor sich haben.

Lisa, die am Ortsausgang von Stiftsdorf wohnte, noch hinter dem Kirchhof in Richtung des Föhrenwaldes, schlug Hanno einen zentralen Haltepunkt vor, aber Hanno wandte den Kopf um und rief, das komme gar nicht in Frage, er setze sie alle zu Hause ab, jede Einzelne, denn er wolle nicht schuld sein, wenn eine von ihnen unterwegs verloren ginge! Und dann stieg Renate ab, in Godshorn schon als Erste, winkte und grüßte, sagte »Dankeschön, Hanno«, bezahlte und verschwand hinter einer Gartenpforte.

»Da wartet er, der Dritte«, sagte Erika ein wenig boshaft und wies auf das erleuchtete Fenster neben dem Eingang.

Dann stieg die Maushaarige ab, dann ihre Freundin, dann eine andere, und sie erreichten Stiftsdorf. Julia betrachtete den breiten Rücken Hannos. Er saß völlig still, über dem weiten Mantel neigte sich nur der Hut mal nach links, mal nach rechts, wenn er mit den Pferden sprach. Was für eine Ruhe dieser Mann ausstrahlte! Und wie unruhig er sie machte!

Sie passierten das verlassen daliegende Heimatmuseum, die ersten Häuser. An der Telefonzelle, deren Licht schon von weit her leuchtete, hielt Julia unwillkürlich Ausschau nach Marga Niemann, der verlassenen Seemannsbraut. Aber nein, heute Abend stand niemand in der Kabine und wartete auf einen Anruf, der nie kommen würde. Stundenlang hätte sie so fahren mögen, trotz der Kälte, trotz des beständig ruckelnden Wagens. Der Wagen erinnerte sie daran, wo sie war: Inselgeschwindigkeiten, Inselbedingungen. Hannos Pferde schnaubten fast gleichzeitig. Julia riß sich zusammen. Gleich würde sie da sein und müsste den Blick von Hannos Rücken lösen … Wie töricht sie doch ist. Schon hält er die Pferde an: Sie ist zu Hause; und, als sie ihren Kram zusammensucht und sich bei Erika und den anderen bedanken will, da wendet sich Hanno auf dem Kutschbock plötzlich zu ihnen um, macht eine Geste mit der Linken in ihre Richtung, während er mit der Rechten Zügel und Peitsche hält, und sie hört ihn mit ironischem Unterton sagen: »Nun, Fräulein Julia, wann gehen Sie denn mit mir am Strand spazieren?«

In ihrem Kopf rauscht es. Er hat sie gemeint. Es war keine Einbildung, neulich in der Kneipe. Reiß dich zusammen, Julia, sag etwas halbwegs Vernünftiges ... Was hat er gefragt?

Ob sie mit ihm essen ... nein, ums Spazieren ging es, ums Spazieren ... Sie redet sich zu wie einem Droschkengaul. Und dann sieht sie, dass alle sie anschauen – erwartungsvoll, aber keineswegs neutral. Eine miese kleine Missstimmung liegt in der Luft, ein böses Abwarten, eine Missgunst. Und sie spürt, dass sie wählen muss, dass sie sich hier, auf der Stelle entscheidet und dass es um mehr geht als um eine kleine Promenade am Saum der Ostsee. Die Frauen wollen's wissen, scheint es. Und Hanno auch. Er hat gefragt vor allen anderen. Julia gibt sich einen Ruck.

Hanno schaut sie noch immer an, freundlich, wie es scheint, mehr nicht.

»Wo wollen Sie denn mit mir spazierengehen?«

Sie ärgert sich, wie dünn ihre Stimme klingt und wie fahl.

»Wollen Sie denn?«

Das klingt jetzt dringender, drängender und, als ob sie die Anspannung spürten, fangen die Pferde an, mit den Hufen zu scharren. Die anderen Frauen sehen sie unverwandt an.

»Ja, ich will …« Sie setzt noch schnell ein »gerne!« hinzu, damit es nicht so nach Traualtar klingt.

»Gut, dann am Freitag um zwei am Süderstrand!«

Er würde den Pferden jetzt die Zügel lassen, damit sie lostraben, aber Julia sitzt noch immer auf ihrem Platz, ihre Sachen an sich gepresst wie einen Säugling, den sie beschützen muss.

Julia, du musst absteigen, du musst hier weg! ermahnt sie sich selbst.

Irgendwie kommt sie heil von dem Wagen herunter, ihr »Tschüss, alle zusammen!« verkrächzt in der Nacht.

»Gute Nacht!«, antwortet eine einzige Stimme – Hannos Stimme. Sie schabt ihr Rückgrat hinab.

Der Wagen rollt davon, Julia bleibt vor dem Gartentor stehen, mit einer ausgewachsenen Gänsehaut. Nein, eigentlich sind es zwei Gänsehäute: Eine kommt von dem seltsamen Benehmen der Frauen und fühlt sich kalt an. Himmel, die tun so, als ob der Mann einen Dämon im Leibe hat! Und die andere … die andere Gänsehaut geht nur sie etwas an, die nimmt sie mit ins Bett und pflegt sie. Als sie den schmalen Pfad zu ihrem Gästehäuschen hinaufstapft, schaut sie unwillkürlich zum Fenster hinauf, an dem Anne Bult neulich abends lehnte. Aber heute ist alles dunkel und still und schläft.

Meine sehr liebe Freundin,
weißt Du was? Ich mache mir Sorgen! Warum? Du schreibst von »ernsthafter Beunruhigung« – übler kann es gar nicht kommen. Ironiefreie Ernsthaftigkeit, mein Hase, ist in höchstem Maße verdächtig, und Du bist im Augenblick sehr ernsthaft. Muss ich Dich also daran erinnern, dass ich weitaus er-

fahrener (und leider auch gebeutelter) bin also Du?! Hör mir zu: Männer kommen und gehen. Sie sollten ein netter Zeitvertreib sein, und wenn Du Glück hast, hinterlassen sie Dir nicht nur ihren asthmatischen Hund, den kein Tierheim mehr aufnehmen will, sondern auch noch einen hübschen Armreif oder eine bereits bezahlte Reise nach Mallorca, auf die Du dann zum Beispiel mich mitnehmen kannst anstelle eines chronisch unzuverlässigen Liebespartners. Männer sind nämlich unzuverlässig, sie müssen so sein. Schon, wenn sie ermattet – und, sagen wir: glücklich – neben Dir auf dem Lustlager liegen, wandern ihre Gedanken davon. Das kommt aus archaischen Zeiten, wo sie eben nur kurz ihre Höhle aufsuchen konnten, die Ärmsten, ihrem Lieblingsweibchen ein paar Junge andrehten, um dann schnell wieder im Dickicht zu verschwinden, auf Bärenjagd.

Warum ich das schreibe? Weil Du in Gefahr bist, Dein Herz und, was schlimmer ist, Deinen Verstand zu verlieren. Himmelherrgott!, was willst Du mit einem alternden Landtierarzt auf der einsamsten Insel, von der ich je gehört habe, wo das Einsammeln der Strandkörbe im Herbst geradezu ein Volksfest ist?! Was willst Du mit einem Mann, dessen beste Zeiten schon hinter ihm liegen und dessen einziger Reichtum aus ein paar Pferdefuhrwerken und einer wahrscheinlich notorisch eifersüchtigen Schwester besteht?!? Du willst da doch nicht etwa bleiben, oder? Und eines weiß ich ganz gewiss: Solche Männer taugen nicht für Abenteuer. Also sei vorsichtig, schließlich musst Du noch eine Weile aushalten, und Du kannst, im Unterschied zu damals in Sizilien, nicht einfach davonlaufen.

Verzeih, dass ich daran erinnere, das ist nicht gerade fein, aber der Vergleich drängt sich leider geradezu auf. Sizilien, vor ein paar Jahren, die heimliche Insel Deiner Träume. Vulkanisch und geheimnisvoll. Ein Ort, wo man von beinahe jedem Punkt aus den Ätna sehen kann, wo das Leben also unter einer ständigen, permanenten Bedrohung stattfindet, ein Ort der Dramatisierungen hätte ich gedacht, ein Ort der Zuspitzungen.

Aber Du hattest seit Deiner Kindheit von Sizilien geträumt, Du hattest Dich mit Deiner Phantasie richtig hineingesteigert, wenn ich mich recht erinnere, Du hast darin, dass auch Hal von ferne vernarrt war in die Insel, ein gutes Omen sehen wollen. »Schau«, hast Du zu mir gesagt, »ich glaube, es ist die richtige Insel, um sich zu versöhnen, schließlich fließen da drei Kulturen zusammen: die griechische, die arabische, die phönizische. Es ist offenbar eine Insel, die ausgleichend wirkt.« Und hast traurig gelächelt dazu. Du konntest überhaupt nur noch traurig lächeln damals und auch das wahrscheinlich nur vor Erschöpfung. Denn Du und Hal, ihr hattet die übelsten Streiterein bereits hinter euch, ihr hattet im Grunde den Zeitpunkt längst überschritten, an dem man sich mit einigermaßen Anstand und Würde trennen kann.

Für Dich, ja, für Dich, Du braves Schaf, hatte der Typ aber immer noch etwas Geheimnisvolles. Und glücklich hast Du mir von Sizilien geschrieben.

Du hättest es ahnen sollen: Dich machte sie ruhig, diese Insel, fast andächtig, mit ihren zahlreichen Schätzen aus der Antike, mit der stillen Schönheit der Tempelreste, dem Amphitheater, das einen Ausblick auf die Bucht bietet, der zum Verweilen und zum Träumen einlädt. Du hättest Dich am liebsten in einer Sänfte von Ort zu Ort tragen lassen, ganz sacht und ganz hingegeben. So hast Du es mir geschrieben, während Hal die Serpentinen Siziliens vor allem als sportliche Herausforderung ansah, wie das ganze Leben. Sein einziges Interesse war immer, herauszufinden, ob es sich bezwingen ließe. Es – alles. Und so brauste er über die Insel, während Du allein auf einer blumengeschmückten Aussichtsterrasse, noch trauriger vom Duft der Magnolien und Orangenblüten --- wartetest. Und wartetest. Wie viele Tassen Cappuccino hast Du allein auf dem Corso Umberto getrunken? Wie viele Kerzen in einem plötzlichen Anfall von Katholizismus in der Kathedrale angezündet? Ich kann beurteilen, wie es damals war, denn Du hast mir Postkarten geschrieben, verzagte kleine Botschaften, die aber eigentlich ausnahmslos an Hal gerichtet waren. Hal, der mit dem Crossbike unterwegs war im Inselinneren, während Du Mandellikör in zu großen Dosierungen schlürftest, Hal, der einfach zwei Tage bei einem Olivenbauern unterkroch, ohne Dir Bescheid zu sagen, während Du, langsam verzweifelnd, durch die auch im Mai schon sonnenglühenden Gassen liefst, bei jedem Motorradgeräusch zusammenfahrend, obwohl Du doch seines herausgehört hättest unter hunderten. Hal, der auftauchte und abtauchte, wie es ihm gefiel, der, als Du sagtest, nun würde das Hotel langsam zu teuer, ungerührt entgegnete, dann solltest Du eben ein neues, preiswerteres suchen, er komme schon zurecht.

Derselbe Hal, der dann spät abends auftaucht, Dich auf die Tagesdecke des schäbigen Pensionsbettes zwingt und, nur die Hose rasch öffnend, in Dich eindringt wie ein Gutsherr, schnell, hart, gewaltsam und dabei auf Dich herabblickt mit kalten, wachen Augen, in die sich so etwas wie Triumph schleicht, wenn er merkte, dass er Dich doch noch erregt, trotz allem, noch immer … Und der dann wieder geht, Dir eine Kußhand zuwirft, ein Kompliment vielleicht, mit dem er Dich endgültig niederstreckt.

Ich glaube, er wollte austesten, wie viel Lieblosigkeit er sich eigentlich erlauben kann, er wirkte auf mich wie ein grausames Kind, das seine Grenzen sucht. Als Du sie ihm zeigtest, war es zu spät. Du hattest Dich in die denkbar schlechteste Lage gebracht: Du warst schwanger. Und Hal meinte, als Du es ihm sagtest, nur kurz: »Wo ist denn da das Problem? Schwangerschaften sind doch heute nicht mehr als 'ne Grippe!«

Du hast gelacht, als Du mir das kurz nach Eurer Rückkehr erzähltest. Du hast laut und hässlich gelacht und gesagt: »Ist das nicht absurd, Jeanette? Ausgerechnet jetzt, wo es doch wirklich vorbei ist? Wo ich ihn mir ausgetrieben habe, buchstäblich?« Und wurdest dann ganz ernst und hast gesagt: »Ich will das Kind auf keinen Fall, ich würde verrückt, wenn es ihm ähnlich sähe!«

Nun, Du hast es nicht bekommen, dieses Kind, und das war auch gut so, aber Du bist fast verblutet bei der Abtreibung, eine vollkommen unerklärliche Komplikation ist aufgetreten. Für mich allerdings war sie wenig rätselhaft, ich hatte die ganze Zeit über Angst um Dich, weil Du den Eindruck einer Person machtest, die aufgegeben hatte. Von Hal kamen Blumen, langstielige Gladiolen, glaube ich, und als Du sie in den Abfalleimer stopftest – Du musstest sie knicken dafür –, da habe ich zum ersten Mal seit Wochen wieder so etwas wie Energie bei Dir aufblitzen gesehen. Ja, dieser Hal, das war auch so ein unabhängiger Mann, einer, der die Freiheit eines Asphaltcowboys verströmte. Sie locken und sie lassen Dich. Es sind Männer, die immer das Heft in der Hand haben. Sie vermitteln Dir das Gefühl, es könnte doch etwas werden – vielleicht. Und an dieses »Vielleicht« klammerst Du Dich. Sie sind nicht gut für Dich, diese Typen. Und dieser Hanno, das scheint gleich so eine Art Lebensaufgabe zu sein. Du hast aber schon eine: Dich. Bitte, pass auf Dich auf!

Siehst Du, meine Liebe, dieser Brief ist wieder so eine Art »Nagelprobe«: Ich würde mich kaum trauen, ihn irgendeiner anderen Person zu schicken, und sei sie mir auch noch so vertraut. Aber Du und ich, wir haben schon so viel zusammen durchgestanden; diese Ehrlichkeit wirst Du hoffentlich auch ertragen? Und zur Sicherheit mache ich mich auch noch gleich ein bisschen unentbehrlich:

Ich habe eine Spur von Deiner »Malvine« gefunden! Es soll, in Privatbesitz natürlich und deshalb schwer zugänglich, ein Bild geben, gemalt in den zwanziger Jahren auf Deiner Insel, das eine Tänzerin zeigt! Und, stell Dir vor, es trägt sogar einen Titel, irgendetwas wie »Die unsterbliche M.« oder so. »M« könnte »Malvine« heißen, muss aber nicht. Das Bild soll im Haus der Witwe eines ehemals einflussreichen Politikers aus der alten DDR hängen, und selbstverständlich habe ich noch nicht die leiseste Ahnung, wie ich da herankommen soll. Aber lass mich nur machen, wie Du weißt, fahre ich gern nach Berlin. Ich melde mich dann von dort aus – telefonisch, wenn es ganz eilige Neuigkeiten gibt. Es wäre wirklich sehr spannend, wenn auf Deiner Insel verschiedene Fäden zusammenlaufen würden, wie Du vermutest, auf jeden Fall scheint Ladesteins Nachlass sehr viel ergiebiger zu sein als mein Katalog für komparatistische Studien, den ich gerade für den Kongress aktualisieren muss.

Seufz! Habe Mitleid! – mit Deiner strengen
Jeanette

8.

Der Drache betrachtete sie mit gleichgültigem Gesicht. Er flog aus der Mitte der Pagoden direkt auf sie zu. Alles leuchtete in intensivem Laubgrün. Die zierlichen Tempelbauten, mit goldenen Fäden angedeutet, schienen zurückzuweichen vor seinem gewaltigen Flug. Zarte Zweige krümmten sich, Blumenranken – sie konnten der Szenerie das Bedrohliche nicht nehmen. Für ein Kästchen, dessen Inhalt zur Meditation diente, fand Julia das Dekor ziemlich kriegerisch. Sie nahm die beiden silberfarbenen Kugeln aus dem feuerroten Futteral. Der Messingverschluss war seit dem Tag ihrer Ankunft ein wenig verbogen, das chinesische Siegel zerbrochen. Die Kugeln steckte Julia in die Seitentasche ihrer Jacke, so konnte sie beim Spazierengehen damit spielen, ohne dass jemand ihre Gewohnheit bemerkte, die hier Befremden ausgelöst hätte. Sanft klingelte es, als sie die Kugeln in die linke Tasche gleiten ließ. Eigentlich dienten sie der Massage ihrer vom stundenlangen Arbeiten am PC verkrampften Hände, sollten helfen, zu einer inneren Ausgeglichenheit zu finden, und übten auch die Beweglichkeit der Finger. Aber diesmal brauchte Julia sie zur Ablenkung, als Zigarette, die sie nicht rauchte, als Cocktailglas, an dem sie nicht nippen konnte. Sie fuhr sich mit der Bürste durch die Haare, die ungehindert wuchsen, seit sie hier angekommen war. Sie würde ihn treffen, gleich.

Jeanette hatte recht mit ihrem Brief, wie meist, und doch nahm Julia ihn übel, nicht so sehr wegen der unangenehmen Erinnerungen – Julia wusste nur zu genau, dass das Verhältnis zu Hal weitgehend Jeanettes Beschreibung entsprochen hatte –, nein, was sie verdross, war, dass diese Vergangenheit durch Jeanettes Brief Eingang auf die Insel gefunden hatte. Sie wollte die Vergangenheit hier nicht haben. Hier war Jetzt, und es fühlte sich gut an einstweilen.

Sie nahm es Jeanette übel, dass sie an die Vergeblichkeit von Zuversicht erinnert hatte, an den Hochmut, den man braucht, um wider alle Vernunft und Erfahrung doch zu hoffen. Sizilien zum Beispiel. Der Jüngling zum Beispiel. Von Marsala aus war sie mit einem Boot zur Insel San Pantaleo gefahren. Was für eine heitere Überfahrt war das gewesen, so ganz anders als ihre Reise auf diese Insel hier! Warm war es gewesen, noch bis weit aufs Mittelmeer hinaus hatte sie der selbstsichere Gesang der Vögel begleitet, und der Schiffsführer hatte tatsächlich fröhlich ein Lied angestimmt, sobald sie abgelegt hatten. In der Ferne glitzerte es: Das waren die Salinen von Mózia, wie San Pantaleo von den Einheimischen genannt wurde. Das Boot fuhr an imposanten, schneeweißen Salzbergen vorbei, deren Helligkeit in den Augen brannte. Hier wurde gearbeitet, seit die Phönizier den Reichtum der Insel entdeckt hatten. Julia schloss die Augen. Es war, als würde sie in ein Zwischenreich geleitet, eine andere Welt, die mit ihrer Realität zu Hause, aber auch mit der ernüchternden Ferienwirklichkeit ihres Zeitalters nichts zu tun hatte. Und wie fern erschien in dieser irisierenden Schneeweiße plötzlich auch die rote Glut des Ätna! Hier war alles kühl und graziös. Öl- und Weinpflanzen, phönizische Mauerreste umgaben das Haus, das seit dem Tod des Stifters vor hundert Jahren in ein Museum umgewandelt worden war. Hier wartete der Jüngling. Der Jüngling von Mózia war eine phönizische Statue, an deren Geschichte sich sogleich Julias Phantasie entzündet hatte, und als sie ihn nun sah, kühn aufgerichtet, ein wenig mehr als lebensgroß, eine Hüfte mit einer fast weiblich anmutenden Bewegung vorgestreckt – als sie ihm gegenüberstand, diesem perfekten Körper aus warmem, golden leuchtendem Marmor, da erschrak sie. Sie hatte gewusst, dass die berühmte Statue nur noch als Torso erhalten war, aber die fehlenden Arme gaben der Figur etwas Anrührendes: Sie hatte kräftige Schultern, aber diesem Auftakt des Oberkörpers folgte nichts. Nichts als Leere. Er kann nicht umarmen, dachte Julia. Und dachte an Hal.

Freilich war der längst nicht so perfekt gebaut wie dieser Jüngling, aber das Herausfordernde war da, das Hochmütige. Und auch Hal mochte oder konnte nicht umarmen, die Liebe mit ihm war zuweilen zu einem akrobatischen Balanceakt ausgeartet, weil er, wie er sagte, sie dabei sehen wollte. Aber auch danach duldete er Nähe nur aus Versehen oder aus Mattigkeit. Und wie dieser Steinmann da die Hand in die Hüfte stemmte, das konnte eine Aufforderung zum Tanz sein – oder der Beginn eines stundenlangen Streits. Es war beides möglich. Wie immer. Und wie Hal wusste offenbar auch dieser Mann um seinen eigentümlichen Reiz. Warum sonst trug er ein so merkwürdig feminines Plisseegewand, dessen feines Gewebe die untere Hälfte seines Körpers aufreizend eng umschloss, das lockend seine Hüften umfasste und jeden Hauch einer Bewegung augenblicklich in der Kleidung fortsetzen würde? Solche Kleidung trug Hal auch, nur eben neuzeitlich, modern und scheinbar ungezwungen:

weiche Lederhosen und einfache T-Shirts, die auf rätselhafte Art gut saßen, besser als bei jeder anderen Person, die Julia kannte, und die am Hals auf eine provozierende Art abschlossen, denn Hals Nacken war wirklich schön, die Haut von sanft verlaufendem Braun, etwas dunkler als der Teint in seinem hochmütigen Gesicht.

Und Julia war sich plötzlich sicher gewesen, dass dieser Jüngling nicht, wie manche Forscher vermuteten, eine Art »Animierjunge« antiker Vergnügungsstätten war und auch nicht das Abbild eines in homosexueller Leidenschaft verehrten Freundes – nein, sie dachte, dass es sich doch um einen Halbgott handeln müsste und wandte sich bittend an ihn: Nimm ihn mir fort, oder nimm mir das Begehren. Der Jüngling hatte sie nicht erhört. Falls er wirklich war wie Hal, hatte er ihre Bitte uninteressant gefunden.

Die Postkarte, die sie mitbrachte, hatte Hal achtlos zur Seite gelegt. Bildungstante! Das war viele Jahre her. Es war gestern gewesen.

Das Meer brüllte. Es warf sich gegen die Steilküste. Julia war sich nicht sicher, ob sich das Meer an solchen Tagen nicht tatsächlich gegen die Menschen wandte und ihnen klarzumachen suchte, wer hier die Herrin war. Immer hatte Julia das Meer als weiblich empfunden – die See –, und jetzt war die Ostsee eine Furie, die sie noch nicht sehen, aber sehr wohl hören konnte, eine Hydra, die hinter den Bäumen im Föhrenwald lauerte und mit vielen Armen Wasser gegen die Felsen schleuderte. Trotzdem schien die Sonne, glühten die Rotbuchen und Eichen in prachtvollen Herbsttönen, und die Wolken türmten sich hellblau, kobaltfarben und bis hin zu schwärzestem Lila am weiten Himmel. Alles, alles wurde aufgeboten an stürmischen Tagen, denn Sturm war für die See ein Fest, da wurde der Strand durchkämmt und der Seehafer am Ufer, da striegelte der Wind die Bäume und zerzauste die Büsche. Wer sich hinauswagte, wurde respektiert. Vorerst noch. Die Sonne wärmte Julias Rücken und schien sie vorwärtszutreiben, als sie sich auf den Weg zum Süderstrand machte.

Matt hingen die Blüten des Weißdorns herab, verblüht seit Beginn des Sommers. Die letzten Heckenkirschen zupften rote Flecken in dichtes, dunkles Gestrüpp, das den Weg wie eine Mauer säumte. Der Tüpfelfarn welkte braun am Boden dahin, viel Kraft hatten die Pflanzen nicht mehr. Dann öffnete sich der Blick, jäh lag die Weite der Ostsee tief unten vor Julia. Es war ein großartiger Anblick, immer wieder, und heute, bei dem starken nördlichen Wind, wirkte es, als fliehe alles nach Süden: Die Sanddornbüsche bogen sich und die Windflüchter ihnen nach, Bäume, die vom Wetter über viele Jahrzehnte hinweg zu bizarren Schirmkronen geformt worden waren und von denen nur einzelne die letzten Sturmfluten überstanden hatten. Strandhafer wogte in Wellen nach Süden, und auch die Gischt auf der See, wild und schäumend, wurde wie von unsichtbaren Kämmen gescheitelt. Julia wehten Haarsträhnen vor's Gesicht, sie warf den Kopf nach hinten, die linke Hand in der Tasche hielt warme Stahlkugeln fest. Der Wind presste ihr die Jacke an Rücken und Seiten fest, irgendwo kämpften kreischend die Möwen. Auf der hölzernen Stiege begann Julia den Abstieg hinab zum Strand. Der Dünensand neben ihr zischte, wenn der Wind in ihn hineinfuhr, und selbst die niedrigen Salzmieren mit ihren robusten fleischigen Blättern wurden geschüttelt. Vergeblich versuchte Glockenheide, die letzten dunkelvioletten Blüten zu halten: Sie wehten davon, mit Sand und mit Schaum von der See, der jetzt herübergeweht kam. Julia hielt sich mit der Rechten am Geländer fest, sofort färbte sich ihre Handinnenfläche grün, sie roch nach Wald und Feuchtigkeit. Julia lachte. Nach ein paar Stunden hier am Strand würde sie ein Teil von ihm werden, das Meer griff nach ihr, warf nach ihr mit Sand und Schaum, Julias Beine wurden klamm und die Haare schwer. Es war eine idiotische Idee gewesen, einen Rock anzuziehen, Julia war dankbar, dass die lange Jacke ihn einigermaßen bändigte. Aber die üppige, schwere Wolle war ihr richtig erschienen für diesen Tag. Ihr war weich zumute gewesen, weich und rund – trotz aller Aufgeregtheit spürte sie nicht dieselbe Verkrampftheit wie sonst bei ersten Verabredungen. Erste Verabredungen! Vielleicht würde es keine zweite geben? Sie zwang sich zu zweifeln, sie musste sich zwingen, denn der Wind und das Meer bliesen ihr allen Argwohn davon. Julia gewann Vertrauen. Sie nahm teil an einer jahrtausendealten Erfahrung. Wie Ebbe und Flut. Wie Kommen und Gehen. Wie Gebären und Sterben. Würde Hanno nicht kommen oder würde sie ihn nicht finden, es hätte sie nicht ernstlich beunruhigt, nicht heute und nicht jetzt – so sehr fühlte sie sich eins mit ihrer Umgebung, wenn diese auch an ihr zerrte und riss, sie nach Atem ringen und taumeln ließ auf der Treppe. Sie wusste, dass sie vom Strand aus, obwohl aufgerichtet und viel höher als die sie umgebenden Dünenpflanzen, schwer auszumachen sein würde im warmen Nachmittagslicht. Ein herbstliches Fest aus Farben und Bewegung. Julia genoss den Rausch.

Sie betrat den Strand, das Meer rollte ihr entgegen. Schleier aus Sand erhoben sich. Der Dünenhang glitzerte silbern. Fast hätte sie vergessen, wozu sie hier war. Sie musste lächeln. Ein Zustand, nahe an der Wunschlosigkeit. Sie beschloss, nordwärts zu wandern; sollte Hanno weiter von Süden kommen, womöglich von Nebel aus am Strand entlanggewandert sein, würde er sie doch sehen müssen, so breit und flach war dieser Strand. Er hätte einem weitaus südlicheren Meer zur Ehre gereicht, ein üppiger, ein heiterer Strand, der Himmel für gepeinigte Städterinnenfüße, für gekrümmte Rücken, für sorgenvolle Mienen. Julia wunderte sich, dass sie am Strand so selten Einheimische traf. Vielleicht, weil es außer zu Beginn und zum Ende der Saison nichts weiter zu tun gab. Die Inselbewohner verbanden Arbeit mit dem Meer. Nicht im Traum wäre es den Alten eingefallen, nur so, zum »Amüsement«, wie sie es nannten, den Weg zum Strand zu suchen, und vollends verständnislos betrachteten sie all jene, die bei Versammlungen der Gemeinde den Bau einer Kurpromenade in Godshorn anregten. In all den Jahren hatten sie sich nicht an die Urlauber gewöhnt, die von Juni bis weit in den September hinein Vergnügen darin fanden, ein Bad im Meer zu nehmen. Vor wenigen Wochen, als begeisterte Urlauber sich immer noch in die Brandung warfen und halbnackte Kinder Sandburgen bauten, sah man die Dorfbewohner, angezogen wie stets – mit Jacken, Sweatern und langen Hosen – hin und wieder nach dem Rechten sehen, mit gedämpfter Neugierde, so wie man vertraute Tiere betrachtet, die sich stets ein wenig seltsam benehmen.

Julia liebte diesen Strand, aber auch sie ging nur selten hierher. Der Strand überwältigte sie in seiner Pracht, an einem gewöhnlichen Tag war seine Schönheit zu viel für sie, seine majestätische Gelassenheit. Alles beruhigte dieser Strand. Prompt flaute auch jetzt der Wind ab, fasste sich das Meer. Der Wald stand still.

Nicht zum Aushalten! dachte Julia, die den letzten fliehenden Wolken nachschaute. Sie hörte den Sand wegknirschen unter ihren Füßen, hörte den Strandhafer zischeln, den Wald hoch oben rauschen. Die ersten Vögel zogen Erkundigungen ein, ein Entenpaar landete. Sachte belebte sich der Strand, während das Meer friedlich zu schaukeln begann, eine glatte Fläche jetzt, auf der sich nur hin und wieder Gischt erhob. Julia ging zum Wassersaum. Nie zuvor hatte sie solche Farben gesehen!

Aquamarin, Türkis, tiefes Tintenblau und leuchtendes Jadegrün. Und ein Himmel darüber, vom Blau wilder Kornblumen, ein würdiges Himmelszelt, und nun endlich verstand Julia die alte Floskel aus Kirchenliedern. Es kam ihr selber eins in den Sinn, und sie stellte sich vor, dass die betagte Bekassine da vorn, dieser kuriose braungefiederte Vogel eine Trompete besäße. Jetzt flog die Bekassine auf, und da hörte Julia schon regelrecht die Bachkantate:

»Ja-ha-ha-ha-jauchzet Gott in allen Landen!« Sie summte erst, dann sang sie das alte Kirchenlied, sie hörte auch die Trompete. »Was der Himmel und die Welt / An Geschöpfen in sich hält.« Das Wasser hier schien in einem tiefen Flaschengrün geheimnisvoll zu leuchten. »Ja-ha-ha-ha-jauchzet!«

Etwas schwebte zart und durchscheinend auf den Strand zu, wie eine transparente Glocke, aus feinen Fäden gesponnen: eine Qualle. Wie hatte sie sich früher nur ekeln können vor diesem Schweben der Millionen Teilchen, die sich, einer eigenartigen Melodie folgend, bald zusammenzogen, bald öffneten.

In ruhiger Regelmäßigkeit atmete der Schirm, die Meduse schwamm aufgerichtet, dem Licht zugewandt. Sie durchmaß das Wasser mit kühlen, suchenden Fingern, eine anmutige Räuberin. Wenn die Fächerbewegungen der Tentakeln auch zögerlich, ja beinahe fragend waren, so konnten sie sich doch in Sekundenbruchteilen in gefährliche Waffen verwandeln. Eine Mimikry, ein zauberischer Tanz mit dem Wasser: Weich flossen die Ränder der Qualle auseinander, dann kräuselte sich der Rand wieder, und die Qualle wölbte sich auf, ein stetes Ein- und Ausatmen, einem Rhythmus folgend, den Julia nicht durchschaute.

Plötzlich fing die Qualle Feuer, begann, wie von innen heraus zu funkeln, orangefarbene Punkte auf dem Leib glühten in unterschiedlichsten Farbabstufungen auf. Dann verblasste das Tier wieder, reflektierte nur noch das Sonnenlicht, das es durch die Wasseroberfläche erreichte, und schon begann wieder das stete Fallen und Steigen. Allmählich kam der transparente Leib näher, und Julia erkannte etwas Rötliches darin: Richtig, das mussten die Geschlechtsdrüsen sein. Die Medusen verbargen nichts.

Auf einmal kam sie sich fast indiskret vor und konnte doch den Blick nicht abwenden. Wie oft hatte sie Bekanntschaft mit Quallen gemacht, und immer hatte sie sie nur gehasst, das unangenehme Brennen, das sie auf Armen und Beinen hinterließen, die unwürdigen Fluchten, zu denen sie selbst die besten Schwimmer zwangen, für Julia waren sie Unrat im Meer gewesen, schleimige, ein wenig widerliche, auf jeden Fall primitive Substanzen, lästig wie Teerflecken am Strand oder Taubenkot auf dem parkenden Auto in der Stadt. Und nun? Nun erkannte sie die Schönheit dieses Wesens. Die gefürchteten Fangarme breiteten sich zu den Seiten aus, nesselten warnend durch das Wasser. Die Sonne schien auf Julias Gesicht und aufs Wasser, und plötzlich leuchtete die Qualle erneut auf, verschwenderisch nun, wie ein Rauschtraum im Meer … Unwillkürlich streckte Julia beide Arme aus.

»Hallo!«

Mehr sagte er nicht. Er stand direkt hinter ihr. Wie lange schon? Julia fuhr zusammen, wollte aufspringen, aber da kniete er bereits neben ihr. »Beobachtest du die Qualle?«

Ja, sie beobachtete die Qualle. Und sie sah sein gutes Gesicht unmittelbar neben sich. Noch nie war sie ihm so nah gewesen, und doch beunruhigte es sie nicht im Geringsten. Die Qualle war schön, und sie war nicht gefährlich, weil sie genau da war, wo sie hingehörte. Wie sie, Julia. Wie er, Hanno. Sie begann, von der Qualle zu erzählen, ein bisschen atemlos, ein bisschen unsicher, aber seine Augen, die von ebenso großer Ruhe schienen wie der Strand, ermunterten sie. Noch nie hatte sie ernsthaft von einer Qualle erzählt. Sie sagte, sie habe nie zuvor bemerkt, dass Quallen einen Leib besitzen. Oder sie habe sich nie Gedanken darüber gemacht. Sie wies ihn auf die leuchtend rötlichen Fäden hin, die verführerische Durchsichtigkeit, den Schleiertanz, den das seltsame Tier veranstaltete – vielleicht für einen Partner oder um einen tumben Fisch zu hypnotisieren?! Plötzlich bemerkte sie ein leises Funkeln in seinen Augen.

»Ist dir eigentlich klar, worüber du sprichst?«

Erst verschlug es ihr die Sprache. Dann musste sie lachen.

»Ich?«

Und dann standen sie auf, klopften sich beiläufig den Sand aus den Kleidern, wie Leute, die etwas vorhaben. Julia schob ihren Rock zurecht, Hanno fuhr sich mit der Linken durch die Haare. Und dann wurden sie still. Schauten sich an. Mussten sich plötzlich festhalten mit Blicken und Lippen. Seine Lippen auf ihren. Üppige Lippen, geschwungen, trocken und sanft und fest. Und Hände, unendlich sanft, landeten wie zwei Vögel auf ihren Schultern. Die Hände stellten eine Frage, lösten sich wieder. Eine rechte Hand griff nach ihrer linken Hand, zog sie mit sich, und so gingen sie zusammen, ganz langsam plötzlich, mit Bedacht, mit sicheren Tritten jedoch. Sie stapften den Strand hinauf, in die Dünen, ohne sich umzusehen und ohne zu reden. Die Dünen lagen wartend da, mit ausgebreiteten Sandkissen. Hanno schaute sie an, lange. Er zog seinen Mantel aus, breitete ihn auf dem Sand aus. Julia wollte sich setzen. Er hinderte sie daran.

»Warte.«

Ein Pullover. Er landete auf dem Mantel. Hemd.

T-Shirt. Schuhe, Socken, Hosen. Hanno, ganz nackt. Er blieb einfach so vor ihr stehen, ganz ruhig. Er gab ihren Augen Zeit. Hielt ihrem Blick stand. Und Julia wagte es, ihn anzuschauen, sie ließ ihren Blick an ihm herabgleiten, ganz sacht, ganz vorsichtig. Er wartete. Dann nahm er ihre Hand und zog Julia zu sich heran, sachte, nun doch fragend. Sie umarmte ihn, er hielt ganz still. Sie küsste ihn, noch einmal, entschlossener. Ihr Herz begann, allen möglichen Unsinn zu treiben, ihr Bauch fühlte sich heiß und schwer an, in den Ohren brauste es. Sie fuhr mit der Zunge seinen Hals entlang, und was sie da schmeckte, behagte ihr, machte sie aber auch unruhig, diese kräftige, etwas ledrige, bräunliche Haut, die nach Salz schmeckte und nach etwas anderem, Kräftigem, und dabei seltsam vertraut. Sie versuchte es mit den Zähnen, vorsichtig. Als er leise stöhnte, freute sie das wie ein Geschenk. Sie lächelte ihn an unter ihren eigenen Küssen, ihre Hände tasteten seinen Rücken hinab, folgten der Linie der Wirbelsäule, die ihr sehr lang erschien. Ihre Hände ruhten auf seinen Hüften. Er hielt immer noch still. Sie schob ihn zu sich heran, wieder ein Stöhnen, ein Pochen. Sie war es, die seine Hand führte, sie beugte seinen Kopf.

»Komm. Komm.«

Er klang ungeduldiger jetzt, drängend. Er schaute sie die ganze Zeit an, sein Blick machte ihr Herz brennen, ihren Bauch, den großen Zeh, die Leber, die Galle, den Haaransatz. Konnte er es sehen? Ein Rauschen, ein unwiderstehliches Ziehen. Was nötig war, riss sie sich fort, knöpfte die Jacke aber nur auf. Sie zögerte. Er schaute sie an, streckte ihr eine Hand entgegen. Da setzte sie sich, setzte sich auf ihn mit weit gespreizten Beinen, Wärme breitete sich aus. Ein plötzlicher Windstoß blähte ihren Rock auf. Er hielt sie fest. Hanno hielt sie fest. Hanno griff nach ihrer Taille, mit umsichtigen Händen.

»Du!«

Sein Glied war nicht besonders groß, aber hart und beweglich. Es schlüpfte mit Leichtigkeit in sie hinein, und beinahe musste sie lachen. Aber dann breitete es sich rasch aus, tummelte sich, dehnte sich und wuchs, drehte und wendete sich, und wie es sich drehte und wendete, drehte und wand sich auch sie. Was tat sie da, was passierte hier? Und doch, noch während sie es dachte, riss es sie schon mit sich fort, dieses fragende, pochende, klopfende Tier in ihr, diese festen Hände, die sie stützten und hielten, während sie ihm entgegenkam und wieder fort, während sie ihn umarmte und ließ, sich krümmte und neigte, aufrichtete und bog, ihn suchte und von sich stieß, während ein Sturm sich erhob in ihren Beinen, die Füße einfing und die Knie, im Bauch aufheulte, ihre Brüste brennen und Lippen triefen und Augen fließen ließ ... War sie es, die schrie? War es der erschrockene Uferläufer, der hochfuhr und sich dann mit schrillen Rufen in die Luft erhob? Schrie sie? Sie schrie. Sie schrie, sie schrie einen heiseren, triumphierenden Schrei, und dann setzte wieder der Wind ein und trug ihre Stimme mit sich fort und trocknete den Schweiß auf Hannos Stirn, den sie schmeckte unter ihren Küssen.

»Hanno! Hanno!«

»Jauchzet, ja-ha-ha-ha-jauchzet.«

Was war das? Er sang! Er summte jedenfalls. Halblaut sang Hanno ihre Bachkantate, während sie auf ihm ritt. Während sie troff von ihrer und seiner Gier! Während sie ihn küsste und packte und mit allen zehn Fingern über seinen Leib fuhr und dann die Fäuste ballte auf seiner Brust und wieder ließ, da feierten sie also ihr Hochamt im Sand.

»Müssen dessen Ruhm erhöhen / Jauchzet …«

Aber wieso Bach? Wieso ihr Lied? War das Zauberei? Sie versuchte verzweifelt, einen klaren Gedanken zu fassen. Er lachte sie mit seinen hellen Augen an, da war sie, die alte Ironie. Hatte er sie am Strand schon länger beobachtet?

»Ja-ja-ja-ha-jauchzet! Und wir wollen unserm Gott / Gleichfalls itzt ein Opfer bringen. / ja-ha-ha-jauchzet …«

»Du hast mich schon vorher gesehen, am Strand! Schon vor einer ganzen Weile, gib's zu!«

»Ja, ich habe dich gesehen. Schon lange. Ich habe dich schon immer gesehen. Und ich will dich immer sehen. Immer! Dich!«

»Hanno!«

»Julia.«

»Sag noch mal meinen Namen!«

»Julia. Julia.«

»Hanno.«

Sie musste eingeschlafen sein. Gleich so, einfach so, auf ihm, in seinen Armen, die er mit großer Bestimmtheit um sie gelegt hatte.

»Bleib. Bitte bleib.«

Sie hatte versucht, sich neben ihn zu rollen, aus angelernter Rücksichtnahme.

»Nein. Bleib. Bleib noch einen Augenblick. Ich will dich sehen. Ich will dich immer sehen.«

Und dann, nach einer Ewigkeit, so schien es, hatte er

sie neben sich gezogen, seinen Pullover gegriffen, die Arme um sie gelegt.

»Bleib.«

Und dann, nach einer Weile:

»So ist es gut.«

Und so war es gut. So war es gut, auch als Julia erwachte und feststellte, dass die Sonne dabei war, im Meer zu versinken, und dass ihre Beine sich kaum bewegen ließen. Sie ächzte ein bisschen. Hanno lachte leise. Es war ein ganz neuer Ton. Sie schaute den fremden Mann an, mit dem sie geschlafen hatte, den Mann, auf dem sie herumgetobt hatte wie ein ausgelassenes Kind, der sie zum Lachen, ja zum Schreien gebracht hatte und der nun neben ihr lag, entspannt, die Falten um die Augen und den Mund noch ein wenig tiefer im Abendlicht und die Nase von der Kälte gerötet.

»Hast du …?« Sie tastete erschrocken nach seinen Beinen.

»Aber ja, aber ja …«

Irgendwie musste er sich wieder angezogen haben, während sie schlief. Sie richtete sich auf. Fühlte sich sehr schwer und sehr leicht. Sie wandte sich um, und sie musste ihn küssen. Sand knirschte. Julia kannte sich selbst nicht mehr.

9.

Sie träumte von übervollen Taschen. Von Säcken, die sie mit sich schleppte, gefüllt mit guten, aber geheimnisvollen Waren. Sie träumte von Schwangerschaft, von einem Zustand, der sich hell wie Milch und schwer wie nasse Wolle anfühlte. Wenn sie aufwachte, spürte sie, dass sie im Schlaf gelächelt hatte.

Julia Völcker, siebenundzwanzig, ein Meter zweiundsiebzig, braune Haare, Literaturwissenschaftlerin aus Bielefeld in Nordrhein-Westfalen, war mit sich ganz und vollkommen einverstanden. Wie ein Tier, das einen Platz für den Winter gefunden hat – nein, eher wie eines, dem sich nach überstandenem Winter der Weg aus der Höhle in die Freiheit zeigt. Die Höhle, das waren Geborgensein, Sicherheit in den kalten Monaten, ein lebensnotwendiger Schutz. Aber nun brach der Frühling aus, im Oktober auf der Insel, und ihre Höhle wurde zum Gefängnis. Selbst gebaut, selbst gewählt, selbst verurteilt. Und daraus fand sie den Weg. So fühlte sie sich. Wie ein Tier, das Reisig beiseite räumt und dicke Laubschichten, weil es sich an etwas erinnert aus einer früheren Zeit. Eine pflanzliche Liebe, eine Liebe wie Johanniskraut: gelb leuchtend, heilkräftig. Eine So-ist-es-gut-Liebe. So empfand Julia Hanno gegenüber. Sie sagte »Liebe«, und sie wunderte sich nur ein paar Stunden, dass sie das dachte. Es war eine Liebe, die aus einer anderen Zeit, nein, aus gar keiner Zeit, aus einer Zeit vor der Zeit zu ihr gekommen war. Sie hatte nur die Hände aufhalten müssen. Julia war glücklich, sie war ohne jeden Zweifel, sie war von schamlosem, eindeutigem, sinn- und zwecklosem Glück erfüllt. Sie schaute in den Spiegel: Glück. Sie strich mit einer perforierten Pappecke Senf auf die Bratwurst – Glück. Sie sortierte Karteikarten über Orte, an denen Ladestein gewesen war: Malmö, Berlin, Stralsund – Glück.

Es konnte nicht so bleiben.

Julia begann, auf andere Menschen zu achten. Bei der Buchhändlersfamilie verbrachte sie gleich am nächsten Tag viele Stunden. Sie tat so, als würde sie ernsthaft mit den Büchern rechnen, die sie bei Runges bestellt hatte, dabei wäre es vermutlich schneller gegangen, mit der Fähre zur großen Insel überzusetzen und das bisschen Fachliteratur, das sie brauchte und das Jeanette ihr nicht schicken konnte, in den sehr viel besser ausgestatteten Läden in Stralsund oder Rostock abzuholen. Aber etwas zog sie unwiderstehlich hin zu dem kleinen Buchhänderhaus, das aussah wie ein Kinderspielzeug, ein langgestrecktes Dreieck aus Holz, in einer schönen skandinavischen Lasur gestrichen: Rot wie Häuser in den schwedischen Schären. Die Runges träumten von Schweden; wenn sie nur gekonnt hätten, wären sie auf der Stelle noch weiter nach Norden gereist. Und Julia wurde das Gefühl nicht los, dass ihnen dieses Zwischenleben hier nicht gut bekam. Sicher, nach außen hin konnte es schon als radikaler Schritt erscheinen, eine Existenz in der Detmolder Innenstadt aufzugeben und dieses sichere Leben gegen ein weitaus ungewisseres auf einer Insel einzutauschen. Aber die Runges hatten nur einen halben Traum riskiert, ihr eigentliches Ideal, das hatten sie Julia erzählt, war eben Schweden – und dem waren sie hier kein Stückchen nähergekommen. Noch nie war hier ein schwedischer Tourist gesehen worden, und doch hielten die Runges hartnäckig auch schwedische Literatur bereit, vor allem von Schriftstellern, die sie selber schätzten. Und noch etwas fiel Julia auf: Meist stimmten die Aussagen der beiden auf geradezu gespenstische Art überein, und dennoch hatte sie immer das Gefühl, zwei Menschen gegenüberzustehen, die einander völlig fremd waren. Es war eine eingeübte Einigkeit, die die beiden verströmten, und die sie schon lange nicht mehr beanspruchte – jedenfalls nicht so sehr, wie es sie beansprucht hätte, ihre offensichtliche Beziehungslosigkeit auszusprechen und daran etwas zu ändern.

Zwischen den beiden läuft bestimmt nichts mehr, dachte Julia, als sie, auf einer der vielen Holzkisten hockend, Mady beobachtete, die nach einem Vogelbuch für Julia kramte und dabei Karton um Karton zur Seite schob:

»Bekassine müssen unbedingt drin vorkommen, ja? Und auch sämtliche Rallen und Schnepfenvögel?«

Mady hantierte mit eckigen Bewegungen und warf immer wieder einen lose um den Hals geschlungenen Schal nach hinten über die Schulter. Es war ziemlich kalt hier, die Runges heizten das Erdgeschoss des kleinen Hauses nicht, sie hatten beschlossen, damit bis zur Saison zu warten. Bis dahin machte der Buchladen nur auf Anfrage auf, ganz so, wie Erika es erzählt hatte: Man rief bei Runges an, und Mady oder Jörg schlossen die Tür auf, um den seltenen Gast einzulassen. Das taten sie mit einer seltsamen Resigniertheit, die gar nicht zu dem Umstand passen wollte, dass sie erst sechs Wochen auf der

Insel waren. Was hatten sie erwartet? Sie hätten wissen müssen, dass die Touristen nur von Mai bis Ende September kamen. Einige Hartgesottene hielt es noch länger, aber die verkrochen sich nachmittags lieber in ihren reetgedeckten Katen und lasen Bücher, die sie vorsichtshalber gleich mitgebracht hatten. Und die Dorfbewohner lasen nicht. Sie kauften zwar täglich die Zeitung bei Erika, aber Muße für längere Lektüren hatten sie nicht – zu viel gab es jetzt im Herbst zu tun. Und nachher, im Winter, würden sie einander mit Geschichten unterhalten, die sie sich abends in den wenigen Gaststuben erzählten, wie schon seit Jahrhunderten. Anekdoten, furchterregende und komische, gab es genug, und auch, wenn jetzt kaum noch Fischer mit den gruseligsten Abenteuern von der See zurückkehrten, so gab es doch immer noch genug Reisende: Saisonarbeiter und Internatsschüler, ein paar Studenten und Montageleute, alle im steten Kommen und Gehen begriffen. Fremde Abenteuer brauchte man hier nicht. Und so saß Mady in ihrem Laden, während Jörg, dessen Gesicht mittlerweile nur noch von der schwarzen Metallbrille zusammengehalten zu werden schien, verbissen irgendwo im Haus herumwerkelte. Das würde zweifellos ein Schmuckstück werden, wie bei allen unglücklichen Paaren, wie bei allen, die nichts so sehr fürchten wie das Innehalten …

»Mami!«

Das war Jenny, wie immer mit der kleinen Schwester Sandra im Schlepptau. Mady Runge zuckte zusammen. Ihre Wangen sanken noch ein wenig tiefer herab. Sie wandte sich Julia zu, müde:

»Entschuldige …«

Die Ladentür wurde aufgestoßen, und aufgeregt stürmten die beiden Mädchen herein, einen Eimer zwischen sich. Durch den dünnen metallenen Henkel hatten sie einen Stock gezogen, damit trugen sie das offenbar schwere Ding mit vereinten Kräften.

»Mami, Mami ...« Es schwappte.

»Himmeldonnerwetter!, ihr könnt doch hier nicht mit nassen Klamotten rein! Die ganzen Bücher!«

Die Kinder verstummten, den Eimer zwischen sich, und trauten sich nicht, ihn abzusetzen.

Julia kam den Kindern zu Hilfe. Immerhin gab es hier im Laden ja keine seltene Erstausgabe von Musil zu schützen oder eine leibhaftige Tucholsky-Handschrift, ja nicht einmal ein komplettes Brockhaus-Lexikon blockierte eine der ellenlangen Regalreihen. Die meisten Bücher waren ohnedies verpackt.

»Mady, es ist doch nicht so schlimm! Kinder, was habt ihr denn da?«

Julia hockte sich neben Jenny. Die fiel augenblicklich in ihre Phantasiesprache:

»Deju-hallu-guckstu?«

Julia nahm den Mädchen vorsichtig den Eimer ab. Er war gut zur Hälfte mit Wasser gefüllt, und ihm entstieg der Geruch nach Meer und Verwesung. Nach viel Meer und viel Verwesung! Julia rümpfte die Nase und warf einen Blick in das Behältnis. Jede Menge Schlick, brackiges Wasser und eine gallertartige Masse, mehrere, aber völlig verklumpte, schleimige Dinge lagen da übereinander: Quallen, Ohrenquallen waren es.

»Brrr ...«

Mady Runge schüttelte sich. Vor ein paar Wochen

hatte Julia mit den Quallen auch noch nichts anfangen können ... Und wieder wurde die Tür geöffnet, und herein kam Malte, der neulich abends die Frauen unterhalten hatte. Mady strahlte. Es war eindeutig: Sie war keineswegs überrascht, den rothaarigen Seemann hier zu treffen, und sie freute sich über alle Maßen. Malte nahm seine Mütze ab.

»Hallo, Mady.«

»Malte, Malte!«

Die Kinder stürmten auf ihn zu und hätten fast den Eimer umgerissen. Kein Zweifel, man kannte sich.

»Was habt ihr denn da?«

Malte schaute sich den Eimer an. Und dann Julia. In umgekehrter Reihenfolge.

»Tachchen, Fräulein Völcker!«

Dann brachte Mady Bier, und irgendwie nötigten sie Julia zu bleiben, und aus Kindersicht entstand im Handumdrehen eine gemütliche Räuberhöhle: Julia wieder auf einer der Kisten, die Beine angezogen, aber nun mit einem wärmenden Plaid versehen. Malte, ihr gegenüber, im Schneidersitz auf dem Boden, den Eimer neben sich, in den die beiden Mädchen immer mal wieder mit einem Finger stippten, um zu fühlen, ob die seltsamen Meeresungeheuer nicht vielleicht doch wieder zum Leben zu erwecken wären. Und eine plötzlich ganz aufgeräumte Mady, die zwischendurch verschwand und mit sorgfältig frisierten Haaren zurückkam. Arme Mady, dachte Julia bei sich. Vor ihrer letzten Schwangerschaft, so hatte sie Julia ungefragt erzählt, hatte sie langes, in Wellen herabfallendes Haar gehabt, braun mit genau jenem Stich ins Rötliche, den sich viele Frauen mühsam hineinsträhnen. Früher! Ja! Dann schwieg Mady verbittert. Wahrscheinlich war Jenny, die Ältere, noch ein Wunschkind gewesen, und als dann die Beziehung in eine jener Krisen geriet, wie sie für junge Paare mit dem ersten Kind anscheinend unausweichlich waren, hatten die Runges ausgerechnet in einem zweiten Kind ihr Heil gesucht. Vielleicht, dachte Julia, war Sandra deshalb ein so passives, in sich gekehrtes Kind geworden: weil sie die Last spürte, die verzweifelten Hoffnungen, die in sie gesetzt worden waren, und auch, weil es ihre einzige Chance war, neben der immerzu fragenden, tobenden, umherhüpfenden Jenny zu bestehen? Julia hatte Sandra einmal im Garten beobachtet. Da saß die Kleine seelenruhig da, abwartend, und fing Fliegen. Und denen riss sie dann die Beine aus, eines nach dem anderen.

Ihre Mutter bemühte sich, ihre Gefühle unter Kontrolle zu halten. Aber Julia wusste, wie verzweifelt sie war, wenn sie wieder einmal versuchte, das fahl gewordene und längst kurzgeschnittene Haar über die kahlen Stellen zu frisieren, die sie seit langer Zeit demütigten. Und wenn Mady ihre Tochter Jenny davonhüpfen sah, die langen Haare zu einem Pferdeschwanz gebunden, dann konnte ihr Gesicht etwas Finsteres, ja Bösartiges annehmen. Dann fragte sie sich wohl, womit sie das verdient hatte.

Im Moment allerdings strahlte sie zufrieden. Sie hatte sich einen Stuhl herangeholt, ihn genau zwischen Julia und Malte abgesetzt und sich mit übereinandergeschlagenen Beinen daraufgesetzt. Selbst wie sie energisch die Flasche Bier ansetzte, hatte das plötzlich etwas Graziles.

»Eigentlich ist es zu kalt für Bier!«, sagte sie entschuldigend. »Aber es ist nichts anderes im Haus.«

»Macht nichts!« Malte fand es nie zu kalt für Bier, und außerdem war er guter Laune. Er genoss es offensichtlich, so viele aufmerksame Zuhörerinnen zu haben, und was gab es Besseres, als auch noch eine Flasche Bier zu den passenden Requisiten! Denn der Eimer mit den traurigen Quallenresten darin, der inspirierte ihn, von großen Seeabenteuern zu erzählen, von Seeschlangen und gefährlichen Kraken, die mit einer einzigen Umarmung einen ganzen Mann erdrücken konnten, jawohl!

»Uhu-monu-mihi? Was sind das für Kraken, Malte? Los, erzähl!«

Jennys Stimme piepste ungewöhnlich zaghaft in den Raum. Es wurde allmählich dunkel über Maltes Erzählung.

Malte erzählte von einer Krake, die seltsamerweise in der Umgangssprache Papierboot genannt wurde, die aber aussah, als käme sie direkt aus einem Science-Fiction-Film. »Argonauta argo«, so hieß das Tier offiziell wie Malte wusste, war ein äußerst seltener und mysteriöser Bewohner der sieben Weltmeere. Das Weibchen konnte gut und gerne einen halben Meter lang werden, während das Männchen sich mit einem kümmerlichen Zentimeter Körpergröße zufriedengeben musste. »Ein Zentimeter gegen dreißig! Stell dir vor, was das gibt!« Malte zwinkerte Mady zu. Dann erzählte er von hinterhältigen Seeigeln, die harmlose Matrosenfüße aufspießten, er erzählte von den Tücken der gewöhnlichen Kraken, die in Blitzesschnelle ihre Farbe wechseln konnten, und er berichtete mit raunender Stimme von seltsamen

Tiefseebewohnern, von denen manche Leute behaupteten, es seien arme Seelen, die in höllischer Tiefe ihre Sünden verbüßten. Es sei nämlich keineswegs ausgemacht, meinte Malte, dass die Hölle so eine Art bessere Backstube sei! Dabei handelte es sich seiner Meinung nach um ein billiges Ammenmärchen, mit dem zum Beispiel die Nachforschungen kluger kleiner Mädchen verhindert werden sollten, denn in Wahrheit, in Wahrheit ließe sich der Abgrund aller Abgründe viel eher im Ozean vermuten. Und in Meere, und seien sie auch noch so tief, ließe sich schließlich hinabtauchen und nachgucken. Und wo käme denn die Hölle hin, wenn sie alle mal inspizieren wollten?! Ein Freund jedenfalls hatte genau das getan, habe nachschauen wollen und sei prompt auf seltsame Wesen gestoßen: Eine Krake habe er gesehen, mit genau elf Armen, die befremdliche, klagende Töne ausstieß. Elf Geliebte hatte der Büßende in seinem Leben gehabt – heimlich, versteht sich – neben der braven, ahnungslosen Frau, und so hatten ihm die Höllenhüter elf Krakenarme verpasst, für elf Millionen Jahre Büßerdasein, und wie man es auch drehte und wendete, war es doch immer ein Arm zu viel oder einer zu wenig, mit elf Armen konnte selbst eine ausgemachte Krake ihr Gleichgewicht nicht halten, und so taumelte das arme Vieh mehr oder weniger besinnungslos durch die Tiefsee …

Die Kinder lauschten atemlos.

Und hatten sie gewusst, dass es unter Wasser auch Wespen gab? Ja, richtige Wespen, Seewespen allerdings, die mit den an Land lebenden nichts gemein hatten, außer dass eine Begegnung mit ihnen für den Menschen höchst ungemütlich war. Die Wespen an Land indessen waren, verglichen mit den unterseeischen, liebe kleine Schnuckeltiere, Seewespen gehörten zu den gefährlichsten Tieren überhaupt. Obwohl – hier klopfte Malte effektsicher an den Eimer –, obwohl sie kaum größer als diese harmlosen Quallen hier waren und, genau genommen, sogar mit ihnen verwandt!

Sandra rutschte ein bisschen näher zu ihrer Mutter hin, die sich sogleich zurückzog. Es erinnerte Julia an ihre eigene Mutter, wie sichtlich unangenehm Mady die Berührung ihrer Tochter war. Oder wollte sie nur vor Malte nicht als Mutter dastehen? Aber immerhin erzählte er diese wilden Geschichten hauptsächlich den Kindern, und hauptsächlich ihnen zuliebe sprach er auch ein für Detmolder Kinder verständliches Deutsch. Kein Zweifel, Malte mochte Kinder, und Julia wurde das Gefühl nicht los, dass er an Madys Seite womöglich sehr viel passender gewesen wäre als der ewig wie ein Student wirkende Jörg mit seinem Traum von einem schwedischen Literaturzentrum … Irgendwie war das alles furchtbar falsch. Wären das hier Figuren auf einem Brettspiel gewesen, man hätte sie leicht austauschen können, ohne große Dramen – und alles wäre an seinem richtigen Platz gewesen. Im Leben aber verlangten alle stets Durchhalten, und einmal eingeschlagene Wege wurden konsequent bis zur Selbstzerstörung zu Ende gegangen, niemand wusste so recht, warum.

»… und dann ham diese Kinners da einfach im flachen Wasser gebadet«, erzählte Malte gerade. »War ja worm, war ja weit und breit nischt zu sehen. Kannste ja ooch nich sehen, kannste ja nich, das is ja grad' das Fiese bei den Biestern …«

Die zweite Flasche Bier ließ Malte seinen Vorsatz, hochdeutsch zu sprechen, in Windeseile vergessen, und weiter ging die Geschichte von den sagenhaften australischen Seewespen, die über ein so hochgefährliches Gift verfügten, dass selbst die Marine in Sydney Respekt hatte und Badenden zwischen Mai und Oktober empfahl, doch lieber in den Pool als in den Pazifik zu springen. Leider hielten sich nicht alle daran, und so gerieten die leichtsinnigen Urlauber dann mir nichts, dir nichts in die Fänge von »Chironex fleckeri«. Malte senkte die Stimme, als er den geheimnisvollen Namen aussprach. »Chiro-nex flek-ke-ri.«

Die Kinder versuchten den Namen zu wiederholen.

Fußballgroß würden diese Ungeheuer, erzählte Malte, und das Gemeine daran, das Allergemeinste: Sie waren durchsichtig! Und dann hätten sie Tentakel, also solche Greifarme, mit denen sie jagen und fangen, die könnten leicht hundertfünfzig Meter erreichen. Und in diesen Armen hätten sie Millionen und Abermillionen giftiger Nesselkapseln versteckt. Das Gift einer einzigen Seewespe würde ausreichen, zehn Schulklassen umzubringen! Zum Glück, fuhr Malte besänftigend fort, mochten Seewespen eigentlich keine Schulklassen, sie hätten es mehr auf Fische oder jedenfalls auf Erwachsene abgesehen. Aber wehe dem, der ihnen in die Fänge geriet! Betroffene spürten meist nur etwas wie rasche, sehr scharfe Peitschenhiebe – Malte wand sich jetzt in nachgemachten spastischen Zuckungen –, mit Glück spürten sie danach nicht mehr viel. Das Gift der Wespe lähmt ihr Opfer in Sekundenschnelle und dann … – Malte setzte effektsicher eine Pause und nahm einen tiefen Schluck. Freilich gebe es auch Leute, die so einen Angriff überlebten, aber die blieben ihr Leben lang von Narben entstellt.

Malte machte wieder eine Pause und schloss: »Jo, Kinners, wenn das man kein Fegefeuer ist. Ich finde, für manche is' die himmlische Strafe dann gleich hier erledigt ...«

Er schaute sich um, zufrieden mit seiner Geschichte. Die Kinder gruselten sich wohlig.

»Gibt es denn kein Gegengift?«

Die Frage kam von Jenny, die offenbar stolz war, das schwierige Wort zu wissen.

»Gegengifte nützen nischt, Jenny. Das is' ja das Verquere an den Biestern: Die ändern ihre Gifte laufend! Musst du dir vorstellen wie so 'ne Art Höllen-Barkeeper. Die mixen einfach tödliche Cocktails, verstehste? Jeden Tach 'n andern, nur so, zum Spaß. Mein Jott, die Phantasie hätt' ich ooch jerne, dann würde der Laden aber loofen! Ich meine natürlich, unjefährliche Sachen!«

Malte zwinkerte.

»Schöne Stories erzählst du da, Malte!« Mady sagte es ohne wirklichen Tadel in der Stimme. »Und jedenfalls sehr viel vergnüglichere als das, was ich so zu erzählen hätte!«

Als sie merkte, dass Malte und Julia sie fragend anschauten, machte sie eine Handbewegung zu den Kindern und sagte:

»Nicht jetzt! Es geht um die Komische, die Marga, ihr wisst schon. Ich war gestern bei der Beerdigung von dem Seemann ...«

Die Tür wurde geöffnet, leise, aber bestimmt. Sie merkten, dass sie kein Licht angemacht hatten. Jörg stand in der Tür, die Geschichten waren zu Ende.

Von Anne Bult erfuhr Julia den Rest, als sie unverrichteter Dinge, also ohne eine Abhandlung über *Die Künstlerkolonien der Jahrhundertwende an der Ostsee*, ohne ein Bändchen des Heimatdichters Gorless, ohne ein neues Vogelbuch und, was schlimmer war, ohne ein Geschenk für Hanno, zum Tee nach Hause kam, zu spät. Anne Bult hatte gewartet, ohne jeden Vorwurf.

»Dunkel wird es ja sowieso«, sagte sie. »Und Tee gibt es auch immer. Setz dich doch.«

Julia erinnerte sich nur zu gut an den toten Seemann, der kurz nach ihrer Ankunft angespült worden war. Sie erinnerte sich vor allem an die Haut, an die seltsam aufgeworfene, wachsbleiche Haut des Mannes, und in Träumen hatte sie seither die Vorstellung verfolgt, dem Mann hätte auch ein Stück des Kopfes gefehlt ... Die Leiche war mit der Fähre hinüber zur großen Insel und dort in das Hafenkrankenhaus gebracht worden. Niemand konnte seine Identität feststellen, sein Schicksal blieb auch dann noch rätselhaft, als endlich, einige Wochen später, ein kieloben treibendes Fischerboot zwanzig Seemeilen vor der großen Insel gefunden worden war. Ein weiterer Seemann war vor der großen Insel angespült worden, auch er ohne Papiere und ohne irgendwelche Erkennungsmerkmale. Das Boot, das eine Danziger Kennung hatte, wurde geborgen und untersucht – bisher ohne Ergebnis. Dass es einfach gekentert war, erschien ungewöhnlich, denn der Kutter, gut und gerne fünfzehn Meter lang, gehörte eigentlich zu der Sorte von Schiffen, die sich wie ein Stehaufmännchen immer wieder aufrappeln, wenn sie in Nöte geraten. Das Schiff hatte keine Netze ausgelegt, der Wind war schwach gewesen – ein ganz und gar seltsamer Unfall, für den man auch im Bericht an die polnischen Behörden keine Erklärung fand. Auch die sofort losgeschickten Marinetaucher hatten nichts entdecken können außer einer Rettungsinsel, die leer und sinnlos auf der Ostsee trieb. Die Leichen wurden gründlich untersucht und schließlich, als sich so gar keine Erklärung für das Schiffsunglück finden ließ, von den Behörden eher widerwillig zur Bestattung freigegeben. Der eine sollte auf der großen Insel seine letzte Ruhe finden, der andere hier. Und so geschah es, dass sich gestern ein großer Teil der Gemeinde zu einem Trauergottesdienst in der kleinen Kirche versammelt hatte.

»Möchte man ja schließlich, dass, wenn man selber irgendwo so liecht, ooch 'n paar Leute kommen«, hatte Erika gemeint, mit leisem Vorwurf zu Julia hin, die sich beim morgendlichen Einkauf partout nicht überreden lassen wollte, den Trauerzug zu begleiten.

»Haste wohl watt Besseres vor?«

Julia hoffte inständig, dass Erika vergessen hatte, was sie in der Tat vorhatte …

Anne Bult jedenfalls hatte wie üblich kein Aufhebens von der Sache gemacht und war am frühen Nachmittag zur Dorfkirche gegangen, nicht ohne zuvor bei Erika eines der armseligen Heidegebinde zu kaufen, die für solche Zwecke zur Verfügung gehalten wurden.

»Man steht doch bei solchen Gelegenheiten ungern mit leeren Händen da!«

Anne Bult. Hielt sich immer an Formen fest, ohne das

auch von anderen zu verlangen. Und deshalb kaufte sie eben Blumen. Und kochte Tee. Und wartete auf die glückstaumelnd unzurechnungsfähige Julia, geduldig, ohne Vorwurf. Der sie jetzt in allen Einzelheiten vom gestrigen Nachmittag erzählte.

Denn gestern hatte Anne ein für solche Fälle vorbereitetes Pappschild mit Reißzwecken an die Eingangstür geheftet: »Heute bleibt das Ladestein-Haus leider geschlossen« und war in ihrem besten und einzigen Wollmantel hinaufgegangen zur Kirche. Julia hatte sie weggehen sehen, sehr aufrecht, gemessenen Schrittes.

»Es sind fast alle dagewesen«, sagte Anne Bult jetzt. »Die Kirche war fast voll. Ha, wenn das die alten Parteifunktionäre sehen könnten!« Sie lächelte zufrieden. »Und auch die Bestuhlung ist fast wieder komplett.«

Julia wusste, warum dieser Punkt für Anne von Bedeutung war. Sie hatte Julia die Dorfkirche gezeigt, gleich in der ersten Woche, und dabei auch auf die Stühle hingewiesen. Ungeniert hatten die Parteivertreter in den Jahren des Sozialismus das Kirchenmobiliar geplündert; Sitzgelegenheiten waren knapp in den öffentlichen Räumen auf der Insel, also wurden die alten, massiven Eichenstühle mit den hohen Rückenlehnen und den rohrgeflochtenen Sitzen massenweise aus dem ungenutzten Gotteshaus geschafft. Nun waren allerdings auch der Kirche ein paar Anhänger geblieben; die schafften, wenn nötig, das Gestühl zu ihren frommen Zwecken wieder zurück in die Kirche. Und bei dieser Gelegenheit ließen sie dann wohl auch den einen oder anderen scheußlichen, aber bequemeren Plastesessel aus dem Gemeindesaal mitgehen ... Zu den Feiertagen hatte man eine kuriose Prozession von Dorfbewohnern sehen können, jeder mit einem Stuhl oder Sessel über dem Kopf, stumm, aber entschlossen, Richtung Kirche wandernd. So ergab sich mit der Zeit eine seltsame Mischung aus sakralem und profanem Gestühl – sowohl in der Kirche als auch im Versammlungssaal. Und hier wie dort dachte man an das jeweils andere.

»Gut, dass die Stühle fast alle wieder da sind«, sagte Anne Bult jetzt. »Langsam sieht die Kirche wieder so aus, wie sie soll. Es spielt ja alles zusammen.«

Auf die Dorfkirche war Anne Bult stolz. Sie war, das wusste Julia, der letzte Überrest eines Klosters, dessen wohlhabende Brüder einst über die ganze Insel geherrscht hatten. Jetzt stand nur noch die jahrhundertealte Kapelle aus Felsquadern, die sich im Inneren als überraschend anmutiger, weißgekalkter Raum entpuppte. Staunend hatte Julia mit Anne Bult in dieser Kirche gestanden, und immer wieder stattete sie ihr bei ihren Wanderungen einen Besuch ab: Das Mittelschiff war höher, als es bei dem gedrungenen Bau von außen den Anschein hatte, die Decke war kühn und gekonnt wie eine Tonne gewölbt, und, was das Schönste war, ein unbekannt gebliebener Künstler hatte diese Decke irgendwann im vergangenen Jahrhundert bemalt. Ein himmelblaues Sternengewölbe schwebte über den Köpfen der Dorfbewohner; allerdings hatte es der Künstler vorgezogen, sein Phantasiefirmament anstelle von Himmelskörpern mit Blumen zu schmücken, mit Vergissmeinnicht und Rosenranken, die alle auf die Mitte des Gewölbes zuliefen. Und dort, über dem holzgeschnitzten und in seiner Massigkeit recht bedrohlich wirkenden Taufbecken, schwebte, genau in der Waagerechten, ein Engel. Aber was für einer! Wenn man zu ihm hinaufsah, schien er mit seinem leicht gedrehten Körper kurz davor, sich lächelnd aus seinem Blumenhimmel auf die Menschen, die ihn bestaunten, hinabzustürzen. Auch er war aus Holz geschnitzt, und er musste entweder sehr alt oder von weither gebracht worden sein, denn so schöne Lindenhölzer gab es auf der Insel nicht. Aber nicht als Wunderwerk der Bildschnitzerei wurde der übermannsgroße Engel bewundert, nein, dieser Engel wurde vor allem geliebt, weil er bunt war. Er trug eine ganz und gar unheilige, fröhliche Farbenpracht zur Schau, an der sich Kinder und kindlich Gebliebene nicht sattsehen konnten, während gebildetere Touristen ein wenig angeekelt, aber auch fasziniert die Köpfe schüttelten. Wenn es schamlose Engel gab, dann war dieser einer von ihnen, dieser »Engel der unerwarteten Ereignisse«, wie er aus Gründen, die niemand mehr kannte, einmal genannt worden war. Golden bemalt war sein fleischiger Körper, königsblau die Schärpe, die er lässig um die Hüfte geschlungen trug, und dunkel glänzten Locken auf seinem Kopf. Einladend hielt er die Rechte ausgestreckt, schwenkte ein Gefäß darin, ein puppenhaftes Füllhorn, eine Muschel vielleicht, die sagte: Ich schenk' dir ein ... Der Küster, der öfter mit einer Leiter nach oben kletterte, um den ungewöhnlichen Himmelsboten abzustauben, erklärte, dass er blaue Augen hätte, und sogar die Wimpern seien sorgfältig aufgemalt.

»Und die Fingernägel, die auch! Mit Perlmuttlack!«

Dem brummigen Mann war das alles ein bisschen zu weltlich, so wie auch die Engelsflügel, die sich sinnlich und üppig wie das Gefieder eines prachtvollen Schwans entfalteten. Da konnte sich der Pastor so feierlich gebärden, wie er wollte, konnten Brautpaare noch so festlich geschmückt kommen – der Engel stahl ihnen die Schau. Obwohl es schon lange her war, dass sich hier Paare hatten trauen lassen. Die Einheimischen gewöhnten sich nur langsam an den Brauch, ihren Bund auch in der Kirche segnen zu lassen, und Versuche, die Kirche als »Hochzeitskapelle« zu vermarkten, hatten nicht gefruchtet, dazu war die Überfahrt hierher zu unromantisch, der Fährmann hatte, wie er sagte, für »so'n Tätäh« nichts übrig. Also gehörte der Engel wieder ihnen allein.

»Du musst dir das vorstellen«, sagte Anne Bult jetzt und riss Julia aus ihren Gedanken, »dieser heitere Engel über uns und dann diese traurige Geschichte!« Julia wusste, dass es keinen Sinn hatte zu drängen, und doch hoffte sie, dass Anne Bult endlich vom eigentlichen, von der Trauerfeier erzählen würde. Denn keine Frage: Der tote Seemann bewegte sie. Ein toter Seemann bewegte alle. Was hatten diese Leute nur für schwere Schicksale! Das Meer, von dem sie lebten, brachte sie am Ende um, und meist starben diese Burschen auch noch zu früh. Wenn sie nicht ertranken, brachte sie ein Unfall an Deck zu Fall, oder die ewige Feuchtigkeit und die schwere körperliche Arbeit machten sie anfällig für Krankheiten. Es gab Seeleute im Sanatorium auf der großen Insel, die schon mit vierzig einen krummen Rücken hatten, und andere, deren chronischer Husten überhaupt nicht mehr weichen wollte. Sicher, auch das Rauchen und der ewige Schnaps ...

»Möchtest du noch eine Tasse Tee?« Anne Bult ließ Kandis in die Tassen fallen, schenkte nach, lauschte auf das leise Knistern, rührte, schaute nach draußen. Endlich erzählte sie weiter, aber sie sprach anders als sonst. Sie sprach wie jemand, der sich mit den eigenen Worten etwas klarzumachen sucht, wie jemand, der selbst kaum glauben kann, was er erzählt, und sich allmählich, behutsam versichert: Ja, so muss es gewesen sein. »Der Organist spielte die Orgel, als ginge es um sein Leben«, begann Anne ihre Geschichte. »Er hat selten eine so große Zuhörerschaft, und bei Trauerfeiern geht es in die Vollen, da kann er sämtliche Register ziehen und wahre Unwetter entfesseln. Der Gesang allerdings klang sehr dünn, die Leute sind nach vierzig Jahren Sozialismus einfach nicht geübt im Singen der Choräle.« Anne hielt inne, sie schien auf etwas zu lauschen, vielleicht auf die alten Melodien, die sie in der Kirche gehört hatte. Sie sah auf. »Dem Organist war's allerdings recht, so musste er nicht allzuviel Rücksicht auf die Stimmen nehmen, die seinem ›Wir sind nur Gast auf Erden‹ vergeblich versuchten, hinterherzueilen. Er ist geradezu davongebraust mit seiner Orgel! So was wie eine ordentliche Begleitung – nein, das lernt der nicht mehr«, sagte Anne, eine Spur Missbilligung in der Stimme.

Vorn, unterm Engel und neben dem Taufbecken, war der schlichte Sarg aufgebahrt, Kerzen brannten, obwohl noch genügend Tageslicht durch die Fenster drang, irgendjemand hatte sogar einen Kranz besorgt, auf dessen Gebinde »Ruhe sanft!« stand.

»Ich war ganz zufrieden«, sagte Anne. »Ich wusste, dass vor der Kirche Minareks Kremser stand, als Leichenwagen geschmückt, und dass Hilda Minarek in ihrem schwarzen Kostüm, ohne zu murren, die paar Meter bis zum Hintereingang des Friedhofs fahren würde, obwohl man den Sarg genauso gut hätte von der Kirche aus dorthin tragen können. Aber so war es richtiger, fanden wir alle, der Tote sollte ruhig noch eine kleine Wegstrecke kutschiert werden.

Und dann – der Pastor hatte seine kleine Ansprache gerade beendet und die Gemeinde aufgefordert, sich zur Ehre des unbekannten Toten zu erheben – geschah es: Plötzlich löste sich Marga Niemann aus der Versammlung. Ich hatte zunächst nur eine Bewegung hinten in der Kirche wahrgenommen, so eine gewisse Unruhe. Marga hatte irgendwo in der Mitte einer Reihe ziemlich nah am Orgelaufgang gesessen; aber als sie sich nun anschickte, an ihren Nachbarn vorbei zum Mittelgang zu gehen, tat sie das mit einer solchen Bestimmtheit, dass jeder bereitwillig Platz machte. Sie glitt reibungslos an den anderen vorbei, und während ich noch überlegte, dass sie wohl, seltsam, wie sie nun einmal ist, vielleicht nach draußen gehen und frische Luft schöpfen wollte, da bewegte sie sich schon langsam, aber zielstrebig nach vorn, genau auf den Sarg zu. Es war, als würde sie dorthin gezogen, als schöbe sie irgendeine unsichtbare Kraft. Sie ging mit festen Schritten, aber ein wenig zurückgeneigtem Oberkörper, wie jemand, der sich vor dem, was er gleich sehen wird, fürchtet. Und doch ging sie bis ganz nach vorn. Kurz bevor sie den Sarg erreichte, zögerte sie, schaute sich sogar einmal um, und als ich noch dachte, dass sie vielleicht eine kleine Blume ablegen wollte, da erhob sie plötzlich ihre Stimme, die in der stattlichen Kapelle dünn klang, aber bis in die letzte Reihe zu verstehen war. Marga Niemann verlangte, dass man den Sarg öffnete.«

»Was?!«, rief Julia dazwischen. Anne Bult ließ sich beim Erzählen nicht stören.

»Ein Gemurmel bricht aus in der Kirche. ›Was hat sie gesagt?‹, tuschelt es um mich herum. ›Was hat sie gesagt?‹ Der Pastor ist irritiert und versucht, so zu tun, als habe er nichts gehört, aber Marga Niemann wiederholt ihre Forderung. ›Öffnet den Sarg!‹ Das Gemurmel wird lauter. Was hat die Frau? Nun sagt Marga Niemann zum dritten Mal, dass der Sarg geöffnet werden soll, und auf einmal schaudert es mich, weil ich an die dreimalige Verleugnung des Petrus denken muss, an all die ... wie soll ich sagen ... an all die täglichen Verleugnungen, und mir fallen andere heilige Geschichten ein, in denen nach dreimaliger Aufforderung Tote auferstanden, Tiere sprachen oder Bannflüche ausgesprochen wurden. Und da begegnet mir über die Stuhlreihen hinweg der Blick von Marianne Brant, deren Gesichtsausdruck etwas Triumphierendes hat, und ihr Kopf erhebt sich wie der eines großen Vogels aus einem Nest schwarzer Wolle. Der Pastor ist mittlerweile die zwei flachen Stufen vom Altar heruntergekommen und redet leise auf Marga Niemann ein. Die schüttelt aber nur den Kopf und stößt sogar den Arm weg, den er um sie legen will.

›Marga, nun mach doch nich' so'n Aufstand!‹, ruft schließlich einer aus der zweiten Reihe. ›Nu' lass uns doch man hier zu Potte kommen!‹

Sofort protestieren einige: ›Nun lass man die Marga in Ruhe! Geht dich doch gar nischt an!‹

Du weißt ja, wie die Leute sind: Rede und Widerrede beginnen, die Leute drehen sich um, wenden sich einander zu, stellen Fragen. Und so bin ich auch fast die Einzige, die sieht, wie sich Marga Niemanns Körper plötzlich strafft und sie einen Sprung nach vorn macht, am Pastor vorbei, zum Sarg. Sie wirft sich auf das dunkle Holz, sie macht eine Bewegung, als wolle sie den Sarg umarmen, und ruft: ›Bitte! Bitte öffnet den Sarg!‹«

Anne Bult schüttelte den Kopf, rührte in der Teetasse, in der es schon lange nichts mehr zu rühren gab. Warum wurde der Bitte einer offensichtlich Gestörten entsprochen? Anne überlegte, zuckte endlich die Achseln. »Niemand weiß es später zu erklären. Fest steht, dass sich schließlich Ole, der sich nebenberuflich als Totengräber verdingt, von seinem Platz erhebt und mit finsterem Blick nach vorn geht, dabei zwei, drei Männer zur Seite schiebt, die sich ihm in den Weg stellen, und fest steht außerdem, dass ein paar Frauen ihm nach vorne folgen, auch sie unwiderstehlich angezogen von dem seltsamen Geschehen. Ich auch«, sagt Anne, »stell dir vor, ich auch! Ehe ich mich verseh', schließe ich mich den anderen an. Ole schaut kurz zum Pastor hin, der nickt und sich abwendet, und Ole tut sein Werk. Er hebelt den Sargdeckel mit einer Zange auf, und dann tritt plötzlich eine große Stille ein. Du musst dir vorstellen: Es ist plötzlich finster geworden, die Flammen der Kerzen zucken unruhig durch die Kirche, und mir ist, als würde es plötzlich kälter in der Kirche. Marianne Brant steht wie ein riesenhafter Schatten an der Seitenwand, und ich höre sie murmeln: › ... Satt an Übeln wurde meine Seele / mein Leben kam bis an den Scheol. / Ich ward gezählt mit denen, die zur Grube fahren / ward wie ein Mann, der ohne Kraft; / frei ist mit den Toten / Es lastet über mir dein Grimm / mit allen deinen Wogen drückst du mich nieder. / Satt an Übeln ist meine Seele / Zur Grube stürzen sie dich hinab / Dass du stirbst den Tod Erschlagener in der Meere Herzen …‹

Ihr Lieblingspsalm. Ein Todespsalm. Ich habe ihn schon so oft von ihr gehört. Die anderen schweigen. Auch Ole tritt nun einen Schritt zurück und blickt Marga Niemann an. Marianne Brant verstummt, als habe ihr jemand die Hand auf den Mund gelegt. Marga Niemann berührt mit einer Hand den Sargdeckel. Dann hält sie inne, von hinten sehe ich deutlich, wie sich ihre Schultern heben und senken.

Jede weitere Bewegung scheint sie plötzlich übermenschliche Anstrengung zu kosten. Sie dreht ihr Gesicht halb um zu der versammelten Gemeinde, sieht aber offenbar niemanden. Wirr hängen ihr die sonst so sorgfältig frisierten Haare ins Gesicht, das vor innerer Erregung flackert. Ihre schönen Hände schauen sehr weiß aus den Ärmeln ihres langen Mantels hervor. Dann fasst Marga nach einer Weile, die uns allen wie eine Ewigkeit erscheint, den Sargdeckel fest mit beiden Händen und hebt ihn zur Seite. Rasch nimmt Ole ihr ihn ab, stellt ihn weg, zögert, tritt beiseite. Niemand bewegt sich. Marga Niemann blickt in den Sarg hinunter. Und dann gellt ein entsetzlicher Schrei durch die Kapelle, und Marga stürzt zu Boden.

Sie wird schon wieder werden!« schloss Anne Bult nüchtern ihre Erzählung und goss Tee nach, rührte schon wieder in ihrer Tasse. »Sie hatte eben einen kleinen Kreislaufzusammenbruch. Ist ja auch kein Wunder, wenn man nach dreißig Jahren den Geliebten wiedersieht. Und dann so! Erstaunlich, dass sie ihn erkannt hat.«

Als sie die Teetasse zum Mund hob, zitterte der schöne blaue Rand ein wenig vor ihren Lippen.

Der polnische Seemann Leszek Mysliwski erhielt einen schönen Grabplatz auf dem Kirchhof in Stiftsdorf. Von diesem Tag an wurde Marga Niemann nicht mehr gesehen.

10.

November. Tage wie Teig. Und dunkel und undurchdringlich. Regenmüde Wolken legten sich auf die Dorfstraße schlafen, zwischen die Buchen. Die Hunde bellten empört, und ihre Stimmen klangen geisterhaft und einsam durch den Nebel. Im Hotel Pirat wurden die letzten Gäste unruhig, weil das Serviermädchen immer öfter sagte: »... ist aus!« Wie in alten Zeiten die Standardantwort für Besucher, denen es einfiel, Wünsche zu haben. Die Beschaffung auch ausgefallener Lebensmittel war mittlerweile zwar kein größeres Problem mehr, aber Koch und Geschäftsführerin hatte die große Novemberträgheit erfasst. In der Dünenheide faulten die Gräser. Die letzten Schlehen hatte keiner mehr gepflückt.

Erste Winde kündigten einen stürmischen Winter an, rissen das bunte Laub von den Bäumen. In den Ställen von Gau und Wolters brüllte das Vieh: Es war noch nicht daran gewöhnt, die Tage in den Stallungen zu verbringen.

Die letzten Rüben waren geerntet, die Kartoffelernte eingebracht. Bevor man sich besuchte, überlegte man lange; zufrieden waren die, die beieinander im Warmen saßen.

»Bloß keene Beenarbeit!«, sagten die Leute und verkrochen sich im warmen Haus.

Runges machten ihren skandinavischen Buchpavillon wetterfest, so gut, wie es Detmolder eben verstehen, die Stürme nur vom Hörensagen kennen und Regen als Belästigung beim Verlassen des Linienbusses. Malte begann, wieder zu trinken; sein Rücken schmerzte bei diesem Wetter. Mady wartete. Die Schafe humpelten; das feuchte Wetter machte ihnen zu schaffen. Der Schmied setzte über von der großen Insel: Immer öfter lösten sich im zähen Schlick die Eisen der Pferde.

Für Julia war es eine gute Zeit; sie kam voran mit ihrem Dichter.

Ist keine Zeit zu kämpfen
Im Schlehensaft wirkt Geist
Und Acker um Acker gräbt sich fremdes Leid
Furchen Novembersorgen, malt sich Bedenklichkeit
In meine Züge, in meine Züge

Hab' keine Ruh' zu träumen
Nachts weht der Regenwind
Und Nebel um Nebel wölkt sich der Zweifel
Haken sich Fragen fest, schlägt mich ein Meißel
Unsicherheit, Unsicherheit

Der November ist die Zeit zu lassen
Nicht zu sehr lieben, nicht zu sehr hassen
Der November gibt zu, gibt nach
gibt schwer wieder her
Die Goldbehelmte, die Tänzerin
sie liebt mich nicht mehr!

Ladestein begleitete sie. Er war ebenso lebendig wie Anne, wie all die Schucks und Gaus – und fast so wie Hanno. Zuweilen vergaß sie, weshalb sie all die Briefe, Tagebücher und Gedichte des Schriftstellers lesen und katalogisieren sollte, denn diese alltäglichen Verrichtungen, wie Anne das nannte, fielen ihr ebenso leicht und ebenso schwer wie der Rest ihres Inselalltags. Es machte keinen Unterschied mehr. Alles verschwamm und schob sich ineinander, das Einkaufen und Kochen, das Laubharken vor dem großen Eingangstor und die nach wie vor einsamen Wanderungen, die disziplinierte Lektüre der handgeschriebenen Korrespondenz und das Erstellen immer neuer Karteisysteme: »Ladestein: Freunde«, »Ladestein: Gläubiger« … Zunehmend lebte sie in dem Gefühl, dass das Wichtigste, das Bedeutsame, zwanglos auf sie zukam; sie musste sich nicht bemühen, sie musste sich nicht beeilen, es zu erreichen. Auf einer Insel wartet man, was kommt. Oder man flieht. Und nichts lag Julia Völcker im November ferner, als zu fliehen. Beruhigend klapperten die Qi-Gong-Kugeln in ihrer Hand. Sie kreisten leichter in der Innenfläche der Linken als früher.

Alle paar Tage traf sie Hanno Minarek. Alle paar Nächte. Sie beschlossen, vorläufig nicht darüber zu reden. Sie redeten überhaupt wenig. Wenn Hanno abends leergearbeitet zu Julia kam, bestand er geradezu darauf, dass sie mit ihrer Ladestein-Lektüre noch fortfuhr. Er schaute ihr zu. Er wurde dabei ruhig. Das Schwierigste überhaupt sei, sich an die Gegenwart eines anderen zu gewöhnen, meinte er, da verhielten sich Menschen nicht anders als Gänse. Und sie hielte er schon ganz gut aus. Besser als sich selbst zuweilen. Manchmal erzählte er dann, meist von den Tieren. Er tat das scheinbar emotionslos und erwartete niemals eine Antwort von Julia. Über ihre Körper staunten sie noch immer. Und dauernd mussten sie nachforschen, ob das immer noch so wäre, ob die alten Gesten immer noch begriffen würden, ob die Haut verstünde, ob die Füße weiterhin wüssten. Sie wussten, und sie verstanden noch. Sie fühlten sich miteinander wie eingeweiht; vielleicht schwiegen sie deshalb.

Niemand wusste davon. Niemand beobachtete Hannos Weg zu Julias Gartenhäuschen, außer vielleicht Anne Bult, und die schwieg.

Anne Bult und der Gemeindevorsteher, ein schmaler, unauffälliger Mann, dessen einzige Extravaganz in immer geölten Haaren bestand, luden Julia zur Gemeindeversammlung ein, gerade, als selbst die knauserige Erika beschloss, ihren Laden zu heizen. Und Julia ging hin, sie wollte dabei sein, wenn sich die Insel veränderte. Und das musste sie tun, sich verändern, Hanno sagte es immer wieder, und Hilda sagte es, deren Stimme bei diesem Thema etwas Schrilles, Verzweifeltes bekam.

»Es muss sich was tun! Die Zeiten, wo wir nur die Ferkelproduktivität erhöhen mussten, sind vorbei. Wir können uns nicht länger in die Tasche lügen!«

Das hörten die anderen gar nicht gern. Gemurmel erhob sich in der Gaststube. Die Scheune kam Julia diesmal viel dunkler vor als beim letzten Mal, vielleicht, weil die Messinglämpchen nicht brannten, sondern nur das unfreundliche Deckenlicht, das den Raum nicht wirklich erhellte, obwohl es in den Augen blendete. Die Scheune war bis auf den letzten Platz gefüllt. Die Leute waren erregt, sie wirkten verunsichert. Mützen wurden in Händen gedreht, die Frauen lachten zu laut, Jugendliche, die sich an der Theke lümmelten, wurden unnötig scharf zurechtgewiesen. Beim Eintreten sah Julia Hanno, er hatte einen Platz nahe beim Ausgang gewählt, nicht bei seiner Schwester, die mit der Maushaarigen aus der Sauna an einem kleinen Einzeltisch saß, die unvermeidliche Biggi daneben. Üblicherweise fanden öffentliche Versammlungen im Gemeindezentrum in Nebel statt, aber diesmal gab es Besucher vom Festland, aus dem Westen, und die hatten gemeint, nur die Scheune böte den technischen Komfort, den sie zu ihrer Vorführung brauchten. Und das mit der Getränkerechnung, deuteten sie an, das möge man doch in Gottes Namen ihnen überlassen! Die drei waren aus Süddeutschland, und wie sie nun da vorn auf dem improvisierten Podium saßen, erkannte Julia sie schlagartig wieder: Es waren die drei vom Schiff, die mit den karierten Sakkos, die sich schon bei der Überfahrt über die Primitivität und Weltabgeschiedenheit der Insel lustig gemacht hatten. Julia war überrascht, dass sie so lange hiergeblieben waren. Sie hatte sie für Vertreter gehalten, Handelsreisende, die den Inselbewohnern irgendeine zwingende Haushaltsneuigkeit aufschwatzen wollten.

Nun bewegte sich Kathi, die Serviererin, mit einem übervollen Tablett durch die Tischreihen. Sie verteilte Bier und Schnaps, und eine Woge von zustimmendem Lärm breitete sich hinter ihr aus.

»Jupp! Solang das heer jenuch zu trinken gibt, is' das woll nich' so dringend mit die neuen Sachen!«

»Ich sage euch, wir müssen was ändern! Wir können nicht allein vom Schönwettertourismus leben. Letztes Jahr, als es so viel geregnet hat, sind hier viele Betten leer geblieben!«

Hildas Stimme. Beschwörend, etwas zu laut. Die drei vom Podium nickten beifällig.

»Sehr vernünftig, junge Frau! Wenn Sie nun bitte das Licht dämpfen wollen! Aber, was rede ich?! – Erst mal Prost!«

Der Dicke hob seinen Bierseidel, und die Menge stimmte ein:

»Prost!«

Gläser wurden geleert. Jemand machte das Licht aus. Der Dicke legte Folien auf einen Overheadprojektor, der Zeichnungen auf eine Leinwand warf: Skizzen, Baupläne für das Brachland um Godshorn. Einer der drei Karierten wurde amtlich: »Was Sie hier sehen, meine Damen und Herren, das ist der Anfang. Der Anfang eines Anfangs, wenn Sie so wollen: Es ist nämlich ein Neuanfang für Sie!«

Mit überraschender Behendigkeit war er von seinem Platz aufgesprungen und wirbelte nun auf die erste Reihe zu. Die Leute wichen ein wenig zurück und lächelten verlegen, aber es nützte nichts. Der Karierte legte einem Mann, der vor ihm am Tisch saß, die Hand auf die Schulter: »Machen wir uns doch nichts vor, Gau! Ich weiß ja, dass Ihr Betrieb schon lange nicht mehr läuft. Es gibt nicht genug zu tun für einen Landwirt, der ausschließlich Viehwirtschaft betreibt. Das liegt natürlich nicht an Ihnen, es liegt«, und hier erhob er seine Stimme, »es liegt an denen in Brüssel! Aber da«, nun breitete er predigergleich die Arme aus und ließ sie wieder sinken, »da sind auch wir machtlos. Mit anderen Worten: Wenn Sie auf die Landwirtschaft setzen oder irgendeinen Ihrer anderen angestammten Berufe, sind Sie verloren.« Er machte an dieser Stelle gekonnt eine Pause, um dann den letzten Satz zu wiederholen. »Sie sind verloren. Perdu. Aus, vorbei und Ende für alle, die die neue Zeit nicht begreifen wollen.«

Nun schob er sich an der ersten Reihe entlang und schaute einem nach dem anderen prüfend ins Gesicht, als suchte er jemanden, der es noch nicht begriffen hatte. »Aber, meine Damen und Herren«, hier zwinkerte er vertraulich Gaus' hübscher Frau zu, die neben ihrem mürrisch dreinblickenden Mann saß, »es gibt ja Hoffnung. Setzen Sie auf den ›Golapark‹. Setzen Sie auf uns. Wir bieten Ihnen Beteiligungen an einem vielversprechenden Projekt. Ich verhehle Ihnen nicht: Ein gewisses Risiko ist dabei, denn auch wir sind keine Zauberer. Aber für alle, die immerzu nur ihre kleinlichen Bedenken vor sich hertragen, ist doch auf dieser Insel ohnehin kein Platz! Hier war doch stets der Platz der Wagemutigen, Ihr seid doch«, er war inzwischen wieder bei dem ersten Mann angelangt, »Ihr seid doch Männer der See, also Männer der Tat!«

Der Angesprochene zwinkerte nervös. Freilich war er zwanzig Jahre zur See gefahren, aber nicht, weil er besonders mutig oder gar ein Draufgänger gewesen wäre. Das Meer gab einfach Arbeit. Das Meer spielte dieselbe Rolle, die anderenorts eine fette Wiese oder ein Ölfeld spielen würden. Und sie hatten keine Wahl gehabt. Niemand hatte sie gefragt. Sie waren hier aufgewachsen, und was getan werden musste, wurde getan ... Trotzdem schaute der Mann jetzt mit einem Blick zu dem Karierten auf, in den sich neben Unsicherheit auch etwas Hündisches mischte.

Eine neue Folie wurde aufgelegt, ein imposanter, bunt gezeichneter Gebäudekomplex, ein Riesenrad im Hintergrund, blau schraffiertes Wasser im Vordergrund.

»Das, meine Damen und Herren, ist Ihr Golapark, der ›Godshorner Landschaftspark‹, Ihre – verzeihen Sie mein Pathos – Ihre Zukunft. Schauen Sie sich das in aller Ruhe an.«

Die Leute tuschelten. Der Gebäudekomplex sah hübsch aus, das Zentrum reetgedeckt, die Nebengebäude luftig und offen, mit viel Glas.

»Freizeitpark, Schwimmbad mit Kurbereich, Sauna, Solarien, Whirlpools, Erlebnisgastronomie. Daneben der Experience-Park mit Achterbahnen, Riesenrad und Amüsierbetrieben – kein popeliger Rummel, meine Damen und Herren, nein – Adventure der Extraklasse!«

Julia wusste, dass viele der Inselbewohner noch nie einen Rummelplatz besucht hatten, keinen »popeligen« und auch keinen anderen. Erika träumte davon, mit ihrem Sohn nach Paris zu reisen, nicht in die beängstigende, fremde Metropole, deren Sprache sie nicht beherrschte und deren Tempo sie gewiss überfordert hätte, sondern vielmehr ins Eurodisneyland, wo sich fürsorgliche Betreuer um die erlebnishungrigen Touristen kümmerten. Alles wäre dort organisiert, um nichts müsste man sich selber sorgen. Und in der Tat hörte Julia, wie Erika, die in ihrer Nähe saß, leise zu ihrer Nachbarin sagte:

»Das wäre was für Jens! Stell dir mal vor, wir hätten so ein Ding hier, dann käme er vielleicht wieder lieber nach Hause.«

Julia hätte schreien mögen. Sie hätte sagen wollen, dass man keine tiefgreifenden Einschnitte in eine halbwegs intakte Landschaft riskieren dürfe, nur damit pubertierende Bengel vielleicht wieder gern an den Wochenenden aus den Festlandsinternaten auf die Insel kommen.

»Wer will denn hier Amüsement? Leute, die hierherkommen, suchen vor allem Ruhe und Entspannung! Die wollen doch gar nicht das große Remmidemmi!«

»Und, wie viele kommen hierher?«

»Na, dette sin' schon zwee-, dreehunderttausend … Is' dette nischt?!« Ein Alter entrüstete sich.

»Tagesgäste, meine Herrschaften, Tagesgäste!«

Der zweite Mann, ebenfalls im karierten Sakko, das an den Ellenbogen mit Wildlederecken verziert war, mischte sich nun ein:

»Es sind Tagesgäste. Das heißt, sie kommen, fressen ein paar Stücke Torte und hauen wieder ab.«

Nun schaute Kathi, die Serviererin, missbilligend: Auf der Insel »fraß« man keine Torten – und schon gar nicht in der feinen Scheune. Und außerdem hörte sie Geringschätzung heraus aus der Art, in der der Mann redete. Der hatte sich erhoben, sodass alle unwillkürlich auf seinen schicken, chromglänzenden Gürtel über dem mächtigen Bauch starren mussten.

»Nicht wahr, Sie stimmen mir zu? Das Gros der Besucher machen die Tagesgäste aus. Und die geben nicht genug Geld aus. Wo sollen sie auch hin? In Ihrem sogenannten Supermarkt gibt es bloß verdorrte Grabgestecke – pardon! – und ein paar Snacks, in der Kirche werden Sie mit warmen Worten und einer Broschüre abgespeist, die, nun ja, wie soll ich sagen …«, er klaubte ein mehrfach gefaltetes, bedrucktes Papier aus der Tasche, »... die, sagen wir, ein wenig dürftig ist. Kurz: Nichts hier entspricht vom Design her den Bedürfnissen des modernen urbanen Menschen. Und den brauchen wir hier. Und er soll bleiben müssen. Also entwerfen wir ein Programm, das ihn quasi zum Übernachten zwingt, oder, sagen wir, es ihm reizvoll erscheinen lässt. Und damit er sofort vergisst, dass seine Zeit eigentlich knapp bemessen und sein Geld sauer verdient ist, muss er unterhalten werden. Pausenlos! Action ist angesagt! Und zwar durchgängig. Jetzt du, Pieter!«

Er sagte tatsächlich »Pieter«, wie im Englischen, und der Angesprochene erhob sich und unterbreitete den zunehmend verblüfften Inselbewohnern sein Entertainment-Konzept.

»Maritim«, »exciting« und »relaxed«, so lauteten die Zauberworte des dritten Karierten. Ihre Bedeutung konnten sich die meisten zusammenreimen. Es hatte auf jeden Fall etwas mit einem Unterwasseraquarium zu tun, in dem die wichtigsten Fische, Muscheln und andere Tiere, die im Ostseewasser vorkamen, zu sehen sein sollten.

»Es müssen ja nicht nur die paar Heringe sein, die hier so herumpaddeln«, meinte der dritte Karierte, von der Figur her deutlich schlanker als seine Kollegen, »der Authentizität des Erlebens tut es keinen Abbruch, wenn wir uns von anderswo ein paar nette Meeresungeheuer ausleihen. Kein Aquarium kommt heutzutage ohne ein paar schicke Muränen und ein oder zwei Raubfische aus, Haie oder so ...«

»Mann, du, wenns heer schon man 'nen Hai gegeben hat, dann war meine Großmutter die Windsbraut!«

Der Dritte schaute leicht angeekelt zu dem Störenfried in einer der hinteren Reihen.

»May be, may be, mein Freund, kann sein, kann sein. Aber darum geht es nicht. Es geht um übergeordnete Prinzipien. Eines davon: Wettbewerbsfähigkeit. Wir müssen uns fit machen für's nächste Jahrtausend. Und dazu gehört auch die Erlebnisqualität. Sie hatten hier doch neulich so eine ganz schicke Leiche, eine richtige Wasserleiche. Auch so etwas kann man selbstverständlich miteinbeziehen. ›Die Ostsee, das nasse Seemannsgrab‹ ...«

Für den »anspruchsvollen Gourmet« mussten, meinte der Dritte, exotische Restaurants her.

»Butterscholle, ich bitte Sie!«

Für die jungen Familien mit geringem Einkommen fixe, kunterbunte Imbissbuden.

»Und an allem sind Sie natürlich beteiligt!«

Sodann entwarfen die drei einen genauen Plan, wie die Gäste übergesetzt, abgeholt, von Ort zu Ort gebracht und rund um die Uhr unterhalten werden sollten. Den Leuten in der Scheune wurde ganz schwindlig, ihre Blicke verrieten das. Die drangvolle Enge, Bier und Schnaps heizten sie auf, zudem verlangten die drei Fremden eine Gedankenschnelligkeit, in der sie wenig geübt waren. Am Ende verkündeten die Karierten, sie legten eine Liste aus, in der sich jeder – völlig unverbindlich! – eintragen sollte, der möglicherweise Interesse an dem Projekt hätte. Und nun, gerade als die Ersten etwas unruhig wurden und sich und ihre Nachbarn zu fragen begannen, was das Ganze denn mit ihnen zu tun hätte, kam der Clou. Der erste Karierte, anscheinend der Chef der drei, kündigte strahlend an:

»Und nun, Herr Bürgermeister, haben Sie das Wort!«

Anselm Nothnagel war gar kein ordentlicher Bürgermeister, sondern nur Ortsvorsteher, was alle wussten, und auch sonst machte der schmale Mittvierziger, der immer aussah, als wäre er mit knapper Not zuschnappenden Aktendeckeln entronnen, seinem Namen alle Ehre. Er war nicht beliebt, aber auch nicht unbeliebt. Niemand hätte mit ihm tauschen mögen, also ließ man ihn in Ruhe. Von Zeit zu Zeit machte er halbherzige Versuche, ein paar drängende Probleme der Insel zu lösen, aber beim ersten Widerstand pflegte er sich zurückzuziehen. Doch jetzt erhob sich Nothnagel im sichtlichen Bewusstsein seiner Bedeutung:

»Ich habe, selbstverständlich nach Rücksprache mit dem zuständigen Ministerium, den Herren von Miesburg, Mayer und Partner das Grundstück der alten Gemeindeverwaltung in Godshorn zugesagt. Wir nutzen das Gebäude ohnehin nicht, drumherum ist reichlich Land, das der Gemeinde gehört. Für eine derart zukunftsträchtige Investition besteht die Möglichkeit der kostenfreien Überlassung. Dazu haben wir uns entschlossen.«

Es wurde nicht klar, wen Nothnagel mit »wir« meinte, und so schauten sich die meisten verwirrt an. Andere applaudierten.

»Alles wieder so'n abgekartetes Spiel!«, zischte jemand hinter Julia. Sie drehte sich um: Es war die alte Lisa, die mit ihrer Freundin zusammensaß, einen leeren Bierseidel vor sich.

»Nich' zu fassen! Detselbe Spiel wie früher!« Lisa war sichtlich empört. »Die nutzen aus, dass die Leute jetzt endlich mal mitmischen wollen.« Sie wandte sich an Julia. »Verstehst du, es geht nur um das nächstbeste Nützliche, das, was du kriegen kannst. Gleich und schnell! Dafür lassen sie dann auch mal fünfe gerade sein. Hauptsache, es passiert was, und ich hab was davon, egal, ob das nun alles so richtig ist oder nicht. Denn ›Organisieren‹, das haben wir hier gelernt. Ich meine: Davon haben wir ja gelebt in unserm tollen Sozialismus – dass du immer genau wissen musstest, wo du irgendwas herkriegen konntest, mit Phantasie natürlich. Organisieren, das war die Lücke im System rauskriegen.« Lisa grinste bei der Erinnerung, dann wurde sie wieder ernst. »Und genau so geht's jetzt hier weiter. Alles wie gehabt. Verstehst du, kein Mensch hat sich früher Gedanken darüber gemacht, was für Folgen das alles hatte. Du warst doch neulich dabei, als Malte von den Werften erzählt hat, oder?« Julia kam bloß dazu zu nicken, dann fuhr die Alte schon fort: »Sie sind alle stolz auf die tollen Werften. Aber wer hat denn die vielen hundert Schiffe gebraucht, hm?«

»… ach Lisa, hör doch uff!«, rief jemand vom Nachbartisch. Lisa ließ sich nicht stören. »… musst ja nich' zuhörn! Was wurde denn überhaupt aus unsrer tollen Insel, zwanzig lächerliche Quadratkilometer – zwan-zig! – und jedes Jahr mehr Vieh und kein Plan, wohin mit der ganzen Gülle und dem Abfall. Überhaupt kein Plan, jeder murkelte vor sich hin, und man war froh, wenn man seine Ruhe hatte. Und jetzt? Jetzt wittern die Leute ihre Chance.« Lisa zuckte die Achseln. »Wie Mädchen, die bei einer Tanzveranstaltung zu lange am Rand gesessen haben, so kommen sie mir vor.« Sie schnaubte voller Verachtung. »Jetzt gibt es für sie etwas zu holen – glauben die! Aber wenn du mich fragst – ich hab schon so viel gesehen, zu viel …«

Der Geräuschpegel hatte inzwischen beträchtlich zugenommen. Die Sitzung wurde unterbrochen, um, wie die drei Karierten meinten, Gelegenheit zu persönlicher Rücksprache zu geben und auch, damit sich die ersten Interessenten in die Listen eintragen konnten. Anne Bult kam zu Julia herüber.

»Ist doch nicht zu glauben, welche Flöhe die den Leuten ins Ohr setzen! Die wollen uns wohl für dumm verkaufen!«

»Aber du hast nichts gesagt, Anne!«

»Nein, ich bin ja auch nicht von hier. Da werde ich mich kaum als Wortführerin aufspielen.«

Sich als Wortführerin aufspielen! Sich aufspielen! So hieß das hier wohl, wenn jemand eine andere, von der Mehrheit abweichende Meinung hatte.

»Und schau nur, wie begeistert sie sind!«

Sie wies zum Podium. Dort drängten sich einige um die drei eloquenten Herren, unter ihnen auch Hilda Minarek, die aufgeregt wirkte, von einem Fuß auf den anderen trat wie ein Schulmädchen und bald mit diesem, bald mit jenem lachte und scherzte. Wie schmal sie wirkte in ihrem Kostüm und den hochhackigen Stiefeletten! Instinktiv wandte Julia sich um: Ja, Hanno war immer noch da. Er saß mit verschlossenem Gesicht und verschränkten Armen da, allein, im Dunkeln.

»Sie haben gesagt, sie wollen auch etwas für die Kultur tun, stellt euch mal vor!« Hilda Minarek hatte sich zu ihnen durchgekämpft. Ihr Gesicht war erhitzt, der Lippenstift verschwunden.

»Hilda, du bist ja ganz aus dem Häuschen!«

Julia hatte Lust, sich bei ihr einzuhaken.

»Sie wollen auch so eine Art Theater einrichten, natürlich kein Stadttheater, eher so ein Haus für Musicals und so etwas. Und zwischendurch große Shows, die auf Tournee sind. Oder eine Eislaufrevue ...«

»Aber Hilda, findest du nicht, dass das ziemlich unausgegoren klingt?«

»Die können ja noch gar nicht wissen, was hier so läuft. Aber ich, ich weiß es! Denn ich ziehe immer mit den Touristen durch die Gegend. Also hab' ich die drei Herren da gefragt, ob sie nicht jemanden brauchen, der sie berät und der dann später, für das Theater, auch die Dekorationen entwirft und so weiter, und sie haben gesagt, dass wir uns morgen treffen sollen und das Ganze bereden und ...«

Hildas Enthusiasmus sprudelte noch in die zweite Hälfte der Versammlung hinein, in der die fremden Herren nur ausnahmsweise als Gäste zugelassen waren, denn hier ging es um »Interna« der Gemeinde, wie Nothnagel mit trockener Stimme ankündigte. Und als er den Tagesordnungspunkt »Extraabgabe« vorlas, wussten auch alle, was gemeint war: Auf der eigentlich autofreien Insel hatten sich in letzter Zeit immer mehr kleine Unternehmer Sondergenehmigungen für Autos besorgt, und so kam es, dass beileibe nicht nur der Arzt und der »Havariedienst«, der die Deiche flickte, sondern sogar ein Dachdecker und ein Elektriker mit ihren Kleinwagen über die Insel fuhren, zur Verärgerung der Touristen und der anderen Inselbewohner. Also erfand Nothnagel eine eigene Abgabe, kurz »die Extrasteuer« genannt, und gegen die hatten sich nun einige Geschäftsleute zusammengeschlossen. Sondersteuern, so hatten sie es schriftlich gleich beim Land eingereicht, verstießen gegen die Prinzipien der Demokratie, denn Reiche würden begünstigt, ärmere Geschäftsleute hätten erhebliche Nachteile in Kauf zu nehmen, wenn sie sich kein Auto leisten konnten. Und als Nothnagel, etwas ungeschickt, anfügte, genau das sei ja auch der Grund für die Einrichtung der Steuer gewesen – dass es nämlich mittel- und langfristig weniger Autos als bisher auf der Insel geben sollte, da wurden die Männer laut. Sie bräuchten die Autos, weil sie sonst ihre Termine nicht einhalten könnten, auch der Havariedienst könne schließlich nicht warten, bis sich die Deiche von allein wieder reparierten.

»Aber müsst ihr dafür mit achtzig Sachen durch die Gegend brausen?«, brummte einer.

»Man kriegt ja schon Angst, wenn man Fahrrad fährt!« Drei Anträge lagen dem Ortsvorsteher vor: Der eine lautete, dass ein freies Land auch freien Autoverkehr brauche. Seine Befürworter argumentierten, dass mehr Tagesgäste kämen, wenn sie sich leichter von einem Ort zum anderen bewegen könnten. Der Warenverkehr würde vereinfacht und damit günstiger, und schließlich passe eine autofreie Insel einfach nicht mehr in die Zeit.

Für den zweiten Antrag machten sich vor allem die Vermieter von Fremdenzimmern stark, die sich zunehmend die Klagen ihrer erholungssuchenden Urlauber anhören mussten: Da und dort auf der asphaltierten Heidestraße zwischen Godshorn und Nebel sei dieser oder jener Pritschenwagen so dicht an ihnen vorbeigefahren, dass sie sich mit einem Sprung hätten retten müssen, und weil die zugegeben wenigen Autofahrer kaum mit Gegenverkehr rechnen müssten, ließen sie ihre Gefährte wie Geschosse durch die Landschaft rasen, ein wahres Wunder, dass noch nichts Ernsthaftes passiert sei ... Mit anderen Worten: Sie setzten sich für eine neue Autotrasse parallel zum Strandwanderweg ein. Die alte, kurvenreiche und unübersichtliche Straße sollte zum Wanderweg werden.

»Für eine dritte Gruppe, die im Prinzip eine Ergänzung oder Verschärfung des Antrags der zweiten Gruppe beinhaltet, hat Hanno Minarek unterschrieben«, sagte Nothnagel. »Herr Doktor Minarek, wollen Sie das mal kurz zusammenfassen?«

Hanno verneinte, während sich viele Köpfe nach ihm umdrehten, und bedeutete Nothnagel weiterzusprechen. Julia spürte, wie die Spannung im Raum stieg. Erika stieß hastig kleine Rauchkringel in die Luft, sie merkte gar nicht, wie sie der vor ihr sitzenden Frau den Qualm genau in den Nacken blies. Eine ältere Frau spielte nervös mit der Papierserviette, ein paar Männer nickten sich zu.

»Gut, dann kann ich das vielleicht tun«, sagte Nothnagel in seiner säuerlichen Art, »im Prinzip besteht nämlich der Antrag der dritten Gruppe lediglich in einer Erweiterung des zweiten Antrags. Herr Doktor Minarek hat einen Zusatz angefügt, nämlich den Antrag auf die Ausweitung des Naturschutzgebietes auf die ganze Heide. Damit wäre selbstverständlich eine neue Straße überflüssig. Denn die Ausweitung des Naturschutzgebietes hätte, wie Sie alle wissen, das sofortige und hundertprozentige Fahrverbot für diesen gesamten Raum zur Folge …«

Weiter kam er nicht.

»Nein!!«

»Das kann doch wohl nich' wahr sein!«

Ein paar Leute waren aufgesprungen, Irritation machte sich breit. Einige Frauen versuchten, die Männer zu beruhigen.

»Das kann doch nich' wahr sein! Will der Kerl uns die letzte Schaffe wegnehmen?!«

Erregt war ein Dachdecker von seinem Platz hochgefahren und schüttelte die Faust in Hannos Richtung, der scheinbar ganz ruhig dasaß. »Wenn ich nich' mehr mit'm Auto zum Kunden fahr'n kann, kann ich's gleich sein lassen. Dann bin ich nicht mehr konkurrenzfähig!«

»Und der Krempel, der in Nebel über is' – soll ich den vielleicht zu Fuß zu Erika tragen?«

Der Geschäftsführer aus dem Supermarkt im Süden der Insel pflichtete seinem Kollegen bei.

Eine schnarrende Stimme zerschnitt den Raum, leise und gefährlich:

»Das ist ja wieder typisch Hanno Minarek!«

Der Mann war aufgestanden, schob seinen Stuhl zur Seite und ging nicht etwa zu Hanno, sondern nach vorn zum Podium. Dann drehte er sich langsam zu den Leuten um, die ihn jetzt gespannt beobachteten, und sagte:

»Ich will Ihnen ja nicht zu nahetreten, verehrter Kollege, aber es erstaunt mich doch, dass ausgerechnet ein Tierarzt für eine autofreie Insel plädiert! Das ist doch gar nicht so einfach, rechtzeitig zu Schafen, die das Fieber haben, und zu kalbenden Rindviechern zu kommen! Insofern müssten doch gerade Sie ein Interesse am Fortschritt haben und daran, dass die, die's brauchen, auch Auto fahren können! Es sei denn«, der Mann atmete hörbar ein, »es sei denn, Sie profitieren davon, wenn niemand ein Auto hat. Weil Sie nämlich, mein Bester, ein Fuhrunternehmen mit Pferden aufgebaut haben, das Sie demnächst vergrößern möchten.«

Es war ganz still geworden.

»Wer ist der Mann?«, flüsterte Julia.

»Unser zweiter Tierarzt, Doktor Bohnen. Er lebt aber jetzt auf der großen Insel; für zwei hat sich das nicht mehr rentiert«, flüsterte Anne Bult hastig zurück.

Hanno machte eine Bewegung, als ob er etwas sagen wollte, schwieg dann aber.

»Und ist es nicht so, dass Sie mit dem anderen Fuhrunternehmer bereits abgemacht haben, dass Sie seine Kremser und seine Pferde übernehmen? Ist es nicht so? Ja? Streiten Sie es nicht ab! Ich habe mit dem Mann gesprochen! Wir kennen Sie, Hanno Minarek, lange schon, aber jetzt ist Ihre Zeit hier langsam vorbei! Weil Sie nämlich einer sind, der den Hals nicht vollkriegt, jawoll, und so was mögen wir hier nicht!«

Applaus bekam der Mann, viel zustimmenden Applaus. Einige riefen wohl: »Hört, hört, der Klugscheißer!«, aber die meisten, das war offensichtlich, stimmten ihm zu.

»Ich denke, der lebt gar nicht mehr hier?«, flüsterte Julia.

»Scht!«, machte Anne, die nichts verpassen wollte.

Nothnagel war aufgestanden und versuchte, sich in der allgemeinen Erregung Gehör zu verschaffen.

»Herr Doktor Minarek, da Sie der Angegriffene sind, sollten Sie als Nächster die Gelegenheit haben zu sprechen. Sicher möchten Sie zu den Vorwürfen Stellung nehmen. Bitte sehr!«

Mit zufriedenem Gesicht nahm Nothnagel wieder Platz. Gar nicht schlecht, wie er die Versammlung leitete, sagte seine Miene, er hatte sich nichts vorzuwerfen. Und ohne ihn, den gelernten Verwaltungsfachmann, stünden sie vor den Fremden auch als ziemliche Provinzköpfe da. Nein, kein Zweifel, er machte das Beste aus der verfahrenen Situation …

»Bitte, Herr Doktor Minarek!«

Er wiederholte seine Redeaufforderung, und allmählich ebbte der Tumult ab. Hanno Minarek war aufgestanden. Alle drehten sich zu ihm um. Eine Wand aus dunkler Kleidung und hell leuchtenden, aggressiven Gesichtern. Gespannte, aggressive Augenpaare, Striche, wo vorher Münder, Lippen gewesen waren.

Hanno machte eine Geste, als wollte er auf die Leute zugehen, aber der Tisch stand direkt vor ihm.

»Ich, äh, ich finde nicht, ich finde nicht, dass ich, äh, dass ich …«

Julia zuckte zusammen. Natürlich wusste sie, dass Hanno, wenn er angespannt, müde oder sehr erregt war, dazu neigte, einzelne Wörter oder Satzteile zu wiederholen, aber so schlimm wie heute Abend hatte sie dieses seltsame Phänomen noch nie erlebt.

»… nicht, dass ich mich hier zu, zu äh, zu rechtfertigen hätte.«

»Ach nee, findste nich'?«

Sofort fiel ihm einer ins Wort.

»Nun lasst ihn doch mal ausreden!«

Einer der Jugendlichen, die an der Theke lehnten, ergriff Hannos Partei.

Hanno setzte noch einmal an.

»Ich finde, dass wir zwischen meinen privaten Angelegenheiten, meinen privaten ...«

Julia konnte es nicht mehr ertragen. Es schnitt ihr ins Herz. Hannos Hilflosigkeit war von einer Art, die andere aggressiv machte. So wie Schwerhörige mit dem bloßen fragenden Schieflegen des Kopfes andere zur Weißglut treiben können, so reizte Hannos Stammeln die Versammlung. Und warum wählte er auch so steife Worte, warum stand er da, groß und aufgerichtet, und forderte Widerspruch geradezu heraus? Hanno wandte sich jetzt den Leuten zu, die seitlich von ihm saßen, und zur Theke hin, vielleicht, weil er sich von dort eher Unterstützung versprach.

»... meine Privatsachen sind meine Privatsachen«, brachte er heraus, und Julia glaubte tatsächlich in Hannos Ton jene Arroganz herauszuhören, die die meisten Inselbewohner dazu brachte, ihm wenn nicht mit Ablehnung, so doch deutlich distanziert zu begegnen. Jetzt war einer der drei Karierten aufgestanden. Im Ton großer Erheiterung rief er in Hannos Rücken:

»Nee, nee, nee – was haben wir, was haben wir, was haben wir denn da, denn da für einen Clown, für einen Clown! Aber doch eher, doch eher, 'ne ganz schwache, 'ne ganz schwache Vorstellung, ha-ha!«

Die Leute lachten mit. Hanno lief dunkelrot an. Er ballte die rechte Hand zur Faust, aber er hob sie nicht, öffnete den Mund, aber kein Wort kam heraus. Ein gefangenes Tier, dachte Julia. Sie wollte aufspringen und Hanno helfen, aber sie spürte eine große Schwere in sich. Hanno stand immer noch auf seinem Platz, während die Leute lauter und lauter lachten. Der Karierte hatte ein Tabu gebrochen, jetzt gab es kein Halten mehr. Plötzlich griff Hanno nach seiner Jacke, die über dem Stuhl hing. Heftig riss er sie hoch, der Stuhl kippte. Hanno flüchtete nach draußen. Der Tumult wurde lauter.

»Aber, aber, meine Damen und Herren, ich bitte Sie …«

Der zweite Karierte war aufgestanden und breitete die Arme aus, als wollte er die Versammlung segnen.

In Julia kehrte Leben zurück. Sie stand auf, entschlossen. Anne Bult schaute sie an, ernst. Im Hinausgehen drehte sich Julia zu Hilda Minarek um. Die saß in ihrer ersten Reihe und sah unverwandt die Karierten an, als wäre nichts geschehen.

Feiner Regen fiel, fein, aber von unbarmherziger Gleichmäßigkeit. Vor der Tür standen ein paar Pferdekutschen, die Tiere ließen die Köpfe hängen, dösten, wetterfeste Decken über die Rücken gebreitet. Leo und Schorsch waren nicht dabei. Ein Gewirr von Fahrrädern. Anne Bults, ihres, das eigentlich auch Anne gehörte. Julia zögerte, stieg auf. Im Café Wetterstein ein paar verlorene Gestalten, die Julia nicht kannte, Seeleute vielleicht, keine Spur von Hanno. Ein kurzer Blick zum Anleger, nichts, keine Spur. Weit konnte er doch nicht gekommen sein!? Julia merkte, dass sie sich nicht einmal die Zeit genommen hatte, ihre Kapuze hochzuziehen. Sie zwang sich, ruhig zu bleiben, aber ihr Herz klopfte bis zum Hals, und sie schwitzte, obwohl es ein Novemberabend der unangenehmsten Art war. Himmel, konnten die denn nicht mal Fahrräder mit halbwegs funktionierenden Lampen erfinden? Ein Hund fuhr aus einem Vorgarten hoch – Julia erschrak, das Rad schlingerte. Am Heimatmuseum bewegten sich seltsame Schatten, Julia sah nicht hin, weiter, weiter. Für eine kurze Strecke ging hier der Weg in eine asphaltierte Bahn über, sie gewann an Fahrt und bekam beinahe so etwas wie gute Laune. Hanno, ich komme! Aber sie hatte die Entfernungen unterschätzt, in der völligen Dunkelheit einer Regennacht verlor sie schnell jedes Gefühl dafür, wie weit sie schon gekommen war. Da, der einsame Hof von Gau. Endlich eine Hügelkuppe, dann die ersten, spärlichen Lichter von Godshorn, die nur zögernd zu brennen schienen in dem diffusen Regenlicht. An der Raiffeisenbank vorbei, an der immer noch provisorischen Poststelle. Kein Mensch zu sehen. Doch, in der Telefonzelle, die völlig beschlagen war, stand jemand. Suchte er Schutz? Telefonierte er? Schlief im Stehen oder war tot? Es war eine dieser Nächte, in denen alles möglich ist. Julia trat fester in die Pedale, obwohl ihre Knie schmerzten. Die nassen Hände rutschten auf dem Lenker unangenehm hin und her. Wieder tauchte sie in die Dunkelheit ein, nun am Rande der Heide entlang, diesem vor kurzem noch bezaubernden, wagemutig bunten Pflanzenteppich. Jetzt war es eine lehmige schwarze Kuhle zu ihrer Rechten, eine Falle. Zu ihrer Linken hörte sie von Ferne, ganz weit weg, das Meer. Der Regen wurde stärker. Als Julia in Nebel ankam, waren ihre Beine, waren die Schultern verspannt, als klammes, kaltes Bündel kletterte sie mühsam vom Rad. In Hannos Haus brannte Licht. Im Treppenhaus. Die Haustür war nur angelehnt. Julia klopfte, zögerte, rief. Nichts. Sie trat ein. Mit dem Rücken zu ihr, auf der Schwelle vom Flur ins Wohnzimmer, stand Hanno. Weiter war er nicht gekommen. Hatte die Arme ausgebreitet, die Hände zum Türbalken ausgestreckt und hielt sich daran fest. Die Beine waren gegrätscht, fest standen die Füße auf der Schwelle. Der Mann war wie eingespannt in eine Schraubzwinge, reglos, bewegungsunfähig.

»Hanno?«

Die Andeutung einer Kopfbewegung zu ihr hin, mehr nicht.

Julia trat ein, schloss die Tür. Eine seltsame Ruhe überkam sie. Die Jacke aufgehängt, die Tasche abgestellt.

»Hanno?«

Er reagierte nicht.

Sie wollte sich an ihm vorbeischieben, durch die Tür. Wollte ihm beschwichtigend die Hand auf die Schulter legen … Wollte sie das? Natürlich nicht. Sie hatte längst verstanden. Sie wusste längst, was zu tun war. Die widerstreitenden Stimmen im Inneren wurden leiser, versiegten schließlich. Julia ließ sich Zeit. Spürte die Zeit. Hanno rührte sich nicht. Da war es wieder, dieses uralte Wissen. Julia hockte sich hin und begann. Sie begann dort bei den Füßen. Sie zog an seinen Schnürsenkeln, und Hanno verstand. Er schlüpfte aus den Schuhen, erst links, dann rechts. Weg mit den Socken! Vorsichtig fing sie an, seine Fußgelenke zu massieren; die passten genau in die Spanne zwischen Daumen und Zeigefinger, in jenen Bogen. Ein Streichen, ein Reiben, ein erstes Wohlbehagen vielleicht. Sie spürte, dass er sie nicht ansah, dass er nach wie vor in irgendeine Richtung starrte, wie ein Tier, das wartet, ein Kind, das hofft, dass etwas vorbeigeht. Noch war er nicht angekommen, noch war er nicht bei sich. Die störrischen Haare am Fußgelenk, die schmalen weißen Waden. Die rührten sie. Weg mit der Hose! Hanno befreite sich unsicher davon, wollte etwas fragen, ließ es. Seine Finger streiften kurz ihr feuchtes Haar. Wie sehr wir uns darauf verlassen, dass uns keiner sieht, wie selbstverständlich es ist, dass uns keiner spürt, dachte Julia. Sie biss vorsichtig in Hannos Wade, verband die imaginäre Wunde blitzschnell mit der Zunge. Salz und Haare und vertrauter Geruch, Hannos Alltagsgeruch: Arbeit und Seife und Spuren von Tieren und zu viele Sorgen. Und doch auch etwas Prickelndes, Lockendes, Mutmachendes. Seine Beine begannen zu begreifen. Standen jetzt fest. Julia fuhr mit den Händen an den Außenseiten hinauf und wieder hinab, mit kräftigen Strichen. Hanno spreizte seine Beine. Atmete anders. Er fühlte sie, er fühlte sich. Seine Haut erwärmte sich. Vorsicht an den Innenseiten! Feine, feine Membrane; die transportieren Botschaften direkt ins Gehirn. Julias Fingerspitzen wussten, wohin; sie beschrieben kleine, fragende Kreise. Ja, sagte Hanno. Ja, sagte Hannos Haut. Ja, sagten die feinen Härchen, die sich vor Behagen zu sträuben begannen. Und Julia traute sich. Sie traute sich, was sie sonst nie gewagt, was sie früher nicht begehrt und nicht gewünscht hatte. Jetzt wollte sie. Julia nahm sich den Mann. Den ganzen. Sie packte Hanno bei den Hüften. Und sie sog sich an ihm empor, an seiner Haut, an seinem Zögern, an seinem Fragen, an seinem leisen Stöhnen, seinem Atmen, seinem Schweigen.

»Willst du mich? Sag es!«

Julia sagte es. Einmal, vielmal. Julia küsste Hanno. Julia trank Hanno. Julia hielt Hanno fest, so wie Frauen Männer seit Jahrhunderten halten – sie tat es offen, eindeutig, mit klaren, fordernden Küssen. Mit bald weich nachgebenden, bald drängenden Lippen. Mit Zunge und Zähnen und Wimpern auch. Mit tastenden, fassenden, warmen Händen. Mit suchenden, wissenden Fingern. Schließlich stand sie vor ihm, betrachtete ihn. Hanno war nun ganz nackt, während sie nach wie vor ihre Jeans trug und den Pullover. Hanno glühte. Er stand breitbeinig da, die Arme emporgehoben und hielt sich mit beiden Händen gerade noch am Türrahmen fest. Es lastete nichts mehr auf ihm. Er spürte, dass sie ihn betrachtete, regte sich aber nicht und öffnete auch nicht die Augen.

»Komm!«

Himmel, was meinte er? Für einen Augenblick wurde sie unsicher.

»Komm!«

Kein Bett weit und breit, keine Matratze. Die alte Befangenheit kroch in ihr hoch, für einen Augenblick. Hanno lehnte sich in den Türrahmen, öffnete die Augen, löste die Hände vom Türbalken.

»Komm!«

Sie kam. Sie zog sich aus. Sie fürchtete sich nicht mehr. Nicht vor dem hellen Licht und vor der nachgiebigen Weichheit ihrer Hüften. Seine Hände verschwanden darin, umschlangen ihren Rücken. Sie hatte keine Angst um ihr Gleichgewicht und keine Angst vor Ungeschicklichkeiten. Nun hielt er sie. Sie hatte keine Angst vor Blicken – diese Ängste, die sich einstellten beim Passieren von Baustellen, die den Aufenthalt am Strand und in Freibädern vergällten, diese Ängste vor den Spiegeln in zu engen Umkleidekabinen – alle diese Ängste, alle, die sie einmal gehabt hatte, versteckte sie unter seiner Zunge. Küsse. Lippen. Zungen. Zermalmte Ängste. Zermalmte, aus Zeitschriften angelesene, aufgelesene, fremde Sorgen. Sie lösten sich auf. Sie, Julia, war hier, und Hanno schaute sie an. Hell die Augen, wimpernlos fast. Sie erwiderte seinen Blick. Sie hielt ihm stand, sie waren gleich. Er zog sie fest an sich. Er wollte sie. Alles an Hanno wollte sie. Seine Finger, seine Arme, seine Ellenbogen, seine Schultern. Sein Schlüsselbein, der Kratzer auf dem Oberarm, die Leberflecken. Alles wollte sie, alles floss ihr entgegen. Warm federte sein Bauch gegen ihren, heiß stieß ihre Brust an seine. Ihre Brüste brannten. Sie wollte ihn! Sie umschlang ihn, wie ein Meerestier ein anderes umschlingt, fest, entschlossen, erfahren. Ach, dass ihre Arme neun Meter lang würden, sich in Tentakel feingliedriger Quallen verwandelten, so fein und so gefährlich, so beweglich und so gewandt. Er hielt sie. Sie vertraute ihm. Er hielt sie, und sie stieß sich ab vom Ufer. Julia lernte schwimmen. Sie schwammen gemeinsam, sie tauchten, sie erreichten nicht gekannte Tiefen. Ein ruhiges, ein bewusstes Gleiten zunächst, dann trieben immer neue Stöße sie weiter hinab, ins Dunkle, ins Abgründige, nein – kein Innehalten, sie schwammen weiter, und sie hielten sich fest aneinander. Ganze Fischschwärme machten sich in ihr breit, glitten in unruhigen Gruppen in ihrem Schoß hin und her, jagten einander und schossen davon, spähten und lagen auf der Lauer. Sie waren völlig unberechenbar, diese Fischschwärme und sehr lebendig, und sie wuchsen anscheinend von Augenblick zu Augenblick, wurden heftig, drängten. Die Luft wurde knapper und kostbarer auch, das Herz klopfte, der Atem ging schneller. Diese Fische in ihr! Sie schnappten nach ihr, dass ihr Fleisch zuckte. Kleine, zärtliche Wunden. Kleine, purpurfarbene Blasen lösten sich vom Grund des Bewusstseins, vom Grund ihres Beckens und ließen es kreisen, sanft zuerst, langsam und suchend, immer schneller dann, immer schneller. Schneller!

»Warte!«

Nein, kein Zögern, kein Warten! Nun war sie es, die drängte, die ihn vorwärtstrieb und weiter.

»Warte! Julia!«

Sie lachte leise. Sie fühlte sich mächtig und stark. Wie sollte sie warten mit seiner Hand auf ihrer Brust?! Sie war die Herrin des Meeres. Die Königin der Tiefe war sie, und dies war ihr Reich. Sie lachte, leise und tief war dieses Lachen, sie kannte es noch nicht. Und dann stieg ein Gurgeln in ihr auf, ein Röcheln, ein Ringen nach Luft, und beide fielen. Sie fielen in einem einzigen Rufen, einem Singsang, einem Aufbrüllen des Meeres. Da war das Ufer. Und Stille.

Sie saßen auf einem Berg von Kleidern. Julia begutachtete den Türrahmen.

»Alles heil geblieben!«

So oder ähnlich musste es im Himmel sein. Hanno servierte Tee mit viel zu viel Honig und viel zu viel Rum.

11.

Berlin, Anfang Dezember

Geliebte unverbesserliche Abenteurerin,
diesmal bin ich es, die Dich mit unerwarteten Neuigkeiten überraschen wird, halte Dich nur fest! Ich bin also in Berlin und habe brav die Adresse aufgesucht, die mir einer dieser netten, immer gutgekleideten (und natürlich schwulen!) Kunstsammler verraten hatte. »Seien Sie bloß vorsichtig,« riet mir der teure Düfte verströmende Gentleman, »und vor allem, sagen Sie auf keinen Fall, dass Sie aus dem Westen kommen! Am besten, Sie grüßen die alte Dame von Werner« – das ist einer dieser berühmten DDR-Maler – »das ist dann zwar eine freie Erfindung, aber wozu etwas allzu umständlich erklären müssen, wenn es ein so einfaches Sesam-öffne-dich gibt?«

Und, was soll ich Dir sagen: Es funktionierte tatsächlich! Die ehemalige Dienstvilla dieses ehemaligen stellvertretenden Ministers im ehemaligen Osten der ehemaligen Hauptstadt der DDR – ein wunderschönes Waldgrundstück mitten in Berlin – habe ich noch mit einigem Herzklopfen aufgesucht. Schließlich schickte ich mich ja an, mir quasi unter Vorspiegelung falscher Tatsachen Einlass in ein fremdes Haus zu verschaffen. Ich konnte mir unschwer ausmalen, was passieren würde, wenn die Alte entdeckte, was ich da eigentlich wollte und wer ich war … Bis zuletzt überlegte ich, ob ich ihr nicht einfach die Wahrheit sagen sollte. Aber dann sah ich das Tor: ein gewaltiges, eisernes Einfahrtstor, wie es im Westen kaum der Chef eines mittelschweren Konzerns vor sein Privatgrundstück gewuchtet hätte, dahinter eine Auffahrt, die von merkwürdig bie-

deren Rabatten begrenzt war. Panzerbeton und Petunien! Eine seltsame Mischung, aber auch wieder passend: Bedrohung und Heimeligkeit, das war doch die unschlagbare Mischung der Genossen im Osten, wenn mich nicht alles täuscht! (Wirf mir nicht wieder Ressentiments vor, ich zitiere damit – indirekt – Sigrid Damm, eine Schriftstellerin aus dem Osten, die von einem »wärmenden kleinen Land« schreibt, wenn sie, durchaus kritisch, die DDR meint). Gut, die Alte: Sie war gar keine. Jedenfalls keine typische. Die Hauseigentümerin, die mir auf dem Betonweg entgegenschritt, entpuppte sich vielmehr als zarte alte Dame mit fliederfarbenen Haaren, die nun, am helllichten Mittag – und mitten im eher kühlen November – einen wattierten rosa Morgenmantel trug. Und Hauspantoffeln, in jenem unverwechselbaren Muster, das ich von meiner Großtante aus Potsdam kenne. Es gab eben nur dieses eine! Ich wusste gar nicht, wie sehr es mir noch in allen Details präsent war. Ich musste also auf ihre kleinen bestrumpften Altfrauenfüße starren und hätte darüber beinahe ihre Frage überhört, was ich denn wolle. Ich solle schön von Werner grüßen, hörte ich mich sagen, und da wurde die Dame prompt zutraulich, sagte etwas wie: »Ach nein, der Werner aus Stralsund, wie hat der sich doch nur verkrochen in den Norden!« – und schon nötigte sie mich geradezu, hereinzukommen und ein Tässchen Tee mit ihr zu trinken. Das tat ich denn. Und dabei sah ich es auch schon. Nicht »Dein« Bild, Julia, nein, so einfach war es dann doch nicht. Aber Bilder sah ich, andere Bilder! Großformatige Ölbilder, Aquarelle und Holzschnitte – sämtliche Wände des Hauses waren förmlich damit tapeziert! Und Porzellan dazwischen und kleine Skulpturen! Und auf Teppichen gelangten wir in die kleine Küche, auf Teppichen, die gewiss nicht aus volkseigenen Betrieben der DDR stammten … Die Alte erzählte mir, ihr verstorbener Mann habe all diese Schätze von seinen Dienstreisen mitgebracht, und sie sei darüber sehr froh gewesen, doppelt froh: einmal, weil sie so schöne Sachen besaßen, und zum anderen, weil das ihre einzige Art zu reisen war: Gertrud Kühnel hatte ihren Mann nie begleiten dürfen, außer hin und wieder in das, was im DDR-Deutsch »sozialistisches Ausland« hieß. »Und Rumänien, Bulgarien, das hat man ja dann auch irgendwann einmal alles gesehen!«, sagte die alte Dame. Während ich ihren Klagen lauschte, dachte ich boshaft, warum dieser Haushalt eigentlich nicht »vergesellschaftet« worden war – ein DDR-Lieblingsbegriff – warum das keine öffentliche Einrichtung war? Denn zu studieren gab es hier, weiß Gott, genug. Ich verstehe ja nichts von diesen Dingen, aber dass an den Wänden dieser Berliner Repräsentationsvilla Bilder von einigem Wert hingen, begriff auch ich. Großmütig bot mir die Alte an, ihr Haus zu zeigen. Sie fragte gar nicht mehr, was ich eigentlich wollte. Nachdem mir einmal der falsche Gruß den richtigen Eintritt verschafft hatte, war alles gut.

Drei Stockwerke, vom Erdgeschoss bis zum Dach. Drei Stockwerke mit Altfrauengeruch, Erinnerungen, Plunder und, so glaube ich, regelrechten Schätzen. Teppiche, Wandbehänge, Bilder. Frau Kühnel schnaufte, die Treppe war steil. An den Wänden Erinnerungsfotos vom Gatten mit allerlei Politprominenz: von Gaddhafi bis Ceausescu, lauter liebenswerte Gesellen!

Und dann sah ich es, Dein Bild: Es hing im Treppenhaus des obersten Stockwerkes, wir stiegen direkt darauf zu. Ein Hochformat: Vor dunklem Hintergrund (ein Vorhang? Ein Bühnenvorhang vielleicht?) hebt sich eine Frauengestalt deutlich ab. Aber was heißt schon »hebt sich ab«, und was heißt »Ge-

stalt«? Vom Bild leuchtete ein Helm, ein goldener Helm. Das waren ihre Haare, und deshalb wusste ich sofort: Das hier muss Deine Malvine sein! Es war schwierig, die Signatur zu erkennen, weil das Bild sehr hoch hing, aber irgendwie schaffte ich es. Und da war auch schon die Alte bei mir, nickte wohlwollend und sagte: »Jaja, die Malvine, die machte damals alle Männer verrückt, und es war doch so vergeblich!« Das Bild jedenfalls trägt den Titel: »M., der unwiederbringlichen Frau«. Seltsam, nicht wahr? Titel und Widmung zugleich?! Oder war das in den zwanziger Jahren üblich? Der Maler jedenfalls, so viel habe ich schon herausbekommen, gehörte zu den Berliner Bohemiens der Zeit. Und nun die eigentliche Überraschung: Herr Kühnel war offenbar mit dieser Malvine gut bekannt. Sie war Tänzerin, Ausdruckstänzerin, was damals ja groß in Mode war, und sie hat sich offenbar auch an eigenen Choreographien versucht. In den dreißiger Jahren ist sie dann emigriert, warum, wollte mir Frau Kühnel nicht so recht sagen, aber offenbar war es etwas Peinliches. Jedenfalls hat diese Malvine, bevor sie in die USA emigrierte, etwas bei den Kühnels zurückgelassen, nämlich ihre gesamte Korrespondenz: Ein Schuhkarton voller Materialien ist es, und beim flüchtigen Hineinsehen habe ich auch schon Postkarten gesehen, die den Absender »Ladestein« tragen! Mit anderen Worten: Ich hänge voll drin in Deiner Geschichte! – Gebe allerdings auch freimütig zu, dass mir die allemal vergnüglicher erscheint als meine Enzyklopädien und die Nachbearbeitung der verfluchten Essener Germanisten-Tagung. Kurzum: Mit Deinem beschaulichen Inseldasein dürfte es in Kürze vorbei sein, denn ich beabsichtige, falls Du mir eine Luftmatratze zur Verfügung stellst, Deine Einsamkeit vorübergehend gründlich zu stören. Jawohl: Ich komme. Damit dürfte Dein Silvesterproblem (die Koblenzer Tante!

Bielefeld!) auch gelöst sein, denn selbstverständlich halten Dich dringende berufliche Verpflichtungen von einer Heimreise ab ... Aber Du sprächest wahrscheinlich gar nicht mehr von Heimreise, nicht wahr? Wenn ich Deinen letzten Briefchen trauen soll, schlägst Du gerade eher Inselwurzeln? Bei diesem Minarek womöglich? Der Mann, bei dem ich dazu bereit oder wenigstens in Versuchung wäre, muss wohl erst noch gebacken werden. Naja, sei's drum!

Halte mir also die Daumen, dass mich Frau Kühnel den ganzen Ladestein-Malvine-Kram fotokopieren lässt. Sie scheint ganz gut auf mich zu sprechen zu sein, und deshalb gedenke ich die Gunst der Stunde zu nutzen, meinen Berliner Aufenthalt noch um ein paar Tage zu verlängern und Dir reichlich »Beute« mitzubringen, wenn ich, zwischen Weihnachten und Silvester etwa, komme. Gehen dann überhaupt Fähren? Oder erwartest Du, dass ich per Ruderboot anreise?

Gib mir also Bescheid, ob Dir meine Visite überhaupt recht ist oder ob Du über die Feiertage vielleicht lieber lernst, wie man kranke Schafe operiert ... Ich vermisse Dich sehnsüchtig!

Deine alte Freundin
Jeanette

Im allmählich einsetzenden Winter gab es Momente, in denen Julia sich dabei ertappte, Jeanette zu beneiden. Um die Sicherheit. Um die selbstverständliche Wärme. Um Beaujolais primeur, um Cafés, um die Auswahl an Darjeeling-Tees. Darum, dass ihr die Routine sagte, wie jeder Tag zu beginnen war. Für Julia gab es nun zweierlei: das, was sie spürte, aus einem Instinkt heraus, den das

Inselleben geweckt hatte – und es gab die frische, damit prompt einhergehende Verunsicherung, weil sie vorläufig nur ahnte, was sie aus dem neu Erlebten schließen sollte. Irgendwann musste sich daraus ein neuer Alltag entwickeln, aber Julia wusste nicht wie. Nicht leichtfertig, eher leichtunfertig, so hatte sie ihr vermeintliches Bielefelder Städtewissen über Bord geworfen und neu begonnen zu lernen. Und so, wie sie Hannos Körper erkundete von Tag zu Tag, die Landschaft der Insel, das Wetter, so erkundete sie auch sich. Hatte sie einmal geglaubt zu wissen, was ihr guttäte, was sie brauchte?

Das Thermometer sank. Die letzten Vögel verzagten. Morgens kreischten die Möwen sich Mut zu, wenn sie auf Raubzug gingen. Die Spaziergänger kehrten jeden Tag ein wenig eher zurück. An den Fenstern der Buchhandlung bildeten sich Eisblumen, selten jedoch brannte Licht in dem kleinen Laden. Jörg beeilte sich, vor den erwarteten Winterstürmen Dachboden und Keller zu sichern, und Mady schien sich ein wenig zu fürchten vor Malte seit dem Ereignis bei der Gemeindeversammlung, von dem Julia erst im Nachhinein erfahren hatte. Sie war schon weg gewesen, hinter Hanno her, als es passierte, und Anne – Anne redete nicht über solche Dinge. Das Ereignis! Verblüfft stellte Julia fest, wie heftig die Dorfbewohner reagiert hatten. Aber so war es eben: Auf der Insel gab es kein Entrinnen, deshalb wirkte Gewalt hier heftiger als auf dem Festland. »Das Echo einer Ohrfeige«, hatte Schuck gemeint, »dringt bis nach Bornholm.« Der Fuhrunternehmer kam weit herum, er musste es wissen. Beim wöchentlichen Saunabesuch der Frauen hatte Julia es erfahren, an demselben Abend, an dem sich die Frauen auch zum ersten Mal darüber wunderten, dass man Marga Niemann so gar nicht mehr zu sehen bekam. Aber Hauptgesprächsthema an diesem Abend war die Gemeindeversammlung, besser gesagt, deren zweiter Teil, den Julia ja leider verpasst hatte. Der Schalk blitzte Renate aus den Augen, als sie das zwischen zwei Saunagängen scheinbar bedauernd feststellte.

»Dass du auch unbedingt wegmusstest! Ts ... ts ... ts ...«

Erika, die froh war, wenn über ihre eigenen Affären Stillschweigen bewahrt wurde, lenkte ein:

»Soo grandios war das nun auch wieder nicht!«

»Ja, aber der Malte hat sich denn doch als janzer Kerl herausjestellt!« Die Frau aus dem Dorf schubberte sich behaglich mit der Sisalbürste die stattliche Wade. »Wie meiner, früher, vor dem Herzklabaster, als noch mehr mit ihm los war ...«

Die Frau seufzte, hing ihren Gedanken nach. Endlich erbarmte sich eine, erzählte. Nach Hannos überstürztem Verlassen des Lokals war erst einmal Chaos ausgebrochen. Einige hatten verlangt, dass man den Doktor zurückhole, andere meinten, es sei doch nur gut, dass der elende Besserwisser Leine gezogen habe ...

»Und so ging das hin und her!«, ereiferte sich die Frau. »Anselm Nothnagel übrigens, unser sauberer Ortsvorsteher, hat seine kümmerlichen Versuche, für Ruhe zu sorgen, schnell aufgegeben, der ist regelrecht in sich zusammengesackt und hat nur noch getrunken, ein Weizenbier nach dem anderen – der Süddeutsche, der Lackaffe!«

»Die drei Geschäftsleute, die doch eigentlich gekommen waren, um für ihr Freizeitzentrum, den Golapark, zu werben, die haben sich erstaunlich lange zurückgehalten, finde ich«, warf Biggi jetzt ein. »Die sind doch erst wachgeworden, als die ersten gehen wollten und meinten, es hätte ja eh alles keinen Sinn. Schönes Trio! Bis dahin haben sie einfach nur dagesessen und sich das Chaos angeguckt.«

»Mineralwasser haben sie getrunken«, hetzte Renate, »die wollten immer schön nüchtern bleiben, immer schön den Überblick behalten. Ham se ja auch! Aber was hat es ihnen genützt? Nichts! Nicht mal die wirklich schöne Rede, die einer von denen, der Dicke, dann gehalten hat.« Renate sprang von ihrer Saunabank auf und griff sich Biggis langstielige Bürste. Die hielt sie nun wie ein Zepter in der Hand und warf sich in die Brust, senkte die Stimme und schmetterte: »Aber Herrrschaften, Herrrschaften! Auf so einen Schrrreck trrrinken wir doch erst mal einen! – So haben die geredet! Puh, ist das heiß!« Sie setzte sich wieder. Biggi nahm ihr die Bürste weg.

»Jedenfalls sind wir alle schön brav sitzengeblieben«, sagte Biggi. »Wir wissen ja schließlich, was sich gehört.«

»Schafsbrav waren wir.« Das war die brummelnde Lisa. »Schafsbrav sind wir da alle hockengeblieben.«

»Die drei haben sich dann aber wirklich nicht lumpen lassen«, erzählte Biggi weiter. »Ein echtes Multimedia-Feuerwerk haben sie entfacht! Ich war schon schwer beeindruckt! Was man da alles machen könnte, in diesem Golapark!«

Die Mausbraune versetzte ihr einen Rippenstoß: »Süße, du lernst das nie. Kaum sagt einer ›Wellness‹, schon bist du platt. Oder ›Freizeitmöglichkeiten‹ oder so was. Und das haben die drei andauernd gesagt. Und dauernd betont, dass vor allem wir, nicht bloß die Touristen etwas vom Golapark hätten.«

»Schön wär's«, Lisa hatte wirklich ausnehmend schlechte Laune. »Wer soll denn das bezahlen? Den Unterhalt für so ein beheiztes Freibad und die Whirlpools und die Sonnenliegen und den ganzen Quatsch? Und mal ehrlich: Wann brauchen wir denn auf der Insel wirklich Sonnenliegen?«

Die Frauen lachten.

»Na aber, als ich gesagt habe, da könnte man doch glatt noch'n Nagelstudio hinsetzen, haben die das gleich in ihre Liste aufgenommen. Ist doch was!« Erika wollte sich das letzte Fünkchen Hoffnung nicht nehmen lassen. »Mein Gott, wär' das schön, Nagelstudio statt immerfort Wurstplatte und Scheibletten-Käse!«

»Und?«, fragte Julia. »Wie ging es dann weiter? Ich denke, die ganze Sache ist den drei Karierten noch irgendwie außer Kontrolle geraten?«

»… den drei Karierten ist gut!«, freute sich Lisa. »Großkariert, ganz groß und fett kariert!« Sie kratzte sich den Rücken, erst die linke Hand, dann die rechte Hand, erst von unten bis zum Schulterblatt, dann, mit einem Ächzen, von oben – erst die rechte Hand, dann die linke Hand. Was Lisa machte, machte sie gründlich.

Bei der Versammlung jedenfalls hatte irgendwann wieder der Ortsvorsteher eingegriffen. Nothnagel wollte sich nicht gänzlich überflüssig vorkommen. Er hatte darauf hingewiesen, dass bei solchen Vorhaben wie dem

Golapark umfangreiche Baugenehmigungen einzuholen seien und, sollten diese tatsächlich erteilt werden, es natürlich eine ordentliche Ausschreibung geben müsste. Die drei Karierten hatten genickt, leicht irritiert. Einer aus dem Gemeinderat rechnete vor, wie viele Arbeitsplätze wohl entstehen könnten, und die drei gaben sich noch optimistischer in ihren Einschätzungen. Jede Menge qualifiziertes Personal werde es brauchen: Verkäufer und Kellner, Zimmermädchen, Rezeptionisten, ja sogar – hier lachten die drei – ganz neue Berufe würden sich entwickeln: Animateure, ja sogar Tanzlehrer! Nicht zu vergessen Fachkräfte für das eben geforderte Nagelstudio: Maniküre, Pediküre, das ganze Programm!

Und dann war alles plötzlich ganz schnell gegangen:

»Irgendeiner von ganz hinten wollte wissen, was aus 'nem ehrlichen Arbeiter wie ihm werden sollte«, erinnerte sich Biggi. »Ich glaube, so ging's los.«

»Genau. Und dann hat einer der drei Karierten«, Lisa zwinkerte Julia zu, »einer von den dreien hat blöderweise mit dem alten Geschwafel angefangen, von wegen dass die neuen Zeiten Personal vor allem im Dienstleistungssektor erforderten.«

Das war wieder Renates Einsatz. Als hätten sich die Frauen abgesprochen, sprang sie erneut auf, obwohl sie schon mächtig schwitzte, und entwand der sich wehrenden Biggi ein zweites Mal die Bürste: »Die Ära derrr industrrriellen Warenprrroduktion, Herrrschaften, ist vorrrbei.« Sie piepste jetzt mit einer feinen, hohen Stimme weiter: »Dienstleistung ist angesagt! Es hat nun mal jeder schon mindestens zwei Fernseher, 'ne Waschmaschine und 'n Kühlschrank. Wir leben im Zeitalter von ›Information and Service‹. Der Kerl hat das wirklich so gesagt!«

Lisa lachte dröhnend: »Und das hier, weißt du, wo ich doch froh wäre, wenn meine *eine* Waschmaschine funktionieren würde! Und ein Zweitfernseher, ha ein Zweitfernseher, wer hat denn so was?«

»Ich«, sagte die Mausbraune, um aber sogleich hinzuzufügen: »Aber der ist noch lange nicht bezahlt!«

»Eben.«

»Wir sind hier doch noch in der Baumarktphase«, sagte die Mausbraune bitter zu Julia und raffte ihr Handtuch umständlich zusammen. »Die Leute hier sind noch immer damit beschäftigt aufzuholen, an den Samstagen sind die wenigen Baumärkte auf der Nachbarinsel überfüllt, weil wir es genießen, endlich eine Wahl zu haben. Wir fahren nicht in einen Vergnügungspark – wir fahren zum Baumarkt, und die Männer gucken fasziniert auf bunte Werkzeugkisten und vierzig verschiedene Spülbecken für Toiletten. – Ich geh mich mal abkühlen!« Sie polterte die Bänke hinab, verschwand, ihre Freundin wie immer im Schlepptau.

»Und?« Julia wurde langsam ungeduldig.

Dann war Johannsen, der Pferdezüchter, energisch geworden. Hatte etwas von »modernem Gequassel« geschimpft, dass man sich nichts davon kaufen könnte. Und hatte die drei Karierten herausgefordert – auf Hochdeutsch, was eindeutig für eine große innere Anspannung Johannsens sprach. Er hatte auf Malte gewiesen …

»… so, ganz direkt«, erzählte Renate, »und dann ist er nach vorn gegangen und hat gesagt: ›Was sollte denn zum Beispiel dieser junge Mann da bei Ihnen machen?‹

Und, auf die fragenden Blicke der drei, hat er weitergeredet: ›Malte ist Kellner, aber das nur aus Not, nicht aus Neigung. Alles Drumrumreden hilft ja nichts ...‹ Das hat Johannsen gesagt, und da hat er verdammt noch mal recht gehabt.«

»Malte ist eigentlich Kapitän«, sagte Mady Runge eifrig, die bis jetzt nur zugehört hatte. »Er hat für die große Seereederei in Rostock die Reparaturschiffe gesteuert ...«

»Genau!«, unterbrach sie Renate, »und all das hat Johannsen den Karierten erzählt und die gefragt, was sie denn für einen wie Malte zu tun hätten.«

»Und Malte war richtig wütend zuerst« – das war wieder Mady Runge, die sich ihr Thema nicht abspenstig machen lassen wollte. »Aber er war auch schon neugierig, das konnte ich sehen. Denn ich weiß ja, wie ihn das nervt, immer nur knauserigen Wandertouristen Ragout fin zu servieren ...«

»... das hieß früher übrigens Würzfleisch und hat nur ein Drittel gekostet!« – Renate ließ sich nicht so schnell das Ruder aus der Hand nehmen.

»Los, bitte, weiter ...« Julia war schon erbärmlich heiß, aber sie wollte den Rest der Geschichte hören.

Renate und Mady musterten sich nicht allzu freundlich, dann senkte Mady den Blick. Aber schon redete eine andere – Lisa.

»Einer der drei hat Malte gefragt, was er denn studiert hat. Weißt du, in so 'nem richtigen Wessi-Ton, dass man gleich merkt, er erwartet eh nix Gutes. Und Malte, Malte hasst diesen abfälligen Ton ganz besonders. Den kennt er von den Ragout-fin-Touristen, wenn sie dann doch mal nach dem DDR-System fragen. Immerhin hat Malte noch ganz freundlich gesagt, dass er Schiffsingenieur studiert hat. Tja, und dann haben diese … diese … Herren doch wirklich vorgeschlagen, dass Malte auf so einem kleinen, künstlichen Badesee die Gäste des Golaparks herumschippern sollte. So als Extra-Attraktion, ein echter Kapitän.«

O weh, Julia ahnte, was passiert war. Die drei Karierten hatten nichts von Kapitänsehre wissen können. Und nichts davon, dass noch jede Hilfskraft auf dem kleinsten Schiff der berühmten »Neuen Flotte« nie und nimmer auf einem x-beliebigen Ausflugsdampfer Dienst getan hätte. Hier ging es um Beförderung, ehrliche, schnörkellose Beförderung von Menschen und Materialien. Die Leute auf den Inseln waren auf diese Transporte angewiesen. Klar, gönnte man sich auch einmal einen Ausflug! Aber so etwas zu vergleichen mit dem Herumschippern auf einem künstlichen Tümpel …

Und dann hatte irgendjemand noch gewitzelt, dass Malte patentierter Badewannen-Kapitän würde – exakt der Satz, der nicht hätte fallen dürfen, meinten die Frauen in der Sauna übereinstimmend und konnten sich nicht einigen, wer ihn wohl gesagt haben mochte. Malte jedenfalls stürzte sich auf den vermeintlichen Zwischenrufer, wurde unterwegs aufgehalten von einem Besonnenen, aber nur kurz. Er riss sich los, und unterdessen waren ihm zwei, drei von der alten Werft zu Hilfe geeilt. Erika erzählte, wie irgendjemand seine Faust präzise auf dem Kinn des Dicken platzierte, als der zum ungefähr achten Mal »Aber meine Herren!« rufen wollte. Ein allgemeines Tohuwabohu setzte ein. Die Jugendlichen flüchteten von der Theke weg, Frauen kreischten, Mady Runge rief mit gellender Stimme nach Malte, woraufhin Jörg sie ohrfeigte. Mady schlug zurück. Renate versuchte, ihren Nachbarn von der Rauferei abzuhalten, und bekam einen Hieb mit dem Ellenbogen ab. Geschrei, Gepolter, die ersten Stühle wurden geworfen. Der von Kathi alarmierte Wirt eilte herbei und rang verzweifelt die Hände. Lisa hatte als Einzige den Überblick behalten, sofort resolut nach ihrer Handtasche gegriffen, ihrer Nachbarin auffordernd zugenickt, und die beiden Frauen verließen würdevoll den Saal, scheinbar unbeeindruckt von dem Handgemenge ringsum. Hilda Minarek rannte hinterher, die Verzweiflung stand ihr ins Gesicht geschrieben.

»Sie hat gemeint, das wär eine Riesenblamage«, beendete Renate die Geschichte.

»Für wen?«, fragte Lisa nur trocken zurück. »Kinder, ich verdampfe, ich geh schon mal ...« Julia folgte ihr nach draußen. Im Hinausgehen sah sie, dass Mady Runge ihr Gesicht abwandte. Im Vorraum fönten sich Biggi und die Mausbraune gegenseitig die Haare. Lisa hatte unterdessen nach einem großen Holzeimer gegriffen, hievte ihn über ihren Kopf und übergoss sich prustend mit einem Schwall eiskalten Wassers. Julia sprang zur Seite. Lisa watschelte davon, die Haut tiefrot, den Kopf hoch erhoben. »Ich lasse mir doch kein X für ein U vormachen!« Sie knurrte noch immer. Aus dem Ruheraum drang bald tiefes Schnarchen und der schwere Geruch von Lavendel.

Julia kletterte zögernd ins Tauchbecken ... Brrr, ob das hier Ostseewasser war? Eine Schlägerei im besten Lokal am Ort! Und das, während sie und Hanno ... Und was war mit Hilda los? Warum war eine Frau, die so elegant und souverän wirkte wie sie, derart leicht zu täuschen? Begriff sie nicht, was das für Leute waren? Oder glaubte sie jedem noch so durchsichtigen Versprechen, einfach weil sie etwas glauben, etwas hoffen musste? Wie groß war Hilda Minareks Verzweiflung? Julia sorgte sich. Aber sie sagte es nicht.

Die Frauen kramten ihre Sachen zusammen, pflegten Füße, cremten Gesichter, zogen sich gemächlich an, weckten Lisa. Heute kein Besuch in der Gaststube! Anorakreißverschlüsse surrten, Kordeln wurden festgezurrt, Hosenbeine in Stiefel gestopft, widerspenstige Fahrradschlösser überwunden. Schweigend fuhren sie auf ihren Rädern heim, jede ein wenig seitlich versetzt zur vor ihr Fahrenden, um sich gegenseitig Licht zu spenden. Jede in ihre Gedanken vertieft. Schön, wie sich Frauen in Ruhe lassen können, dachte Julia, und: Der Winter wird hart werden.

Auch Jeanette sollte noch erfahren, wie schwierig es im Winter auf der Insel auszuhalten war, denn sie kam tatsächlich. Nicht direkt aus Berlin, wie sie es sich eigentlich vorgenommen hatte, aber immerhin, sie kam. Noch vor Weihnachten. Und weil sie aus Bielefeld anreiste, legte sie in etwa den gleichen beschwerlichen Weg zurück wie Julia ein paar Monate zuvor, nur hatte sie, die sich nie auf andere – »und schon gar nicht auf marode Staatsunternehmen!« – verlassen mochte, nicht den Zug gewählt, sondern war die etlichen hundert Kilometer bis zur Küste mit dem Wagen gefahren. Im Winter.

»Da lernst du Alleen hassen«, sagte sie trocken.

Aber sie war da. Sie war mit einer der Fähren gekommen, ganz allein, mit einem Berg von Gepäck, den sie in Stralsund übellaunig aus dem Kofferraum des Leihwagens gezerrt hatte, denn natürlich war der Angestellte des Unternehmens nicht, wie bestellt, am Hafen erschienen.

»Die müssen noch viel nachholen!«, knurrte sie.

Aber sie hatte Glück gehabt bei der Überfahrt. Es war einer dieser trügerisch milden Dezembervormittage gewesen, an denen milchiges Licht wie ein Schleier über dem Meer schwebt und sich sogar die aufdringlichen Möwen in sanften Gleitflügen üben. Ein zauberischer Dämmer hatte über dem Meer gelegen, und aus der Unschärfe der See war allmählich die Insel gewachsen, die Jeanette prompt vorgekommen war wie eine verwunschene Feen-Burg – so hatte sie es jedenfalls im Nachhinein erzählt und mit der ihr eigenen Ironie hinzugefügt: Eine reichlich ramponierte Burg allerdings! Weil Julia mit Jeanettes Eintreffen nicht gerechnet hatte, wurde diese auch nicht abgeholt. Tatkräftig, wie Jeanette war, sprach sie einen der am Kai herumstehenden Arbeiter an, lieh sich für ein paar Groschen einen Handkarren und lud ihr Gepäck auf. Und so kam es, dass Jeanette ganz allein den Weg durch Stiftsdorf erkundete.

Julia hatte Jeanette erst beim Nachhausekommen angetroffen, in Anne Bults Küche, wo die beiden Frauen sich schon angeregt unterhielten. Jeanettes teurer Trenchcoat hing achtlos über dem Stuhl, sie hatte sich gleich zu Anne gesetzt, als hätte sie nie etwas anderes getan. Tee dampfte, ein Honigkuchen stand auf dem Tisch. Julia staunte. So gelöst hatte sie Anne lange nicht lachen hören. Großstadtpflanzen!

»Ich hab' schon öfter pausieren müssen«, so nahm Jeanette nach der stürmischen Begrüßung den Faden wieder auf, »schließlich wollte ich ja auch wissen, wo ich hier gelandet bin. Sag mal, werden hier alle so schlank? Meine Güte, Julia, hast du abgenommen! Steht dir ganz ausgezeichnet ...« Sie schwatzte sogleich weiter.

Auch Jeanette hatte als Erstes die Schifferhunde wahrgenommen, nicht allerdings, wie seinerzeit Julia, ihre zur Schau getragene Geschäftigkeit, sondern ihr ungepflegtes Fell, dass sie kein Halsband, geschweige denn eine Marke trugen, die jeden Hund als ordentlich geführte Steuersache eines ordentlichen Besitzers ausgewiesen hätte.

»Was der Gemeinde da an Einnahmen verlorengeht! Bestimmt zweihundert Mark pro Jahr und Hund! Ja, lacht ihr nur! Kommunen sind arm, da muss man auf jede Mark achten! Und der zweite Hund kostet immer mehr als das Doppelte!«

Dann hatte sie die Lehmwege gesehen und die ersten Häuser passiert, Wegeners und Lieferts schmucke, reetgedeckte Häuser, die bei dem verhaltenen Winterlicht allerdings noch niedriger und noch geduckter wirkten. Licht schien kaum in das Innere dieser Häuser zu fallen, und Jeanette hätte es nicht gewundert, wenn ständiges Husten herausgedrungen wäre.

»Ein Dorfarzt, so ein richtig patenter, der müsste doch hier ein Vermögen verdienen können?!«

Die Häuser machten ihr Angst. Julia verstand das. Auch für sie veränderte sich das Dorf. Jetzt, wo die Rosenranken bereits ihre Blätter verloren hatten und der Wein schlaff und nass von den Fassaden hing, sah man deutlich, welches Haus demnächst dringend eine neue Kalkschicht brauchte. Trübe wehte der Rauch aus den Kaminen über die Straße, als triebe er vorsätzlich Dunkelheit vor sich her in das Dorf. Und mochten die Dorfbewohner auch längst Holzscheite in ihren Kaminen verbrennen, ein hartnäckiger Braunkohlegeruch hielt sich dennoch in den Straßen und brachte die alten Dezemberdepressionen zurück. Was tun bis Februar? Der Dezember war ja keineswegs der kälteste und härteste Monat auf der Insel. Das milde Klima der See sorgte vielmehr dafür, dass sich die Tiefstwerte bis mindestens zu Dreikönig in Grenzen hielten. Erst dann, wenn auch der Boden gründlich auskühlte, wenn die letzten Wärmereserven verbraucht waren, sanken die Temperaturen unerbittlich. Der Februar wurde auf den Inseln gefürchtet. Der Februar mit seinem eisigen Nordwestwind und dem Schnee, der oft ganz plötzlich herangeweht kam und die Dörfer, die doch gar nicht weit voneinander entfernt lagen, unerbittlich isolierte. Es gab Jahre – und die waren gar nicht so lange her –, in denen Stiftsdorfer und Neblaner wochenlang nichts voneinander gehört hatten. Damals war das Vieh verhungert, weil die Futtervorräte erschöpft waren und keine neuen herangeschafft werden konnten, und wehe dem, der einen Arzt brauchte!

»Etwas von dieser komischen Wintermelancholie hat schon in Julias letztem Brief gestanden«, sagte Jeanette gerade. Sie schüttelte sich. »Wisst ihr was«, sagte sie, wie um sich selbst aufzumuntern, »man müsste es sich halt ein wenig angenehmer gestalten, etwas unternehmen!

Diese … diese Passivität, die ich hier wahrnehme, die führt schließlich zu nichts. Es ist doch lachhaft, dass erwachsene Menschen, sobald euer berühmtes warmes Oktoberlicht verschwunden ist, samt und sonders in eine Art von Starre verfallen, in banger Erwartung der großen Kälte, die erst nach Wochen oder Monaten oder manchmal sogar überhaupt nicht eintritt.«

»Manchmal aber doch«, sagte Anne Bult. »Und dann würdest du dich wundern! – Noch ein Stück Kuchen?«

Aha, dachte Julia, die beiden duzten sich schon. Immer hatte sie Jeanette um diese Fähigkeit beneidet, sofort Zugang zu wildfremden Menschen zu finden.

»Man muss von den Skandinaviern lernen, pflege ich immer zu sagen«, meinte Jeanette. »Extrem widrige Bedingungen, extremes Output. Bewundernswert! Es ist dunkel – gut, dann müssen überall kleine Lämpchen hin! Es ist ungemütlich? Kerzen helfen gegen schlechte Stimmung im Raum, Johannisöl ist gut gegen bad vibrations in der Seele.«

Jeanette war fest davon überzeugt, dass es für jede Widrigkeit eine Lösung, für jeden Schmerz eine Linderung und auf jede Frage eine Antwort gab. Das trieb sie vorwärts. Das hielt sie zusammen. Und so begriff sie die Welt: als tägliche Frage an ihren wachen Verstand. Julia kam sich angesichts solcher Tatkraft immer noch träge und unbeweglich vor.

Jeanette kniff die Augen zusammen – nur halb, so wie es Kinder tun, wenn sie sich etwas vorstellen.

»Man darf die Augen nie ganz schließen«, erklärte sie Anne Bult, die ihr fasziniert zuhörte. – »Sonst kommen die Träume, die man nicht mehr kontrollieren kann,

Farbkringel zuerst, so sinnlose Kreise und Figuren. Und nachher brennen einem die Augen!«

Was hatte sie gesehen, da, auf der Dorfstraße, unter halb geschlossenen Lidern? wollte Anne Bult wissen.

Jeanette hatte die Schwermut gesehen und begriffen, dass diese jahrhundertealt war.

Anne Bult nickte. Füllte Sahne und Kandis nach. Ging zum Fenster und schaute hinaus. Kehrte zum Tisch zurück und setzte sich. Dann erzählte sie weiter. Erzählte von der Insel. Sprach wieder druckreif. Ließ Jeanette trotzdem eintauchen in die Inselgeschichte. Erzählte von den Dorfbewohnern, wie sie vor fünf, sechs Generationen um ihren ersten Pfarrer gekämpft hatten. Der hatte es ein halbes Jahr bei ihnen ausgehalten. Beschrieb die Katen, bei denen nur die Eckpfeiler, die die schäbigen Gebäude zusammenhielten, aus Holz waren. Der Rest bestand aus Torfballen und Sode, alles war niedrig und klein, und in diesen improvisierten Wohnungen hausten zuweilen zwei, drei Familien beieinander. Von Ställen war meist keine Rede; das Vieh – ohnehin nur eine Kuh, ein Pferd und ein paar Hühner – lebte unter demselben Dach wie die Menschen. Und dort wurde auch das Getreide gedroschen und geklopft, dort wurden die geernteten Torfschichten aufgehäuft und getrocknet, sodass über allem ein warmer, modriger Geruch lag. Als im November 1888 endlich das erste Petroleumlicht im ersten, noch recht niedrigen Leuchtturm aufflackerte, da musste es den Inselbewohnern wie das Licht der Aufklärung erschienen sein!

Jeanette häufte reichlich Sahne auf ihr Kuchenstück.

»Vielleicht haben die sich deshalb ja auch über die

ersten Kurgäste zur Jahrhundertwende gefreut«, vermutete sie. »Während anderswo die exzentrischen Maler und Sängerinnen längst lästig fielen, hat man hier noch um jedes studierte Wesen gekämpft! Toleranz, aus der Not geboren.«

»Aus der Not geboren ist hier manches«, fuhr Anne Bult fort. »Vieles, was die sozialistischen Volkskundler reizte, die in den fünfziger Jahren in Scharen auf der Insel einfielen. Die studierten zum Beispiel die Häusermarken an den immer noch recht ärmlichen Katen. Es waren Eigentumszeichen, von Generation zu Generation weitervererbt. Sie wurden auch in Wiesenstücke gestochen, ja sogar noch auf den Rücken mancher Schafe fanden sich die seltsamen Zeichen, die Kreuze und Winkel, die Zacken und Dreiecke. Ein kompliziertes System für eine Gemeinschaft von Analphabeten! Julia war am Anfang ganz fasziniert davon.« Anne lachte.

Jeanette staunte sichtlich: »Als ich vorhin die Häuser mit den Runenmarken passiert habe, da sind mir die schwarzen Zeichen eher wie Verwünschungen marodierender Banden vorgekommen. Oder auch wie Abwehrzauber, damit Pest und Cholera oder allzu anspruchsvolle Gäste dieses edle Anwesen nicht heimsuchen …«

Anne Bult lachte. »Du hast zu viele historische Krimis gelesen. Immerhin – das könnte schon sein! Schließlich war man hier so abergläubisch, dass noch vor sechzig Jahren die letzte Windverkäuferin ihr gutes Auskommen hatte. Vom Fischland soll sie gekommen sein, dort hatte man sie vertrieben!«

Julia wusste gar nicht, dass Anne, ihre nüchterne Anne, etwas für Spökenkiekerei übrig hatte! Aber die Ungezwungenheit, die von Jeanette ausging, gefiel Anne offenbar. Vorsätzliche Ungezwungenheit. Jeanette nahm nur Dinge ernst, die von unmittelbarem Nutzen waren. Alles andere wurde analysiert, bespöttelt, kommentiert und dadurch entkräftet. Jeder Schrecken – fast jeder Schrecken – verlor in Jeanettes Gegenwart seine Kraft. Das hatte Julia beinahe vergessen, so fern war ihr diese Ironie gerückt. Auch eine Art Abwehrzauber, dachte sie.

Inzwischen erzählte Anne Bult von der sagenhaften Windverkäuferin. Es musste eine seltsame Person gewesen sein, die noch in den dreißiger Jahren in Stiftsdorf aktiv gewesen war. Die Schiffe fuhren damals längst unter Dampf, man brauchte den Wind nicht mehr für die Segel. Aber das waren Einsichten bei Tageslicht! Abends, in der Seemannsspelunke, die es damals am Hafen noch gab, stellte sich die Sache ganz anders dar! Da war es gut, den Wind auf seiner Seite zu wissen, bevor es erneut in den Skagerrak oder noch weiter nach Norden oder gar auf ganz große Fahrt, nach Russland, ging.

»Und mit dieser Angst machte die Alte ihr Geschäft.« Langsam kam Anne in Fahrt.

Einer der Feriengäste, ein Landschaftsmaler aus Holland, hatte die Alte einmal gemalt. Das Bild zeigte eine wenig vertrauenerweckende, in viele Schichten Tücher gehüllte Person, klein und völlig vertrocknet, eine Haut wie ausgeblichene Torfballen, und aus einer Vielzahl miteinander verwobener und versponnener Runzeln hoben sich allein die Augen ab. Es waren die gelben Augen eines Habichts, die im Alter nichts von ihrer Schärfe und Klarsicht verloren hatten. Dazu passten ihre übergroße Nase und das wüste Gesicht, das von zwei Ohren wie von Segeln flankiert wurde, großen Ohren – und so fleischig, dass es einen anständigen Menschen grauste. Das Haar, längst schütter geworden, hatte sie straff mit einem Tuch gebunden. Das Tuch auf dem Bild war schwarz, geschmückt mit goldenen Drachen. Viele Seeleute machten sich, wenn sie nüchtern waren, einen Jux mit ihr – aber wann waren sie schon nüchtern! Auch lehrte jeder neue Sturm, dass es besser war, sich mit den unerklärlichen Kräften der Natur gut zu stellen, und zu diesen Kräften gehörte auch die Alte. Sie wohnte ganz oben am Föhrenwald – in einem Haus, das unmittelbar nach ihrem Tod bis auf das Fundament niederbrannte, wie Anne Bult berichtete –, und wer zu ihr wollte, musste den Hügelweg nehmen, der damals noch steiler und kotiger war als heute und wo die Winde heulten, als hielten sie Wacht für die Alte. Ganz früher hatte sie sich auch als Wahrsagerin verdungen. Es hieß, sie könne den Wind lesen. Die Blätter an den Bäumen, das waren für sie Zungen, die in vielerlei Sprachen auf sie einredeten. Aber irgendwann mochte die Alte sich mit den Bäumen nicht mehr abgeben. Der Wald war ihre Sache nicht, das Grünzeug, so sagte sie verächtlich, war ihr zu geschwätzig, und sie erfuhr immerzu Dinge über die Menschen, die sie gar nicht wissen wollte und die ihr nachts, so sagte sie, den Schlaf zu rauben begannen. Wer fortan an ihre Tür klopfte und Rat begehrte, welche Frau er zum Beispiel nehmen solle, ob diese oder jene Schafherde besser für das Klima der Insel taugte, der wurde unverrichteter Dinge wieder fortgeschickt. »Was habe ich mit eurer Not zu schaffen!«, soll die Alte unwirsch ausgerufen haben. Zuletzt redete sie eigentlich nur noch mit ihrer Ziege und mit einem räudigen Köter, der nie einen Mucks von sich gab und deshalb von ihr akzeptiert wurde.

»Es war natürlich so mit der Wahrsagerei«, erzählte Anne Bult, »dass sich die Alte damit in Schwierigkeiten gebracht hatte, denn sie hatte einigen Burschen aus den Inseldörfern Mädchen eingeredet, die nicht besonders gut zu ihnen passten. Hinterher stellte sich heraus, dass diese Mädchen – vermutlich etwas liederliche Dinger aus den Hafenstädten des Festlands – die Alte für ihre Empfehlungen bezahlt hatten, weil sie es auf den Besitz der Männer abgesehen hatten. Als das ans Licht kam, war die Alte natürlich nicht mehr so wohlgelitten … Nur auf ihre Windbeschwörungen, darauf mochte man doch nicht verzichten! Und so verkaufte sie weiter Winde aus ihrem Häuschen heraus, gute Winde, kräftige, aber stetige, warme, verlässliche Winde. Sanfte Sommerbrisen auch, die noch widerstrebende Bräute leidenschaftlich und gefügig machen sollten. Das eine oder andere Stürmchen hatte sie wohl auch in petto, so einen kleinen herbstlichen Aufbrauser, der Freund und Feind abzulenken vermochte, wenn mal wieder ein nicht ganz legales Geschäft abzuwickeln war …«

Heute gebe es übrigens wieder eine seltsame Alte, angeblich eine Nachfahrin der berühmten Windverkäuferin, die sich aber darauf beschränke, auf ihren ausgedehnten Spaziergängen jedem, der ihren Weg kreuze, gute Wünsche mitzugeben: »Gesundheit, Gesundheit und Wohlergehen!«, pflege sie dann zu rufen, gestützt auf ihren knotigen Nussbaumstock, und versuchte, ihren verkrümmten Rücken aufzurichten, um dem anderen ins Gesicht sehen zu können. »Guten Weg, guten Weg!«

Jeanette schien sich ein wenig unwohl zu fühlen. »Gibt's denn hier überhaupt keine Leute, die sich um die Zukunft kümmern? Ich meine, nichts gegen eure Geschichten, aber hier müssen doch ein paar Perspektiven her! Ich meine: Investitionen, Bildung von mir aus, irgendwas …«

Anne Bult nickte ironisch. »Jaja, die Perspektiven. Lass dir von Julia mal die Erfolgsstory vom Golapark erzählen! Es ist so eine Sache mit dem Weiterkommen. Niemand ist versessener auf Modernisierung als die Inselbewohner – doch, doch, im Ernst. Niemand ist, wie soll ich sagen, anfälliger für alles Zukünftige als derjenige, den man in der Gegenwart betrogen und in der Geschichte ausgebeutet hat. Ein weites Feld …«

Julia dachte nach, ob Anne wohl recht hatte, sah Gau, Schuck, Renate, die Frauen aus der Sauna vor sich, ihre kleinen Hoffnungen, ihre große Zaghaftigkeit. Jeanette fegte Krümel vom Tisch, die es nicht gab. Sie kannte Anne Bults Pausen noch nicht und war jetzt offensichtlich verlegen. Anne Bult merkte es nicht, strich Sahne auf ein Stück Honigkuchen, wartete, sprach schließlich weiter.

»Vor zweihundert Jahren waren die Leute hier bettelarm. Aber sie haben begriffen, dass es nur mit Wissen und Bildung weiterging. Also haben sie bei den Besitzern der Insel um Ärzte gebeten, Wundheiler, Hebammen wenigstens und haben sogar, zu Beginn des 19. Jahrhunderts, einige ihrer tüchtigsten Seeleute auf die Nachbarinsel geschickt. – Entschuldigt, ich komme schon wieder ins Dozieren! Jedenfalls hatten die Männer die Aufgabe, dort Lateinkenntnisse zu erwerben und Mathematik zu lernen, ein Wissen, das sie nach ihrer Rückkehr an ihre

Nachbarn und Kinder weitergeben sollten. Aber die Männer waren, wie sie halt waren, sie hatten offenbar anderes im Sinn. Mit anderen Worten: Sie wurden nicht mehr gesehen! Aktenkundig blieb diese Episode jedoch als erster Versuch einer ordentlichen Umschulung: vom Matrosen zum Studiosus! Na denn Prost!«

Anne Bult hob zum Scherz ihre Teetasse, und Jeanette stieß mit ihr an, dass es klirrte.

12.

Lieber Jahn,
sagen Sie mir doch um Gottes willen einmal, warum ich ausgerechnet im Herbst auf diesem Inselchen ausharren muss!?! Ja, ich weiß, ich weiß, die Pläne! Das Theaterstück, das ich Ihnen (und mir) schreiben will – aber Herrgott, Sie wissen doch so gut wie ich, dass das Drama einen Namen hat – einen weiblichen Vornamen, und dass ich diesem Vornamen so fern bin wie ein hiesiger Windflüchter der Karibik. Ach, flüchten täte auch ich besser!

Aber, mein bester Freund, nicht, dass Sie dächten, ich arbeitete nicht! Tagaus, tagein befehle ich mich für einige Stunden an den Schreibtisch und skizziere unverdrossen ein paar Szenen. Was halten Sie von der Idee, einige Passagen für Tänzer einzufügen? – Ich kenne da ein paar vortreffliche! Außerdem geht mir das ganze summende, ewige Bühnengerede schon seit geraumer Zeit auf die Nerven: immer so hochtönend, immer so feierlich, als wäre es eine Fronleichnamsprozession. Ich bin doch nicht Hauptmann! Ich weiß auch nicht, ob darin die Zukunft der Bühne liegen soll. Betrachten Sie doch nur einmal die Bilder dieser russischen Fortschrittlichen, die Zuber nach Berlin geholt hat. Was für eine Kraft darinnen! Welch eine künstlerische Potenz! Und wovon handeln die Bilder? Von Geschwindigkeit, von Maschinen. Ich träumte, ich könnte ein Stück für Maschinenmenschen schreiben. Die enttäuschen auch nicht so sehr … Ich fürchte, ich verärgere Sie in meiner maroden Verfassung; es ist ja auch kein Wein mehr im Haus!

Es ist indessen nicht so, dass ich mich komplett gehen ließe.

Nein, mein tägliches Laisser-faire beschränkt sich aufs Ausschlafen (bis gegen Mittag) und aufs Sanddornschnapsschlürfen zur Teestunde. Allein, es nützt nichts. Die wohltuende Wirkung der Seeluft will sich nicht einstellen, die innere Spannung, Sie wissen warum, ist zu groß. Da hilft auch kein Sanddorn.

Selbst die Spaziergänge, die doch erhitzte Gemüter beruhigen sollen – beruhigen sollten! –, sind derzeit nicht dazu angetan, mich in bessere Stimmung zu versetzen. Wie auch! Der gute, alte Höhenweg, bei dessen gemächlichem Beschreiten Sie mir im Sommer noch angenehme Gesellschaft leisteten, ist zu einem Dschungelpfade verkommen, ein vermaledeiter Urwaldweg ist das, überwuchert von Knöterichen und dornigem, unfreundlichem Gestrüpp. Der Vergleich mit meiner Seele ist naheliegend und nicht falsch, mein Lieber.

Und wendet man den Blick nach unten, zur See hin, so entpuppt sich das sogleich als gänzlich ungeziemender Leichtsinn: Was braut sich das Meer da für ein giftiges Süppchen! Hexengrün und schaumweiß brodelt es von da unten herauf. Gar nicht heimelig, gar nicht einladend! Ich komme mir vor wie hinausgeworfen – überall, nun auch hier. Und die Dame meines Herzens tanzt auf demselben herum mit grobianischen Schritten. Schicken Sie mir einen Scheck? Ich hab's nötig; im »Haus Herzen« leidet's mich nicht mehr, und die Wirtin akzeptiert auch Wechsel. Wahrscheinlich traut sie fremden Bankkonten mehr als meinem. Wie recht sie hat, die gute Seele.

Ich grüße Sie in milder Traurigkeit, Ihr
Ladestein

»O je, wie melancholisch der Ärmste war! Ein bisschen mehr gutes Essen und ein bisschen weniger Alkohol hätten der lieben Seele sicher gutgetan, was?«

Warum hatte Julia sich nicht eher einmal auf den Weg zu Marianne Brants Gastwirtschaft gemacht? Als sie das versteckt liegende Anwesen zum ersten Mal gesehen hatte, erschien es ihr als besonders angenehmer Ort. Die Restauration lag nicht weit von der Stelle, an der Anne Bult und Julia in jener dramatischen Nacht die Stute Leila entdeckt hatten. In der Dunkelheit und bei der Aufregung hatte Julia nicht wahrgenommen, dass sich ganz in der Nähe eine kleine Schlucht befand, ein Einschnitt, mitten im Berg. Dort wuchsen im Sommer Blumen, so versicherte Anne, die es sonst nirgends auf der Insel gab. Den »Elfenhain« nannten die Stiftsdorfer das Grün rings um diese Schlucht, denn wenn in der Dämmerung Nebelschwaden aufstiegen, konnte man diese mit einiger Phantasie tatsächlich für tanzende kleine Geister halten.

Sie alle hatten sich bei Marianne Brant eingefunden: Mady Runge und ihr Mann Jörg hatten für Marianne einen schweren Karton voller Bücher mit einem Handkarren hinaufgezogen. Auch Renate, Malte und Anne waren dabei und Willem Johannsen, der die Wirtin Marianne »gut leiden« konnte, wie er sagte. Und Jeanette natürlich, »der Besuch«, der sich vor allem »diesen Minarek mal in Ruhe anschauen« wollte. Jeanette hatte »ihre Schatzkiste« mitgebracht, die Briefe und Notizen Ladesteins, die sie im Haus von Gertrud Kühnel in Berlin gefunden und die die alte Frau ihr tatsächlich mitgegeben hatte. Jeanette und Julia hatten begonnen, sich vor dem

Schlafengehen im kleinen Gartenhaus einige Abschnitte vorzulesen, das meiste war ohne Mühe zu entziffern, denn Ladestein hatte seine Briefe, auch die privaten, bevorzugt auf seiner geliebten Reiseschreibmaschine geschrieben. Und natürlich war es Jeanettes Idee gewesen, einige der noch nicht gelesenen Schriftstücke mit hierher zu nehmen, aus dem nachmittäglichen Treffen eine Art Lesestunde zu machen, was bei Anne sofort auf lebhafte Zustimmung gestoßen war. Schließlich musste Jeanette auch schon wieder an die Heimreise denken, und noch war nicht entschieden, was mit den Ladestein-Dokumenten geschehen sollte. Hierbehalten konnte man sie schlecht. – Aber wozu sie Jeanette mitgeben, die zu Hause genug mit anderen Dingen zu tun hatte?! Also hatten sie die Ladestein-Schriftwechsel dabei. Und lasen. Über die Schreibmaschine.

Klappa-rapp so klingt die Leier, klappa-rapp frühmorgens schon.
Klappa-rapp, das ist vertrauter und geliebter Schlafloston.
Mädchen liegt noch in den Federn, Mädchen träumt und räkelt sich.
Mädchen zeigt mir nackte Schulter, Mädchens Brust versetzt mir Stich.

Klappa-rapp, so mahnt Maschine, klappa-rapp, es ist schon Zeit.
Dichten ist nicht Kuss in Versen, Dichten, das ist Fleißarbeit!
Seufzend steig' ich in die Hosen, seufzend nutze ich das Bad,

Vierzig Mark im Monat Miete, da ist Arbeit guter
Rat.

Und mein Blick fällt aufs Maschinchen, auf die treue
Seele da.
Gut, ihr Fleisch ist sehr viel kühler, Knochen seh' ich
hie und da.
Dafür ist sie auch robuster, verträgt so manchen
üblen Knuff,
Nichts nimmt Gabriele übel, keine Fluchten, kein
Kabuff.

Im Grand-Hotel war sie stets bei mir, zugegeben:
Lang ist's her,
den Feinen war sie wohl zu lärmend, fanden's
Klappern »sährr vulgärr«!
Und so sind wir glücklich abgestiegen, bei Frau Meier
in Pension.
Kaffee gibt es morgens keinen, auch keine Bar, was
macht das schon!

Bin alleine mit der treuen, mit der emsigsten der
Tippsen,
die stets mitspielt, die stets wartet, zuckt auf jedes
Fingerstippsen.
Braves Mädchen, Gabriele, bist ein unverwüstlicher
Kumpan,
Für deinen willigen, doch schwachen, meistens
müden Schreibgalan.

Her das Papier! Und her mit den Ideen!
Wir wollen's heute wieder wüste treiben.
Und dieses nackte Mädchen da, das wird schon sehen:
Was wir drechseln, wird länger als ihre Küsse
bleiben.

Sie lachten.

»Was für ein wundervoller Spinner!«, sagte Mady. »Da hört man doch schon förmlich eine Melodie dazu. Das könnte man herrlich singen!«

Sie hatten in einer Ecke der großen Gaststube Platz genommen. Eine Falttür trennte diese von einem weit größeren Raum, einem regelrechten Saal, der, wie Julia beim Eintreten bemerkt hatte, sogar über eine Bühne verfügte und Platz für etwa zweihundert Menschen bot. Die benachbarte Gaststube wirkte anheimelnd, obwohl das Mobiliar aus allen möglichen Gegenden und Zeiten zusammengesucht schien. Verschossene grüne Brokatsessel standen neben ehemals eleganten, ledernen Freischwingern. In einer Ecke eine Gruppe von Korbstühlen. Und die Tische erst! Kleine weiße Marmortische, wie sie in den Wiener Kaffeehäusern seit der Jahrhundertwende üblich waren, standen Seite an Seite mit robusten Resopaltischen, an denen eine Großfamilie Platz gefunden hätte. Tischdecken gab es keineswegs überall; nach einer nicht ohne weiteres einsehbaren Regel waren einige Tische von leinenen Überwürfen bedeckt, andere waren leer ausgegangen, dafür standen verschiedene Aschenbecher auf den Platten, Souvenirs offenbar, mit Aufschriften aus Rom, Rimini und Capri. An den hohen Wänden, bis in Übermannshöhe dunkel vertäfelt, hatte irgendein emsiger Jäger seine Trophäen aufgehängt: Rehbockgeweihe, Fasane, ja sogar ausgestopfte Wildschweinschädel mit mächtigen Hauern, alle aus der Zeit, als es auf der Insel noch etwas zu jagen gab. Bilder unterschiedlicher Qualität schien ein mutwilliges Kind aufgehängt zu haben: In verschiedenen Höhen, kunterbunt durcheinander, hingen da Seestücke und Stillleben, deftige Holzschnitte neben zarten Bleistiftzeichnungen. Eine Meduse verführte einen täppischen Seemann, ein Engel geleitete ein Kind über eine Brücke, bei einer Seeschlacht schien der Pulverdampf aus dem Bild zu dringen. Pedantische Pastellzeichnungen machten den Betrachter mit den »Vögeln der Neuen Welt« bekannt.

Sie tranken Bier, Bier und Rotwein. Der nun schon seit Tagen andauernde, hoffnungslose Schnürregen verlangte Gegenwehr. Und außerdem: Wann hatten sie sich schon zuletzt in dieser Runde getroffen, wann Zeit füreinander gefunden, bloß um zu reden? Willem Johannsen machte so etwas nervös; er hatte Anne gestanden, dass nach dem letzten Mal, als er »in aller Ruhe« hatte reden sollen, seine erste Frau sich von ihm getrennt hatte. Seither war er misstrauisch gegenüber allen angekündigten Gesprächen. Malte war aus anderen Gründen angespannt; er bemühte sich offenkundig, nicht allzu oft zu Mady hinüberzusehen, die Einigkeit mit ihrem Jörg demonstrierte. Malte hatte sie seit Wochen nicht mehr getroffen, seit jenem unglückseligen Abend in der Scheune. Die drei Karierten hatte sich seit dem bewussten Ereignis nicht mehr blicken lassen. Sie waren, so hatte es Erika allen erzählt, am nächsten Tag Hals über Kopf abgereist, wobei sie immer wieder etwas von »Entwicklungsland«

und »die werden schon noch sehen« brabbelten, allerdings nicht ohne sich noch mit einigen für später »an einem angenehmeren Ort« zu verabreden. Julia beobachtete Hanno. Wie immer, wenn sie nicht allein waren, setzte er sich ihr gegenüber. Er suchte häufig ihren Blick, hielt diesem stand, und nur ein geübter Beobachter konnte erkennen, wie sich dann langsam Wärme in seine Augen schlich. Julia liebte diesen Blick, sie forderte ihn geradezu heraus. Und wenn sie so saßen, dann wusste sie, dass Hanno sie brauchte. Als sein Gegenüber. Seinen Schutz. Er war der erste Mann, den sie kennengelernt hatte, der keine Furcht vor Nähe verspürte. Nur vor Ferne. Sie hatten sich einander anvertraut; sie lebten jeder mit den Händen auf den Schultern des anderen. Freilich nicht nur dort! Hanno warf einen Blick von Julia zu den Toilettentüren, zog fragend eine Augenbraue hoch. In Julias Zehen begann es zu kribbeln.

»Was seid ihr mir nur für Turteltäubchen!«, raunte Jeanette Julia ins Ohr. »Nein, nicht Täubchen – Geier! Gefräßige, alles vertilgende, höchstgefährliche Geier, rrr … Und gleich kommst du und holst mich auch, so wie du schaust!«

Sie kicherten. Wie alle Verliebten wollte Julia jeden in ihr Glück miteinbeziehen. Ihr Glück! Zum ersten Mal gestand sie sich ein, dass sie glücklich war. Glücklich sein hieß: einverstanden sein mit dem Wie und dem Wo. Sie wollte an keinem anderen Ort als gerade an diesem sein, mit keinem anderen Menschen ihre Gegenwart teilen als mit diesen um sie herum und vor allem mit diesem einen, der sie hielt mit seinen Blicken.

Zum ersten Mal war Glück und Dasein eins. War keine Flucht nötig, kein Aufbruch. Glück war bis dahin für Julia immer etwas in der Zukunft gewesen, eine Hoffnung, kein Versprechen. Vielleicht war Julia deshalb die andere deutsche Gesellschaft, die im Osten, nie so fremd und unverständlich erschienen wie vielen ihrer Kommilitoninnen. Sie hatte die Bücher von Günter de Bruyn, von Erich Loest, von Stefan Heym mit einer merkwürdigen, nicht ohne weiteres erklärbaren Anteilnahme gelesen. Denn diese Autoren, im Westen wegen ihrer nüchternen Knappheit und Schmucklosigkeit der Sprache nicht sonderlich geschätzt, waren doch auch von einem Unglück her aufgebrochen, allerdings nicht von einem individuellen. Nein, das Unglück, von dem sie schreibend fortwollten, war das historische, das kollektive. Und, überlegte Julia, sie schrieben vielmehr von einer nationalen Katastrophe her, denn der Nationalsozialismus war kein unvorhersehbarer Unglücksfall gewesen. Und ihr Aufbruch war ein gemeinsamer gewesen, ein »kollektiver«, wie das hier ständig hieß, und eine bessere Zukunft war ihr erklärtes Ziel, auf diese Utopie arbeiteten sie hin. Julia fand das verlockend, noch immer. Allerdings: Den Faktor Mensch, seine tägliche Korrumpierbarkeit und die Macht des Wohlstandes hatten sie womöglich übersehen; es wurde nichts aus dem sozialistischen Menschheitsexperiment. Höhnen mochte Julia trotzdem nicht darüber, weil ihr der sozialistische Aufbruch als Reaktion auf den Faschismus näher war als das westdeutsche Herumwursteln nach dem Krieg. Die Bundesrepublik war eine einzige Improvisation gewesen, flüchtig und hingehuscht, mit einem harmlosen Örtchen am Rhein als vorläufiger Hauptstadt, als wäre nichts gewesen. »Aufschließen« lautete die Parole im Westen, »Sich Ranhalten« und »Weitermachen«, schließlich ist jeder seines Glückes Schmied. Und weil das so war, hatten alle etwas zu tun und keiner mehr etwas zu sagen. Eine Gesellschaft stummer, eifriger Schmiede war entstanden, so kam es Julia vor, deren geschäftiges Hämmern jede noch so schüchtern gestellte Frage nach dem Woher und Wozu übertönte.

Jeanette fand solche Gedanken sauertöpfisch und moralinsauer, sie kam bestens zurecht in der Improvisationsgesellschaft, und sie sah auch nicht ein, wie man mehr wollen konnte, als zurechtzukommen. Julia hingegen verstand die Verunsicherung, die die Menschen im Osten ergriffen hatte. Die Zukunft war ihnen abhandengekommen, es gab kein Ziel mehr. Sollte dann auch der Aufbruch, die radikale Abkehr vom Faschismus, nichts wert gewesen sein? Die Alten fragten sich, ob sie umsonst gelebt hätten. Die mittlere Generation erfuhr, was sie versäumt hatte. Und die Jungen griffen rabiat nach allem, was man ihnen so lange vorenthalten hatte. Das – das dort musste die Zukunft sein!

»Darf's doch etwas sein? Vielleicht möchten Sie ja auch etwas essen?«

Die schüchterne Kellnerin riss Julia aus ihren Gedanken. Jetzt erst erkannte sie die blasse Iris. Sie trug einen braunen Latzrock, und irgendwie hatte sie es geschafft, ihre himbeerfarbene Strickjacke unter dessen Träger zu zwängen. Bläulichrot waren ihre Hände, als sie mit einem Bierdeckel ein paar Krümel vom Tisch fegte, Hände, die wirkten, als wären sie immerzu feucht.

»Von der Abendkarte können Sie ab sofort bestellen. Die Küche ist jetzt geöffnet.«

Ihre leise Stimme stand in groteskem Gegensatz zur aufgesetzten Munterkeit ihrer Rede. Wie oft hatte sie diese einfachen Sätze wohl geübt? Wie immer wirkte solche Schüchternheit auf Julia ansteckend, Jeanette stieß sie unterm Tisch an. Johannsen merkte zum Glück nichts von solchen Verlegenheiten, er bestellte brummig »die Karte« –

»Wenn Sie mir nicht so sagen können, was es heute gibt.«

Stille breitete sich aus. Sie lasen. Und dann mussten alle lachen. Marianne Brant, die Unverwüstliche, hatte sich für den Winterspeiseplan ihres seltsamen Etablissements etwas Ausgefallenes ausgedacht, um Gäste anzulocken: historische Inselspeisen! Dass auf der Karte die Zubereitung verraten wurde, machte die Sache noch kurioser: Da gab es »Aal, sauer gekocht« und »Graue Klöße, nach Mutter Rieber«. Die inseltypische Aalsuppe wurde mit roten Beeren garniert, und zur Stärkung bot man eine »Sturmbowle« an, die hauptsächlich aus Rum-Verschnitt und jeder Menge Rotwein zu bestehen schien.

»Na, großartig!«, meinte Jeanette. »Am besten, wir ordern gleich einmal die ganze Karte runter. So ein Stadtkind wie ich braucht vermutlich eine kleine Inseleinführung.«

Mit großem Hallo bestellten sie, auch noch Waffeln mit viel Schlagsahne zum Nachtisch, obwohl Julia und Renate schwach protestierten.

»Unsinn!«

Und so überhörten sie glatt, dass der alte Weber eingetreten war. Er war nass bis auf die Haut, sein grünes Arbeitszeug troff, und seine Gummistiefel hinterließen bei jedem Schritt Spuren auf dem ausgetrockneten Holzfußboden. Seine Mütze hielt er in den Händen, als er die schüchterne Kellnerin nach der Chefin fragte. Marianne Brant erschien im Türrahmen – und eine Erscheinung war sie wirklich! Als wollte sie allen Unbilden des Wetters trotzen, so hatte sich die Frau in einen Überwurf aus weißer Wolle gehüllt. Weiß war auch der lange Rock, der darunter zum Vorschein kam, und geradezu aberwitzig zierlich erschienen die bestickten türkischen Pantöffelchen, die sie dazu trug. Die Fersen standen ein Stück über, in ihrer Größe gab es diese Art Schuhwerk ganz sicher nicht. Jeanette staunte. Auf so eine Gestalt war sie nicht gefasst gewesen! Marianne eilte, flüchtig zum Tisch der Freunde herübergrüßend, auf den Bauern zu. Die beiden verhandelten eine Weile, dann wandte sich Marianne ab und schritt hoheitsvoll zurück zur Küche, während Bauer Weber verlegen auf die Gruppe zutrat:

»Wenn ihr so gut wärt, mir mal helf'n tätet …«

Er hatte Gänse mitgebracht, einen ganzen Schwung voller frischgeschlachteter Gänse. Und von der Chefin konnte man wohl nicht verlangen, dass sie das Viehzeugs mit reintrüge, nicht wahr? Als Hanno aufstand, ging Julia mit, und ehe sie sich's versah, hatte sich auch Jeanette angeschlossen. Webers Traktor stand draußen im Regen, das vertraute windschiefe Ungetüm mit einem verzogenen Regenüberdach aus Plexiglas, das beschlagen war vor Feuchtigkeit. Julia rätselte, wie Weber es immer wieder fertigbrachte, damit unbemerkt über die Inselwege zu rattern, dem allgemeinen Fahrverbot zum Trotz. Gewiss, mit diesem Traktor hatten sie Leila gerettet, aber hatte Weber deshalb gleich eine Ausnahmegenehmigung bekommen? Möglich war's, möglich war aber auch, dass man Weber einfach fahren ließ. Weil es eben der alte Weber war.

»Joh, do drinnen!«, sagte Weber und zerrte an einem schweren Druckknopfverschluss. »Verdammich, nu' gai du man auf!«

Jeanette, die es eilig hatte, wieder in die warme Gaststube zu kommen, zupfte an ihrer Ballonmütze und drängte sich an Weber vorbei. Ein spitzer Schrei – Jeanette sprang zur Seite.

»O Gott, das kann ich nicht!«

Hanno lachte. Er wusste, wie Weber seine Gänse zu transportieren pflegte: Er hackte ihnen mit einem Beil die Köpfe ab und band die weißen Hälse mit einem Strick zusammen. Dann befestigte er sie im Traktor an einer der Stangen, die das Dach stützten, und schon schaukelte die ganze Bagage kopflos durch die Gegend, die gelben Gänsefüße schwangen hilflos in der Luft. Weil er nicht wusste, wohin mit den Köpfen – eine für Mariannes Hunde bestimmte Delikatesse –, ließ er sie einfach im Traktor herumkollern. Kein Anblick für Assistentinnen der vergleichenden Literaturwissenschaft!

»Ja nu', in kleen' Filetstückchen is' das nich' zu haben hier!«, brummte der alte Weber verlegen. Er habe die Frolleinchen nicht erschrecken wollen, versicherte er. »Sinn ja nu' man keene Fischstäbchen!«

Hanno klopfte der bitterböse dreinblickenden Jeanette auf die Schulter, und der alte Weber zeigte Erbarmen. Er schickte die beiden Frauen ins Haus, und Jeanette schwor, dass sie ganz sicher Vegetarierin würde, ganz sicher – nach Weihnachten!

»Hast du gesehen, wie die armen Viecher geguckt haben? Himmel, wie kannst du's hier bloß aushalten! Und dann mit einem Tierarzt – der hat doch die ganze Zeit mit solchem Kroppzeug zu tun. Hast du gemerkt, wie der alte Weber riecht?«

Ja, natürlich hatte Julia bemerkt, wie der alte Weber roch: nach Arbeit eben, er war einer der Glücklichen, die noch welche hatten. Der alte Weber hatte vor zwei Jahren seine Gänseherde schon abschaffen wollen, denn es schien offensichtlich, dass mit Landwirtschaft kein Geld mehr zu machen war. Dann kamen Vertreter eines neuen Hotels auf der Nachbarinsel auf ihn zu, und seither lieferte Weber Gänse. Viele Gänse. Zur großen Insel und eben auch hier herauf zu Marianne Brant. Er war weit und breit der einzige Landwirt, der es geschafft hatte, mit seinen Gänsen, Enten und Truthähnen. Die Nachfrage nach Geflügel war mehr oder weniger konstant und rettete Weber, während die Fixierung auf Rindvieh und Schweine in der DDR den anderen Bauern zum Verhängnis wurde. Es hatte Betriebe mit zwanzigtausend und mehr Schweinen gegeben. Kein Mensch brauchte in Zeiten des europäischen Marktes so viel und noch dazu relativ teures Fleisch. Massentierhaltung hatte zudem keinen guten Ruf. Also mussten die Betriebe sparen. Also sank die Qualität des Fleisches noch weiter. Und unter der Misere der Bauern litt natürlich auch Hanno, denn immer seltener wurde es, dass einer den Tierarzt rief …

Aber das konnte Julia ihrer Freundin unmöglich erklären, nicht so, auf die Schnelle, und schon gar nicht konnte sie darüber reden, dass auch Hanno in der Tat öfter »roch«, nach toten und nach lebendigen Tieren, nach Exkrementen, nach Blut, Tierschweiß oder Angst. Sie konnte Jeanette nicht erklären, dass dies keineswegs die schlechtesten Tage waren, weil es bedeutete, dass Hanno wieder gerufen worden war. Immer seltener war seine Praxis gefüllt. Die Leute überlegten zweimal, ob es sich lohnte, den Hund oder die Katze operieren zu lassen. In letzter Zeit sprach Hanno öfter von seinen Sorgen als von den Tieren, und wenn er sich zuversichtlich gab, fuhr seine Schwester scharf dazwischen und befahl ihm, sich nicht länger etwas vorzumachen. Hilda verwaltete die Medikamente in Hannos Praxis, sie verfolgte hundertgrammweise, wie die Nachfrage sank. Und deshalb waren stinkende Tage für Julia gute Tage.

In Gedanken versunken gingen sie wieder in die Gaststube; dort waren mittlerweile noch andere Gäste angekommen.

Hilda saß jetzt mit am Tisch, in einem offenbar maßgeschneiderten Reitkostüm, die unvermeidlichen gelben Handschuhe neben sich auf dem Tisch. Sie habe Denver, Willems alten Wallach, vor der Hintertür »geparkt«, sagte sie lächelnd und wie zur Entschuldigung, als sie die bewundernden Blicke von Jeanette bemerkte. Sie schüttelte die feuchten blonden Haare aus. Bei diesem Wetter sei auf das treue Pferd noch am meisten Verlass! Sie freute sich wie ein Kind darüber, dass der Pferdezüchter ihr das alte Tier überlassen hatte. Und überhaupt hatte sie strahlende Laune. Sie war, so verriet sie schnell, am Wochenende in Stralsund gewesen und hatte sich dort mit den Herren von Misburg, Mayer und Partner getroffen. Es gehe voran, versicherte Hilda noch schnell, aber mehr erzählen wolle sie jetzt nicht. Ein anderes Mal! Dann schaute sie zu Hanno, der hereingekommen war und sie scharf musterte:

»Na, Schwesterchen, wieder unterwegs gewesen?«

Am Nachbartisch saßen Leute, die Julia nicht kannte, mit Doktor Bohnen zusammen, Hannos ehemaligem Partner, der jetzt in der Tierklinik auf der großen Insel arbeitete. Zwei, drei andere Tische waren ebenfalls besetzt, Zigarettenrauch stieg auf, lebhaftes Gemurmel mischte sich dazu, der Geruch von schweren Soßen, von Braten und frischen Kräutern. Bei Marianne Brant ließ es sich gut sein. Die Chefin selbst servierte die Speisen. Die Ärmel ihres phantastischen Gewandes hatte sie grob zurückgekrempelt, als wäre es eine Arbeitermontur, und so balancierte sie drei gut gefüllte Suppenteller auf dem kräftigen Unterarm.

»So, Herrschaften! Lasst es euch schmecken! Denn ihr wisst ja und habt es vernommen: Viel Nahrung trägt der Armen Acker / Doch Habe wird entrafft, wo kein Gericht!« Und, als sie Jeanettes verblüfften Blick bemerkte, fügte sie noch rasch hinzu: »Rätsel! Mischle!« und verschwand wieder in der Küche.

Sie kauten mit vollen Backen. Sven, Iris' Mann und offensichtlich der neue Koch, hatte sich an die seltsamen Vorgaben Mariannes gewöhnt, ja, er verstand sogar, daraus wirklich ungewöhnliche Speisen zu bereiten. Und als Julia einen prüfenden Blick auf Jeanette warf, stellte sie fest, dass auch sie kräftig zulangte und dass sie den kleinen Gänsevorfall längst wieder vergessen hatte. So war sie, sie fand sich zurecht. Und auch Marianne Brant bezog Jeanette ganz selbstverständlich in das Gespräch mit ein, als sie schließlich mit vielen Kaffeetassen auf einem riesigen Tablett zu ihnen an den Tisch wogte. Marianne hatte große Pläne mit ihrer abgelegenen Wirtschaft, so deutete sie an, und da kam es ihr gerade recht, dass Anne Bult und ihre Freunde aus dem Ladestein-Nachlass vorlasen. Mit diesem nichtsnutzigen Charmeur und seiner Gebrauchsliteratur hatte sie zwar nichts im Sinn, immerhin bedeutete das neuerwachende Interesse an seinem bescheidenen Werk, dass es auch für sie und ihre Kunst ein waches Publikum gebe. Also setzte sie sich dazu, und abwechselnd lasen sie aus den Briefen und Notizen vor, und selbst Johannsen traute sich, etwas vorzutragen. Ausgerechnet den Pferdezüchter erwischte es dann mit einer Passage, die Ladestein selbst am Rand mit »erotisch! Obacht« gekennzeichnet hatte. Johannsen kriegte rote Ohren, als er den Text überflog, aber jetzt, erwärmt vom Essen und den ersten Schnäpsen, bestanden die anderen natürlich erst recht darauf, dass er – und nur er! – es läse. Also las er. Ladestein, der Verwegene, hatte sich ein Stück aus der griechischen Mythologie vorgenommen, um wer weiß wem zu imponieren. Um nichts anderes ging es als um »Die Genese der vier Winde«.

»Meine Güte!«, sagte Anne Bult, »Ging es nicht vielleicht eine Nummer kleiner …«

Ging es offenbar nicht. Ladestein hatte das Exposé für ein Drama geschrieben, in dem Boreas, der Nordwind, die Hauptrolle spielen sollte. Boreas war aber nicht einfach ein Wind, nein, der tückische Ladestein hatte die

Handlung mehr oder weniger in die Gegenwart verlegt, und da war der stürmische Wind ein Fremder, den es auf eine einsame Insel verschlagen hatte. Weil er die Bewohner des Eilands – vor allem ein junges, hübsches Mädchen, in das er sich verliebt hatte – nicht erschrecken wollte, versuchte er eine Zeitlang, seine Windsnatur zu unterdrücken. Aber die morgendlichen Tänze der Jungfrauen, die am Strand die aufgehende Sonne begrüßten – das war doch zu viel für sein wildes, windiges Herz. Er vergaß die gutgemeinten Ratschläge Heras, seiner Mutter, und verschleppte das Mädchen, das er liebte, kurzerhand in eine einsame Schlucht, wickelte es in eine Wolke und schändete es. Und damit nicht genug! Auch auf eine dort lebende, lilienhaarige Nymphe, die Geliebte des Flöte spielenden Pan, fiel sein lüsternes Auge. Doch die Nymphe verweigerte sich ihm. Voller Zorn schleuderte er das arme Geschöpf gegen einen Felsen, woraufhin es sich augenblicklich in eine Kiefer verwandelte. Unter der Gewalt des nördlichen Windes vergießt die Kiefer heute noch Tränen! – Den Schluss des absonderlichen Spiels sollte ein Auftritt aller Tänzer als Kiefernballett bilden, herbeigezaubert von dem trauernden Pan, und die Bäume sollten mit ihren Zweigen auf den olympischen Bösewicht einschlagen, bis das Blut von der Bühne troff.

»Kinnings, watt für ein Blödsinn!«, fügte Weber, leicht beklommen, hinzu und nahm erst einmal einen kräftigen Schluck.

»Der größte Teil dieses Blödsinns ist allerdings beste Antikenliteratur«, erwiderte Anne ein wenig spitz.

Julia war klar, was der liebeskranke Ladestein mit der

Sache beabsichtigt hatte. Er hatte seiner geliebten Malvine ein Denkmal setzen wollen. Denn Oreithya, das junge Mädchen, war bei ihm nicht die Tochter des Königs von Thrakien, sondern die beste aller Tänzerinnen, keine Prinzessin, sondern eine Ausdruckskünstlerin, die auf der Insel ein sagenhaftes Reich der Schönheit aufbaute. Man merkte freilich, dass Ladestein, dieser Liebhaber des Kleinen und des Kuriosen, weder von Ästhetik noch vom Choreographieren viel verstand. Sein Tänzerinnen-Reich war eine Mischung aus pompösem Märchenschloss, mittelalterlicher Kathedrale und Hänsel und Gretel … Und Boreas, den Wind, den wollte er natürlich am liebsten selbst tanzen, das hatte er in den Anmerkungen zum Stück ausdrücklich vermerkt! Also hatte er sich für diese Rolle nur ein paar gravitätische Schritte ausgedacht, dazu jede Menge salbungsvoller Verse. Für den Notfall, dass er selbst mit Regiearbeiten und organisatorischem »Krimskrams« zu beschäftigt sein würde, hatte er die Rolle einem eher pummeligen, schwarzlockigen Dresdner Schauspieler zugedacht, und die Vorstellung, ein dicklicher, sächselnder Windsgott spräche hochtrabende Verse, war zu komisch! Sie lachten Tränen, als sie sich das gegenseitig vorlasen, und es dauerte viele Flaschen Wein, bis sie sich wieder beruhigten. Die meisten anderen Gäste hatten längst die Wirtsstube verlassen, der Koch hatte seine Küche geschlossen und sich mit seiner Frau fast unbemerkt dazugesetzt, als Marianne Brant plötzlich ganz nüchtern wurde. Ohne ihren üblichen biblischen Tonfall sagte sie mit ihrer dröhnenden Stimme in die Runde:

»Ich glaube, ich hab' da noch was! Ich habe immer

gedacht, es hat keinen Wert für die Gedenkstätte, aber, wenn ich euch so reden höre …«

Erstaunlich behende raffte sie ihr Gewand zusammen und verschwand. Iris und Sven begannen abzuräumen, die anderen warteten neugierig, aber Marianne blieb verschwunden.

»Bestimmt ist sie über ihren Koffern eingeschlafen!«

»Koffer? Will sie umziehen?«

»Ach was,« sagte Anne Bult. »So ist sie eben. Man weiß ja nie, was noch kommt. Also wappnet sie sich, in dem sie ihre wichtigste Habe in Koffern verstaut und regelmäßig durchsieht.«

»Und dabei verliert sie sich dann in dem Kram?«

»Nenn es, wie du willst! Sie hat mir mal anvertraut, dass sie das regelmäßig macht. Als eine Art Seelenhygiene, hat sie gesagt: Sie packt alles, was ihr wichtig ist, in zwei Koffer. Zwei! Mehr sind nicht erlaubt. Und dadurch lernt der Mensch, sich zu beschränken. Das Witzige ist nur: Marianne hält das nicht aus, weil sie nämlich eigentlich eine Sammlernatur ist. Also hat sie zu ihren zwei genau gleichen Koffern noch ein Kofferpaar angeschafft, und dann noch eins und noch eins …«

»Sie bescheißt sich also selbst!« Jeanette war sichtlich fasziniert. »Und es sind alles genau gleiche Koffer?«

»Immer paarweise. Immer zwei baugleiche Koffer.«

»Ich finde das großartig«, sagte Hilda nachdenklich dazwischen. »Ich meine, sich regelmäßig so Rechenschaft darüber abzulegen: Was brauch ich, was brauch ich schon lange nicht mehr …« Sie sprach nicht weiter, schien zu träumen.

»Kinnings, watt für ein Blödsinn!« Der alte Weber wiederholte sich.

»Auf jeden Fall hat sie inzwischen so viele Kofferpaare angesammelt, dass sie manchmal selbst den Überblick verliert. Sie weiß, glaube ich, nicht mehr, wie viele Koffer sie hat, geschweige denn, in welchem Koffer was zu finden ist!«

»Kein Wunder bei dem Leben!«, spöttelte Johannsen gutmütig.

»Jedes Leben ist so, jedes …« Das war wieder Hilda.

»Und dabei schläft sie dann eben öfter ein. Ist auch schon mal bei ihrem eigenen Geburtstag passiert!« Johannsen wusste Bescheid.

»Bei der Menge von Schnaps«, bemerkte Malte, durchaus respektvoll. Mady überlegte, was sie in zwei Koffer packen würde, wenn sie nur diese zwei hätte. Malte wollte lieber einen Seesack, Jörg bestand auf Kisten. Sie plauderten, entspannt und nicht wirklich wartend. Der alte Weber schmauchte einen Stumpen, Anne Bult wedelte mit der Hand den Rauch fort. Schließlich kassierte Iris ab. Es war offenkundig, dass Marianne Brant nicht zurückkehren würde. Die Runde löste sich zögernd auf. Hilda schlüpfte in ihren Reitumhang und quälte sich in die hohen Schaftstiefel. Die anderen redeten noch beim Hinausgehen, müde und leiser jetzt, während Hilda den bequemen alten Sattel auf Denvers Rücken hob, festzurrte und aufstieg. Das Leder knarzte.

»Na, alter Junge! Kinder, das nächste Mal weniger Schnaps! Na, denn mal los!«

»Nicht, dass du in 'ne Polizeikontrolle gerätst!«, kicherte Jeanette, die auch schon einmal deutlicher gesprochen hatte. Verflixt, auch mit den Fahrradschlössern waren sie einmal besser zurechtgekommen.

»Ich glaub', wir schieben lieber«, sagte Julia.

»Bist du verrückt? Geht doch einfach nur bergab!« Jeanette wurde mutig.

Hinter ihnen trat Doktor Bohnen mit seinen Gästen aus der Tür. Er tat so, als sei er überrascht, Hanno hier zu treffen, dabei musste er ihn längst in Marianne Brants Gaststube bemerkt haben.

»Tja, und dann gibt es eben immer noch Herrschaften, denen es nicht reicht, Freunde – was soll ich sagen, ehemalige Freunde, natürlich! – und Kollegen in den Ruin getrieben zu haben. Nein, jetzt müssen sie sich auch noch auf der Insel als Naturschützer hervortun! Das wird noch mal der Ruin, wenn hier überhaupt keine Autos mehr fahren können. Aber manche Leute wollen das hier eben zum Museum machen, einem Museum, in dem sie selbst allerdings bequem herumkutschieren und den großen Abräumer spielen. Drücke ich mich klar aus? – Oh, guten Abend, Herr Kollege – oder besser gesagt, Herr Ex-Kollege! Wie laufen die Geschäfte? Von Geschäften muss man ja wohl reden, nicht wahr, nicht mehr von gesellschaftlichen Aufgaben, wie?!«

Er lachte böse. Hanno hatte scharf Luft geholt, als Doktor Bohnen seinen Monolog begann, die Anspannung war ihm deutlich anzumerken, aber er sagte nichts.

»Nun, sicher, da kann schon mal die eine oder andere Sau draufgehen, wenn der Herr Doktor sich wieder einmal als Chauffeur verdingt, nicht wahr? Aber es sind ja bloß Sauen, ist ja bloß die Existenzgrundlage für die paar übriggebliebenen Landwirte!« Er wandte sich an seine

Begleiter, die nicht recht zu begreifen schienen, was hier vor sich ging. »Sie müssen nämlich wissen, dass hier eigentlich schon noch genug zu tun wäre, auch für zwei Tierärzte. Aber Hanno Minarek versteht was vom Geschäft, der versteht, wie man die Konkurrenz vertreibt, stimmt's? Geschickt eingefädelt, mein Junge, geschickt eingefädelt! Pass nur auf, dass du nicht alle Tiere selber abschaffst, bei deiner sprichwörtlichen Fürsorge.«

Hanno machte einen Satz nach vorn. Julia glaubte, er wollte sich auf Bohnen stürzen, aber nein! Hanno rannte an ihm vorbei – er flüchtete! Julia ließ das Fahrrad fallen, eilte ihm nach, holte ihn ein, wollte sich bei ihm einhaken, etwas Beruhigendes sagen. Er schüttelte ihren Arm ab. So gingen sie nebeneinander her, schweigend, schnell. Bald waren sie ganz allein. Die anderen waren bei Marianne Brant zurückgeblieben, und das vertraute Hufeklappern und Schnauben von Denver hatte sich schon lange vor ihnen verloren. Der gänzlich dunkle Wald troff vor Nässe, der Boden war schwer und dumpf. Julia kämpfte mit dem Reißverschluss ihrer Jacke. Es war empfindlich kalt. Die alte Ungeschicklichkeit! Hannos Mantel schwang weit offen, er schien die Kälte nicht zu bemerken, hatte das Kinn vorgeschoben, und wirre Haarsträhnen fielen ihm in die Stirn, sodass Julia seine Augen nicht sehen konnte.

»Hanno!«

Er reagierte nicht. Als sie seinen Namen wiederholte, verlangsamte er immerhin seinen Schritt. Wo blieb Jeanette? Was war mit Anne und den anderen? Julia schob den Gedanken beiseite. Und ihr Fahrrad? Himmel, sie hatte ihr Fahrrad bei Marianne Brant stehenlassen! Abgeschlossen? Warum dachte sie bloß an solche Lappalien? Sie bemühte sich, ihre Gedanken zu ordnen, etwas Sinnvolles zu denken, sie wollte versuchen, Hanno zum Reden zu bringen. Ihr fiel nichts ein. Sie hörte nur ihre eigenen Schritte und die schwereren von Hanno. Rauschen in den Bäumen, Regen, Atmen. Sonst kein Laut. Sie gingen nun wieder schneller, als wäre jemand hinter ihnen her.

»Hanno! Nun lauf doch nicht so, als würden wir gejagt! Bitte!«

»Wenn es dir nicht passt, kannst du ja auf die anderen warten!«

Julia atmete tief durch. Nur nicht mit gleicher Münze heimzahlen, ruhig bleiben, sagte sie sich. »Darum geht es doch nicht. Ich komme ganz gut mit. Aber ich dachte, wenn wir reden wollen …«

»Ich will nicht reden.«

Sie schwieg. Überlegte.

»Ich will nicht reden, nicht reden! Nun schau, schau doch nicht so vorwurfsvoll! Das, das ertrage, ertrage ich nicht!«

»Geht das denn schon wieder los, Hanno?! Nun hör doch mal mit dieser dämlichen Stammelei auf …«

Sie bereute den Satz in demselben Moment, in dem er ihr herausgerutscht war. O Gott, wie blöde sie doch war. Der Wein … »Hanno, entschuldige, ich …« Sie legte die Hand auf seinen Arm, er riss sich so gewaltsam los, dass sie fast gestolpert wäre.

»Nein, Madame, keine, keine Ursache, sich zu entschuldigen. Du, du hast es doch so gemeint, das weiß ich doch! Du hast es genau so gemeint, wie du gesagt hast, stimmt's? Ich kenne euch doch! Du hast wohl Mitleid mit mir, mit mir gehabt, was?«

Er schrie jetzt, er schrie sie an, ohne innezuhalten. »Nein, keine Ursache! Ich weiß doch, was ihr, ihr von mir denkt. Aber ihr werdet euch wundern, alle noch wundern, werdet ihr euch, über den armen, armen Ossi!«

Seine Stimme klang schrill und seltsam kindlich. Ein vor Wut zitternder Junge war da neben ihr, der noch größer wirkte als gewöhnlich. Er hatte plötzlich etwas Unberechenbares, er schwitzte trotz der Kühle der Nacht, und da begriff Julia, warum manche Leute im Dorf Angst hatten vor Hanno Minarek.

Es schien, als hätten Julias unbedachte Worte einen Damm gebrochen. Alles, was Hanno so lange für sich behalten, in sich hineingefressen hatte, brach nun aus ihm hervor.

Hanno sprach. Von seinem immerwährenden Kampf. Von seinem Kampf gegen die Gleichgültigkeit und Passivität der anderen. Die bloß zusahen, wie alles langsam den Bach hinunterging. Die sich noch leid getan hatten, kurz nach der Wende, während er, Hanno, seinen Partner schon zu einem Rentabilitätsgutachten überredet hatte.

»Ja, so hieß das, verstehst du. Ren-ta-bili-täts-gutachten. Es gab tausend Neuerungen – tausend, aber ich wollte das alles begreifen. Ich musste, musste, musste es begreifen. Die Tierarztpraxis sollte überleben, verstehst du?«, rief Hanno, »Dazu war ich fest entschlossen, und es war klar, dass es nicht einfach so weitergehen konnte wie bisher. Bohnen hat sich totgestellt. Der hat die rückläufigen Einnahmen einfach übersehen. Und Hilda? Ach, Hilda!

Ach, mein schönes Schwesterchen! Die hat angefangen, vom großen Geld zu träumen. Wohlstand!« Er äffte jetzt Hilda nach. »Wohlstand ist die Freiheit, wählen zu können! Aber sie hat sich verloren, verdammt noch mal, verloren hat sie sich in ihren Träumen. Immer mehr Träume, immer weiter weg von dem, was wirklich ist! Kurse hat sie belegt, Fortbildungskurse in Betriebswirtschaft, die haben nichts gebracht! Nichts! Aber eine Menge Geld verschlungen. Und wir kriegen jetzt jeden Monat ein Managermagazin ins Haus gebracht.« Er lachte höhnisch und bitter. »Alle sind außer Rand und Band geraten, nach der Wende, alle, alle, und ich, ich habe mich so verdammt allein gefühlt.«

Hanno schlug die Hände vors Gesicht. Julia wollte ihn trösten, irgendetwas sagen, ihm die Hand auf die Schulter legen, ließ es. Hanno redete.

»... Denn ich wollte ja gar nichts Besonderes, ich wollte nur weiterhin meinen Beruf ausüben. Eure schönen Reden, die haben nichts genutzt, gar nichts! Zuerst habe ich mich ja bloß gewundert, dass der neue Staat sich gleich auch um die Tierärzte gekümmert hat, ich Idiot habe mich noch gefreut! Aber was die neuen, die Bonner Herren dazu zu sagen hatten, das klang auch nicht viel besser als das alte Gequatsche vom Politbüro. Broschüren, ja, jede Menge bunter Broschüren gab's. Und weißt du, was drinstand? Ha? Weißt du's?« Er schrie jetzt wieder, er brüllte es ihr ins Gesicht: »Dienstleister sollten wir Tierärzte jetzt sein, Dienstleister für landwirtschaftliche Betriebe, im Prinzip« – jetzt höhnte er wieder –, »im Prin-zip sollten die Gemeinschaftspraxen der DDR-Tierärzte erhalten werden. Nur wie – das wurde nicht gesagt.

Im Prinzip!« Hanno spuckte das Wort aus. »Hast du die mal gesehen, diese Merkblätter?«, fragte er bitter und wartete Julias Antwort gar nicht erst ab. Ausführlich hätten sie sich damit beschäftigt, dass von nun an »bei niveauvollen wissenschaftlichen Tagungen auch für niveauvolle Unterbringung« zu sorgen sei. Wie es aber weitergehen sollte, mit ihnen, mit den Tierärzten, betriebswirtschaftlich, rechtlich, wissenschaftlich nicht zuletzt – davon kein Wort. Hanno hatte seinen Kollegen davon überzeugt, ihre Gemeinschaftspraxis an die neuen Verhältnisse anzupassen. Sie hatten beizeiten privatisiert und als frisch niedergelassene Ärzte das Inventar gekauft.

»Ja, wir haben uns getummelt, brav waren wir, ganz brav – aber was für Idioten!«, sagte Hanno bitter. Weil sie selbst den ersten Schritt gemacht hatten, hatten sie prompt keine Abfindung erhalten, als sie sich selber quasi entließen. »Keine Abfindung, kein Startkapital. Ich hab Doktor Bohnen ausgezahlt. Und hatte zwei Jahre damit zu tun, die Kredite im Griff zu behalten, einigermaßen. Und dann sind die Leute weggeblieben. Die dachten gar nicht daran, ihren Wellensittich zum Tierarzt zu bringen, wenn der kränkelte.«

»Aber die Großkunden, Hanno«, wandte Julia ein, »ihr hattet und habt doch noch die Großkunden, die alten Betriebe!«

»Die LPGs?« Hanno lachte. »Verkauft. Die meisten verkauft, oft an ausländische Besitzer, und die haben ihre eigenen Vorstellungen von tierärztlicher Vorsorge. Die Holländer zum Beispiel, die bringen noch jede Aspirin-Tablette selber mit.«

Deshalb also hatte Hanno das Fuhrgeschäft entdeckt.

Und Leo und Schorsch trainiert. So, dass sie auch bei noch so sehr schunkelnden und feiernden Gesellschaften nicht aus der Ruhe zu bringen waren. Das Geschäft lief, immer mehr Touristen kamen, und jetzt überlegte bereits ein größeres Reiseunternehmen, kombinierte Planwagen- und Wanderreisen anzubieten. Aber dazu musste die Insel natürlich komplett autofrei sein. Und Sandwege mussten neu angelegt und gepflegt, ausgebaut und verbessert werden. Aber für solche Pläne waren alle zu unbeweglich, zu sehr fixiert auf das, was sie meinten, zu haben.

»Vielleicht auf das, was sie können?«, wagte Julia zu sagen. Ihr behagte die Vorstellung von einem Pferdetaxi mit studiertem Chauffeur nicht recht. »Solche Kutschen gibt es in jedem Feriendomizil in Massen – ein verregneter Sommer, und das ganze Fuhrgeschäft ist zum Teufel, Hanno! Mit zwei Pferden mag es ja noch angehen, aber was, wenn das Geschäft größer wird, wenn neue Landauer und Kremser, neue Kutschpferde angeschafft werden müssen? Willst du das, Hanno? Ist es das, was dir Spaß macht?«

»Du bist genau …, genau … wie, wie, wie … alle anderen!«, fuhr Hanno sie an. Plötzlich stammelte er wieder. »Schuster, bleib bei deinen Leisten! Wie eine verdammte, eine verdammte Mutter bist du!«

»Ich kann auch nichts dafür, wenn du keine gute Meinung von deiner Mutter hast!«, fauchte Julia zurück.

Sie schwiegen beide, unversöhnlich und böse. »… wie alle anderen«! Na bitte, wenn er meinte! Sie dachte daran, wieviel Zeit sie mit Hanno verbracht hatte, Zeit, in der er immer mehr von seinen Zweifeln und Sorgen erzählt hatte. Und das war nun der Dank! Himmel, sie dachte ja wirklich schon wie ihre Mutter! Julia erschrak. Längst hatten sie Stiftsdorf passiert. Hanno hatte nicht gefragt, ob sie nach Hause, ob sie ins Ladestein-Haus wollte, immerhin. Sie versuchte es erneut.

»Ich meine ja auch bloß, dass jeder das tun sollte, was er am besten kann.«

»O Gott, Julia, du bist naiv! Wie kann man nur so naiv sein! Wenn heute irgendetwas überhaupt nicht mehr zählt, dann das, was einer kann! Es ist nichts mehr wert, was ich kann, nichts mehr! Ich rechne jeden Einzelposten ab wie ein Kramladenverkäufer: einmal Spritze fünfzehn Mark, einmal Beratung zehn Mark und so weiter ... Verstehst du? Es zählt nicht! Nicht mehr! Arbeit ist, ist, ist einen Scheiß wert, einen Scheiß!«

»Aber für mich zählt es! Für mich zählt deine Arbeit!«, sagte Julia lahm und kam sich nun selbst reichlich unbeholfen vor. Ihre Worten blieben in der Luft stecken, sie spürte, dass sie Hanno nicht erreichten. Im Gegenteil! Der regte sich noch mehr auf. Ruckartig blieb er unter einer blassen Straßenlaterne stehen. Der Regen war wieder stärker geworden, als er Julia bei den Schultern packte und kräftig schüttelte.

»Hör auf! Du tust mir weh!«

»Hör mal genau zu, genau zu, kleine Dame: Du sagst, meine Arbeit zählt für dich, ja? Du weißt doch gar nicht, wovon du redest! Du hast zu viele Romane gelesen! Aber das hier ist nicht Strittmatter, verstehst du, das ist nicht Fontane! Würdest du etwa hierbleiben, mir in der Praxis helfen, das Schweineblut aus meinem Overall waschen? Nein! Dir könnte man ja nicht mal zumuten, mich vom

Betrieb abzuholen oder mir 'n paar Ampullen vorbeizubringen ...«

Julia erinnerte sich daran, wie sie Hanno einmal hatte abholen wollen. Mit Scham dachte sie daran, aber auch mit Wut. Niemand hatte sie darauf vorbereitet, was sie in dem riesigen landwirtschaftlichen Betrieb, der ehemaligen LPG, zu sehen bekommen würde.

»Ich hab's nicht gewusst, Hanno«, sagte Julia jetzt. »Ich hab einfach nicht gewusst, wie es da aussieht, in so 'nem Betrieb. Ich hatte keine Ahnung.«

Schon lange, bevor sie die Gebäude sah, hatte sie es riechen können. Es war ein Mastbetrieb, eine Anlage für fast zwanzigtausend Schweine, die Einzige in dieser Größe, die hier noch existierte, die Einzige, die sich rechnete. Es ätzte in der Nase, brannte in den Augen, und als Julia die Nase im Ellenbogen verbarg, merkte sie, dass ihre Jacke den Geruch sofort angenommen hatte. Ein öder Hof. Niemand zu sehen. Mehrere Hallen, flach, ohne Fenster. Ein großes Eingangstor. Lärm dahinter. Trampelnde Unruhe. Die Tür ging auf. Ein Pfuhl verschluckte sie. Die riesige Halle war fast dunkel, obwohl lange Reihen von Neonröhren brannten. Ein dicker, klebriger Nebel quoll durch den Raum und legte sich ätzend auf die Lungen. Julia hustete, musste würgen. Die Luft war feucht, sofort trat ihr Schweiß auf die Stirn, es war heiß, und der bestialische Gestank überwältigte sie. Eine Gestalt im weißen Overall tauchte im Nebel auf. Julia wollte auf sie zugehen, wollte rufen – und rutschte beinahe aus. Der Betonboden war nass und glitschig. Hinter einer Absperrung nahm sie die Schweine wahr. Tausende von Sauen, dicht an dicht. Die gut hüfthohen Tiere drängten unruhig durcheinander, schoben und traten sich; wenn eines nicht weiterkam, biss es das andere zur Seite. Eine große tierische Wut. Julia sah genauer hin. Viele hatten anstelle der Schlappohren nur noch blutige Stummel, verkrustete Augen. Viele humpelten. Sie brechen sich die Beine, dachte Julia. Weil die Schweinehufe auf dem glatten Boden keinen Halt finden, rutschen sie aus und brechen sich die Beine.

»Die Schweine«, sagte Julia, »diese vielen armen Schweine. Die sind einfach so durcheinandergetaumelt, viele sind gefallen, andauernd ...«

»Du hast wirklich überhaupt keine Ahnung, null, gar nichts!«, sagte Hanno. »In dem Betrieb ist alles schon viel besser geworden.« Seine Stimme wurde lauter. »Viel, viel besser, verstehst du? Es ist gut! Es ist ein guter Betrieb! Früher, da hat es häufig kein Futter gegeben, dann haben die Tiere gehungert und sind in ihrer Qual die Wände hoch. Ja, buchstäblich die Wände hoch! Und haben sich dabei natürlich das Rückgrat gebrochen. Andere, stärkere, fielen dann über sie her, zerfleischten sie. Davon redet kein Mensch! Die moderne Form der Massenhaltung hat die Tiere zu Kannibalen gemacht. Nicht genug damit, dass man sie mit Tiermehl, mit ihresgleichen also, füttert; nein, weil es immerzu dunkel ist in diesen Hallen, haben die Schweine jede Orientierung verloren. Weißt du, was das heißt, zwischen solchen Tieren zu stehen? Alles reizt sie, macht sie aggressiv, ständig brüllen sie, werfen die Köpfe hin und her, schnappen nacheinander. Schweine, weißt du« – jetzt wurde Hanno wieder ruhiger –, »Schweine, weißt du, verfügen über einen besonders feinen Geruchssinn, und in freier Natur sind sie ständig unterwegs, kundschaften ganze Wälder aus auf der Suche nach Nahrung. Die fressen nicht alles! Die sind clever! Aber das heißt: Sie müssen laufen, ganz viel laufen. Darauf konnte natürlich so ein landwirtschaftlicher Betrieb im Sozialismus keine Rücksicht nehmen. Hier ging es um Ergebnisse, verstehst du! Das ist doch was für euch im Westen! Bei uns ging es um die Erfüllung des Plansolls ...«

»Ich weiß, Hanno, ich weiß«, sagte Julia jetzt erschöpft. »Ich wollte mit dir auch nicht über Schweine reden, das war ganz schrecklich, und am liebsten würde ich nicht mehr daran denken! Ich wollte über uns ...«

»Hör mir gefälligst zu! Hör mir einmal zu! Weißt du denn auch, wofür ein Tierarzt da war, ja? Weißt du das zufälligerweise auch? ... Siehst du! Produktivität! Ein Tierarzt war hauptsächlich dazu da, die Produktivität zu erhöhen. Du warst Teil des Betriebs, du warst Teil dieses ganzen kaputten, maroden Systems ... Und wie! ›Weisungsberechtigt‹ waren wir, holla, danke der Ehre! Waren die Ställe winterfest zu machen? Die Tierärzte befahlen es. Entsprach das Futter den Qualitätsansprüchen?« Hanno lachte wieder böse. »Die Tierärzte bestimmten es. Und Versprechungen haben wir gemacht, andauernd! Und schriftlich! Um diese verdammten Prämien zu kriegen oder 'ne Zusatzrente irgendwann. Hiermit verspreche ich, Hanno Minarek, die ›Ferkelmortalität‹ zu senken. In einem Jahr um fünf Prozent. Und dann haben wir gekämpft. Und geimpft. Einmal in der Woche Impftag. Rinder, Sauen, Ferkel. Diese Tiere hier haben nicht mal ein Bündel Stroh zu sehen bekommen. Nichts mit Heidschibumbeidschi und Liebe zur Kreatur und artgerechter Haltung! Es steht mir bis hier! Bis hierher steht es mir …«

Julia wurde die Bilder nicht los. Und nicht die Erinnerung. Die Erinnerung an den Würgereiz, der sie gequält hatte, in den doch angeblich schon besseren Verhältnissen. Die Erinnerung an die mit Kot beschmutzten Tiere. An ihre unnatürlich helle Haut. Die Tiere kamen nie mehr nach draußen, hatte Hanno ihr erklärt. Das machte sie empfindlich. Deshalb die vielen Seuchen, deshalb die vielen Medikamente. Deshalb die vielen Rechtfertigungen bei den Betriebsversammlungen, deshalb der Druck. Einen Hass kriegte man …

»Hass, ja Hass!« Hanno neben ihr auf der Landstraße wirbelte herum, schrie sie an. »Hass, Hass! Ja! Auf dieses ganze verdammte System, weil das überhaupt nichts mit den Tieren zu tun hatte, verstehst du? Und dann kommt eure vielgerühmte Wende, die Wende! Und dann kauft ihr den ganzen Laden einfach auf, war ja billig, war ja so billig! Und was hat sich geändert? Nischt! Jetzt sind die Holländer hier und machen es genauso, nur dass keiner mehr das Fleisch haben will und dass keiner mehr weiß, wofür das alles, wofür, wofür, ach …!«

Sein Gesicht war verzerrt und so voller Anstrengung, wie Julia es bei ihm zuletzt in dem Mastbetrieb gesehen hatte. Damals war sie geflohen – vor Hanno, vor dem Gestank, vor dem Anblick der hoffnungslosen Tiere, dieser zwanzigtausendfachen übel riechenden Verzweiflung.

»Du erzähl mir nicht, du wüsstest, worum es geht, und du würdest bei mir bleiben und so'n Scheiß. Nichts weißt, nichts weißt du! So wie dein piekfeiner Dichter, der hat sich doch auch nie die Finger schmutzig gemacht. Erlebnistourismus, ja?! Würdest du auch nur einen Köter festhalten, den ich einschläfern muss? Ja?! Würdest du das? Die abgeschnittenen Eier von ’nem Kater entsorgen, ja? Tote Katzenbabys wegschmeißen, ja?! Oder läufst du nur vor Sauen weg? Aber weißt du, es gibt hier fast nur noch Sauen! Das habt ihr auch sauber hingekriegt! Früher hatten wir wenigstens noch Schafe, und ein paar Sorten Schweine mehr hatten wir auch. Aber mit euch wird es jetzt ja erst richtig, richtig, richtig effektiv!«

»Du bist grob!«

»Ja, ich bin grob! Genau, das, das bin ich! Ich bin nämlich ein Pferdeschlächter, ha-ha!« Er lachte irre, und für einen Augenblick überlegte Julia wegzulaufen.

»Ach, scheiß drauf, was soll's!« Ebenso plötzlich, wie er sie gepackt hatte, ließ er sie wieder los. »Vergessen wir's! Du hattest deinen Spaß, hoffe ich. Ich hatte jedenfalls viel Spaß. Mit meinem Westfräulein …«

Julia vergaß das Atmen. Was hatte er da eben gesagt? In ihren Ohren begann es zu rauschen.

»Es hat keinen Sinn«, sagte Hanno, plötzlich ganz ruhig. Es hatte keinen Sinn. Sie hatte keinen Sinn. Sein Beruf hatte keinen Sinn. Die jahrelange Anpassung, um überhaupt an einen Studienplatz zu kommen. Schlechte Aussichten, wenn im Kaderbogen bei den Eltern »I« eingetragen war oder »S«: »I« wie »Intelligenz« und »S« wie selbstständig. Das Bildungsprivileg musste gebrochen werden! Gut, wenn die Eltern Arbeiter waren. Siebzig oder achtzig Studienplätze gab es. Leipzig. Berlin. Die Studienzeit. Sich nicht gefährden. Durchkommen. Aushalten. Sich für drei Jahre verschicken lassen. Den Traum von der Wissenschaft begraben. Über das Fortkommen entscheidet der Kreis, die politische Organisation am Ort. Einen ganz krummen Rücken kriegte man. Ständig schmerzende Knie – von den ideologischen Kniebeugen! Die Demütigung, um weiterzukommen, um anerkannt zu werden. Sie wollen sich auf Schafe spezialisieren? Hat der Kandidat einen ordnungsgemäßen ideologischen Standpunkt? Für die Doktorarbeit: Marxismus-Leninismus. Und Russisch. In Ungarn gibt es noch Wollschweine. Aber zur Fortbildung wird er in die Mongolei geschickt. Da gibt es weder Schafe noch deutsche Landschweine. Aber Dankeschön! Und die nächste Selbstverpflichtung. Und wenn man den Hund der alten Else Korten behandelt hat, schnell auf dem Nachhauseweg einen Schluck aus der Flasche nehmen. Brombeerschnaps, selbstgemacht, Herr Doktor! Herr Doktor! Der Alkohol. Was hätte man bloß ohne den Alkohol gemacht!? Neue vergebliche Hoffnungen nach der Wende. Und nun der Hass der Kollegen. Der Neid und der Hass. Früher hatte es Produktivität geheißen, jetzt nannten sie es Effektivität. Und ein paar Leute hatten sich Hunde angeschafft. Weil sie sich plötzlich alleine fühlten. Aber drei, vier Spaniels reichten nicht zum Überleben.

Leise, bitter und leise, so redete Hanno jetzt, und er schien seine Worte an die Laterne oder an die Nachtluft oder an den Regen zu richten, es waren auch keine Sätze, die irgendjemand bewusst oder unbewusst formuliert hätte, es war eher wie ein nicht enden wollendes Strömen – so, als wäre ein inneres Organ gerissen und blutete nun, unaufhaltsam. Und diese Verletzung war die Erinnerung. Aus Hanno flossen die Qualen der vergangenen drei Jahre, und nichts gab es, kein Mittel, sie zu lindern. Nicht einmal das Zuhören.

13.

Julia wusste nicht mehr, wie sie nach Hause gekommen war. Da wartete Jeanette. Besorgt und aufgeregt. Und nahm sie in die Arme. Und kochte Tee. Und machte eine Flasche Rotwein auf. Und sah, wie Julias Zähne klapperten. Dass der dickste Pyjama keine Wärme spendete. Wie kalter Schweiß auf ihre Stirn trat. Schließlich schlüpfte sie zu Julia ins Bett.

»Schsch … Ist ja gut! Komm her, Süße. Alles gut …«

Doch Julia wusste, dass nichts gut war. Und vielleicht nie mehr gut werden würde. Nach Tagen erst konnte sie weinen. Und dann, dann fand sie kein Ende mehr. Jeanette bestand darauf, sie mit nach Bielefeld zu nehmen.

»Du brauchst Abstand!«, sagte sie. »Glaub mir, ich kenn' das doch. Jetzt denkst du, dass du sterben wirst, wenn du von hier wegfährst, aber das stimmt nicht! Die Distanz wird dir helfen. Eine andere Perspektive. Und außerdem ist Weihnachten, deine Eltern warten auf dich, sie werden sich freuen!«

Mit dem feinen Gespür der Kranken merkte Julia sofort, dass Jeanette log. Freuten sich ihre Eltern auf sie? Warteten sie? Wenn, dann aus Gewohnheit. Damit das elterliche Kartenspiel komplett wäre, dieses unerträgliche, alljährliche Familienkartenspiel. Aber sie war zu schwach, sich zu widersetzen. Anne Bult ließ sie sofort reisen, verstand, schwieg, gab ein Geschenk mit. Und so reisten sie.

Ein Weihnachtsbesuch! War Weihnachten? Julia merkte von alledem nichts. Sie verbrachte die Tage zu Hause wie in einem Nebel. Die tröstenden Worte der Freunde, des Vaters erreichten sie nicht. Die meiste Zeit schlief sie. So wie früher. Abends hätte sie nicht mehr zu sagen vermocht, wer mittags mit am Tisch gesessen hatte. Tante Amelie, natürlich. Die unvermeidliche Tante Amelie. Der kleine Bruder, auch längst erwachsen, aber verspielt wie immer, als ob das Leben ihm einfach nichts anzuhaben vermochte. Die Mutter. Der Vater. Beim Nachrichtenschauen ertappte sie sich dabei, wie sie auf der Wetterkarte mit dem Blick an der Ostseeküste entlanghastete. Wo – da, da war die Insel, ihre Insel? Da musste sie doch sein? Sie war nicht eigens abgebildet, auf einer Karte, die ohnedies nur Großstadtnamen verzeichnete, aber die große, die Nachbarinsel immerhin war eingezeichnet, und an deren Schulter, getrennt nur durch den schmalen Bodden, lehnte sich ihre Insel. Dort, da musste sie sein … Die Lottozahlen! Da wusste sie, sie würde zurückkehren.

Vielleicht nicht zu Hanno. Sie zwang sich zu denken: Ganz sicher nicht zu Hanno. Aber war es nicht ihre Art, Dinge zu Ende zu bringen? Hatte sie sich selbst nicht immer für gewissenhaft gehalten? Und hatte sie nicht noch viel vor mit ihrer Ladestein-Forschung? Hatte Anne Bult nicht die Möglichkeit von Vorträgen erwähnt? Planten sie nicht eine neue, bessere Broschüre, um deren Finanzierung sich Jeanette kümmern wollte? Lauter gute Gründe, die die Eltern gelten ließen. Als Anne Bult zum ersten Mal anrief – vorsichtig, sachlich, sich erkundigend, wann Julias Pläne es gestatteten, die Arbeit wiederaufzunehmen –, da rief Julia in den Hörer:

»Natürlich kann ich morgen kommen!«, und tat den Eltern gegenüber, als würde sie ganz dringend erwartet.

»Mein Gott, nun hab dich doch nicht so«, brummte der Vater. »Nun ist dieser Ladefein doch schon eine ganze Weile tot, oder? Der läuft dir doch nicht weg!«

»Lade*stein*, Vater!«, sagte Julia.

»Ist doch nicht so wichtig,« sagte der Vater.

»Da ra da am de ra am de … da ra do dee … It ain't necessarily so. The things that you're liable. You read in the bible. It ain't necessarily so …«

Sie drehte sich wie eine Teepuppe überm Eis. Sie hielt die Qi-Gong-Kugeln in den Händen und wärmte sich an der Popmusik. Jeden Morgen in Bielefeld tanzte Julia, für sich allein. So wie andere beten oder Tagebücher schreiben oder stundenlang mit ihren Freundinnen telefonieren. Sie tanzte. Sie entdeckte die Communards wieder, deren gefistelte Liebeslieder nach süßem, apfeligem Parfum rochen und nach Trost. Zu deren Musik drehte sie sich in dem Zimmer, das einmal ihres gewesen war. Und spürte, wie alles verschwamm und undeutlich wurde. Nichts in dieser gewohnten Umgebung ging sie etwas an, nichts war wirklich. Und noch vor Silvester war sie wieder auf der Insel.

Wie anders war die Überfahrt diesmal gewesen! Freundlich und vertraut hatte die See auf sie gewirkt, trotz der schwefelgelben Winterfarbe. Das gibt noch Sturm! Sie kannte sich aus. Ruhig hatte Julia sich an die Polster des Fährensessels gelehnt, ein Glas Tee auf den Knien balancierend. Sie kehrte zurück. Und tatsächlich hatte das nur sehr wenig mit Hanno zu tun. Bisher hatte fast alles in ihrem Leben mit anderen zu tun gehabt, mit fremden Erwartungen. Der Vater, der unbedingt wollte, dass sie »etwas aus sich machte«. Sie hatte sich angestrengt, ihm zuliebe. Und später, als sie unaufhaltsam zunahm, da hatte sie ein schlechtes Gewissen gehabt – seinetwegen. Existierte sie denn gar nicht ohne ihn? Die Mutter hingegen hatte Unauffälligkeit gefordert, war zufrieden, wenn alles nur funktionierte. Und Julia bemühte sich. Ebenso willig hatte sie sich stets an ihre Freunde angepasst. Die verlangten das gar nicht, mussten es nicht, denn Julia, immer bemüht, das Richtige zu tun, spürte instinktiv, welche Bedürfnisse sie gerade hatten. Zufrieden war sie nur, wenn diese jungen, unreifen, pickligen Ersatz-Väter und Ersatz-Mütter mit ihr einverstanden waren, unglücklich, wenn diese sie tadelten oder sich, was oft vorkam, schweigend zurückzogen. Ein besseres Bindemittel gab es nicht als diesen stummen Rückzug. Du verstehst mich nicht! Und schon gab sie sich wieder Mühe. Die Liebe, eine Anstrengung. Bis Hanno kam. Natürlich spürte sie auch seine Wünsche. Doch endlich, zum ersten Mal, fand sie genauso Platz für ihre eigenen Sehnsüchte. Spürte, was ihr guttat. Was sie wollte. Und holte sich, was sie brauchte. Hatte sich geholt, was sie brauchte! Ihr eigenes Lächeln tat weh wie ein Messerstich. Nicht an Hanno denken! Dieses neue ruhige Gefühl war ja trotzdem da, auch ohne ihn. Die Insel lag wieder vor ihr, unspektakulär wie bei der ersten Ankunft, geduckt und abwartend. Eine Insel, die jeden mit offenen Armen empfing, eine Insel, die keine Vorschriften machte, wie einer zu leben hätte. Julia verstand, mit welcher Erleichterung die Seeleute früher von großer Fahrt nach Hause gekommen sein mussten und warum die meisten ihr karges Leben in den Torfhütten nicht gegen ein sehr viel komfortableres auf dem Festland eintauschen wollten. Nicht einmal eine gescheiterte Liebe konnte einem dieses sanfte Inselglück verleiden, dieses einfache Dasein.

Der Kapitän winkte ihr hinterher, als sie von Bord ging: »Mach's man gut, du!«

Anne Bult hatte Tee gekocht.

Sie nahmen die Arbeit wieder auf, wo sie sie unterbrochen hatten. Anne war jetzt öfter dabei, denn in den Wintermonaten stellte sich nur wenig Besuch im Ladestein-Haus ein.

Krüger, ein Schriftsteller aus Berlin, hatte Anne über die Feiertage besucht und ein bisschen in Ladesteins Bibliothek geräumt. »Er hat immer das Gefühl, er muss sich hier nützlich machen«, sagte Anne und lächelte. »Dabei unterhält er mich glänzend!«

Krüger? Julia konnte sich nicht erinnern, den Namen öfter gehört zu haben. Aber das mochte daran liegen, dass Anne immer vollkommen sicher wirkte, vollkommen autonom und auf seltsame Weise bedürfnislos. Fast hätte Julia die Episode am Fenster vergessen, die Nacht, in der Anne dagestanden hatte, nackt, allein und gänzlich ruhig. Die Tages-Anne, die Arbeits-Anne, die jetzt ihr gegenübersaß, hatte gar nichts damit zu tun, so schien es. Die machte einfach ihren Job, gleichmäßig, ruhig, ohne Ehrgeiz und ohne Überdruss.

Die großen Gruppen der Tagestouristen blieben jetzt

völlig aus, und so verschlug es nur Einzelne in die kleine Gedenkstätte. Die lösten dann ihre himmelblauen Pappeintrittskarten und schlenderten unschlüssig im Erdgeschoss umher, besichtigten die Küche (die Ladestein nie benutzt hatte), den großen Salon mit den vielen Seefahrtsbildern und den kuriosen »Schätzen«, die ihm Freunde aus aller Herren Länder mitgebracht hatten: die Knotentafeln und die billigen Imitate von Galionsfiguren, die vielen Buddelschiffe daneben, die Anne zur Verzweiflung trieben, weil man sie täglich abstauben musste. Postkarten von zahlreichen Freunden waren an einer Wand aufgereiht, kleine Gläser mit längst mürbe gewordenen Korkverschlüssen, mit buntem Sand aus China und aus Palästina gefüllt. Seesterne bogen sich vor Trockenheit, eine Schiffskanone rostete gelangweilt vor sich hin.

Die meisten Besucher wagten kaum, eine Frage zu stellen, und mit ihrer spröden Art ermutigte sie Anne auch nicht dazu. Jeanette hatte das schon bemerkt, mit Bedauern. »Was man hier alles machen könnte …«, hatte sie gesagt, aber Anne hatte sie nur verständnislos angeschaut. Sie war Wissenschaftlerin, nicht Fremdenführerin, und wer etwas wollte, konnte schließlich fragen. Wenn die Besucher weitergingen, warfen sie meist nur einen flüchtigen Blick in die karg möblierten Schlafkammern, und die wenigsten nahmen sich die Zeit, um zu schauen, was der Hausherr in den Ferien gelesen hatte. Sie alle wurden offenbar von einem unbestimmten Gefühl zur Eile genötigt, einem Gefühl, das ihnen sagte, sie befänden sich in Privaträumen, und es sei ein wenig ungebührlich, hier herumzuschnüffeln.

Julia kannte dieses Gefühl, und sie konnte die Leute

gut verstehen. Sie selbst hatte einmal einen Band mit Briefen des unglücklichen Franz Kafka erworben und nach der Lektüre der ersten paar Seiten verschämt zurück in ihr Bücherregal gestellt – was sie da las in den Briefen an seine Liebe Milena, das war ihr zu persönlich, zu intim gewesen. Sie schwankte zwischen dem Bedürfnis, das Buch wegzuwerfen oder, im Gegenteil, sämtliche Exemplare aufzukaufen. Immer hatte sie den Wunsch verspürt, solche Dichter zu beschützen. An Ladestein hatte sie sich nur herangetraut, weil das ein äußerst selbstironischer Geselle gewesen war, keine tragische Figur. Er hatte mit seiner »Selbstverwurstung« gespielt, sarkastische Briefe »an die zukünftigen Damen und Herren Herausgeber« hinterlassen (»Es ist ja damit zu rechnen, dass sich in kommenden Jahren auch die Damen dieser hochnotpeinlichen Tätigkeit widmen werden – mein Beileid!«) und sogar absichtlich manche falsche Fährte gelegt. Offenbar machte ihm der Gedanke Spaß, womöglich noch posthum die »hochverehrten wissenschaftlichen Vorstände« an der Nase herumzuführen. Für diese Selbstironie liebte Julia ihren Dichter, für diese Leichtigkeit. Ladestein hatte gewusst, dass er kein großer Poet war. Aber er hatte es sich selber »nicht übelgenommen«. »Uns andere muss es ja auch geben!«, hatte er geschrieben und keck hinzugefügt: »… denn *wir* werden gelesen!« Und mit derselben witzigen Ungeniertheit hatte er sich auch an allen möglichen und unmöglichen Stoffen und Genres probiert. Gedichte geschrieben, Kurzgeschichten und höchst amüsante Reisefeuilletons. Dem Menschen Ladestein war damit freilich nicht beizukommen. Er schien immer eine Maske zwischen sich und sein Publikum zu halten, er scherzte, er neckte – aber er ließ sich nicht in die Karten schauen. Nur Malvine. Die Geschichte mit Malvine. Die passte nicht ins Bild. Das Archiv in Berlin half nicht weiter, die Literaturfachleute in Frankfurt wussten nichts. Julia schrieb Briefe und erhielt enttäuschende Antworten. Nichts. Sie redete mit Anne Bult darüber. Anfangs hatten sie geglaubt, Malvine sei womöglich eine Erfindung Ladesteins gewesen, eine Figur wie die Laura in den Gedichten von Schiller – eine weibliche Adresse eben, an die man seine erotischen Gefühle richten konnte. Aber: Ladestein war anders als der schüchterne und idealistische Schiller. Er kannte offenkundig eine Menge Frauen, und das Milieu, in dem er sich bewegte, zwang ihn keineswegs dazu, diese Erfahrungen zu verleugnen. Im Gegenteil! Es hatte einige Affären in seinem Leben gegeben, und diese Mizzis und Lieselottes waren in aller Freundschaft wieder aus seinem Alltag hinauskomplimentiert worden. Dafür gab es Zeugnisse. Die wenigsten schienen ihm gram gewesen zu sein. Julia erinnerte sich an die Erzählungen der alten Lisa in der Sauna. Ladestein bedachte alle seine früheren Freundinnen auch später noch mit Aufmerksamkeiten. Nur Malvine. Auch wenn es jetzt ein Bild von ihr gab und Zeugen, die sie in Berlin gekannt hatten – Malvine blieb rätselhaft.

Bis dann eines Tages die Einladung von Marianne Brant ins Haus kam. Das war typisch für die Gastwirtin: Einladungen schriftlich zu verschicken, mit der Post, die in Erikas Laden gesammelt, zur großen Insel geschafft und dort sortiert wurde – nur, um dann wieder zur Insel zurückbefördert zu werden. Viel schneller hätte Marianne die Einladung selbst vorbeibringen können. Aber sie wollte eben »eine gewisse Form« aufrechterhalten. Anne schmunzelte, als sie Julia die Einladung zeigte:

»Typisch! Wenn es Marianne nicht schon gäbe, müsste man sie erfinden, meinst du nicht?!«

Auf der Einladung stand:

»Bereiten wird der Ewige der Scharen / für alles Volk auf diesem Berg / ein Trinkgelage duftgen Tranks / ein Trinkgelage abgeklärten Weins / Dufttrank, gemischt / Klarwein, geläutert; / Hat Warte ja gemacht zu Trümmerhaufen / die kühne Burg: verfallen / Der Fremden Wartburg: Nimmer aufgebaut. – In diesem Geiste des großen Jescha' Jahu wollen wir das Winterfest feiern; dass uns das neue Jahr nichts Böses dräue. Bringt Decken mit und Zahnbürsten! Es wird länger dauern. Um acht in der Restauration. Marianne.«

»Was bedeutet denn das wieder?« Julia war erschrocken. »Meint die das ernst?«

»Wie man's nimmt. Es bedeutet erst mal gar nichts weiter. Oder: Es bedeutet, denke ich, dass sie sich langweilt. Oder dass sie merkt, wie lang der Winter ist. Sie wird älter, und sie ist allein.« Anne lachte. »Das ist eben Mariannes Art, Leute einzuladen. Und da kannst du sicher sein: zu feiern versteht sie wie keine andere. Deshalb auch die Geschichte mit den Decken. Es ist eben unmöglich, das ganze alte Gemäuer zu heizen, und natürlich geht sie davon aus, dass wir bleiben.«

»Hat sie denn wirklich gern Gäste?«

»Du meinst, weil sie ein bisschen seltsam ist und einschüchternd wirkt?«

Julia nickte bloß.

»Nun, ich denke«, Anne formulierte besonders vorsichtig, wenn es um andere ging, »ich denke, dass sie hart daran gearbeitet hat, so zu sein, wie sie ist, so bemerkenswert exzentrisch. Eine Frau wie Marianne hat es nicht unbedingt leicht, in keinem System dieser Welt.«

»Du meinst, weil sie aussieht wie eine Elefantenkuh?« Anne runzelte die Stirn. »Ja, du hast recht, sie ist ziemlich mächtig geraten. Und früher hat sie, glaube ich, darunter ziemlich gelitten. Ich meine, sie war ja keine Diskuswerferin oder so etwas, keine Leistungssportlerin, niemand, der mit einem solchen Aussehen hätte für sich einnehmen können. Übrigens haben die versucht, so etwas aus ihr zu machen. Aber absurderweise hat diese mächtige Frau immer einen Hang zur Ästhetik gehabt, zum Schönen, wie sie es nannte. Jedenfalls ist sie so im Laufe der Zeit zu dem geworden, was sie ist. Ist hart geworden, kein Wunder. Bei den hochfliegenden Plänen, für die sie nie Unterstützung gefunden hat – vorher nicht und jetzt schon gar nicht.«

Da war es wieder, dieses »Vorher« und »Nachher«, in das die Leute ihr Leben einteilten; sie hatten das Reden über eine Wende wörtlich genommen. Die, die sich im alten Staat hatten etwas zuschulden kommen lassen – die Wasserträger des Systems, die Mitläufer und die vielen, vielen Zuträger der Stasi –, die fürchteten sich. Die anderen verknüpften große Hoffnungen mit der neuen, freien Ordnung, hofften, dass das, was sie über all die Jahre nur im Verborgenen hatten pflegen und entwickeln können, nun gefragt sein, womöglich gar geachtet werde – um nun, drei Jahre nach dem großen Wandel festzustellen, dass sie völlig auf sich gestellt waren, dass niemand auf sie gewartet hatte.

Das Meer funkelte violett, als sie sich auf den Weg zu Mariannes Restauration machten. Sie hatten den Küstenweg gewählt, passierten dunkle Weiden und schraken zusammen, als plötzlich ein Pferdewagen vor ihnen auftauchte: Hansi und Pepe, die stämmigen Pferde des Müllkutschers, trabten an ihnen vorbei. Niemand saß auf dem Kutschbock: Wagner, der Einarmige, schnarchte hinten auf dem Wagen seinen Rausch aus; die Pferde fanden den Weg allein. Jämmerlich quietschten die Räder, als sich der Wagen in die Kurve legte.

»Wenn das man gutgeht!«

»Wird schon!«

Der alte Weber schloss sich ihnen an, ausnahmsweise zu Fuß, mit seinem sanftmütigen Hund, dessen Schlappohren unternehmungslustig schwangen. Das früher nougatfarbene kurze Fell des Rüden war längst von Grau durchzogen, die Schnauze eisweiß. Goldnüssens Hunde fielen Julia wieder ein, die »Nutella-Hunde« der Kindheit. Sie rieb sich die Arme warm. Webers Hund gab ein kurzes Bellen von sich, dann stromerte er los, strich bald hinter ihnen, bald vor ihnen vorbei. Sie gingen schweigend, den schmalen Weg zum Strand, jeder für sich. Das Frösteln der Kindheit hörte nie auf, das Verlorensein.

Das Meer lag da wie ein samtener Mantel. Am Himmel hatten sich Wolken aufgetürmt, sie schraubten und wanden sich in bizarren, nach oben hin immer dunkler werdenden Schneckenformen in den Nachthimmel. Nach unten, zur See hin, ging das Anthrazitfarbene, Bedrohliche über in ein imposantes Tintenblau. Das Meer selbst zeigte sich völlig unbewegt, dunkel und still. Am Strand liefen Reihen kugelrunder Steine auf den Seesaum zu, eng nebeneinandergeduckt, als fürchteten sie sich vor dem schwarzen, eisigen Wasser. Nicht weit vom Strand entfernt hatten Fischer ihre Boote festgemacht, im Vertrauen auf die nächtliche Ruhe. Die Boote begrenzten das Bild. Es war, als zwängen die Steinreihen die Spaziergänger näherzukommen, als gäbe es keinen anderen Weg als diesen hier – direkt ins Wasser, direkt in den kältesten Tod. Und so war es ja: Steuern wir doch unaufhaltsam auf ein unbekanntes, tiefes Ende hin. Größer, weiter und voller ist dieses vor uns liegende Totenreich als alles, was uns zur Zeit noch ablenkt davon …

Julia wurde plötzlich bewusst, dass sie sich mit ihren siebenundzwanzig Jahren nicht mehr für unsterblich halten konnte, so wie früher, wie vor einigen Jahren noch. Damals hatte es den Tod nur als eine abstrakte Größe gegeben, etwas, das mit Erdbeben in Armenien zu tun hatte oder Flutkatastrophen in Florida; berechenbar überfiel er alte Menschen oder manchmal, wie aus Versehen, einen jungen bei einem Unfall … Er betraf sie nicht, sie bedachte ihn nicht. Mit dem Hochmut der Jugend schloss sie den Tod aus ihrem Leben aus. Sie hatte die Macht, nur an das Morgen zu denken. In der Tat dachte sie fortwährend nur an ein Morgen, an die Zukunft, die sie gewiss schlanker, schöner, sicherer machen würde. Morgen würde alles anders werden, ohne dass sie genau hätte sagen können, wie es denn aussehen würde, dieses erwartete, dieses erhoffte Andere. Und darum begann es auch nie: das Leben.

Und da stand sie nun, und vor ihr leuchtete der Tod. Einladend und grausam. Er hatte es nicht eilig. Er wartete ab. Das war nicht der Tod, der im Vorbeigehen einen

Alten mitnahm, der routiniert und unlustig mit verschiedenen Krebsarten, Schlaganfällen und unheilbaren Krankheiten quälte – was sie da sah, war der unverstellte Tod. So, wie wir ihn sonst nie ansehen, weil wir nicht innehalten. So, wie er uns jedoch immerzu betrachtet, abschätzig, prüfend, Zeit und Stunde berechnend. Sie fühlte sich gemustert. Sie fürchtete sich. Sie wollte fort.

Die Wolken am Himmel drifteten nun auseinander und gaben ein kleines Stück des unscheinbaren Mondes frei. Dessen blasses Licht erreichte das Wasser, und sofort zog sich ein silberner Streifen durch das Meer, eine Lichtsignatur, fein und unsicher wie die tägliche Hoffnung.

»Das ist immer so, wenn man verliebt ist – unglücklich verliebt!«, sagte Anne plötzlich in Julias Gedanken hinein und zog sie mit sich fort.

»Arrh-rrrrrrr-harrr!« Webers Hund kam angetobt, den Kopf wild hin- und herwerfend. Er hatte »Beute gemacht«, einen dicken Quallenballen schleppte er im Maul und »betäubte« die gefährlichen, wilden Tiere nun durch kräftiges Schütteln. Die Quallen waren lange schon vertrocknet, Sand rieselte heraus, wurde nach allen Seiten geschleudert.

»Harrhhh!« Harry war sichtlich enttäuscht, als das erwartete, überschwengliche Lob ausblieb. Sie lachten.

Weber brummelte etwas. Julia war sich nicht sicher, ob er Annes Bemerkung gehört hatte. Sie wanderten eine gute Stunde, zunehmend bergan. Und irgendwann, ganz plötzlich, gaben die Föhren den Blick frei auf die Restauration. Die erhob sich nun vor ihnen wie eine Burg, wie eine uneinnehmbare Festung. Alle Fenster waren hell erleuchtet, was dem biederen Bau ein festliches, ja fröhliches Aussehen gab.

»Wie viele Leute kommen denn?«

»Sicher nicht so viele, aber darauf kommt es Marianne nicht an. Du liebe Zeit!«

Aus dem Haus klang plötzlich ein fürchterliches Dröhnen, gewaltige Bässe zerschmetterten die Stille.

»Beethoven. Egmont. Die Ouvertüre«, sagte Anne trocken. »Das hat sie schon immer für eine angemessene Begrüßungsmusik gehalten. O Marianne!«

Weber hatte sich durch den Lärm überhaupt nicht beirren lassen. Zielstrebig wie ein frommer Pilger zog er leicht gebeugt an ihnen vorbei, auf einen Stock gestützt, als wäre er dieses seltsame Schauspiel gewöhnt. Der Hund war längst wieder weit voraus.

»Ein bisschen wie Bayreuth!«, witzelte Julia, obwohl sie noch nie bei den Wagner-Festspielen gewesen war. Aber dies hier war sowieso besser. Merkwürdiger in jedem Fall. Anne und Julia beschleunigten fast automatisch ihren Gang.

Marianne erwartete sie schon, ganz Dame an diesem Abend. Mit einem Ruck riss sie die große Seitentür zur Restauration auf, und Julia schien es, als müsste die mächtige Gestalt von der Musikwoge, die hinter ihr aus dem Haus quoll, mitgerissen und ihr direkt vor die Füße gespült werden. Aber Marianne stand, natürlich, wie ein Mann. Schwarz und imposant hob sich ihre Silhouette im Türrahmen ab, auf dem Kopf trug sie heute einen besonders ausladenden Hut, dessen breite Krempe mit allerlei Zweigen und Beeren, ja, sogar mit kleinen Vögeln und Schnecken geschmückt war. Über die ganze waldige Pracht war noch einmal ein schwarzes Netz geworfen, das von Federn gekrönt wurde, vielleicht, um die Kleinode vor Staub und allzu heftigem Luftzug zu schützen. Das alles hatte eine bizarre Wirkung: als trüge Marianne ein gewaltiges Paket auf dem Kopf, das sie vergessen hatte aufzugeben. Um die Schultern geschlungen hatte sie eine Pelzstola, und die muskulösen Schultern waren nackt! Unter der Stola quoll schwere, aquamaringrüne Seide in mehreren Lagen bis auf den Boden, und schwarze Schnallenschuhe blitzten unter dieser opulenten Aufmachung hervor. Marianne strahlte: »Anne! Julia! Meine sehr Lieben.«

Sie wandte sich würdevoll um, um sie ins Haus zu lassen. Das Rascheln der vielen Stoffe war wohl endgültig zuviel für Webers eigentlich gelassenen Hund. Wahrscheinlich roch schon der tote Fuchs, den Marianne trug, nicht mehr allzu einladend, auch schwankte der Hut, als Marianne sich bückte, um Harry wohlwollend zu tätscheln; mit einem Aufheulen wich der Hund der sich nähernden Hand aus und gab Fersengeld. Kein Rufen, kein Pfeifen half. Harry ließ sich nicht mehr blicken. Der alte Weber schüttelte den Kopf:

»Hätt' ich man meene Gänse mitbringen sollen. Die sind jedenfalls mutiger, da könnt ihr Gift drauf nehmen!« und schob sich an Marianne vorbei.

»Mein Gott!«

Marianne hatte sich wirklich selbst übertroffen. Das grandiose Treppenhaus erstrahlte im Schein von vielen hundert Kerzen. Von oben drang Stimmengewirr, sodass man plötzlich das Gefühl hatte, in einer anderen, längst vergangenen Zeit einem festlichen Diner beizuwohnen. Oben warteten die alten Freunde und andere Leute aus dem Dorf, die Julia vom Sehen kannte, sowie Bekannte Mariannes vom Festland und von der großen Insel. Nein, offensichtlich kein Hanno. Eine angeregte, festliche Gesellschaft. Und wie hatte Marianne nur ihren Speisesaal geschmückt! Sie hatte, wenn sie unten in der Restauration von ihren Privaträumen erzählte, immer nur von einem grünen, einem blauen und einem roten Salon gesprochen, was Julia ein wenig überkandidelt vorgekommen war, aber nun begriff sie, was Marianne gemeint hatte und vor allem, warum sie so stolz auf diese Räume war: Marianne glaubte fest an den emotionalen Wert der Farben, das war Teil ihrer höchst privaten, ein wenig obskuren Mischung aus Glauben und Philosophie, aus Goethe und Rudolf Steiner, bereichert durch persönliche Lebenserfahrung und ein wenig gemildert durch ihre Vergesslichkeit und die Anforderungen des Alltags. Für den heutigen Abend jedenfalls hatte sie das blaue Zimmer gewählt, und sie hatte es in einen russischen Theatersaal verwandelt. Schwere rote Vorhänge mit verblichenen goldenen Fransen säumten den Eingang, dahinter öffnete sich eine kobaltblaue, golden durchwirkte Pracht: Marianne hatte die Wände des seltsam ungleichmäßig gebauten Raums mit blau und gold gestreiftem Papier tapeziert, von einem schweren dunkelroten Teppich stieg der leicht modrige Geruch längst vergangenen Wohlstands auf. Julia traute ihren Augen kaum, als sie den Blick hob: Waren das wirklich echte Stuckarbeiten, die da rings umher, ja sogar diagonal über die Decke liefen? Dargestellt waren bacchantische Szenen, ausschweifende Picknicks mit barbusig feiernden, üppigen Damen, Männern mit Bockshufen und albern umherspringenden Ziegen, während im Hintergrund Phantasiestädte von sagenhaften Herrschern kündeten ... Als der nächste Besucher eintrat, entdeckte Julia den charmanten Betrug: Im Windzug bewegte sich die vermeintliche Gipsarbeit! Es waren nur Seidentücher, bunt bemalt und mit einigem Geschick an der Decke drapiert, die den Eindruck meisterlicher Stuckateursarbeit erweckt hatten.

»Hallo!«

Vor Julia stand plötzlich Hilda, Hilda Minarek, und um ein Haar hätte Julia geknickst, in dieser seltsamen, verwunschenen Kulisse. Hilda sah allerdings auch wie eine leibhaftige Prinzessin aus in ihrem tiefroten, verwegen dekolletierten Kleid, das ihre makellose Goldhaut bestens zur Geltung brachte. Auf dem Kopf trug sie einen schmalen Reif, mit Glasperlen in den Farben des Kleides, und sah so kostbar und so deplaziert aus wie stets. Ach Hilda! Julia begriff endgültig, dass Hanno nicht gekommen war, und noch bevor sie fragen konnte, sagte Hilda leise: »Er ist noch nicht soweit! Bitte versteh!«

Sie musste nicht verstehen. Sie konnte trinken. Denn schon nahten von rechts und links dienstbare Geister, die sich erst auf den zweiten Blick als die alten Bekannten aus den anderen Gaststätten der Insel entpuppten. Und natürlich waren auch Mariannes eigene Angestellte dabei, Iris war heute so aufgeregt, dass sie sich fortwährend die Finger an der gestärkten Schürze abwischte, während ihr Mann Sven immer sofort nachschenkte, wenn jemand an einem Glas genippt hatte, um dann mit seiner Kochmütze in die Küche zurückzueilen, von wo das Klappern von Porzellan und metallenen Schüsseln erklang. Der Saal füllte sich, Marianne hatte die Fensternischen mit goldfarbenem und sonnenrotem Pergament ausgekleidet und Kerzenleuchter dahinter platziert, sodass weiches, flackerndes Licht auf die Menschen fiel und das Kulissenhafte der Szenerie noch verstärkte. Auch von der Decke hingen nur ein paar Kerzenleuchter, die gelegentlich tropften und den darunter Flanierenden kleine, spitze Schreckensschreie entlockten. Eine fast hysterische Atmosphäre lag in dem Raum. In ausladenden kupfernen Krügen waren spektakuläre Blumen arrangiert – keineswegs alle echt, Marianne hatte ihre üppige Imagination wuchern lassen und phantastische Gebinde entstehen lassen, mit großblättrigen, hoch aufragenden Pflanzen, die kein Mensch je gesehen hatte. Überdimensionale Nelken bauschten sich aus den Gefäßen, gestützt von militärisch aufrechten Margariten, die widernatürlich gold und messingfarben schimmerten. Silberne Glockenblumen blitzten auf, und überall rankte dunkelvioletter Efeu und kroch tiefschwarzes Moos aus flacheren Schalen. Es war, als hätte ein biederer Gärtner zuviel süßen Dessertwein getrunken oder irgendein Opiat zu sich genommen; dafür sprach auch die Wasserpfeife, die, von den Gästen vorläufig noch nicht genutzt, in einer arabisch dekorierten Ecke des Saales still und friedlich vor sich hin qualmte, während nicht zu identifizierendes Räucherwerk, korallenfarbene und giftig türkisgrüne Spezereien darauf warteten, in ihren silbernen Wannen entzündet zu werden. Spezereien, dachte Julia, hier waren ihre Lieblingswörter jetzt gut aufgehoben. Sie zerrieb ein paar Körner zwischen den Fingern. In Kristallkaraffen glänzten ölige Flüssigkeiten, Kelche und schwere Pokale aus den traditionellen Glasbläsereien des Erzgebirges wetteiferten mit ihrer Farbenpracht. In Mariannes überbordendem Sammlerhaushalt wurde deutlich, wie verschont und wie sicher die Insel stets gewesen war; nach dem großen Nordischen Krieg, der aber schon gut und gerne zweihundertfünfzig Jahre her war, hatte kein Krieg sie mehr verwüstet, selbst der letzte große Weltkrieg war spurlos an ihr vorübergegangen. Gleichmütig hatten die Inselbewohner dem allgemeinen Befehl gehorcht und ein paar Bunker in die Steilküste gegraben; doch keine Bombe streifte das unbedeutende Stückchen Land. So behielten die Inselbewohner ihr Hab und Gut, ihre Häuser und die Kirche, lebten, anders als fast alle anderen Deutschen, weiter in dem Gefühl grundlegender Sicherheit. Und so fanden sich in den Häusern auch Geschirr und seit Generationen weitervererbte Kostbarkeiten, die sonst im Osten des Landes ihresgleichen suchten. Dass alles so offen präsentiert, ja kunterbunt nebeneinander gezeigt wurde, das war ungewöhnlich, geschuldet vielleicht der neuen Zeit, in der es auszustellen galt, was man besaß – darin war Marianne eine gelehrige Schülerin der Nachwendezeit. Sie wollte feiern, unbedingt und großartig, heute und bis zur Erschöpfung. Und dazu musste erst einmal die Normalität aus den Köpfen vertrieben werden, der Alltag. Also spielte Marianne, spielte aserbaidschanisches Lager und tunesisches Beduinenzelt, russisches Wahrsagerstübchen und Wiener Tafel. Alles auf einmal und alles jederzeit.

Kleine samtbezogene Hocker luden zum Sitzen ein, hier und dort wartete ein kleiner Lehnsessel auf einen Besucher. Aber die meisten spazierten angeregt umher, die Frauen mit kleineren Schritten, die Männer aufrechter als sonst. Alle redeten mehr und viel schneller als üblich, aus einer gewissen Entfernung klang es wie Vogelgeplapper: das der Männer wie das wichtige Geschnatter der Enten, das der Frauen höher und zwitschernder. Julia dachte an die prächtigen Eisvögel, die ihr in den Augustwochen auf der Insel aufgefallen waren. Jetzt sah sie viele grünschillernde weibliche Eisvögel auf und ab promenieren, die ihre festliche Aufmachung fröhlich vorzeigten.

Renate war, wie sie lachend sagte, »als Mädchen« gekommen: Ein kirschrotes Barett saß schräg auf ihrem Kopf, dazu trug sie ein erdbeerfarbenes Mieder und einen weit ausgestellten blauen Rock. Damit wirkte Renate wie ein alterndes Rotkäppchen, das es sichtbar genoss, um all die umherstreifenden dörflichen Wölfe herumzuwedeln. Ihre Augen blitzten, zum ersten Mal fiel Julia deren tiefgrüne Farbe auf. Renates eigener Wolf, der brave Jan, war allerdings unter anderen Tieren auf der Pirsch. Julia hörte sein Lachen bei einigen jungen Mädchen aus dem Dorf. Doch Renate schien das nichts auszumachen: Sie sah glücklich aus an diesem Abend, denn sie wurde von ihrem Sohn begleitet. Der Internatszögling hatte sich sogar in eine der gefürchteten »Kombinationen« stecken lassen, die aus einer hellen Hose und dem unvermeidlich dunkelroten Jackett bestanden, und beinahe ohne Protest trug er die Krawatte, die ganz sicher seine Mutter dazu ausgewählt hatte. Auch Anselm Nothnagel entdeckte Julia, allerdings schlenderte der nicht – nein, er schritt, aufgerichtet von der ganzen Bedeutung seines Amtes, und grüßte in regelmäßigen Abständen nach rechts und links, gleichgültig, ob dort jemand stand, der den Gruß erwartete oder nicht. An seinem rechten Arm, den er in exaktem rechtem Winkel gebeugt hatte, hing eine erstaunlich kleine, erstaunlich lebendig blinzelnde Person mit blonden Locken, deren üppige Figur ein grünes Dirndlmieder schier zu sprengen drohte. Nothnagel sah gelegentlich auf seine Frau und deren Dekolleté hinunter, nicht ungern, wie es schien. Er schwitzte.

Lisas tiefe Stimme tönte aus einer Ecke, offenbar näherte sie sich der Pointe eines ihrer gefürchteten Witze. Und wirklich: Da stampfte sie schon ein paarmal mit dem Fuß auf, und alle um sie herum brachen in Gelächter aus. Der Fuß allerdings war bemerkenswert, denn Lisa hatte ihre müden Knochen in schwarze, sehr hochhackige Lackstiefeletten gezwängt, aus deren Schaft sonnengelbe Pluderhosen hervorquollen. Darüber trug sie eine schwarze Samtweste, die vorn von silbernen Schnallen kaum zusammengehalten wurde, eine weiße Rüschenbluse, und um Lisas Hals, der allmählich rot anschwoll, spannte sich obendrein noch ein samtenes Kropfband mit einer Elfenbeinbrosche.

Auch Erika, die Inhaberin des Supermarktes in Stiftsdorf, hatte offenbar alles zusammengetragen, was Boden und Keller hergaben; ihr widerspenstiges Haar leuchtete pflaumenrot im Kerzenschein, sie wandte den Kopf hin und her, ein kleiner Vogel auf Beutezug. Und dann war da noch die Junge, die Maushaarige aus der Sauna, die, nachdem sie bei einem solchen Anlass ihre übliche

Brille daheim gelassen hatte, ein wenig angestrengt aus ihren kurzsichtigen Augen blinzelte. Sie hatte viele Meter fein durchsichtigen Chiffonstoffes um ein schlichtes schwarzes Trägerkleid drapiert und auf dem feinen Netzgewebe unzählige Papierrosen befestigt. Kleine Blumengirlanden bildeten auch die Träger des Kleides, und dieselben Rosen schmückten den kleinen Beutel, den die Maushaarige als Abendtäschchen bei sich trug. Aufregend sah auch ihr Begleiter aus, ein junger Mann, offenbar vom Festland, dessen sonnengebräunte Haut und dessen weißes Hemd den aufstrebenden Geschäftsmann verrieten, der es vorläufig noch schaffte, in der Mittagspause eines der vielen neuen Solarien zu besuchen, weil es einem angehenden Manager nicht gut anstand, erschöpft oder gar graugesichtig umherzugehen. Der Gebräunte zog viele bewundernde Blicke auf sich, wobei den anderen anwesenden Männern vor allem die kostspielige Uhr auffiel, die er am Handgelenk trug und auf die er alle nasenlang schaute, so, als hätte er heute abend in dieser Einöde noch einen wichtigen Termin.

»Die Hemdenindustrie nimmt einfach keine Rücksicht auf Herzeigeuhren«, tuschelte Julia Anne zu.

»Wieso, was hast du denn?«, fragte Anne. »Der sieht doch ganz fesch aus. Du wirst doch nicht etwa sauertöpfisch, hm? Sonst lade ich dich auf der Stelle bei Biggi ab, schau mal!«

Tatsächlich: Biggi, die Freundin der Maushaarigen, saß allein in einem der vielen kleinen Korbsessel, den kleinen schwarzen Hut verrutscht, auf den Knien ein großes Glas mit Bier balancierend.

»Au weia, ich ahne, wie das endet …«

Anne und Julia schlenderten weiter. In der Mitte des großzügigen Raumes wartete schon eine festlich geschmückte Tafel auf die Gäste. Ultramarinblau leuchtete die improvisierte Tischdecke aus Lackfolie, auch Nelken und Rosen und selbst das Heidekraut hatte Marianne in den ihr genehmen Farben besprüht. Ein wenig Lackduft lag noch im Raum, und bei genauem Hinsehen entdeckte man Spuren der Dekoration an Iris' Händen. Wieder warf Sven einen prüfenden Blick aus der Küche.

Beim Abendessen, als endlich alle an der Tafel Platz gefunden hatten, da verriet Marianne, was es zu feiern galt: Iris und Sven würden bleiben. Sie hatte es tatsächlich geschafft, sie zu überreden. Nun war eigentlich nichts Besonderes dabei, dass zwei Angestellte nach einer angemessenen Probezeit ihren Vertrag verlängerten; Marianne aber maß solchen Entscheidungen sehr viel, ja geradezu symbolische Bedeutung bei, nicht weiter erstaunlich, wenn man bedachte, dass sonst vor der enormen Person Kinder und Hunde Reißaus zu nehmen pflegten. Und außerdem hatte sie mit den beiden weit mehr vor, als sie Pizzas und Schnitzel zubereiten zu lassen. Marianne, das verkündete sie nun majestätisch, während ihre Gäste die Suppe löffelten, eine Wildconsommé erstklassiger Qualität, hatte einen Plan. Begeistert nickte sie nach beiden Seiten, und es tat ihrer Vornehmheit keinen Abbruch, dass sich dabei immer mal wieder eine Feder aus ihrem Hut verselbstständigte und sachte, aber unaufhaltsam in den Suppenteller des Nachbarn segelte … Und während die anderen später mit Entzücken an ihren Hasenkeulen herumknabberten, erläuterte Marianne endlich, was sie vorhatte.

Die Insel sollte ihre Bedeutung als Künstlertreffpunkt wiedergewinnen, der sie einmal gewesen war. Marianne erinnerte an Jahre, als sich hier im Sommer mathematische wie kunsthandwerkliche Genies gleichermaßen eingefunden hatten, Maler, Dichter, die ersten Psychoanalytiker, die sich in der Geruhsamkeit des Inselalltags erholten von den Anfeindungen, denen sie in ihren heimatlichen Städten ausgesetzt waren. Bedeutende Ärzte waren darunter gewesen, solche, die – gewiss nicht immer erfolgreich – mit neuartigen Formen der Narkose experimentiert hatten, Hypnotiseure, Anhänger chinesischer und ayurvedischer Medizin. Das alles, so erläuterte Marianne, habe es zu Beginn dieses Jahrhunderts und noch einmal in den zwanziger Jahren gegeben – hier, auf diesem kleinen Eiland, das eigentlich nichts zu bieten hatte, wenn man eben genau von diesem Umstand absah: Es war exakt dieses Ereignislose und Undramatische, dieses Genügsame der Insellandschaft gewesen, was die großen Geister damals angezogen hatte …

»Und jetzt wird es Zeit, dass wir ihnen etwas zurückgeben!«, sagte Marianne feierlich.

Und wie auf ein Stichwort erschien aus einem Nebenraum Sven und schleppte einen gewaltigen Koffer mit sich. Mariannes berühmter Koffer. Hastig wurde die Tafel um Mariannes Platz herum freigeräumt, einige fassten mit an, und schon hatten sie das lederne Ungetüm auf den Tisch gehievt. Die Schlösser schnappten mit einem trockenen Geräusch auf.

»Hier«, sagte Marianne, während ihr Arm in den Koffer hinabtauchte, »hier habe ich die Schätze der Insel. Aufbewahrt seit Jahrzehnten. Wir müssen sie nur wieder zum Leben erwecken. Wir haben Lazarus! Und Lazarus muss heraus. Denn wer«, jetzt schwoll ihre Stimme wieder mächtig an, »wer sollte IHM im Scheol huldigen? Das fragen schon die Preislieder, die heiligen Tehillim.«

Julia dachte, dass den meisten anderen die »heiligen Tehillim« oder Psalmen und selbst der schreckliche Höllenschlund, der »Scheol«, wahrscheinlich entweder gänzlich unbekannt oder jedenfalls ziemlich gleichgültig waren, aber was sich in dem Koffer verbarg, das wollten sie offensichtlich alle wissen. Marianne kramte, dann zog sie mit triumphierender Miene einen Stapel verblichener Papiere hervor.

»Hier. Der Boreas. Die Angaben zur Uraufführung. Und: Fotos! Das heißt, wir könnten die Originalaufführung wiederholen. Ich bin sonst, wie ihr wisst, gar nicht so eine große Freundin der Ladestein'schen Dramen, aber diese Pièce hier, die hat mich überzeugt. Das hat Tiefe, das hat Bedeutung!«

Sie warf die Papiere mit einer dramatischen Geste auf den Tisch. »Diese Pièce«! Julia traute ihren Ohren nicht. Dokumente von Ladesteinaufführungen?!

»Warum hat diese alte Schachtel davon nie etwas gesagt?!«, zischte Anne jetzt, und man merkte ihr die Empörung an. Hart wurden sie herausgerissen aus ihrer Partystimmung. »Das habe ich gerne: Erst abfüllen und dann große Bekenntnisse ablegen! Verflixt, warum nur habe ich schon so viel Wein getrunken!«

Marianne schien zu ahnen, was die beiden, schließlich offiziell zuständig für den Nachlass des Dichters, von ihrer Heimlichtuerei halten würden.

»Es tut mir leid, ich wusste natürlich, dass ihr auf solche Unterlagen gewartet habt. Aber, wisst ihr, ich habe genau gespürt, dass die Zeit – wie soll ich sagen – nicht die beste dafür war. Die Aura war nicht günstig, glaubt mir, ich bin sehr gewissenhaft vorgegangen. Ich musste auch abwarten, wie sich alles andere entwickeln würde. Konnte ich ahnen, dass ich so überaus talentierte Helfer finden würde? – Für die Küche, gewiss, aber doch auch für vieles mehr. Was ist ein Lehrer ohne Schüler? Denn es steht geschrieben: ›All seine Brüder habe ich ihm zu Knechten gegeben und mit Korn und Most ihn versehen.‹ Die richtige Zeit ist nun gekommen. Und gerade euch, meine Lieben, danke ich dafür.« Sie nickt Anne und Julia huldvoll zu.

Sie sprach in Rätseln. Sie sprach weiter.

»Jaja, schließlich habt ihr, meine treuen Freundinnen, mich mit dieser überaus kompetenten und, wie soll ich sagen, positive Energien ausstrahlenden Jeanette bekannt gemacht. Und Jeanette, so versichert sie mir in ihrer entzückenden Korrespondenz, Jeanette wird ebenso mit von der Partie sein wie meine beiden Lieben hier.« Sie griff mit der gleichen besitzergreifenden Gebärde nach Iris und Sven wie damals, am Anleger.

»Jetzt endlich kann ich sicher sein, dass ihr mich versteht und dass ihr vor allem alles in eurer Macht Stehende unternehmen werdet, um meinen verwegenen Plan zu unterstützen. Denn, so viel vorweg: Verwegen ist er! Denn ihr wisst ja: ›Die Verständigen werden leuchten wie der Himmelsfläche Glanz, und die viele zur Redlichkeit geführt wie die Sterne, immer und ewig.‹«

»Das Einzige, was hier glänzt, ist Mariannes Nase! Weil sie nämlich schwitzt! Weil sie ein schlechtes Gewissen hat! Verdammt noch mal, was hat denn deine Jeanette hiermit zu tun?« Anne Bult war sichtlich fassungslos. Julia zuckte die Achseln. Ihr schrieb Jeanette dieselben launigen Briefe wie immer, nur angerufen hatte sie nicht mehr in jüngerer Zeit. Hatte Marianne Brant einen ganz harmlosen Höflichkeitsbrief falsch verstanden, in dem Jeanette sich für die Gastfreundschaft bedankte? Aber auch von einem solchen Brief an Marianne hatte Jeanette nichts erzählt. Andererseits: Warum sollte sie auch, sie war niemandem, auch ihr nicht, Rechenschaft schuldig … Julia grübelte.

Marianne war in ihrem Element. Sie hatte die Rettung gefunden, die Rettung für die Restauration im Föhrenwald, die Rettung für den Föhrenwald, ja vielleicht die Rettung für die ganze Insel! Tatsächlich machte sie nun eine beinahe segnende Geste, wobei ihr dramatisch der Pelzkragen von den Schultern rutschte und Nacken und Oberarme freilegte, die denen eines Preisboxers glichen. Ungerührt breitete sie die Papiere aus. Die anderen drängten näher, selbst Anne vergaß die ihr eigene Zurückhaltung und schob sich an den Freunden vorbei. Vor ihnen lag ein mächtiges Konvolut aus dem Ladestein'schen Nachlass: die Dokumentation der Theaterstücke, Notizen zu Proben, die offenbar im Freien, hier oben im Föhrenwald stattgefunden hatten, Kostümskizzen, Bühnenbildentwürfe und Fotos.

»Nein!«, entfuhr es Anne. Sie griff nach ein paar Fotos.

Diese waren gelblich verfärbt in den vielen Jahren, die sie unbeachtet in Kisten und Schachteln verbracht hatten, aber was darauf abgebildet war, ließ sich eindeutig erkennen: Sie zeigten den Dresdner Volksschauspieler Karl Kniepert-Schlepegrell, der trotz seines verzwickten Nachnamens damals ein bekannter Bühnenheld war, in einer lachhaften Kostümierung: Schlepegrell war beinahe nackt, wenn man von einer wenig kleidsamen Schärpe absah, die sich üppig, aber vergeblich um seine rundlichen Hüften schlang. Das überlange Ende der Schärpe hielt Schlepegrell über den linken Arm gelegt, während er mit dem rechten dramatisch gestikulierte. Und von der Schärpe dachte Julia sofort, dass sie blau sein müsste …

»Nee! Kinnings!«, rief plötzlich die alte Lisa, Weber zur Seite schiebend, und stützte ihre mächtige Linke auf den Tisch. »Das ist doch der Engel! Unser Engel!«

»Kiek mal eener an! Det Pummelchen aus der Dorfkirche!«

Und wirklich: Der Schauspieler, der offenbar bei Proben für Ladesteins Stück von den vier Winden abgelichtet worden war, trat ganz eindeutig als Engel aus der Dorfkirche auf. Aber auch als Boreas. Oder der Boreas war ein Engel? – Aber nein, dagegen sprach die kokette Kostümierung, die bei einem erwachsenen Mann dann doch etwas eindeutig Frivoles hatte. Auf anderen Fotos trug der Schauspieler sogar einen Bockshuf! Keine Frage, Ladestein hatte aus dem geliebten Engel in der Kirche zu Stiftsdorf respektlos einen erotischen Dämon gemacht, einen Cupido, einen nur scheinbar harmlosen Putto, der wenige Szenen später lustvoll unter der Auspeitschung der Bäume stöhnen würde.

»Schaut mal, hier!«

Die Maushaarige hatte vergilbte Zeitungsartikel hervorgezogen. Darin war von ungeheuerlichen Skandalen die Rede, in Leserbriefen empörten sich Freundinnen des guten Geschmacks und Zirkel pensionierter Lehrerinnen, die kleine Insel schien als Ausflugsziel für Sommerfrischler beim besten Willen nicht mehr geeignet. Offenbar hatte es tatsächlich eine Freiluftaufführung der »Genese der vier Winde« gegeben, und den völlig überrumpelten Premierengästen war ein Spektakel präsentiert worden, das den liebenswerten Engel, den Schutzpatron des Dorfes, als schlitzohrigen Hallodri gezeigt hatte. Dieselbe Zeitung berichtete ein paar Monate später, nun sei es endlich gelungen, einigen unerwünschten Elementen auf der Insel klarzumachen, dass sie hier nicht mehr wohlgelitten seien.

Ladestein, dessen unselige Komödienidee sicher einer Bierlaune, vielleicht aber auch der schieren Lust an der Provokation entsprungen war, wurde gezwungen, die Insel zu verlassen. Keiner der Fischer versorgte ihn mehr, der Bäcker verkaufte ihm kein Brot, und der Pastor, bis dahin einer seiner wenigen ständigen Gesprächspartner, erwiderte seinen Gruß nicht mehr, wie die Inselzeitung nicht ohne Genugtuung zu berichten wusste. Auch die Nachhilfeschüler blieben aus. Und die einstigen Mitstreiter, die mit Ladestein für eine Belebung der Badesaison durch Tanz und Theater hatten sorgen wollen, zogen sich zurück, allen voran jener Dresdner Volksschauspieler, der nach der aufsehenerregenden Premiere unverzüglich abgereist war, wie es hieß »mit einer blonden Perücke«, und ein ums andere Mal ausrufend, dass er von der Liebe und der Gunst seines Publikums lebe und von sonst gar nichts. Die kompletten Abendeinnahmen hatte er trotzdem mitgenommen. Das heißt: Ladestein war pleite. Er hatte sogar erhebliche Schulden, denn für den Abend der Aufführung, die nun in ungewollter Art »einmalig« bleiben würde, hatte Ladestein, der dem Ostseeklima misstraute, eigens ein Zelt anfertigen und auf die Insel schaffen lassen. Fünf ausgewachsene Männer waren drei Tage lang damit beschäftigt gewesen, es aufzubauen. Kurzum: Wie schon zuvor in Berlin, so waren auch hier die Gläubiger hinter Ladestein her; er reiste ab, mit offenbar unbekanntem Ziel. Den Dorfengel, den Boreas aber, den konnte kein harmloser Kirchenbesucher mehr in der alten Unschuld betrachten – das hatte ihnen Ladestein gründlich verdorben.

Und so mutmaßte denn einer der großstädtischen, gelasseneren Freunde Ladesteins, es müsse doch für den Pastor ein erhebendes Gefühl sein, sonntags von Sitte und Anstand zu predigen, während über ihm, als stummer, aber beredter Widerspruch der Inbegriff der Sinnlichkeit und des Lasters schwebte – mit kirchlichem Segen noch dazu, denn diejenigen Eiferer, die gleich nach dem denkwürdigen Abend das Kind mit dem Bade ausschütten, also den Engel entfernen lassen wollten, waren auf erbitterten Widerstand der übrigen Dorfbevölkerung gestoßen. »Wir lassen uns den Engel nicht madig machen!«, lautete die vom Kantor ausgegebene Parole, und dabei blieb's. Und diebisches Vergnügen machte es nun dem Briefpartner Ladesteins, dessen Unterschrift leider nicht mehr zu entziffern war, sich vorzustellen, wie die frommen Ehefrauen der Fischer, die ihre Männer ohnedies den Großteil des Jahres entbehrten, beim Anblick des Engels auf allerlei unheilige Sehnsüchte kamen …

»So gesehen, wirkt das schon ganz anders, dass bei meiner Mutter in der Stube immer ein Bild vom Engel hing!«, rief Erika, hörbar irritiert.

»Vom Engel? Vom Boreas!«, rief ein anderer.

Fast entstand so etwas wie ein Tumult. Die einen wollten die tolle Geschichte nicht wahrhaben, die anderen, schon weinselig entspannt, bestanden darauf, sofort eine Kommission einzusetzen, die sich unverzüglich auf den Weg ins Dorf machen und den gefallenen Engel in Augenschein nehmen sollte … Das wurde abgelehnt. Sven steuerte einen etwas wackeligen, aber durchaus noch imposanten Dessertwagen zur Tür herein, auf dem kleine Kuchen und Trüffel gestapelt waren, und sofort beeilte sich Iris, die entsprechenden Dessertweine anzubieten. Wie schnell Entschlüsse durch entsprechende Mengen von Alkohol ins Wanken zu bringen sind! Selbst die sonst so disziplinierte Hilda war inzwischen breitbeinig in einen der bequemen Sessel gesunken und hatte nicht bemerkt, dass ihr der Träger des roten Abendkleides von der Schulter geglitten war. Von den anwesenden Männern mochte sie offenbar keiner darauf aufmerksam machen, die beeilten sich hingegen, kleine Patisserien vorbeizubringen. Lisa kämpfte mit einem Mürbeteig, der sich hartnäckig ihrer Gabel widersetzte. »Ist doch nicht zu fassen!«, murmelte sie, dabei nicht wirklich empört. »Kein Wunder, dass meine Großmutter das Herzenhaus wieder abreißen lassen wollte! Arme Frau!« Sie grinste. »Aber *die* Geschichte, die hat sie mir nie erzählt. Und auch sonst hat sie keiner erzählt! Haben sie alle schön dichtgehalten, war ihnen allen peinlich!«

Der alte Weber schlich sich an sie heran. Er hatte ausgiebig mit der Wasserpfeife experimentiert, assistiert vom immer neugierigen Jan, und sein Gesicht hatte mittlerweile die Farbe reifer Pflaumen angenommen.

»Hört mal!« Weber wandte sich an die in seiner Nähe Sitzenden, »wenn ihr so gern bisschen Schweinkram hört …« Ein Rülpser entfuhr ihm. »O Verzeihung.«

»Friedhelm!«, warnte Lisa, und auch Anne winkte ab.

»Nu lass schon hören!« riefen ein paar Junge.

»Aber, aber, ich bitte Sie!« Das war Nothnagel, und man wusste nicht, ob es zustimmend oder ablehnend gemeint war. An seinem Arm lächelte die Attraktive mit dem Dekolleté unergründlich und blond.

»Is' eigentlich gar kein richtiger Schweinkram, is' ooch so was, was vom Ladestein kommt. Der hat so Geschichten gesammelt, von 'ner Insel, meinick …«

Webers Aussprache war nicht mehr ganz taufrisch.

»Det ging nämlich umme Entstehung vonnä Insel«, erzählte er. »Sven, haste nix mehr zu trinken im Haus?«

Der Angesprochene eilte herbei, inzwischen ohne Kochmütze.

»Die Jeschichte isja bekannt, nich'? Wie so'n kleener Mann in 'ner bösen Sturmnacht, bei so 'nem richtijen Messwäddar anklopft bei 'ner armen Frau und sich dann anderntachs bedankt, in dem das nächste Flüssije, was die Frau anfässt, sich nicht mehr einkriejen, nich mehr uffhalten lässt?«

»Friedhelm! Lang-sam! Deut-lich!«, mahnte Anne.

»Ich bitte Sie, ich bitte Sie …«, seufzte Nothnagel.

»Wir wollen das jetzt hören!«, entschied Lisa.

Offenbar existierte eine rauere Version der Sage, die die Entstehung der Insel zu erklären versuchte, eine Fassung, in der die wackere, aber arme Bäuerin den unbekannten Gast beherbergt und anderentags, nachdem er fort ist, beschließt, das letzte Krümelchen Kakao aufzubrühen, mit dem letzten Tropfen Sahne, damit ihr, so denkt die Frau, noch ein wenig warm werde, bevor sie Hungers sterben muss. Sahne und Kakao fließen also in Strömen, die Frau eröffnet ein Café und wird reich. Die geizige, reiche Frau jedoch, die von dem vermeintlich gerissenen Handel der ersten gehört hat, lädt ihrerseits den kleinen Mann ein, bewirtet ihn und bekommt, wie die erste Frau, eine Belohnung versprochen. Bevor sie allerdings dazu kommt, eine gute Flasche Roten zu öffnen, muss sie noch einmal geschwind zur Toilette …

»Ha-ha, unn da versuppt die blöde Trine inner eigenen Pisse!«, beendete Weber die haarsträubende Geschichte und schlug sich vor Lachen auf die Schenkel.

»Und was hat nun unser Dichter damit zu tun?«, fragte Anne, der solche Anekdoten nicht behagten.

»Der Ladestein, dieser Verrückte«, so mischte sich eine andere Frau ein, »der wollte daraus ein musikalisches Kinderstück machen. Stellt euch das mal vor! Mit Rasseln und Klingeln und natürlich echtem, rinnendem Wasser, wenn die Frau pinkelt …«

Ein Stück übers Pinkeln mit Orff'schen Instrumenten?! Das war wirklich die Höhe. War es dem Mann zu ruhig und zu friedlich in seiner Sommerfrische? Schon möglich. Es passte zu Ladestein, dass er ein unbefangenes Verhältnis zu allem hatte, was irgendwie mit dem menschlichen Körper, ja mit Elementarem und Lebendigem zu tun hatte. Glaubhaft hatten Dorfbewohner berichtet, dass Ladestein öfter im größten Kuhstall in Nebel beim Ausmisten und Füttern half. Er müsse sich in Schwung bringen, soll er bei solchen Gelegenheiten gesagt haben. Während andere aufwendige Freiluftübungen exerzierten und alberne bunte Holzkeulen schwangen, fasste er lieber ein bisschen mit an. Seinem Verleger hatte er geschrieben, mit wieviel Spaß er Nachtwachen übernahm, wenn eine Kuh kalben sollte. Dann wieder kehrte Ladestein den Bonvivant aus der Großstadt heraus, der behauptete, die einzig akzeptable Mischung eines berüchtigten Drinks zu kennen, und der es auch fertigbrachte, sämtliche Besucher eines Lokals auf eben dieses Getränk einzuladen, einmal und noch einmal, bis der ganze Saal tobte und sang und stapfte und tanzte ... Das schrieb er dann auch nach Berlin – kleinlaut, wenn der Rausch ausgeschlafen war und er wieder dringend »einen Wechsel« brauchte.

Sie kramten in Mariannes Unterlagen.

»Nur schade, dass ich schon so betrunken bin!«, sagte Julia zu Anne.

»Nein, ein Glück«, flüsterte die zurück, »ich jedenfalls würde es sonst gar nicht aushalten, wie die mit ihren fettigen Fingern in den Sachen herumwühlen.«

Fotos von Ladestein waren dabei, in einem lustigen gestreiften Badekostüm, das damals schon reichlich aus der Mode gewesen sein musste. Andere Bilder zeigten seine Freunde, die zu Besuch aus der Großstadt gekommen waren, Rechnungen waren dabei, eine ganze Anzahl böser Mahnbriefe, Billetts und Ansichtskarten. Und wieder ein Foto. Es zeigte zwei Frauen in weiten Kittelschürzen, die offenbar gerade im Garten arbeiteten. Ladestein war dabei, die eine am Arm zu sich heranzuziehen, während ihm die andere lachend mit dem Zeigefinger drohte. Die Frau, die Ladestein am Arm gefasst hielt, war jung, vielleicht fünfundzwanzig oder dreißig Jahre alt. Sie hatte kräftige, gerade Beine, ein gleichmäßiges Gesicht und kräftige Zähne, die sie beim Lächeln entblößte. Und sie hatte sehr helles Haar, wie ein Helm geschnitten, das ihr Gesicht leuchtend einrahmte.

»Schau!« Julia berührte das Foto mit den Fingern. »Malvine!«

Anne beugte sich herüber. Betrachtete lange das Foto.

»Ja, das muss diese Malvine sein. Aber viel mehr als vorher wissen wir jetzt auch nicht.«

»Es ist phantastisch.«

Marianne hatte diesen Satz ganz ruhig vor sich hin gesprochen, und trotzdem war allen sofort klar, dass es der Beginn einer Rede sein sollte.

»Was ist phantastisch?«, fragte Anne dennoch ein wenig ungehalten dazwischen.

»Der Engel, diese heidnische, archaische Form der Erlösung.«

Zweifellos war auch die Gastgeberin keineswegs mehr nüchtern. Marianne hatte ihren gewaltigen Hut auf einem Tischchen abgelegt, wo er wie ein Präsentkorb thronte. Jetzt griff sie nach ihrer Pelzstola und legte sie sich wie einen jüdischen Gebetsschal über den Kopf. Geheimnisvoll schimmerte das aquamaringrüne Seidenkleid.

»Dies ist die Botschaft von dem, der die sieben Sterne in seiner Hand hält«, donnerte Marianne plötzlich los, sodass selbst Hilda in ihrem bequemen Lehnsessel plötzlich zusammenfuhr und sich aufrecht hinsetzte. »Die Botschaft dessen, der unter den sieben Menorahs wandelt. Ich weiß, was du getan hast und dass du hart gearbeitet hast, wie du ausgeharrt hast und böse Menschen nicht ertragen hast, deshalb hast du die geprüft, die sich selbst Gesandte nennen, es aber nicht sind – und hast sie als Lügner erfunden. Du harrst aus, und du hast um meinetwillen gelitten, ohne müde zu werden. Aber ich habe Folgendes gegen dich: Du hast die Liebe verloren, die du zuerst hattest!«

Marianne atmete schwer. Sie hielt sich an der Lehne ihres Stuhls fest, und jedermann konnte sehen, dass ihre Rede sie äußerste Konzentration und Anstrengung kostete. Nur, was hatte dieser Text aus der Apokalypse des Johannes mit ihr, mit ihnen zu tun?

»Die allererste Liebe, meine Freunde, die allererste Liebe ist das Land, wohinein wir geboren werden. Es ist dieses Land, unser Land hier. Wir haben hart gekämpft, meine Freunde, aber wir haben unsere Liebe, ich meine, diese kleine Insel, geraume Zeit brachliegen lassen. Doch, das sei euch gesagt, damit ist es nun vorbei!«

Einen Augenblick war Marianne Brant sichtlich von sich selbst gerührt. Dann straffte sich ihr Körper wieder. Mit einer geradezu herrschaftlichen Geste winkte sie Sven herbei, der ihr nachschenkte. Sie wandte sich an Anne Bult: »Du, meine Liebe, wirst dieses Konvolut natürlich bekommen für deine Gedenkstätte. Darum geht es mir nicht. Mir, nein mir geht es um den geistigen Gehalt …«

»… mir auch …«, stellte Anne klar, wurde aber überhört.

»Ich habe schon angekündigt, dass wir hier wieder Theateraufführungen haben werden. Wir haben Ladestein, wir haben Gorless und Oppeln – immerhin zwei bedeutende Heimatdichter –, und ich werde weder Kosten noch Mühen scheuen, um weitere Autoren aufzutreiben. Wir brauchen beispielsweise ein Mysterienspiel, ganz in der Art des Mittelalters, weil es die Durchdringung von Irdischem und Himmlischem auf einzigartige Weise verkörpert.«

»Ich beobachte hier eher eine Durchdringung von Körperlichem und Alkoholischem«, brummte Lisa.

»Wir haben bereits Künstler hier am Ort, und es gibt andere, die gern kommen würden, wenn sie eine Möglichkeit hätten zu bleiben. ›Mach frei die Augen mir, damit ich schaue / die Wunder aus deiner Weisung. / Ein Fremdling im Land bin auch ich / Die Seele mir genießt in Sehnen.‹ Das verbindet uns alle – dass wir alle Gäste sind und uns nach etwas Bedeutendem, nach etwas von Dauer sehnen. Die Künstler werden also eine Bleibe haben – mein Haus. Und es wird für sie gesorgt sein – durch Sven und Iris, meine lieben Schüler. Und es wird davon gekündet werden bis in ferne Universitätsstädte, Stätten des geistigen Lebens – durch Jeanette, deren Geist sich nach Erfrischung sehnt.«

Marianne machte eine ausholende Geste. Ihre Schüler? Waren Sven und Iris nicht einfach ihr Koch und ihre Serviererin? Und Jeanette? Es musste ein höllisches Missverständnis gegeben haben. Julia fühlte sich hilflos. Marianne winkte die beiden Helfer zu sich heran, Sven links, Iris, die vor Verlegenheit fast zu weinen begann, rechts. Sie legte ihnen wieder jeweils einen Arm um die

Schulter, wobei die Pelzstola ins Rutschen kam. Sven und Iris bemühten sich unauffällig, sie hinter Mariannes Rücken zu halten, was in der Dreierfigur für Unruhe, Gezappel und Gezerre sorgte, bis Marianne die beiden mit jenem eisernen, alle Widerstände erstickenden Griff hielt, den Julia schon so gut kannte.

»Ein jeder Arbeiter ist seines Lohnes wert – das ist wahr. Aber die beiden haben beschlossen, dass sie zukünftig mehr als bloße Angestellte sein wollen. Wir werden zusammenleben und zusammenarbeiten, und jeder andere ist uns herzlich willkommen. Wir werden alles teilen und, so hoffe ich, meine lieben Freunde, wir werden hoffentlich auch Staunenswertes leisten.«

Die Gäste trauten sichtlich ihren Ohren nicht. Marianne hatte die beiden überredet, ohne Lohn für sie zu arbeiten?

»Es muss ihr doch schlechter gehen, als ich dachte«, meinte Anne, plötzlich wieder ganz nüchtern. »Sonst würde sie sich so etwas doch nicht ausdenken!«

»Ich weiß gar nicht, ob das rechtens ist«, zischte Nothnagel herüber. »Das will alles in Ruhe geprüft sein! In großer Ruhe, lassen Sie mich nur machen.«

»Scht …« machte Lisa, die nichts verpassen wollte.

Wirklich schwebte Marianne eine Art Künstlergemeinschaft vor – mit festen, beinahe klösterlichen Regeln allerdings, die allein sie zu bestimmen hätte. Und das junge Paar ließ sich darauf ein: aus wirtschaftlicher Not? Aus Ergebenheit? Aus innerer Verwirrtheit, die sich danach sehnte, von fester Hand geführt zu werden? Verwirrung machte sich nun auch unter den Gästen breit. Die einen wurden unmutig, weil ihnen, wie dem alten

Weber »die janze Richtung« nicht passte, die anderen freuten sich, dass jemand etwas unternahm, mochte es noch so verrückt klingen. Julia dachte über den Bibelvers nach, der von der verlorenen Liebe gesprochen hatte. Von der Ursprungsliebe. Und dem Verrat daran. Und fragte sich, was ihre Freundin Jeanette mit alldem zu tun haben könnte.

14.

»Hello, you fool I love you. I hit the road out of nowhere, I had to jump in my car and be a rider in a love game following the stars. Don't need no book of wisdom, I get no money talk at all ....«

Energisch geht die Percussion ans Werk, singt ihr das Duo seinen cleanen Song direkt ins Gesicht. Schwedischer Pop! Nicht leicht zu verkraften, wenn man selber müde und betrunken und noch immer nicht vollständig entliebt ist. Ein Mann tritt ihr auf den Fuß, entschuldigt sich, hat einen süddeutschen Akzent und heute sicher noch nicht gebadet. Der Atem klebt in den Bartstoppeln. Sofort schiebt sich eine Dunkelhaarige an seine Seite, wittert Kontaktaufnahme. So geht das nicht! Die Bar im Café Wetterstein ist voll, heiß, dröhnt vor Musik und schreienden Wünschen.

»She says: Hello, you fool I love, come join my joyride. She's a flower, I can't pay her ...«

»Zu trinken?«

Das ist der längste Satz, zu dem die Bedienung noch fähig ist. Sie benutzt die Innenseite der unendlich langen Theke, um sich daran entlangzuhangeln und so schneller von einem Gast zum nächsten zu kommen. Zu trinken? Was schon – Bier. Bier oder irgendetwas, nur dass sie sich daran festhalten kann und die Verwirrung von Mariannes Fest herunterspülen.

Sie schaut sich um. Noch dunkler, noch schwüler als bei ihrem ersten Besuch erscheint ihr die Atmosphäre jetzt. Wochenendgäste sind auf die Insel gekommen, sie wohnen allesamt im Hotel Pirat, dessen Wirt immer die Wettersteinbar empfiehlt. Und so umdrängen sie die Theke: die früh gealterten Ehepaare aus dem Westen in ihrer teuren Freizeitkleidung. Verwirrte junge Paare, die wahrscheinlich einfach eine günstige Reise haben buchen wollen und sich nun in der Zwangsgemeinschaft von Pauschaltouristen wiederfinden, mit der sie nichts anzufangen wissen. Ein paar offenbar alleinreisende Damen, alle sorgfältig frisiert, jede mit einer immer noch phantastischeren Haartönung als die andere. Ein massiger Typ mit bunt bedrucktem Hemd und Kettchen am Handgelenk, ein kleiner, schmaler mit hängendem Schnurrbart, der immerfort nervös an seiner Zigarette saugt und auf die Uhr blickt, als könne jeden Augenblick noch ein Nachtzug eintreffen. Und Jan. Ohne Renate. Und ein taumelnder, ziemlich lauter Weber, immer noch hin und wieder »Harry, Harry« rufend, aber schon ohne rechten Glauben daran, ein Beutelchen schwenkend, wahrscheinlich mit den Resten von Mariannes Fest darin. Die junge Maushaarige aus der Sauna mit ihrem Rosenkleid. Der Seiko-Mann. Hilda, stolz und schön wie stets, aber mit ein paar Schweißperlen auf der Oberlippe. Wo ist Anne?

Jemand zieht sie am Arm – Jan. Irgendwo im Gewühl war einmal eine Tanzfläche, da, wo es am heftigsten wabert und raucht und schrille Frauenstimmen vergebens versuchen, sich Gehör zu verschaffen, da, wo die Bedienung jetzt entschlossen ein chromblitzendes Tablett über die irren Köpfe hebt und »Bier! Daiquiris! Soda!« schreit. Da will Jan hin.

»Das ist mein Song!«, sagt er.

Und sie tanzen, schon als die ersten scharfen Synthesizer-Klänge die Luft durchschneiden, bevor noch der Rhythmus Besitz ergriffen hat von ihren Armen und Beinen, die Bässe auf den Magen einboxen und sirrende hohe Töne durch die Ohren kreiseln.

»Rhythm is a dancer, you can feel the air, it's a passion, you can fill the air …«

Jan tanzt gar nicht schlecht, soweit man das in dem Gedränge überhaupt beurteilen kann, er reißt sie mit und quittiert jeden ihrer Schritte mit einem bewundernden Blick, er antwortet auf jede ihrer Gesten – instinktiv, körperlich. Noch nie haben sie zusammen getanzt, dabei kennen sie sich jetzt schon eine ganze Weile. Kennen sie sich? Statt so viel zu reden, sollte man gleich zusammen tanzen! denkt Julia, aber da fällt ihr die Party aus ihrer Kindheit wieder ein – ausgerechnet jetzt muss sie daran denken, wie man sie abgeschüttelt hat in Goldnüssens Keller wie einen lästigen Hund, der nach der Hand des Besuchers schnappt … Sie ist stehengeblieben, mitten auf der Tanzfläche, einfach so, gelähmt von der Erinnerung an ihre eigene bleierne Hilflosigkeit.

»He, fühlst dich nicht besonders, hm?«

Wenn Jan versucht, sensibel zu sein, wird es furchtbar. Aber er ist groß, und er riecht gut, und er hat wissende Hände, die sie nun zu einem etwas ruhigeren Platz schieben, und da schlägt auch schon einer das Piano an, leiser als die Musik eben, es ist jemand, der mehr von Sehnsüchten versteht als die Schweden und der seine

Musik nicht in Synthesizerwannen baden muss, damit sie wirkt.

»Look into my eyes, da-da-dada-damm, you will see, dadadada-dam, what you mean to me!«

Auch Jan, der sie einfach umfasst hat, biegt nun seinen Kopf zurück, um ihr ins Gesicht zu sehen. Himmel, wie ahnungslos der Junge ist!

»Such a heart / Such a soul / You find me there / You search no more / Don't tell me / it's not we've trying for / Can't tell me / it's not we've dying for / – No it's true: / Everything I do / I do it for you.«

Lippen, Hände, Küsse auf ihrem Haar. Richtig, so macht man das wohl. Julia ist plötzlich müde und hebt nur artig den Kopf wie ein Vogeljunges, das Fütterung erwartet, und wirklich senkt sich Jans Mund nun herab auf ihren und küsst sie und küsst gar nicht übel, wenn man bedenkt, wie egal er ihr ist.

Ein Blick. Ein eisernes Augenpaar. An der Theke lehnt Hanno. Ganz allein, ein Schnapsglas in der Hand. Schaut sie an. Tonlos. Sie schaut zurück. Das Glas zerbricht in seiner Hand. Blut. Er geht.

»Komm, nun lass doch!«, sagt Jan. »Vergiss doch diesen Blödmann!«

Wohltuende Grobheit. Aber: Sie hilft nicht. Immerhin: Julia geht nicht. Sie genießt es, sich überreden zu lassen. Und sie tanzt viel. Mit allen, sogar mit Weber, der knurrt, dass ihn dieser »Takt« noch umbringen wird. Sie tanzt mit Erika, deren Sohn ungestüm auf der Tanzfläche herumzappelt, und mit den Fremden tanzt sie auch und, immer wieder, mit Jan. Und lässt sich küssen und küsst zurück durch den Schnapsgeschmack in ihrem und in seinem Mund, durch den Rauch und das träge eigene Blut, das Jan ignoriert. Und dann schreit plötzlich jemand: »Karaoke!«, denn für die Besuchergruppe ist ein Animateur engagiert worden, der will nun arbeiten und nichts auslassen, und wirklich wird eine Instrumental-CD aufgelegt, werden Mutige nach vorn gebeten – und erst dann sieht Julia Renate. Renate hingegen hat Julia schon lange gesehen. Und Jan. Ihr rotes Barrett hält sie in den Händen, die Haare sind noch ganz plattgedrückt von der Mütze. Die Metallschließen des Mieders haben sich zum Teil geöffnet, und Renate hat sie kunterbunt durcheinandergehakt. Den Glockenrock der Party hat sie gegen ihre üblichen himmelblauen Leggins eingetauscht, in denen sie nun durch den Raum stakst, während sich der Discjockey bemüht, seinen kläglichen Scheinwerfer auf Renate zu richten. Renate scheint von dem Trubel um sie her nichts zu bemerken. Sie schaut nur zu Jan. Als der Animateur sie etwas fragt, nickt sie und sagt dann kurz etwas, was der Mann sogleich beflissen wiederholt, in sein Mikrofon hinein:

»Unsere erste Heldin der Nacht heißt Renate! Und das ist ihr Song: Whitney Houston: I will always love you! Bitteschön!«

Er rückt den Monitor zurecht, auf dem Renate den Text lesen soll, aber Renate braucht keinen Monitor und schaut immer noch keinen an, nur Jan. »Das ist ihr dritter!«, fällt Julia ein, und außerdem ist es der Titelsong eines verdammt kitschigen Films, den sie schon zweimal gesehen hat, um in Ruhe zu weinen, und das, was sie von dem Lied noch in Erinnerung hat, ist, dass es a capella beginnt, nur die Stimme, eine Frau ganz allein. Und Renate singt. Sie steht da in ihren lächerlichen Leggins mit der verdrückten Frisur und singt. Und ihre Stirn und ihre Nase glänzen dabei wie der Mond:

»If I should stay ...«

Wort für Wort, deutlich voneinander getrennt. Da überlegt sich jemand jede Silbe, schon das kleine »wenn« wird verziert und verlängert, und so geht es fort: Wenn, ja wenn ich bliebe ... Renate trifft tatsächlich den Ton, und sie hält die Melodie, nur macht sie es ein bisschen kürzer als ihr amerikanisches Vorbild, und Julia hört sie atmen, und ihr

»If« hat drei »f« und das »I« klingt mehr wie »hi«, aber das macht nichts, weil es Renates Lied ist. Und Lächerlichkeit und Liebe sind eins. Jan hat seinen Rücken gestrafft, sich Renate zugewandt, lauscht. Auch die anderen schauen Renate an, die Lacher werden weniger.

»I would only be in your way/So I will go ...«

Zwei Zeilen, und schon ist alles gesagt. Die Stimme verdunkelt sich vor der perfekten Weisheit amerikanischer Songs, zwei Zeilen – ein Leben, denkt Julia. Die Einsicht, für die du Jahre brauchst, und selbst die sind wahrscheinlich vergebens. Das bringen nur diese Produzenten aus den Staaten und Stimmen wie die von Whitney Houston: »Wenn ich bliebe, ich wär dir nur im Weg. Also gehe ich.« Himmel, wer schafft das ... – Renate schafft das. Sie singt es nicht zu Jan hin, sie singt es für sich.

»But I know / I'll think of you / every step of the way ...«

Und da wird das Lied auf einmal menschlicher und nahbar, und Whitney Houston bekennt, dass sie Erinnerungen hat, dass ihr Leben nicht nach jedem Fehltritt augenblicklich tiefengereinigt, gelasert und lackiert weitergehen wird wie zuvor – nein, sie wird an irgendeinen, an »ihn« denken, und nun zittert Renates Stimme doch ein wenig, denn es geht an den Refrain, jetzt schon, gleich, und der hat nur eine Zeile, und nun setzt die Gitarre ein, eine elektrische Gitarre vorläufig nur, und die Bässe, die produziert das eigene Herz da im Scheinwerferlicht –

»And I – will love you ...«

Sie schafft es, sie schafft diese schwierigste aller Textzeilen, und sie schafft es tatsächlich, das »you-ho-ho« so lange zu halten, bis die Gitarren einsetzen und die Streicher, und dann klingelt ein Glöckchen, und sie singt weiter von einem Darling und süßen Erinnerungen, und dann steht da plötzlich wieder Hanno an der Theke, oder bildet sie sich das nur ein in ihrem Kummer und Suff?

»I hope / live treats you kind / And I hope / You have all you dreamed off / And I wish to you / Joy and happiness ...«

Und dann katapultiert sich die Stimme nach oben, zu einem großen Finale, einem Gitarren- und Streichershowdown, der sich gewaschen hat, und Renate verpasst fast ihren Einsatz vor Schreck, aber nur fast, und bringt ihren Song tatsächlich zu einem glücklichen Ende, und Beifall legt sich über die letzte Zeile:

»And I'll always love you ...«

Und das dauert und wird wiederholt und schwillt auf und ab und verhaucht schließlich, und auch im Film brauchten sie Zeit an dieser Stelle für ihre Licht- und Kussgewitter, daran erinnert sich Julia und dann, ach, dann ist Hanno fort oder wen immer sie für ihn gehalten hat. Vielleicht war es ja auch nur ein Seemann mit einer verletzten Hand.

Liebe Julia, liebe, liebe Julia,
okay, okay – im Moment läuft's bei Dir ziemlich durcheinander –, aber das ist noch lange kein Grund, so sehr die Flügel hängen zu lassen. Wettersteinbar! Schwül und dunkel, ja? Und Dich von solchen Weichspülern wie Brian Adams einfangen lassen, ja? Jan! Mein Gott, Jan! So schlecht kann es einem doch gar nicht gehen! Ich kann mir lebhaft vorstellen, was jetzt in »Erikas Laden« über Dich getratscht wird. Oder wolltest Du das vielleicht? Ist das vielleicht ein letzter Versuch, Deinen geliebten Tierarzt zurückzugewinnen? Na, da solltest Du Dir vielleicht besser eine Schafherde oder wenigstens ein Schwein zulegen, denn die Sache mit der Provokation durch Fremdflirt, die führt meines Wissens nur in Ausnahmefällen zum Erfolg, und dazu heißt es gerissen sein, gerissener, als Du es bist, mein Schatz!

Sonst allerdings klang Dein Brief derart vergnüglich und unterhaltsam, dass ich richtig ins Grübeln gekommen bin. Die Idee dieser höchst sonderbaren Marianne, ihren Laden in so eine Art Kulturtempel zu verwandeln, finde ich kurios! Nein, direkt hatte ich nicht mit ihr darüber geredet. Ich habe sie nur ermuntert, etwas aus dem Schuppen zu machen – etwas mit Kultur und etwas Ur-Insel-Eigenes. Und, Hand aufs Herz: Da würde sich Euer Ladestein doch bestens eignen. Oder ist der Dir zu gut für Entertainment? Wäre ja auch kein schieres Entertainment, wäre was ganz Neues in der Kultur: »Kultur-

tainment«. Oder dann »Culturetainment«. Oder so ähnlich. Die Idee ist in meinem Kopf noch nicht richtig zu Ende gedacht, aber ich weiß: Da ginge was, ich schwör's Dir! Du weißt, ich habe ein Händchen für so was, also lass mich noch ein bisschen daran herumtüfteln, ja? Ob mit oder ohne Marianne, ist eigentlich egal. Hauptsache, es wird was, und wir haben auch noch ein bißchen Spaß dabei.

Jedenfalls: Was würde ich darum gegeben, an diesem Abend bei Euch gewesen zu sein. Ich gebe zu, dass mir seit meinem Inselaufenthalt einiges hier doch – irgendwie farblos erscheint, blass. Und ziemlich unwichtig. Und das ist umso erstaunlicher, als Deine Insel im Grunde nichts Außergewöhnliches zu bieten hat, weder landschaftlich noch kulturell. Ich meine – reg Dich nicht gleich wieder auf! –, das bisschen Föhrenwald findest Du überall, die Heide ist schnell durchwandert, wenn man sie, anders als ich, überhaupt mag, und der gute Bodden auf der Binnenseite liegt ja üblicherweise flach wie Volkers neue Freundin ... pardon – ein Kalauer, aus Wut. Dachte ich doch, der Kerl würde mir wenigstens eine Anstandsfrist lang nachtrauern, und nun hat er sich augenblicklich mit einer Jüngeren getröstet. Zum ersten Mal muss ich mich also obendrein als die Ältere fühlen, um nicht zu sagen als »die Alte«, und ich finde den Gedanken wenig erhebend. Noch keine dreißig bin ich!

Bevor ich mich nun auf zwanzig weiteren Seiten über Dein großes (Liebe) und mein kleines (Langeweile) Ungemach auslasse, fasse ich hier kurz zusammen, was meine Malvine-Recherchen ergeben haben:

Malvine Söderbaum, 1897 geboren, wuchs in Norwegen bei ihrem Vater auf, kam nach Berlin, heiratete – einen Arzt, glaube ich – und nahm nebenbei Tanzstunden. Für das übliche (und gesellschaftlich akzeptierte) Ballett war sie eindeutig zu alt – ohnehin wäre sie mit ihrem Gardemaß und den kräftigen Hüften nicht der richtige Typ dafür gewesen; aber es gab ja seit den Zeiten der alternativen Künstlergemeinschaften in der Schweiz den Ausdruckstanz, der damals gerade richtig in Mode kam. Wahrscheinlich hat Malvine diese Form des Tanzes in Zürich kennengelernt, einer Stadt, in die sie ihren Mann öfter zu medizinischen Fachkongressen begleitete. Gut möglich jedenfalls, dass sie in einem der dortigen Cafés eine der Ausdruckstänzerinnen traf, die damals gerade Furore machten. Man tauschte Adressen aus, man verabredete sich für Berlin. Das war's. Das war's? Ja, das war's, denn aus war's mit der angepassten Arztgattin! Zusammen mit der alten Behäbigkeit und Unbeweglichkeit warf die gute Malvine nämlich gleich ihr ganzes Leben über Bord. Sie hat ihren braven Mann verlassen – der sich, wie berichtet wird, selbstredend sein restliches Leben nicht davon erholt haben soll. Aber nicht nur das: Malvine entdeckte ihre Liebe zu Frauen! Das war damals ungeheuerlich. Erinnerst Du Dich an das Porträt – »Malvine, der unwiderbringlichen Frau«? Eben. Der gute Doktor hat es malen lassen, in der felsenfesten Überzeugung übrigens, ein so großzügiges Geschenk würde ihm die Liebe seiner Frau womöglich zurückbringen. Es hat natürlich nicht geklappt, denn Malvine ist sehr zufrieden gewesen mit ihrer neuen Existenz. Schon bald hatte sie ihre ersten Auftritte und ist überall herumgereist, dank der guten Beziehungen ihrer Familie bis hinauf nach Dänemark und Norwegen, wo man nicht schlecht gestaunt hat über die Frauen, die gern in antikisierenden griechischen Gewändern oder mit phantastisch wehenden Schleiern auftraten, die sich zu ihren Auftritten häufig zeitgenössische Musiken in einer Art und Weise zusammenstellten, die man heutzutage als »Mix«

oder »Remix« bezeichnen würde. Und dazu tanzten sie alles andere als gefällig, weil sie der Auffassung waren, dass Tanz eine elementare Sprache wie das Reden (und das Schweigen) sei. Weil diese Sprache aber so lange unterdrückt worden sei, komme, wenn man sie befreie, erst einmal alles Zurückgedrängte, scheinbar Vergessene, Dunkle und Unliebsame ans Licht – also Zweifel, Nöte, wilde Wut und Obsessionen ... Kein Wunder, dass sich unsere goldhaarige Schöne gelegentlich auf Deiner Insel erholen musste!

Und dann kam Ladestein. Wieder so ein Verehrer, wird sie sich gedacht haben. Ein wenig gescheiter als die meisten anderen Männer, ein wenig hässlicher vielleicht auch. Sie duldete ihn eine Zeitlang als Begleiter, durch sein charmantes Wesen und seinen Witz war es Ladestein in kürzester Zeit gelungen, fast jedermann auf der Insel kennenzulernen, und mit seiner Hilfe verschaffte sich auch Malvine Zutritt in die sogenannten wichtigen Häuser. Aber irgendwann ließ sie ihn fallen. Einfach so. Das war eindeutig VOR der Boreas-Geschichte. Ich nehme an, dass Ladestein, inspiriert durch seine Leidenschaft für Malvine, plötzlich wieder daran dachte, ernsthafte Theaterstücke zu schreiben. Und Du weißt, was selbst sein geduldiger Verleger von solchen Versuchen hielt. In den Unterlagen bei Frau Kühnel habe ich ein paar Entwürfe gefunden, die Ladestein Malvine geschickt haben muss, hatte aber noch keine Zeit, hineinzuschauen.

Vermutlich seid Ihr da mit Marianne Brants Koffern besser bestückt – wobei mir siedendheiß einfällt, dass die Brant vielleicht ausgerechnet solche horriblen Versuche von Ladestein gemeint haben könnte als sie, während Eurer offenbar in jeder Hinsicht denkwürdigen Feier von Mysterienspielen schwafelte?!? O Gott, das wäre furchtbar! Rede doch einmal mit ihr darüber, und wenn ich recht habe, musst Du alles daransetzen, ihr diese Schnapsidee wieder auszutreiben.

Ladestein jedenfalls, obgleich selbst ungefähr so metaphysisch veranlagt wie ein Schinkenbrot, wurde Malvine zuliebe sogar ein wenig esoterisch, ließ sich aus der Hand lesen, besuchte mystische Steine etc. etc. Tja, und irgendwann hat sich die Sache ins Gegenteil verkehrt, das deutet sich meiner Meinung nach auch schon bei dem Boreas-Stück an, denn niemand wird mir weismachen können, dass diese philosophische Sahnetorte ernsthaft satt machen sollte! Das ist doch ironisch gemeint, durch und durch! Jedenfalls wandelte sich Ladesteins Liebe erst in Bitterkeit, dann in Hass. Du wirst nicht gern hören, was ich Dir jetzt schreibe, aber ich denke, ich sollte es Dir so sagen, wie ich es gehört habe:

Malvine musste im Nationalsozialismus emigrieren, das wusstest Du schon. Sie hat es, dank guter Beziehungen, gerade noch in die USA geschafft und ist dort hochbetagt als angesehene Tanzlehrerin gestorben. Nur: Warum musste sie emigrieren? Wer hat sie angeschwärzt? Nein, es ist wahrlich kein schöner Gedanke, aber ich habe Indizien – ziemlich eindeutige Indizien – dafür, dass es Ladestein war. Ladestein hat sie verraten. Und dann hat er es natürlich augenblicklich bereut und immer wieder versucht, Kontakt zu ihr aufzunehmen. Er hat sie nach dem Krieg geradezu überschüttet mit Briefen – eine Menge dieser Briefe habe ich bei Frau Kühnel gesehen. Die Umschläge waren noch allesamt verschlossen.

Ich fand – Du magst das überraschend zurückhaltend für mich finden –, dass ich nicht das Recht hätte, sie zu öffnen. Du stehst ihm näher, mach Du sie auf. Ich bringe sie mit, wenn ich das nächste Mal komme.

Keine schönen Nachrichten, was? Der Mensch ist, wie er

ist. Vielleicht ist es doch gar nicht so unvernünftig, Tierarzt zu sein.

Lass es Dir gutgehen! Ich komme, wenn's ein bisschen wärmer wird.

Deine Jeanette

Besucher
Sie lassen Berlin weit hinter sich,
Und sie hassen die neue Zeit,
Und Nacktbadestrand finden sie fürchterlich
Und starren auf Busen und schämen sich
Und tun sich vor allem leid.

Sie kommen zum Weekend mit dem Dampfer an,
Und sie klettern beschwerlich von Bord.
Sie würden weit lieber nach Afrika fahrn
Und geben den Kindern täglich Lebertran
Und sagen der Frau kein Wort.

Sie essen stets Kochfisch im Hafenlokal
Und schaun beim Kaffee zur Uhr
Und finden Natur ganz schön, doch banal,
Und Föhren und Sprosser sind ihnen herzlich egal,
Was zählt, ist die Reisekultur!

Und stumm starren Kinder nach irgendwo hin,
Wo's Seemänner gibt und Piraten,
Und auch ihre Mutter, die würde gern fliehn
Und ließe sich entern und ließe sich ziehn,
Zu den Eskimos, zu Emiraten!

Dann brechen sie auf, lassen Sehnsüchte hier
und eilen geschäftig an Bord.
Der Letzte im Saal trinkt noch rasch ein Glas Bier,
Und einer fragt: Was suchten die hier?
Und ist nun ein Fremder am eigenen Ort.

Ratlos wandte Julia die Blätter hin und her. Jeanette hatte einige Werke Ladesteins beigelegt, kommentarlos, aber für Julia hatten mit einem Schlag seine Verse viel von dem verloren, was sie so liebenswert gemacht hatte: Unschuld, der Charme eines gewitzten Jungen, der nicht erwachsen werden wollte. Julia war verstört. Es waren noch weitere Gedichte dabei, Aphorismen, Anekdoten. Sie hatte keine Lust, sie zu lesen. Halt! – ermahnte sie sich im nächsten Augenblick, noch ist gar nichts bewiesen. Wie konnte Jeanette, die sonst so neugierig war, es nur aushalten, die Briefe Ladesteins an Malvine nicht zu öffnen? Sie fühlte sich vom plötzlichen Taktgefühl der Freundin gerührt – bis ihr klar wurde, dass der Grund für Jeanettes Zurückhaltung ein ganz anderer war: Sie konnte leichten Herzens über die Missgeschicke und auch die Böswilligkeiten anderer reden und die Schwächen der Mitmenschen in komischen Karikaturen beschreiben. Etwas ganz anderes aber war es, unangenehmen Dingen ins Auge zu schauen, unverstellt, ohne den Rückhalt der Ironie. Deshalb überließ sie Julia die Briefe so, wie sie sie gefunden hatte. Und gleichzeitig wurde Julia klar, dass auch Jeanette durchaus so etwas wie Zuneigung zu dem komischen Kauz entwickelt hatte, der Ladestein zweifellos gewesen war. Julia kämpfte mit sich. War es denkbar, dass Ladestein Malvine verraten hatte? Und: Hatte das

Propagandaministerium der Nazis nicht seine Ohren überall? Bedurfte es dabei überhaupt eines Zuträgers, eines kleinen Lichtes wie Ladestein noch dazu, um eine ohnehin suspekte Tänzerzunft in Misskredit zu bringen? Ja, das Nazitum hatte solche Zuträger und Denunzianten nötig, dachte Julia resigniert, genau auf denen beruhte ja das System, nur so konnte die tägliche Einschüchterung wirken. Es konnte durchaus sein, dass die Nazis Ladestein einerseits nicht eben geschätzt, sich aber andererseits seine Dienste zunutze gemacht hatten.

Nur: War Ladestein denn so ein Typ? Ein Verräter? Oder bedurfte es dazu gar nicht bestimmter Charaktereigenschaften, verwandelte sich vielmehr jeder unter bestimmten Bedingungen in einen Menschen, den es zu fürchten gilt?

Auf jeden Fall war ihr die Freude an Ladesteins Gedichten gründlich und, wie sie fürchtete, auch unwiderruflich vergällt. Natürlich hatte Ladestein keine moralischen Bedenken gegen Malvine und ihre Freundinnen gehabt, er hatte im Gegenteil als ein Befürworter der Libertinage gegolten, und etliche stadtbekannte Homosexuelle und Transvestiten zählten in Berlin zu seinem Bekanntenkreis. Nein, es war simpler, billiger, enttäuschender auch: Ladestein hatte mit seinen Eroberungsversuchen bei Malvine Söderbaum keinen Erfolg gehabt, und dafür rächte er sich durch Denunziation. Julia spürte, wie eine große Leere alle Zuneigung, allen Elan aus ihr heraussog. Sie würde nicht mehr über seine komischen Verse, sein essayistisches Lästermaul und seine halb ironischen, halb sentimentalen Theaterversuche lachen können. Es war vorbei. Aber hatte sie denn ein Recht, so rigoros über einen Menschen zu urteilen, der doch sicher auch unter Druck gestanden hatte, verzweifelt und nur aus Verzweiflung rachsüchtig war? Immerhin hatte es ihm doch leidgetan, er hatte versucht, es wiedergutzumachen? Sie begriff: Es ging nicht um Urteile. Die Sache war einfach verdorben. Ladesteins Verrat war lange her, aber nicht verjährt. Er legte sich, jetzt, da sie es wusste, wie Mehltau auf seine Arbeiten. Auf alle seine Arbeiten. Sie würde, wenn sie seine Bücher las oder mit den Manuskripten arbeitete, nicht mehr davon absehen können. Nie mehr. Und mit einem Mal begriff Julia auch, warum die Menschen hier, die entdecken mussten, dass sie von Arbeitskollegen und Freunden an die Stasi verraten worden waren, ihren Verrätern nicht verzeihen und nicht vergessen konnten. Irgendwann würde es lange her sein, aber niemals verjähren. Der Verrat verdarb alles. Eine Grundbitterkeit breitete sich in ihrem Mund aus, etwas Metallisches, Ätzendes. Julia ahnte, was das Gift in der ostdeutschen Gesellschaft gewesen war. Sie konnte es schmecken.

Plötzlich wurde Julia müde, unendlich müde. Ihr Körper reagierte mit der alten Trägheit auf deprimierende Gedanken. Sich flüchten in den Schlaf, in diesen Zustand bleierner Ruhe, mit dem Kindersatz auf den Lippen: »Morgen wird alles wieder gut.« Aber sie wusste, dass die Gedanken in Träumen wiederkehren würden. Diese Gedanken und andere. Hanno.

15.

Ein großer, vor grauer Kälte starrender Raum. Darin zwei Kugeln aus Metall, wie Glocken an Seilen aufgehängt. Die Seile aber unsichtbar. Und Julia zwischen den Kugeln. Die bewegten sich nun, die schwangen mit gefährlichem Schwung auf sie zu. Sie sprang zur Seite, im letzten Moment, und hart schlugen die Kugeln aneinander. Es gab einen zerrenden, hässlichen Ton. Nein, das durfte nicht sein! Das galt es zu verhindern! Julia strengte sich an. Sie musste die metallenen Kugeln auseinanderhalten, sie musste dieses Zusammenschlagen verhindern, diesen bösartigen Krach. Sie schaffte es, sie zu umklammern, beide, nach einem dieser schlimmen Schläge, sie schaffte es, sie festzuhalten, und im Metall der Kugeln sah sie ihr eigenes furchtzerissenes Gesicht, aber die Kugeln waren stärker, drängten und drifteten wieder auseinander, immer weiter, immer weiter, und Julia fürchtete sich, weil sie wusste, was geschehen würde, und richtig, da flogen sie auch schon erneut aufeinander zu, brutal und unaufhaltsam, und da war es wieder, dieses grausame – Gong! –, und da war er wieder, dieser Schreck, dieses Scheppern der Angst im eigenen Körper. Und Gong! Noch einmal bemühte sich Julia, kraftloser schon, aber wieder gewannen die Kugeln. Bei jedem Schlag nahm die Qual zu, wurde das Geräusch lauter. Und dann wuchsen die Kugeln auch noch, wurden immer massiger, sie pumpten sich geradezu voll mit ihrem Schmerz, und gleich, gleich würden sie sie erschlagen! Und dann wachte sie auf. Neben dem Bett stand das Kästchen mit den kleinen Kugeln darin und dem Drachen auf dem Deckel. Es klopfte.

Es klopfte? Ganz eindeutig, jemand klopfte an die Tür. Julia sprang aus dem Bett, sah auf die Uhr. Ging dann zur Tür. »Anne?« »Nein, ich bin's«, sagte eine Stimme. Eine vertraute Stimme. Julia erstarrte. Hanno. In ihrem Kopf begann es zu rauschen. Die Beine wussten nicht, wohin mit sich. Macht was, sagte Julia, bewegt euch. Irgendwie kam sie zur Tür. Öffnete. Eiskalte Nachtluft wehte herein, ein Wind, feindselig und scharf.

»Hanno!«

»Komm mit.«

Was sagte er da?

»Komm mit!«, wiederholte er jetzt, drängender. »Komm mit zum Strand.«

Hanno sah furchtbar aus. Er hatte seinen Mantel eng um sich geschlungen wie jemand, der schon lange friert. Groß, schmal, schwankend, nachtfinster, so stand er da. Sah nach Schlaflosigkeit aus, nach tagelanger Trunkenheit und Traurigkeit. Graugesichtig, ausgedörrt, die Haare in wirren Strähnen, nur die Augen von einem unnatürlichen Glanz. Ein Gespenst, vor dem niemand mehr erschrak. Er schaute sie unverwandt an.

»Hanno, ich …«

Er sagte es ein drittes Mal: »Komm mit, Julia. Komm mit zum Strand!«

Wie gut sie diese Stimme kannte. Wie sehr sie sie vermisst hatte. Wie sehr sie sich bemüht hatte, sie zu vergessen. Und plötzlich bekam sie Angst. Und da riss etwas in ihr. Und da platzte es aus ihr heraus: »Weißt du eigentlich, wie spät es ist, ja? Hast du mal auf die Uhr geschaut?

Und was machst du überhaupt hier? Seit Wochen habe ich dich nicht gesehen, ich habe nichts von dir gehört, das Einzige, was ich höre ist: ›Er ist noch nicht soweit, er ist noch nicht soweit.‹ Mein Gott, Hanno. Und dann tauchst du hier einfach auf? Denkst du, dass ich die ganze Zeit auf dich gewartet habe? Hör mir gefälligst zu! Was fällt dir eigentlich ein, jetzt, mitten in der Nacht ...«

Er hörte sie nicht mehr. Er hatte sich schon nach ihren ersten Worten umgedreht und war ganz langsam davongegangen.

»Hanno?«

Er war in der Dunkelheit verschwunden.

»Hanno!«

Sie sah ihn nicht mehr. Sie schloss die Tür.

Der Drache auf dem Deckel lächelte gleichmütig und wissend, als Julia sich wieder ins Bett legte, steif vor Anspannung, mit rasendem Herzen, leer. Sie betrachtete das Kästchen, unschlüssig, ob sie die Kugeln herausnehmen sollte. Sie strich mit dem Finger über den Stoff, der schon ein wenig schäbig wurde. Der Drache schaute irgendwohin. Doch dann, plötzlich, breitete er seine Flügel aus, dass es rauschte, und flog davon, und Julia spürte eine große Erleichterung. Sie musste ihm nach, sich beeilen, ihm folgen, denn sie wusste, der Drache flöge zum Meer. Und da war sie auch schon gelandet, aber nicht am Strand, sondern mitten auf dem Meer, in einem Fischerboot, das ruhig auf dem Wasser dahinglitt. Mehrere Männer dabei. Die berieten. Im Wasser hatten sie eine Figur entdeckt, eine hölzerne Frauenfigur, die galt es zu bergen. Mit Seilen hievten sie sie an Bord. Sie glaubten zunächst, es sei eine Madonna, doch was sie da bargen, war eine Nixe, ein Meerwesen. Julia seufzte auf, so schön war die Figur: aus einem einzigen Stück geschnitzt, ein liegender, lindenholzwarmer Frauenleib. Aber dann sah sie es: Der Figur fehlten die Arme! Die Nixe hatte keine Arme, und auch ihr schöner Körper war reichlich ramponiert: die rechte Seite noch fein bemalt, die linke jedoch stark beschädigt. Ausgiebig untersuchten sie die Figur, besahen die Schäden, beratschlagten. Ein Maler leitete sie an. Gemeinsam restaurierten sie die Nixe: Mit winzig feinen, akkuraten Pinselstrichen zeichnete Julia die Nixenhaut nach. Schuppe um Schuppe, türkis hingetupft, dann schwarzfein den Rand gestrichelt, die Zeichnung der Schuppen, die Kontur. Doch plötzlich verlor sie die Geduld: Energisch tauchte sie einen übergroßen Pinsel in einen riesigen Eimer mit roter Farbe – und strich beherzt, mit großem Genuss den ganzen, zarten Nixenleib rot. Und noch mehr Rot! Und überall Rot, und schwer und zäh troff die Farbe vom Pinsel – und ein gewaltiger Schrei! Sie wachte auf.

Es war noch dunkel, früh am Morgen, als Julia beschloss, dass weiterzuschlafen keinen Sinn hätte. Was für fürchterliche Träume! Halb sechs! Sie zog sich an, mechanisch, als folgte sie einem geheimen Befehl, und wusste sofort, dass sie zum Anleger gehen würde, dann weiter zur Landzunge, um dort das Heraufdämmern des Tages abzuwarten. T-Shirt, Pullover, noch einen Sweater, Wollsocken, Jeans, Kniewärmer darüber, die dicken Boots. Jetzt schnell die Daunenjacke übergestreift und die Pudelmütze auf den Kopf und hinaus, denn schon traten ihr kleine Schweißperlen auf die Stirn. Das Fenster aufgerissen – eiskalte Winterluft strömte herein. Das Wetter war umgeschlagen in den letzten Tagen. Anne hatte recht gehabt: Der Winter brauchte bis Februar, um sich hier einzurichten, um das milde Meeresklima zu überwältigen. Tagelang hatte kalter Nordwind über die Seeseite hergeblasen und die Feuchtigkeit aus dem Föhrenwald und der Heide vertrieben. Die Spinnweben, die immer noch silbern in den Sträuchern hingen, erstarrten und fielen auf den nun schnell gefrierenden Boden. Die Bäume hielten ganz still.

Julia zog die Tür des Gartenhauses hinter sich zu. Nur gehen, nur gehen! Diese Träume wegwandern, diese Bedrängnis der Nacht! Irgendwo, ein paar Wege weiter, hörte sie beruhigend das Klappern der Inselmüllabfuhr. Wagner und seine beiden Kutschpferde waren schon früh auf den Beinen; bei der Kälte, so sagte er immer, plagte ihn sein Arm – der Arm, der fehlte.

Sie bog von der Dorfstraße ab, hinter sich das Rascheln des Müllkutschers, der mit Säcken und Tüten hantierte, das Schnauben der Tiere. Sie passierte das Café Wetterstein, das stumm und dunkel dalag, auch das Schild zur Kellerbar war nicht mehr erleuchtet. Hell kräuselte sich der Meersaum am kurzen Strand beim Anleger. Julia hielt sich seitwärts, wählte den Weg zur Landzunge, den sie gleich am Ankunftstag entdeckt hatte, und schritt vorwärts. Beim Atmen bildeten sich weiße Wölkchen vor ihrem Gesicht, die Nase begann zu schmerzen vor Kälte, sie zog die Mütze noch tiefer ins Gesicht.

Die Liebe
Sagt Malvine
Das ist auch nur eines
Deiner vielen Gespenster

Gewiss
Sage ich
Gewiss sage ich und lächle
Aber es hat schöne Augen

Warum fiel ihr dieses kleine Gedicht jetzt ein? Sie wollte nicht an Ladestein denken, nicht an die Arbeit, die sie mit ihm verband, und schon gar nicht an das gallige Gefühl der Enttäuschung, das seit Jeanettes Entdeckung das Archivieren und Sortieren so unendlich schwermachte. Sie nahm die Pudelmütze ab und fuhr sich durch die Haare, um zur Besinnung zu kommen. Sie wollte sich nichts vormachen, sie dachte an Hanno. Das kleine Gedicht war ihr eingefallen, weil sie von Hanno geträumt hatte. Hörte das nie auf? Julia merkte, wie etwas im Hals zu kratzen und zu würgen begann, wie es in den Augen brannte. Verdammt noch mal, es war doch nur ein Traum! Zwischen Drachen und Meerjungfrauen. Seltsam, wie sehr sie sich an jede Einzelheit erinnerte. An die Dunkelheit, die Kälte, das Fehlen jeglicher Hoffnung. Sie schaute sich um. Die Gegend sah trostlos aus, so kurz vor der Morgendämmerung, sie sagte ihr nichts. Heute blieb die Insel stumm.

Julia sehnte sich nach dem nächtlichen Licht, das sie vor ein paar Tagen bei einer ihrer ruhelosen Wanderungen entdeckt hatte. Sie war unterwegs gewesen, wieder einmal, ohne zu wissen, warum. Sie hatte sich schon fast mit dieser Schlaflosigkeit abgefunden, die sie seit der Trennung von Hanno regelmäßig heimsuchte, und nachdem sie sich angewöhnt hatte, nach draußen zu gehen, den vom Schlafen steifen Körper in der kalten Luft zu bewegen, hatte sie zu einem neuen, seltsamen Lebensrhythmus gefunden. Immerhin hatte sie die alte Angewohnheit, den Schlaf mit Hilfe von Dosenbier anzulocken, nicht wieder aufgenommen, und hatte bei ihrer nächtlichen Rumtreiberei, wie sie es selber nannte, überrascht festgestellt, dass sie keineswegs als Einzige so früh auf den Beinen war. Wagner zum Beispiel schien kurz davor, sie zu grüßen, der neue Angestellte von Erikas Laden pflegte in aller Herrgottsfrühe die Paletten mit Waren hinauf ins Dorf zu schaffen, und auch der Nachfahrin der sagenhaften Windzauberin konnte man um diese Uhrzeit begegnen. Julia grüßte sie immer, vorsichtshalber, und ging dann rasch weiter.

Grün. Grün und violett. So hatte sich das Meer verwandelt in jener Nacht, nach deren Magie Julia jetzt suchte. Sie war allein unterwegs gewesen, und sie hatte nachgedacht, und dann hatte sie das Licht überwältigt. Was bot die See nur für Farben, wenn der Himmel ihr drei Viertel des Horizonts überließ! Der Himmel schien zu glühen, in dem grünen, überirdischen Schimmer, wie er sich auf den Dächern alter Kirchtürme findet, nur entschiedener und tiefer. Es war ein Grün, das die Macht und den Abgrund der See augenblicklich klarmachte, ein Grün aus den Tiefen. Dort unten war es gebraut worden, hatte es ein Hexenmeister zusammengerührt und nach oben gewirbelt. Doch erst in der Luft breitete sich der unerhörte Farbton flächig aus, bemächtigte sich des Himmels, und protestierend schossen kleine Flammenfontänen hin und her. Das Nordlicht war ein gewaltiges Spektakel, weit entfernt und geheimnisvoll, und Julia war seitdem immer wiedergekommen, es zu bewundern, weil es ihr den Fluss der Elemente zu versinnbildlichen schien. Aber die Erscheinung machte sich rar. Heute jedenfalls hatte sich der Frost aus dem Norden allen Lebens bemächtigt, griff mit seinen großen, groben Händen nach allem, was sich bewegte.

Beim Zurückgehen kamen Julia ein paar Männer entgegen, die schwer an offenbar selbstgebauten hölzernen Wagen schleppten. Nein, es waren keine Wagen – Kufen ersetzten die Räder. Die Männer rechneten damit, dass das flache Wasser zwischen kleiner und großer Insel bald zufröre; sie wollten gewappnet sein. Dann nämlich kämen die Gefährte zum Einsatz, die sie schon jetzt an den Strand schleppten, hölzerne Schlitten, zu groß und schwer, als dass sie kindlichen Vergnügungen hätten dienen können, und die meisten offenbar schon seit Generationen ausgebessert, geflickt und mit Drähten und Tüchern umwickelt. Immer zu viert trugen sie einen Schlitten, setzten ihn ab, holten den nächsten. Julia ging näher. Es roch nach altem, trockenem Holz, nach Öl und nach Kälte. Die Kufen der Schlitten waren vorn hochgebogen und durch einen Steg verbunden. Dazwischen waren Bänke befestigt, die die Mitte des seltsamen Gefährts offenließen. Wozu sollte das gut sein? Piekschlitten waren das, erklärten die Männer, mit denen gingen die Seeleute bei Eis auf den Bodden. Sie schlugen mit Äxten Löcher in die Eisschicht und angelten auf diese Weise Hechte. Und wenn die Eisschichten die kleine Insel noch so fest umklammerten, der Fischfang ruhte doch nie … Und weiter schleppten sie die schweren Schlitten, grüßten noch kurz zum Abschied.

Als Julia die Gartenpforte wieder aufschloss, war es hell. Und dann sah sie es: ihr Fahrrad. Das Fahrrad, das sie vor Wochen bei Marianne Brant vergessen hatte, damals, beim großen Streit mit Hanno, war wieder da! Irgendjemand musste es zurückgebracht haben. Hatte es am Abend schon am Gartenhäuschen gelehnt? Julia überlegte. Sicher nicht. Aber wer hatte in der Nacht … Julia fuhr zusammen: Hanno! Also hatte sie die Begegnung womöglich doch nicht geträumt? Sie rannte zum Hauptgebäude, stürmte hinein:

»Anne, Anne …« Anne hatte gewartet, brühte heißen Kaffee.

»Nein, ich war's nicht«, sagte sie nur. »Komm, setz dich.«

Und dann schlug die Kälte zu. Peitschend. Scharf und ohne Erbarmen. Binnen weniger Tage war der Bodden zugefroren, wie es die Fischer vorausgesagt hatten. Und obendrein drehte der Wind. Irgendwo über dem Atlantik traf kalte Luft aus polaren Regionen auf wärmere Strömungen. Allzu groß waren die Gegensätze der Temperaturen, die Beschaffenheiten der Lüfte. Winde wuchsen, wuchsen unaufhaltsam, wucherten vom Atlantik über die nördlichen Teile der Britischen Inseln, griffen auf die Höhen der Nordsee über und bemächtigten sich des Ostseeraums. Gegenläufige Strömungen prallten auf sie, und der mächtigste dieser Ströme drehte schließlich auf Nordwest. Tagelang blies der Sturm, vereiste die Fenster. Die Menschen verkrochen sich, nur Marianne und ihre Schützlinge kamen auffallend oft nach Stiftsdorf, vorgeblich, um Besorgungen zu machen, in Wahrheit wohl eher, weil es da oben im Föhrenwald blies zum Gotterbarmen. Es war die Sorte Wind, die in alten Leuten Erinnerungen wachrief. Anne Bult telefonierte öfter »mit Berlin«, wie sie sagte, und Julia wusste, dass »Berlin« dieser Krüger war. Und abends, in der Scheune, wo die Leute plötzlich doch wieder beieinanderhockten wie früher, erzählten sie sich Geschichten zum Zeitvertreib, Geschichten von anderen, fürchterlichen Stürmen, bis sie sich allesamt so sehr gruselten, dass auch kein doppelter Sanddornschnaps, heiß gemacht und mit viel Honig gesüßt, zu helfen vermochte. Sie erzählten beispielsweise von einem Wind, der anno 1870 mit solcher Wucht über Stralsund hinweggefegt war, dass er die Bleidächer abgehoben hatte wie Schriftrollen, und im Handumdrehen hätten die Leute mit nichts dagestanden, über sich im Haus nur noch das nackte Skelett eines Dachstuhls …

Die Seeleute meinten, das sei noch gar nichts, denn so ein Sturm wie der hiesige, der ließ sich ja meist vorhersagen, der kündigte sich an durch bestimmte Wolkenformationen und die Luft. Richtig gefährlich seien aber die plötzlichen Sturmböen auf See, die sich mir nichts, dir nichts am helllichten Tag über so ein armes Schiff und seine brave Besatzung hermachen und es verschlingen. So war es 1878 der berühmten Fregatte Eurydice ergangen, die auf der Heimfahrt von der Karibik gerade mit vollen Segeln in den Ärmelkanal einbog, als kurz vor der Isle of Wight eine mächtige Brise kam. Noch bevor die

Mannschaft die Segel einholen konnte, krängte das Schiff bereits, Wasser lief in die Luken, und der ganze Segler sank mit Mann und Maus – bis auf die zwei tüchtigen Seeleute, die die ganze Geschichte noch hatten erzählen können. Und gar nichts wiederum war das gegen die bösartigen afrikanischen Winde, die meist richtige Vornamen hatten, wie der Gubo an der Südküste von Neuguinea oder der Sumatra der Malakkastraße oder die Williwaws in Alaska.

Irgendwann wurde es allmählich allen klar, dass dieser Winter es sich noch einmal richtig gemütlich machen würde. Kein Gedanke daran, dass die Eisbrecher aus Stralsund oder womöglich von Rostock losgeschickt würden, man hatte sich aufs Warten einzustellen, darauf, dass sich der Wind drehte und wärmere Luftmassen herbliese. Die Kälte zerrte an den Häusern, ließ Läden klappern und Stalltüren sich verbiegen. Ein letztes Mal brachte der alte Schuck mit dem Pferdeschlitten den Pastor von der großen Insel, doch nur ein paar Frauen schnieften mit ihnen in der Kirche um die Wette, das alte Gemäuer war nicht mehr warmzukriegen. Dann blieb auch der Pastor fort, und die Händler aus Bergen zeigten wenig Neigung, sich mit dem Pferdewagen auf den beschwerlichen Weg übers Eis zu machen, obwohl ihnen die Stiftsdorfer und Godshorner unter der Hand eine tüchtige Prämie boten. Offiziell waren solche Expeditionen verboten, aber wirklich geahndet wurden sie kaum. Hilda wurde als eine der Ersten ernsthaft ungeduldig. Sie brachte ihre Angelegenheiten auf dem Festland kaum voran. Die drei Geschäftsleute, die eine Menge Leute gegen sich aufgebracht hatten bei ihrem Vortrag damals im Herbst, hießen seitdem nur noch »die drei Karierten«. Einzig Hilda und ein paar andere sprachen immer ganz ordentlich von den Herren Misburg, Mayer und Partner – so als wäre »Partner« der dritte Name. Hilda freilich hob sich von den anderen, die sich den Anstrich der Eingeweihten gaben, noch dadurch ab, dass sie wenig erzählte, und wenn sie sich doch einmal hinreißen ließ, immer häufiger von »Pieter« und »Andi« sprach. Allerdings verlor auch sie allmählich den Mut, weil es die drei Karierten offenbar an Geduld fehlen ließen. Die wollten ein Geschäft, und zwar bald, und zeigten obendrein wenig Neigung, die Grundstücke, um die es ging, bei diesem Wetter noch einmal anzuschauen. Sie luden Hilda stattdessen nach Rostock ein, nach Lübeck sogar, und Hilda kehrte viel später zurück als geplant, angeblich, weil es partout keine Verbindung gegeben hatte.

Unter normalen Umständen hätte Julia sicher viel mehr auf diese Entwicklung geachtet, aber von normalen Umständen konnte keine Rede mehr sein in diesem Winter. Nach und nach brachten die Winde nun auch noch Schnee herbei, schaufelten weiße Massen auf den zugefrorenen Bodden, auf die Heide und den Föhrenwald. Bizarre Astgebilde staken am Strand in die Luft, die Buhnenfelder auf der Seeseite, die die schlimmsten Wellen draußen brechen sollten, wirkten wie schlaksige Schneemänner, von Riesen ins Wasser gerammt.

Die Tiere kamen näher an die Häuser. In Godshorn wurden Füchse gesehen. Eines Morgens irrte ein Reh mit verwirrtem Blick über das, was einmal die Dorfstraße gewesen war und nun unter dem Schnee begraben lag.

Man verlor das Gefühl für die Zeit, denn eigentlich blieb es immer dunkel. Nur der Schnee leuchtete unwirklich auf den Wegen. Anne und Julia gewöhnten sich an, noch nach dem Abendessen zu arbeiten, sie wussten selbst nicht warum. Was Julia an Zuneigung für Ladestein aufgebracht hatte, ersetzte sie nun durch Verbissenheit. Die Kälte machte nicht schläfrig und zufrieden, sie rieb vielmehr die Nerven langsam auf, führte zu einer angespannten, abwartenden Unruhe.

Die Leute wurden mürbe, aggressiv. Einmal hörte Julia Jörgs zornige Stimme durch die dünnen Wände des Rungeschen Holzhauses, als sie vorbeiging. Jörg hatte Bücherkisten bestellt, sehr viele Bücherkisten mit kostbaren Lexikonbänden in stattlicher Zahl. Er hatte sich ausgemalt, wie an den kalten Winterabenden alle in den Büchern mit dem verheißungsvollen Goldschnitt blättern würden, und nun konnten die Kisten nicht geliefert werden. Mady trug das mit Gleichmut. Eine Apathie bemächtigte sich ihrer, die Jörg rasend machte. Jörg wird als Erster die Nerven verlieren, dachte Julia. Er sollte abreisen, irgendwie. Er sollte den Winter anderswo überstehen, in Sicherheit.

Vielleicht zerrte dieser Februar so an den Menschen, weil alle spürten, dass der Winter es nicht mehr sehr weit treiben konnte, dass der März nicht mehr fern war mit seinen helleren Tagen, mit den ersten, noch unsicheren Sonnenstrahlen, die immerhin das Eis zum Schmelzen brächten und den Schnee. Die Luft war erfüllt von einem merkwürdigen Dazwischen in dieser ständigen Nacht. Das ganze Dasein bekam etwas Schwankendes, Unsicheres, und es war unmöglich zu sagen, wie der nächste

Tag begönne. Eine Februarnacht! Der Winter bäumte sich ein letztes Mal auf, das war gewiss, aber wie viele verletzte Krieger erwies er sich als besonders gefährlich.

Unlustig sortierte Julia ihre Stichwortkartei zu Ladesteins Biografie, drehte linierte Bögen hin und her, um bald hier und bald dort etwas zu ergänzen, und Anne sagte gerade: »Ich glaube, ich koche uns noch mal einen Tee!«, als es unten am Haus klopfte, so heftig und schnell hintereinander, dass Julia sofort an die Nacht dachte, als Anne sie geweckt hatte, weil Willems Stuten verschwunden waren. Genau so ein Pochen jetzt, genau dieselbe Angst vor der Tür. Sie rannte nach unten, noch bevor Anne sich überhaupt erhoben hatte.

»Ja?!«

Vor der Tür stand Hilda Minarek, bleich, zitternd.

»Julia!«

»Hilda! Was ist denn los?«

Sie wollte die Frau ins Haus ziehen, da fiel sie ihr schon um den Hals und fing an zu schluchzen, so verzweifelt und schrecklich wie ein Kind, das man verlassen hat und das schon sehr lange weint. Aber Hilda wäre nicht sie selbst gewesen, wenn sie es nicht selbst in dieser Situation fertiggebracht hätte, alles Fürchterliche klar und präzise zusammenzufassen:

»Jörg ist rüber zur großen Insel – mit Schuck und dem Pferdewagen. Aber es taut! Und Hanno ist hinterher!«

Julia erschrak. Hinter ihnen tauchte Anne auf.

»Was ist los?«

Niemand war zu erreichen, der hätte helfen können. Malte – nicht da. Doktor Bohnen auf der großen Insel, der zumindest am Anleger hätte nachschauen können – verreist.

»Was ist mit Jörgs Frau?«

»Mit Mady?« Hilda lachte böse. »Die hat ja angerufen, sie war nur halb besorgt, die blöde Kuh. Aber Hanno war am Telefon, hat nur einen Blick auf das Barometer geworfen und ist gleich los.«

»Wann war das?«, fragte Anne sachlich.

»Das war ... das war ... vor vier Stunden!«

Jetzt weinte Hilda hemmungslos. Sie überlegten zu dritt. Fassten einen Plan. Zogen sich so vernünftig und warm an, wie sie konnten. Packten Rucksäcke: Thermoskannen mit heißem Tee, Butterkekse, Schnaps. Begutachteten Denver, den guten alten Denver, der vorn am Gartentor stand mit einem Ausdruck, als wüsste er, wie wichtig er war. Sie bandagierten die alten Beine, was sich der Wallach nur ungern gefallen ließ. Er war doch keine Memme, sagte das kluge Pferdegesicht und schaute noch irritierter, als Hilda ihn tätschelte, ein ums andere Mal.

»Guter Junge! Bist ein Braver!«

Denver tänzelte unruhig. Wie vielen wirklich guten Pferden dieses Schlages missfiel ihm allzu viel Überschwang.

Sie befestigten Gurte und Lederriemen am Sattel, schnallten noch eine große Wolldecke darüber, die Anne aus dem Schuppen holte. Es stimmte, der Wind hatte gedreht, wärmere Luft, feucht und klamm, kam von der Seeseite her über die Insel gekrochen, ein unruhiger Wind, der Dunstfetzen und dampfende Schwaden vor sich her peitschte.

»Das gefällt mir nicht!«, sagte Anne, während sie prüfend in die Dunkelheit schaute. »Das gefällt mir ganz und gar nicht!«

Gemeinsam gingen sie zum Anleger am Bodden, schauten über die Eisfläche, zum Nachthimmel. Kein Stern war zu sehen, das gegenüberliegende Ufer der großen Insel verschwand im Dunst.

»Na denn los!«, sagte Anne schließlich, und als Julia von der Seite einen Blick auf sie warf, fand sie, dass Anne viel älter aussah als gewöhnlich.

Die Piekschlitten standen, mit Planen abgedeckt, direkt an der kleinen Hafenmauer. Der erste war am zweiten festgefroren, den dritten fanden sie zu schwer, erst der vierte kam in Frage. Sie wuchteten ihn in die Senkrechte, schnauften.

»Der ist gut!«

Irgendwie schafften sie es, ihn zu dritt zum Eis zu bugsieren. Denver schnaubte nervös, wich zur Seite aus.

»Ruhig, Denver, ganz ruhig!«

Hilda war sofort bei ihm, flüsternd, kosend. Was hatte dieser riesige Wallach nur für einen Narren an der eleganten Hilda gefressen! Er beruhigte sich sofort. Anne packte Stricke, Riemen, Tücher aus. Nahm irgendwie Maß. Sie führten Denver zu dem Schlitten.

»Ist er schon mal als Kutschpferd gegangen?«

»Mit 'nem Landauer dahinter? Bestimmt! Aber ganz sicher nicht mit 'nem Schlitten! Wollen mal sehen ...«

Hilda nestelte an dem improvisierten Zaumzeug. Denver ließ sich anschirren, er hielt tatsächlich still, als die drei Frauen ihn vor den Schlitten führten und unter der Wolldecke lange Seile rechts und links am Sattel festknüpften, um diese dann mit umständlichen Vertäuungen am Schlitten zu befestigen. Die Riemen waren klamm und hart und nicht für diesen Zweck gemacht. Es dauerte. Julia spürte ein nervöses Kribbeln in den Beinen.

»Geh mal ein paar Schritte! Aber Vorsicht!«

Denver machte erschrocken einen Satz, als der Schlitten mit einem schleifenden Geräusch angezogen wurde.

»Ruhig!«

Julia konnte das Weiße in den Augen des Pferdes sehen.

»Noch einmal!«

Ewigkeiten schienen zu vergehen, die drei, vier Minuten einer Ewigkeit, wenn man sich fürchtet, aber dann hatte Denver das gefährliche Ungetüm in seinem Rücken akzeptiert. Etwas staksig und unsicher, aber gehorsam, so ließ er sich aufs Eis führen.

»Hilda, du kannst unmöglich die ganze Zeit neben ihm herlaufen!«, sagte Anne. »Wer weiß, wie weit draußen die sind! Bis zur großen Insel sind es mindestens fünfzig Minuten – mit der Kutsche!«

»Ja, aber wie sollen wir es denn sonst machen? Alle drei können wir nicht auf den Schlitten … Warte mal.«

Hilda überlegte, zog die Nase hoch, merkte es nicht. Wischte sich den Rotz am Ärmel ab. Prüfend schaute sie Denver an:

»Alter Freund, du machst aber keinen Scheiß, hm?« und, zu Julia: »Los, schmeiß mich da rauf!« Als sie die entgeisterten Gesichter der beiden Frauen sah, fauchte sie: »Na los, die Steigbügel haben wir ja für immer vertäut. Also müsst ihr mich da raufhieven – per Räuberleiter! Los, mach schon!«

Julia verschränkte die Hände. Gab Hilda Halt. Die stieg mit dem linken Fuß in die Handschaufel, zählte bis drei, dann riss Julia die Arme hoch, und tatsächlich: Hilda saß auf der Decke, die sie über Denvers Sattel geschnallt hatten – und strahlte schon wieder. Wie nur Hilda strahlen konnte.

»Na denn, Kinnings – auf!«

Anne und Julia rannten sich fast über den Haufen, so sehr beeilten sie sich, zum Schlitten zu kommen. Der war allerdings verdammt unbequem. So ein Schlitten war ja nur dazu gedacht, ein wenig geschoben zu werden. Die Fischer benutzten ihn wie eine Art Roller, um von einer Fangstelle zur nächsten zu gelangen. Als Reisegefährt war die flache Holzkonstruktion ziemlich ungeeignet. Aber immerhin hielt der Rahmen, als Denver mit einem Ruck loslegte, vor Schreck gleich in einen steifen Trab fiel, und der Schlitten, ohne eine haltende Deichsel, so heftig nach links und rechts schlingerte, dass die Frauen nur mühsam einen Schrei unterdrücken konnten.

»Geht es?«, rief Hilda von oben.

»Klar doch, Hilda!«, log Julia und ärgerte sich über das Quietschen, das einmal ihre Stimme gewesen war. Krampfhaft hielt sie sich fest. Sie und Anne saßen auf den Seitenlehnen des Schlittens, längs zur Fahrtrichtung also, und keine Stange, kein Griff gab ihnen Halt. Das rohe Holz schnitt durch die wollenen Handschuhe in die Finger, die Knie schmerzten, während der Schlitten in schneller Fahrt über das Eis hoppelte. Hilda hatte offenbar beschlossen, dass der Trab, den Denver von allein angeschlagen hatte, die beste Gangart war, und wahrscheinlich hatte sie recht. Der Fahrtwind pfiff den beiden

Frauen auf dem flachen Anhänger ins Gesicht, während Hilda sich auf Denvers Rücken zusammenkrümmte, den Kopf tief in ihre Jacke vergraben. Schnell entfernten sich die Lichter von Stiftsdorf, und sie schienen direkt in einen schwarzen, undurchdringlichen Schlund hinabzufahren.

»Hilda, woher weißt du den Weg?«, rief Julia nach einer Weile.

»Ich bin ihn tausendmal gefahren!«, rief Hilda zurück, um dann hinzuzufügen: »... ist schon ein paar Jahre her! Als Kind! Da haben wir hier schon ein paarmal Urlaub gemacht. Damals waren die Wege hier sogar mit Stöcken abgesteckt!«

Als Kind! Die Wege waren markiert gewesen! Nur nicht nachdenken, sagte sich Julia, nur nicht nachdenken. Für den Bruchteil einer Sekunde wünschte sie sich, alles wäre nur ein böser, böser Traum ...

»Auah! Ah, Mist!«

Das war Anne. Sie hatten ein paar Buckel im Eis überfahren, Denver schüttelte sich unwillig, als der Schlitten an ihm zerrte.

Und dann sahen sie Lichter. Ganz kleine Lichter. Julia glaubte zunächst, dass nur ihre Augen brannten, so sehr hatte sie sich angestrengt, etwas zu erkennen, und der Wind, dieser feuchte, gefährlich warme Wind, trieb ihr Tränen in die Augen. Der Schnee, den Denvers Hufe aufwirbelten, flog ihr ins Gesicht, brannte wie Glut auf der Haut. Und doch waren es tatsächlich Lichter, kleine, zuckende Blitze da hinten in der Nacht. Taschenlampen.

»Schau! Dort!«

Sie riefen es gleichzeitig.

Hilda parierte Denver vorsichtig durch, lenkte das Pferd nach rechts.

»Hallo?«

Der Wind trug ihre Stimme zurück zur Insel, verwehte sie. Im Schritt ging es weiter. Knackte da das Eis? Julia versuchte, in Annes Augen zu lesen. Die schienen völlig ruhig.

»Hallo?!«

Hildas Stimme klang jetzt schriller, aufgeregt. Sofort wurde auch das Pferd nervös. Hilda beherrschte sich. Sie kamen näher. Da war ein Wagen – nein, zwei. Aber der eine stand nicht gerade, und der andere – das war Hannos Landauer, mit Leo und Schorsch. Wo war Hanno? Anne sprang vom Schlitten, der nun, nur noch einseitig belastet, sofort ins Schlingern kam. Unsanft landete Julia auf dem Rücken, dann stand Denver. Sie rappelte sich hoch. Anne war schon fort, hin zu dem Wagen, dem Schlitten.

»Hoh!« Hilda landete mit einem Sprung neben Julia. »Komm.«

Sie ließen Denver einfach stehen, der war es so gewöhnt. Langsam gingen sie zu Anne, sehr langsam, denn tatsächlich knackte hier das Eis, schien zu schwanken. Gab es womöglich nach? Und dann sahen sie das Malheur:

Schucks Kremser, der große Pferdewagen, war im Eis eingebrochen. Der gesamte hintere Teil des Wagens steckte im eisigen Wasser. Die komplette Ladung – mächtige rechteckige Kisten – war ins Rutschen geraten und zog Wagen und Pferde noch tiefer hinab. Auf der Ladung kauerte eine Gestalt, warf Gegenstände nach vorn, während Schuck neben den Köpfen der Pferde stand und sie vergeblich zu beruhigen versuchte. Heftig stieg der weiße Atem der beiden Wallache auf, sie waren nassgeschwitzt vor Anstrengung und Angst, und keinen Zentimeter bewegten sie sich vorwärts, bäumten sich nur immer wieder auf gegen die Hand, die sie zu beruhigen suchte. Und da war der Landauer, Hannos kleiner, eleganter Kutschwagen, und Leo und Schorsch standen gutmütig davor, und Hanno – da war Hanno, seitlich vom großen Wagen, und der schrie jetzt die Gestalt auf der Ladung an:

»Komm da sofort runter, du Idiot! Oder ich hole dich eigenhändig!«

Die Pferde schraken zusammen. Es knackte, etwas riss, es gab ein hässliches Geräusch, und dann sank der Wagen noch tiefer ein.

»Um Gottes willen!« Hilda war mit einem Satz bei Schuck, packte eines der Pferde am Halfter und versuchte, es nach vorne zu ziehen. »Komm, mein Junge! Na komm!« Nichts zu machen. In ihrer Panik bewegten sich die Tiere nicht. Julia zögerte, ging vorsichtig um den Kremser herum. Diese Langsamkeit! Ihre Langsamkeit! Sie glaubte, ihre Beine seien aus Blei, wie in den Träumen, wenn man vor einem Verfolger zu fliehen versucht. Aber sie schaffte es.

»Julia?!«

»Ich seh dich! Hanno, ich seh dich!«

Da war er, der Satz von früher. Nicht darüber nachdenken. Hannos Stimme, leise, verzweifelt.

»Komm her! Was machst du hier?«

Sie ging zu ihm. Legte kurz den Kopf an seine Schulter, wie ein Tier, das Witterung aufnimmt. Bei Hanno hatte sie immer gewusst, was zu tun war. Fast immer.

»Wir müssen den da runterkriegen! Seine Bücher sind halt verloren, es hilft nichts, wenn er es doch nur einsehen würde.«

Ein Krachen zerriss die Nacht, ein Bersten, ein Knall. Schucks Pferde wieherten schrill und stiegen. Und dann legte sich der ganze gewaltige Kremser auf die Seite, die Ladung kippte, und Kisten und Kasten und der Mann darauf stürzten ins brüchige Eis. Die Pferde bäumten sich in wilder Panik auf, gerieten mit den Beinen über die Deichsel, trampelten Lederzeug und Gurte nieder, zerfetzten die Riemen, waren nun von keinem Menschen, von keiner Macht der Welt mehr zu halten, bestanden nur noch aus Angst, purer, kreatürlicher Angst, rissen sich los, jagten davon in dic Nacht, galoppierten rutschend und stolpernd in die Richtung der kleinen Insel, schleiften die Reste des Geschirrs hinter sich her, waren verschwunden.

»Jörg!«

Mit Mühe bändigten Anne und Schuck die beiden anderen Kutschpferde, Hilda war bei Denver.

»Schnell! Um Gottes willen!«

Hanno wollte zu der Stelle, wo Jörg mitsamt der Ladung verschwunden war, aber sofort knackte das Eis unter ihm, drohte zu brechen. Hanno schaute sich um. Überlegte.

»Ich hab's! Komm, hilf mir! Hilda?!«

Hanno fasste Julia bei der Hand. Sie gingen ganz vorsichtig zu Hilda, die auf den alten Wallach einredete. Der wirkte ungehalten, aber nicht ängstlich, kaute nur ärgerlich auf seiner Trense herum.

Ein Stöhnen kam von der Einbruchsstelle, so etwas wie ein Hilferuf. Anne lies Leos Halfter los, bewegte sich mit ihrer Taschenlampe auf das Stöhnen zu, erschrak.

»Er steckt bis zu den Hüften im Eis, klammert sich am Wagen fest.«

Hanno betrachtete den Schlitten. Dann ging alles sehr schnell. Mit ein paar entschlossenen Schnitten hatte er Denver von den Riemen und Gurten befreit. Drehte und wendete den Schlitten. Gab den Frauen Befehle.

Hilda blieb mit Schuck bei den Pferden. Die anderen drei gingen in die Hocke, Hanno, Anne und Julia. Ließen sich auf die Knie nieder, packten den Schlitten und schoben ihn vor sich her. Ganz, ganz langsam zu der Stelle, wo Jörg im eiskalten Boddenwasser steckte, nur noch leise jammernd.

»Es ist so kalt, es ist so verdammt kalt, mein Bein ...«

Immer näher, immer näher. Das Eis ächzte und quietschte wie ein altes Boot. Noch langsamer. Jetzt hatten sie es fast bis zu Jörg geschafft, und dann sahen sie es: Die Einbruchstelle war nicht glatt, keine gerade Kante, sondern aufgeworfen und zersplittert.

»Ihr haltet den Schlitten! Schuck! Komm her!«

Hanno robbte auf den Schlitten. Von hinten hörten sie, wie Schuck näherkam, auch er nun auf den Knien, keuchend. Sie schoben den Schlitten, auf dem Hanno jetzt lag, mit vereinten Kräften noch ein bisschen näher. Ein Meter vielleicht noch bis zu Jörg, der flehend einen Arm ausstreckte.

»Hanno!«

»Halt die Klappe! Los, noch ein Stück!«

Es knackte gewaltig. Julia erschrak. Hanno hangelte jetzt vorsichtig seinen Oberkörper vom Schlitten, immer weiter, immer weiter, bis nur noch die Beine auf dem Schlitten lagen. Er hielt einen Lederriemen in der ausgestreckten Hand. Sie hörten Wasser gurgeln, Atmen, sonst nichts. Jörg griff nach der Hand, nach dem Riemen. Hanno redete ihm gut zu, hieß ihn, sich den Riemen ein paarmal um den Arm zu wickeln. Sie hörten Jörgs Zähne klappern. Es dauerte unendlich lange.

»Ich bin so müde, Hanno!«

»Quatsch nicht rum! Du bist überhaupt nicht müde, du bist knallwach, los jetzt, sonst kriegst du Ärger!«

Hanno zog an dem Riemen, wandte sich zu den anderen.

»Los jetzt, zurück das Ganze. Und immer schön langsam! Ganz, ganz langsam!«

Julias Knie waren zu Eis gefroren. Ihre Schultern schmerzten. Schuck hatte die Lippen fest zusammengepresst. Noch immer hatte er kein Wort gesagt. Anne blickte konzentriert wie stets, blass, angespannt, Julia sah, dass ihre Handschuhe gerissen waren. Die Pferde? Im Schneckentempo bewegten sie sich rückwärts. Fühlten den Widerstand, als sie begannen, Jörg aus dem Eis zu ziehen. Hanno hatte seine Füße im Schlittenrahmen verkeilt, stöhnte leise, gab aber nicht nach. Allmählich kam Jörgs Oberkörper zum Vorschein, glitt sein Bauch, glitten die Hüften aufs Eis. Das splitterte.

»Nicht aufhören! Einfach weiter so!«, schrie Hanno.

Sie schafften es. Sie zogen Jörg aus dem Eis. Zwei Meter noch, einen, noch ein Stück.

Dann sprang Hanno vom Schlitten, stürzte Hilda herbei, einen Ballen Decken auf dem Arm. Anne, Julia und Schuck erhoben sich, weiß vom Schnee, steifgefroren.

»Junge, Junge!«, sagte Schuck. Es war sein erster Kommentar heute.

Sie wickelten Jörg in sämtliche Decken, die sie finden konnten. Rieben ihn warm, flößten ihm Tee ein, Schnaps, umarmten ihn.

»Du blöde Sau!«

Hanno und Schuck beeilten sich, das improvisierte Geschirr für Denver zu flicken, der ungeduldig mit den Hufen scharrte. Und auch Leo und Schorsch traten unruhig hin und her. Ein feiner Nieselregen hatte eingesetzt. Endlich war es so weit. Jörg wurde auf den Landauer gesetzt, so bequem es eben ging, Anne neben sich, die ihn fest und entschlossen in den Arm nahm. Schuck stieg auf den Kutschbock, machte Platz für Hanno und Julia. Hilda saß wieder auf Denver. Julia sah, dass seine Flanken zitterten.

»Und ab dafür!«

Leo und Schorsch trabten erleichtert los, Denver verfiel sogar in einen steifbeinigen Galopp.

»Hilda, reite du nur voraus!«, rief Hanno. »Sag Mady Bescheid!«

Und in jagender Fahrt ging es zurück übers Eis. Die Lichter von Stiftsdorf tauchten auf, der Anleger. Julia fühlte ihr Gesicht nicht mehr, so kalt war ihr, sie hatte irgendwo ihre Mütze verloren, und die Haare fielen ihr nass ins Gesicht. Hanno schaute konzentriert nach vorn, verlor mit den Zügeln keinen Augenblick den Kontakt zu den Pferden. Jetzt zählte jede Minute. Schuck schwieg. Schaute beklommen zu Hanno, zu Julia. Es war klar, was er dachte. Er hatte dem unerfahrenen Jörg angeboten, diese Lieferung von Hunderten von Lexikonbänden von der großen Insel abzuholen, wo die Kisten seit Wochen lagerten. Er kannte Jörgs Ungeduld und wusste, dass der Buchhändler darauf brannte, die kostspieligen Bände auszustellen und zu verkaufen – und er wusste auch, dass Hanno die Bitte Jörgs längst abgelehnt hatte. Das Risiko war einfach zu groß; dem Februarwetter war nicht zu trauen. Aber Jörg hatte anscheinend nicht lockergelassen …

Jörg hinter ihnen im Landauer stöhnte leise. Anne zog die Decken noch fester.

»Minarek!«, sagte Schuck leise, »ich wollte dir bloß …«

»Schon gut!«, fiel ihm Hanno ins Wort. »Später!«

»Dafür sind meine Pferde ja auch hin.«

»Ach was, Schuck, die tauchen schon wieder auf.«

Wie sicher Hanno jetzt sprach, wie fest seine Stimme war! Undenkbar, dass das der Stammler aus der Gemeindeversammlung war, der Mann, der verzweifelte, weil er nicht akzeptiert wurde, der Mann, der sie unter einer Straßenlaterne anschrie, schrie aus Unsicherheit und aus Zorn.

Sie hatten Stiftsdorf erreicht, und Julia konnte nicht anders: Sie presste Hannos Arm vor Erleichterung. Der schaute sie an, und da war sie wieder, ganz plötzlich, die alte Wärme, die Ruhe. Sie fuhren bis zu Runges Haus. Still lag die Buchhandlung da, die Fensterläden geschlossen. Hilda stand mit Denver vor der Tür.

»Ich wusste nicht … Es ist offen, aber Mady antwortet nicht, wer weiß, wie die Kinder reagieren, und ich wollte nicht ...«

Sie hoben Jörg von der Kutsche, der jetzt ganz rot und heiß im Gesicht war, aber trotzdem zitterte. Hanno trug ihn mehr ins Haus, als dass er ihn stützte.

»Los, ins Schlafzimmer, das ist da oben.« Hilda ging vor, machte Licht.

Sie polterten die Treppe hinauf, Hilda stieß eine Tür auf, erstarrte in der Bewegung – zu spät. Als Hanno mit Jörg im Arm hinter ihr ins Zimmer trat, gefolgt von Julia und Anne, bot sich ihnen folgendes Bild: Auf einem völlig zerwühlten Bett lag Mady in tiefem Schlaf. Malte, ebenso nackt wie sie, hielt sie im Arm. Weinflaschen auf dem Boden, glimmende Kerzen, kurz vor dem Verlöschen. Alkoholdunst hing im Raum. Malte war wach, grinste blöde und betrunken, versuchte sich aufzurichten, ließ es aber gleich wieder und sagte stattdessen:

»Na, so was!«

16.

Alle Tiere und Menschen waren versorgt – in dieser Reihenfolge. Jörg war bei Anne einquartiert, der Arzt verständigt. Denver trockengerieben und warm zugedeckt, Schuck beruhigt, betrunken gemacht und nach Hause geschickt. Und nun sie. Sie beide. Heimgekehrt zueinander. Einander zugewandt, Seite an Seite, Gesicht an Gesicht. Seine Hand auf ihrer Hüfte, sein Atem auf ihrer Stirn. Als wäre es das Selbstverständlichste auf der Welt. Es war selbstverständlich. Es war, wie es sein musste. Eine Liebe wie Johanniskraut, gelb leuchtend, wenn sie die Augen schloss – und heilend.

Julia fragte sich, woher Hanno auf einmal diese Sicherheit nahm, mit der er sie geküsst hatte, gleich unten, auf der Straße, vor Hilda und den anderen. Ein eindeutiger Kuss, keine Einladung, eine Forderung. Hatte ihm das bestandene Abenteuer dieses Selbstvertrauen gegeben? Wusste er nicht, dass sie keinen Helden brauchte, keinen Ritter ohne Furcht und Tadel?

Sie vielleicht nicht, dachte sie gleich darauf – aber er, er brauchte das. Er brauchte klare, scharfe Entscheidungen. Leben, Tod. Eis, Wärme. Küsse, Küsse.

»Danke, dass du mir mein Fahrrad zurückgebracht hast«, murmelte sie noch, dann redeten sie nicht mehr.

Es sollte für einige Zeit die letzte Nacht sein, die sie ungestört miteinander teilten. Denver, das alte Pferd, wurde krank. Die Expedition auf dem Eis war für den über zwanzigjährigen Wallach zuviel gewesen. Hanno wachte Tag und Nacht bei dem Tier, ließ sich nur ungern von Willem Johannsen ablösen. In der Box nebenan rumorte Leila mit ihrem Fohlen.

Schucks Pferde fanden den Weg zurück auf die Insel, sie waren bis nach Godshorn geirrt, wo sie schließlich erschöpft auf dem Grundstück des Müllkutschers Wagner anhielten. Dessen Pferde hatten sie angelockt. Wagner jedenfalls machte nicht viel Federlesens, holte die beiden fremden Tiere herein und versorgte sie. Auf die Idee, Schuck oder Hanno anzurufen, kam er allerdings nicht, sodass sich die Geschichte erst zwei Tage später aufklären sollte.

Denvers altes Herz überstand die Krise nur mit Mühe. Jeden Tag flößte ihm Hanno mit einem Tropf Antibiotika ein, bald zusätzliche Nährstoffe. Geduldig stand der Wallach im Stroh, die Augen unverwandt auf den Arzt gerichtet.

»Von dir kann man 'ne Menge lernen, Junge!«, brummte Willem, der es hasste, wenn er gerührt war.

Von Mady und Jörg sah und hörte man nichts. Malte verschwand, wahrscheinlich auf die große Insel, wo sich für einen wie ihn immer ein Unterschlupf fand. Die Kinder fragten eine Weile nach ihm, dann hörte auch das auf.

Anne lüftete das Ladesteinhaus, als die ersten Märzsonnenstrahlen die Bäume wachkitzelten. Noch vor Ostern würde die Saison beginnen, käme der erste Schriftsteller zu Gast und unterhielte die ersten Besucher und interessierte Einheimische mit einer Lesung. Verwundert stellte Julia fest, dass Anne ein wenig aufgeregt war.

»Krüger kommt jedes Jahr, weißt du!«, sagte sie, als sei das Erklärung genug. Ihre Augen leuchteten.

Blau blühte das Meer auf. Die Sonne hatte früh begonnen, die Inseln zu wärmen. Schon kämpfte sich junges Gras durch den Morast, zu dem der auftauende Boden geworden war. In der Sandheide reckten Schlängelschmiele und Sumpfsimsen erste hauchzarte Zweige Zentimeter nur über den Boden. Bis sie blühten, bis sämtliche Süßgräser und Weiden sich erholt und stolz aufgerichtet hätten, würden noch Monate vergehen. Der Frühling war hier erst die Zeit der Hoffnungen, der kleinen Erwartungen, der Andeutungen in Heide und Föhrenwald. Auch die Vögel ließen noch eine Weile auf sich warten. Die Insel, diese uralte Schildkröte, überzog ihren Rücken zum April hin lediglich mit hauchzartem Grün. Die Steilküste unterhalb des Föhrenwaldes wurde wieder begehbar, die Inselbewohner inspizierten die Schäden des Winters. Rauh reinigte der Wind die großen Steine am Meer von festhängenden Algen und Muscheln, weckte grob die Dünen auf.

Und dann starb Hilda.

Mitten im Frühling, gerade, als die Strandkörbe wieder ins Freie getragen wurden zur großen Reinigung vor der Saison, starb Hilda. Die strahlende, die leuchtende Hilda. Hilda brachte sich um. Sie war übers Wochenende fort gewesen, wie immer wusste man nicht recht, warum und wohin, und sie hatte eine der Fähren genommen, die direkt vom Festland zurück auf die Insel fuhren. Bei sich hatte sie einige Ampullen Gift gehabt – ein Narkosemittel, das Hanno benutzte, um alte Pferde einzuschläfern. Sie hatte sich eine Spritze gesetzt, ganz profan, auf der Damentoilette der Fähre, und dort war sie gefunden worden, als den Angestellten die verschlossene Kabinentür aufgefallen war, eine halbe Stunde nach der Ankunft in Stiftsdorf. Sie war wie stets elegant gekleidet und trug ihre gelben Reithandschuhe. Einen Brief, eine Notiz, irgendeine Erklärung hinterließ sie nicht. Die junge Mausharige wusste zu berichten, dass Hilda nach Berlin hatte reisen wollen, um sich mit den drei Karierten zu treffen, aber erst, als Hanno sich anschickte, ihre Papiere zu ordnen, kam Licht in die Sache. Hilda hatte bei Misburg, Mayer und Partner investiert, eine Menge Geld war das gewesen, ihre gesamten Ersparnisse. Und die drei waren fort. Waren verschwunden, ohne eine Adresse zu hinterlassen, und die, die sie in Berlin angegeben hatten, die existierte nicht.

Sie hatten sie betrogen, und Hilda hatte alles verloren.

Hanno brauchte ein halbes Jahr, bis er an etwas anderes denken konnte. Die Ermittlungen der Staatsanwaltschaft dauerten an. Als das Silbergras auf den Dünen wieder metallisch leuchtete, und Strandhafer und Waldgerste im Wind leise zischelten, zog Julia bei ihm ein. Sie hatten nicht darüber gesprochen, aber sie wusste nun, dass sie bleiben würde. Vielleicht ließ sich ein liegengelassenes Projekt über die Alltagssprache in Mecklenburg-Vorpommern wiederaufnehmen – vielleicht auch nicht. Wenn sie ehrlich war, wusste sie nicht genau, was sie tun würde. Nur, dass sie etwas tun würde. Und dass sie blieb.

Anne telefonierte oft mit dem Schriftsteller aus Berlin, der die Saison eröffnet hatte. Sie überlegte, ob ihr ein Ortswechsel guttun würde. Und Jeanette hatte sich auf die Stelle im Ladestein-Haus beworben. Sie hatte schon genaue Vorstellungen im Kopf, wie man die Geschichte besser vermarkten könnte. Dass Ladestein vermutlich ein Verräter gewesen war, das minderte ihren Enthusiasmus nicht im Geringsten.

»Umso menschlicher kommt er rüber!«, sagte sie entschlossen bei einem der immer häufigeren Telefonate mit Julia. »Das muss man ganz offensiv angehen! Nicht drum herum reden! Ladestein, ein Lehrstück in Sachen Geschichte. Und ich sage dir, das kommt gut im Osten, weil es eben nicht von der Stasi handelt, sondern sozusagen ein dickes Geschichtskapitel davor spielt. Es geht die Leute also etwas an, ohne ihnen zu nahezutreten – verstehst du? Und natürlich mache ich es nicht allein, sondern mit Marianne. Dann können die Leute gleich irgendwo wohnen. Ich seh das alles schon richtig vor mir. Du bist mir doch nicht böse?!«

Julia verstand. Sie verstand, dass jeder seinen Platz finden konnte auf dieser winzig kleinen, unbedeutenden Insel. Die geduldig in der Frühlingssonne lag, abwartend, ein träges Tier. So sah man sie von Julias Lieblingsplatz aus, von der Landzunge am Stiftsdorfer Hafen.

Die Sprosser kehrten zurück, gleich nach den Graureihern und Gänsen, die Schwirle und Pfeifer im Schlepptau, und sie sahen von oben dieses Stück Land, sanft gewölbt, der Inselrücken ein wenig bucklig von so viel Geschichte.

NF 309/1/1.16

NF 258/1/7.15